Fire&Ice

Band 5

Brandon Hill

Allie Kinsley

Bereits erschienen:
Fire&Ice 1 - Ryan Black
Fire&Ice 2- Tyler Moreno
Fire&Ice 3 - Shane Carter
Fire&Ice 4 - Dario Benson
Fire&Ice 5 - Brandon Hill
Fire&Ice 5.5 - Jack Dessen
Fire&Ice 6 - Chris Turner
Fire&Ice 6.5 - Gregor Zadow
Fire&Ice 7 - Logan Hunter
Fire&Ice 8 – Jonas Harper
Fire&Ice 9 – Luce Suarez
Fire&Ice 10 – Joey Parker
Fire&Ice 11 - Matthew Fox

Protect Me – Brian
Protect Me – Ash
Protect Me - Ray
Protect Me - Dante

Sweet like Candy
Divided like Destiny

Yearn for Adam

Cover Foto: bigstockphoto.com, Wisky

Lektorat: Brunhilde Witthaut

PROLOG

BRANDON

Talin war super. Spitze. Der Hammer. Wie jedes Jahr und doch bekam es Jahr für Jahr mehr einen faden Beigeschmack.

Brandon war erst 30 Jahre alt und doch kam er sich langsam so vor, als wäre er zu alt für diesen Scheiß!

Nicht Talin. Nein. Das sinnlose Jagen und Vögeln von irgendwelchen stumpfsinnigen Flittchen war es, was ihm auf die Nerven ging.

Er wünschte sich nichts sehnlicher, als endlich die Frau seines Lebens zu finden. Er hatte versucht, mit dem einen oder anderen seiner Freunde darüber zu sprechen, aber niemand verstand ihn. Sie waren allesamt noch dieselben Kindsköpfe wie vor neun Jahren. Zumindest, was ihren Frauenverschleiß anging.

Die Show hatten sie für diesen Tag absolviert und nach einer kleinen Feier beschlossen, die Party mit den leichten Mädchen in ihr Lager zu verlegen.

Die Partys waren immer das Highlight des Tages.

Sie lachten und tranken viel. Es wurde geflirtet, was das Zeug hielt. Küsse, Berührungen, Hände, Lippen. Grenzenlos. Frei nach dem Motto, was kostet die Welt.

Immer wieder stimmte der ein oder andere einen Song an oder jemand zeigte ein, zwei Tricks aus ihrem Repertoire.

Währenddessen lagen sie alle entspannt auf den Liegen oder Strohbetten rund um das Lagerfeuer.

"Hey Ty, wo willst du hin?", rief er dem Hünen nach, der eine falsche Richtung einschlug. Er mochte den stillen Latino. Er war mit Abstand der loyalste Mensch, den er kannte. Aber Ärger wollte er mit ihm bei Gott niemals haben.

"Ryan Bescheid geben."

"Ist er wieder bei Sky?"

Ty hob lediglich eine Augenbraue.

Sechs Wörter mehr am Tag würden dir auch nicht schaden, Großer!, dachte Brandon im Stillen, antwortete aber dann doch auf die unausgesprochene Frage.

"Na, der Blonden, der er schon seit Tagen hinterher läuft!"

Ty nickte und versuchte, sich zeitgleich den grapschenden Händen eines der Mädchen zu entziehen. Brandon folgte seinem stillen Freund zu einer Tischgruppe, die am anderen Ende des großen Marktplatzes platziert war.

Einige Schritte vom Tisch entfernt blieb er wie vom Donner gerührt stehen. Das schönste Lächeln, das er in seinem Leben jemals gesehen hatte, strahlte ihm entgegen.

An einem vollbesetzten Tisch saß die wohl schönste Frau, die er jemals gesehen hatte.

Ihre Augen funkelten vergnügt im Schein der Fackeln und das rabenschwarze Haar fiel in langen glänzenden Locken über ihren Rücken.

Ihr Gesicht war fein geschnitten wie das einer Puppe. Dunkle, schmale und schön geformte Augenbrauen. Ebenso dunkle, dichte Wimpern, die die leicht schräg stehenden, großen Augen einrahmten. Eine kleine Stupsnase und volle, rosa Lippen, hinter denen schöne weiße Zähne hervor blitzten.

In diesem Moment warf sie ihren Kopf in den Nacken und lachte laut über irgendetwas. Ihr Lachen klang herrlich. Echt. Nicht das gekünstelte Gekicher, das man sonst so oft zu hören bekam. Ihr schmaler Hals lag komplett frei und ihr ganzer Körper wurde unter ihrem Lachen geschüttelt.

Sie wirkte so unglaublich natürlich auf ihn. Das beige Kleid passte perfekt zu ihrem gebräunten Teint und schmeichelte ihrer schmalen Figur.

Sie war atemberaubend. Wunderschön, natürlich, anbetungswürdig. Er musste sie haben!

"Was genau hast du gesehen, das dich so von den Socken haut?", fragte Chris und klopfte ihm auf die Schulter.

"Meine Traumfrau!", gab er zurück und ignorierte das beleidigte Schnauben des Mädchens an seinem Arm.

"Welche?", fragte sein Freund, woraufhin Bran widerwillig mit dem Kinn auf sie zeigte. Wäre es Shane oder Jason gewesen, hätte er gelogen, aber bei Chris war er sich halbwegs sicher, dass dieser ihm nicht in die Parade fuhr.

"Mhm ... nice!", brummte er und musterte sie lüstern.

"Perfekt!", gab Brandon zurück und war froh, dass die Kleine an seinem Arm endlich abzog.

"Dann drück ich dir mal die Daumen, dass sie nicht gerade den IQ einer Breze hat!"

Nein, das hatte sie nicht. Ihre Augen waren hellwach und weder Mimik noch Gestik ließen auf etwas anderes schließen. Unbewusst hatte er sich ihr genähert. Er musste sie kennenlernen.

"Komm schon, Jack!", sagte sie in diesem Moment.

"Echt nicht, Süße! Morgen wieder, erinnerst du dich? Wir hatten eine Abmachung", gab der Mann neben ihr zurück.

Was war er für ein Trottel, dass er dieser Frau irgendetwas abschlug? Brandon würde es besser wissen. Er würde sie auf Händen tragen. Nur dazu musste er vorher an sie rankommen.

"Jaa-ck!", jammerte sie und schob ihre schöne Unterlippe nach vorn. Genau daran wollte er knabbern, sie küssen, mit seiner Zunge an ihr entlang fahren.

"Keine Chance!", sagte der Dunkelhaarige lachend, beugte sich hinab und warf sie sich kurzerhand über die Schulter.

Sie quiekte und lachte wieder dieses herrliche Lachen. Dann schlug er ihr einmal auf den Po und drehte sich breit grinsend zur Runde.

"Alexa fängt schon zu schmollen an, ich sollte sie lieber ins Bett bringen", sagte er lachend. Alle lachten mit. Außer Bran, der hilflos mit ansehen musste, wie seine Traumfrau von einem anderen Mann ins Bett gebracht wurde.

Er hatte Prinzipien. Leider. Eine vergebene Frau kam für ihn nie in Frage. Doch nie in seinem ganzen Leben war es so schwer gewesen, diesen Prinzipien treu zu bleiben. Nie in seinem ganzen Leben war es härter gewesen, den Mann an ihrer Seite nicht einfach auszuschalten und sie wie eine Beute in seine eigene Höhle zu schleifen.

Jack hatte sie einige Meter weit getragen und setzte sie dann auf ihre eigenen Füße. Sie lachte immer noch, als er sie in seine Arme zog und auf den Scheitel küsste.

Den Kopf an seine Schulter gelehnt und seinen Arm um ihre Schultern, schlenderten sie zurück zu ihrem Lagerplatz.

Resignierend schüttelte er den Kopf. Sie schien es nicht zu sein. So perfekt hatte sie gewirkt. So perfekt wäre sie gewesen, aber die Guten waren meistens vergeben.

Wie auch nicht? Da draußen waren einfach Millionen von Männern, die die Erkenntnis, dass bloßes Vögeln nicht alles war, bereits viel früher erkannt hatten.

Mit irgendeinem Flittchen wollte er sich auch nicht zufrieden geben. Er wollte eine richtige Frau! Mit

Charakter, Loyalität und Humor! Kein kleines Dummchen, das den Sinn ihres Lebens in Plastiknägeln sah.

Eine Frau wie die, die gerade von einem anderen Mann davon getragen wurde. Selbst wenn sie diesen Jack für ihn verlassen würde, so wäre sie dann nicht die Art Frau, die er sich wünschte. Nicht loyal genug, um eine Familie zu gründen. Also machte es noch nicht einmal Sinn, seine Prinzipien für diese atemberaubende Frau aufzugeben.

Fuck! Es konnte doch verdammt noch mal nicht so schwer sein, die Mutter seiner Kinder zu finden!

... falls es sie denn gab ...

1 TALIN

BRANDON

Richtig zufrieden war er dieses Jahr in Talin nicht. Vielleicht auch, weil er eigentlich die Schnauze voll hatte von der nicht enden wollenden Reihe von Gelegenheitsficks.

Grundsätzlich war alles wie jedes Jahr. Tolles Ambiente, seine Freunde, viel Party und endlos viele willige Frauen.

In den vergangenen Jahren wäre ihm hierfür nur ein einziges Wort eingefallen.

PERFEKT!

Und nun? Ja, Talin war der Hammer! Das jährliche Mittelalterfestival, auf das er mit seinen Freunden, der Gruppe Fire&Ice jedes Jahr ging, toppte jede andere Veranstaltung, auf der er jemals gewesen war.

Vor über zehn Jahren hatten sie sich zu einer Gruppe zusammengeschlossen. Damals noch neun junge Männer, die sich eine tolle Show aus Akrobatik und Feuerspucken überlegt hatten.

Das Konzept funktionierte und sie bekamen immer mehr Auftritte angeboten. Und auch ihre Gruppe wuchs schnell auf 13 Mitglieder an.

Einen ihrer ersten richtig bezahlten Auftritte hatten sie bei einem Festival in Russland, durch das sich dann auch ihr Gruppenname entwickelt hatte.

In diesem Jahr hatten sie ihr Lager zusammen mit den Setarips, einer befreundeten Gruppe, aufgebaut.

Sie waren bereits über eine Woche in Talin und die übliche Routine hatte sich langsam eingespielt. Am Anfang war es noch sehr seltsam gewesen, sich das Lager mit den Setarips zu teilen. Aber alle hatten sich schnell daran gewöhnt.

Die gesamte Stimmung war Tag für Tag besser geworden. Doch am Anfang waren quasi non-stop die Fetzen geflogen.

Maya und Carry hatten sich mehr als einmal in den Haaren gelegen und deswegen auch Shane und Dario.

Auch Gregor und Ty waren mehr als einmal nur haarscharf einer handfesten Auseinandersetzung entgangen. Dass das daran lag, dass Ty ziemlich schlecht verzeihen konnte, war Brandon sofort klar gewesen. Gregor stand bei dem brummigen Latino wohl für ewig auf der schwarzen Liste.

Seit zwei Tagen war die Situation zumindest an dieser Front etwas entspannter, da Gregor so gut wie gar nicht mehr im Lager zu sehen war.

Zoey und Chris fehlten in diesem Jahr komplett, Alexa und Jack würden später anreisen.

Alexa ... hmm ... seine Traumfrau. Aber wie so oft schaffte er es immer, sich in die Frauen zu vergucken, die bereits vergeben waren.

Okay, Maya war zwar nicht vergeben gewesen, aber ihr Herz hatte nur für Shane geschlagen, sodass es eigentlich von Anfang an aussichtslos gewesen war.

Wenn Bran ganz ehrlich zu sich selbst war, musste er zugeben, dass Maya auch für ihn nur zweite Wahl gewesen war.

Er hatte sich bereits im Vorjahr in Alexa verknallt.

Aber er war einfach nicht der Typ, der sich in eine gut laufende Beziehung drängte, daher hatte er sich so gut es ging vom Lager und seiner Traumfrau ferngehalten.

Er hatte versucht, sich mit anderen Frauen abzulenken, und genau so handhabte er es auch dieses Jahr. Auch wenn es weder damals noch aktuell sonderlich gut funktionierte.

Zu sehen, wie seine Freunde hier in ihrem vollkommenen Glück schwelgten, war definitiv nichts für ihn. Er wollte nicht zusehen, wie sie das auslebten, was er sich wünschte.

Ja, eifersüchtig zu sein war scheiße, aber was sollte er tun, wenn er nun einmal so fühlte? Das Einzige, was ihm hierzu einfiel, war, dem Ganzen einfach aus dem Weg zu gehen, damit seine Freunde es zumindest nicht mitbekamen.

Es wollte ihm einfach nicht in den Kopf, dass er keine Frau fand, mit der er sich seine eigene kleine Familie aufbauen konnte.

Nur deshalb hatte er doch überhaupt bei JB-Industrials angefangen. Viel Geld verdienen, um ausreichend Reserven für seine Familie zu haben. Dann konnte er sich gemütlich auf seiner Farm zurücklehnen und seinen Kindern beim Großwerden zusehen.

Das war der Plan. Alles was fehlte, war eine liebevolle Frau, die ihm diese Kinder schenken würde.

Scheiße! Dabei war er doch bei Gott kein schlechtes Los! Er sah gut aus, hatte Humor und ein dickes Bankkonto. Und im Gegensatz zu all seinen Freunden wollte er sogar eine feste Beziehung. Das volle Programm. Hochzeit, Haus, Kinder und einen weißen Gartenzaun.

Unglaublich! Er war 31 Jahre alt und wollte jetzt verdammt nochmal endlich, was er sich schon seit so vielen Jahren wünschte.

Sagen konnte er das natürlich keinem seiner Freunde. Bis vor einem Jahr hätte ihm jeder einzelne von ihnen den

Vogel gezeigt.

Ryan, Shane, Dario und Ty würden ihn mittlerweile verstehen, aber Tom, Mat und Chris, mit denen er so viel mehr zu tun hatte, bestimmt nicht. Die hatten ihn damals bereits ausgelacht, als er gesagt hatte, dass er bei JB-Industrials einsteigen wollte, um ein wenig Geld auf die Seite zu bekommen.

"Wir müssen zur Show, Bran", rief Dave und riss ihn damit aus seinen Gedanken.

Richtig. Talin, Show, los geht's. Vom Trübsal blasen bekam er auch keine Frau!

ALEXA

Jack und sie erreichten das Lager gegen sechs Uhr abends. Es war vollkommen ausgestorben.

Die Setarips und Fire&Ice würden wahrscheinlich auf dem Markplatz sein und den gelungenen Auftritt feiern. Es kam ihr nicht ungelegen. Sie hatten gerade eine sechsstündige Autofahrt hinter sich und Alexa sehnte sich nach nichts mehr als nach einer Mütze Schlaf!

In diesem Jahr konnten Jack und sie nur eine der beiden Wochen in Talin teilnehmen. Sie kamen direkt von einem Trainingslager für die Deutschen Meisterschaften im Voltigieren. Sie waren beide ausgelaugt und am Ende ihrer Kräfte. Die Saison hatte bislang stark an ihren Reserven gezehrt.

Schnell verstauten sie ihr Gepäck und ihre Vorräte und lagen bereits um acht Uhr im Schlafzelt der Setarips.

Alexa kuschelte sich an Jacks Schulter.

"Gute Nacht", murmelte sie.

"Schlaf gut, Süße", murmelte er zurück und das Letzte, was Alexa spürte, war Jacks Kuss auf ihrer Stirn, ehe sie in einen tiefen, traumlosen Schlaf fiel.

2 WIEDERSEHEN

BRANDON

Das leise Schnarchen einer Frau weckte ihn. Blinzelnd öffnete er die Augen und versuchte zu verstehen, wo er sich befand.

Kleines Schlafzelt. Nicht seins. *Okay, Abend rekonstruieren …*

Dave hatte ihn zum Auftritt gerufen. Sie waren alle zusammen nach vorn gegangen und hatten die Show in gewohnter Routine absolviert.

Julien, Mats kleiner Bruder, hatte sich bereits gut in die Gruppe integriert. Er konnte Chris recht gut ersetzen. Auch die Verhaltensweisen von Fire&Ice im Lagerleben hatte er sich sehr schnell angeeignet ... nun ja, er war ja nicht umsonst Mats kleiner Bruder.

Brandon bereute es, keine Geschwister zu haben. Er selbst wollte daher viele Kinder. Mindestens vier Stück, die dann zusammen aufwachsen konnten. Vier kleine Racker, die seine Farm unsicher machen würden.

Zurück zum Ursprung deiner Gedanken!, ermahnte er sich selbst. Wo befand er sich eigentlich?

Also: Show, Party auf dem Marktplatz. Celine, die auf

seinem Schoß Platz nahm. Ja genau, Celine! Blonder Lockenkopf!

Vorsichtig und ohne den Kopf zu bewegen, da dieser grauenvoll dröhnte, schielte er nach links.

Ah ja! Genau Celine. Puh. Erstes Rätsel gelöst.

Also, Party im Fire&Ice Lager, wie jeden Abend. Die gesamte Partygesellschaft war wie eine Meute zurück zum Lager gezogen. Party, Feuer, Alkohol, Musik.

Irgendwann kam Taylor, einer der Setarips, aus dem großen Schlafzelt und verkündete, dass Alexa und Jack angekommen waren, aber schon tief und fest zusammengekuschelt schlafen würden.

Das Gelächter war groß. Brandon konnte nicht mitlachen.

Verdammte Scheiße!

Er hatte nur diesen Geier auf seinem Schoß. Kichernd hatte sich Celine wieder an ihn geschmiegt. Und Bran hatte genommen, was sie ihm bot. Eine schöne Nacht, unverbindlichen Sex und ein wenig Ablenkung von den Gefühlen, die in ihm tobten.

Wiedersehen wollte er sie aber nicht. Der Sex war zu farblos gewesen. Im Nachhinein wünschte er sich, er hätte es gelassen. Aber so war es nun einmal. Im Nachhinein war man immer schlauer!

Langsam zog er seinen Arm unter ihrem Kopf hervor.

"Gehst du schon?", fragte sie verschlafen.

"Ja", antwortete er knapp.

"Und du kommst nicht wieder", sagte sie.

"Ja, hatten wir gestern besprochen. Erinnerst du dich?", fragte er sanft, weil er kein Arschloch sein wollte.

Sie nickte traurig.

"Bye", sagte er lächelnd, küsste sie auf die Stirn und verließ dann das Zelt.

Er lief direkt zu den Duschen und wusch sich den Schweiß vom Körper. Da er nichts bei sich trug als die Hose, die er anhatte, schlüpfte er nass und unrasiert wie er war wieder hinein.

Gott sei Dank war es Ende Juli und warm genug für solche Aktionen.

Im Lager angekommen, hätte er sich am liebsten sofort wieder verzogen. Tys Hochzeit war großes Gesprächsthema am Lagerfeuer.

Alexa lag, ihren Kopf auf Jacks Schoß gebettet, auf einem der Strohballen.

Nein, weder auf dieses Thema noch auf diesen Anblick hatte er Lust, also verzog er sich auf direktem Weg in sein Zelt und schlief noch eine Runde.

ALEXA

Sie war immer noch furchtbar müde und ausgepowert, als sie am Morgen erwachte. Also legte sie sich nach dem Frühstück auf Jacks Schoß und beschloss, noch das ein oder andere Nickerchen zu halten.

Einige Zeit später trudelte Brandon in das Lager. Er schien frisch von den Duschen zu kommen, denn das Wasser lief seinen gebräunten, stählernen Oberkörper entlang.

Leider hatte sie noch nie die Gelegenheit gehabt, ihn kennenzulernen. Er gefiel ihr ausnehmend gut! Diesen Typ würde sie als eine Mischung aus Surferboy und Farmarbeiter beschreiben.

Blonde, recht kurze Haare. Blaue Augen, eine gerade Nase und schöne volle Lippen, die unendlich weich aussahen.

Er war gut trainiert und Alexa würde in diesem Moment wirklich gern die Wassertropfen, die über seinen Oberkörper rannen, mit ihrer Zunge folgen. Alternativ würde sich auch das Tribaltattoo anbieten, das seitlich an seinen Rippen verlief und irgendwo südlich seines Hosenbundes endete.

Sex mit Brandon musste atemberaubend sein. Er sah unglaublich sinnlich aus wie ein absoluter Genießer, der sich stundenlang Zeit nehmen konnte.

Das Muskelspiel seines Sixpacks lenkte Alexas Blick immer weiter nach unten bis zu der dünnen Spur blonder Härchen, die unter dem Bund seiner extrem tiefsitzenden Gauklerhose verschwanden. Gott, dieser Mann war einfach nur heiß!

Jacks Hand, die ihren Rücken zu streicheln begann, zog sie zurück in die Realität und zu der Unterhaltung, die sich vor ihr abspielte.

Immer fortwährende Wiederholungen von Ninas Hochzeit. Urrgg! Alexa hasste Hochzeiten. Sie standen für all das, wovon sie fest der Meinung war, dass es das eigentlich nur in Filmen gab.

Große Liebe? Leidenschaft für immer? Wer es glaubt wird selig!

Natürlich liebte sie. Sie liebte ihre Eltern, ihre Freunde, ihre Tiere und Jack! Die Liebe, die sie für Jack empfand, war etwas ganz und gar Besonderes!

Er war ihr Seelenverwandter. Ihr bester Freund, ihr Bruder, ihr Verbündeter, ihr Trainingspartner, ihr Lebensgefährte, ... Alexa könnte die Liste beinahe endlos fortführen.

Nur eines war Jack leider nicht für sie ... ihr Sexpartner.

Nicht, dass sie es nicht versucht hätten. Ja, das hatten sie, mehr als einmal. Und jedes Mal mussten sie aufs Neue feststellen, dass es einfach nicht funktionierte. Sie waren bereits zornig auseinander gegangen. Beschämt oder lachend...

Sex mit Jack löste eine ganze Menge Emotionen in ihnen beiden aus, nur die, die es auslösen sollte, eben nicht.

Weder Lust noch Leidenschaft noch Befriedigung brachte es einem von ihnen, daher hatten sie es einfach aufgegeben.

Warum auch? Wenn es doch genauso gut mit anderen funktionierte. Eifersucht war nie ein Thema zwischen ihnen gewesen. Ihre Beziehung, wenn man es denn so nennen wollte, war alles in allem auch viel zu speziell, um Platz für solche Kleinigkeiten zu lassen.

Sie waren Jack und Alexa, das immer gleiche, niemals richtige Paar.

Nicht für jeden verständlich, aber für sie doch klar definiert. Was sollte man also mehr wollen?

"Alles in Ordnung?", fragte Jack leise.

"Alles gut. Danke. Ich bin noch ein bisschen müde."

"Mike feiert heute Abend wieder seinen Geburtstag", warf Maya in die Runde.

"Äh, ich geh nicht mit", sagte Sky, die mit ihrem Rücken an Ryans Brust gelehnt da saß, und lächelte sanft zu Ryan auf. Seit ihrer Verlobung war Sky deutlich weicher geworden. Als hätte sie aufgehört, dagegen anzukämpfen. Es war gut so. Alexa wünschte ihr wirklich, dass es funktionierte. Sky hatte es mehr als verdient.

"Ich auch nicht, ich geh heute nochmal früh schlafen, bin immer noch fix und fertig", sagte Alexa.

Die Runde diskutierte noch ein wenig und ehe sie sich versah, war es bereits Mittag und die ersten Fire&Ice Jungs krochen aus ihren Zelten. Auch diese waren vollauf begeistert, auf Mikes Party zu gehen.

Der Nachmittag verlief im üblichen Lagertrott. Jeder suchte sich ein Plätzchen, an dem er sich vom Vortag erholen konnte oder für den heutigen Abend vorschlief.

Auch Brandon kam irgendwann wieder aus seinem Zelt gekrochen. Er streckte sich, gähnte und verstrubbelte sein sowieso schon kreuz und quer stehendes Haar noch mehr, als er sich mit den Händen hindurch fuhr.

Kurz trafen sich ihre Blicke und Alexa lächelte ihn an. Auch seine Mundwinkel zuckten, dann runzelte er aber seine Stirn und wandte sich Richtung Versorgungszelt ab.

Okay. Das war dann wohl eindeutig, dachte sie, schloss die Augen und genoss die warmen Sonnenstrahlen.

Schade, er hätte ihr wirklich gut gefallen.

Als sich am späten Nachmittag alle bereit machten, um auf den Marktplatz zu gehen, schnappte Alexa sich eine Decke und legte sich in die Nähe des Lagerfeuers. Sie genoss die Wärme und den Geruch des verbrennenden

Holzes.

Jack drückte ihr noch einen Kuss auf die Stirn, bevor er mit der Gruppe los zog.

BRANDON

Ihr Lächeln war einladend gewesen, da war Bran sich sicher!

Aber warum? Oder hatte er sich das nur eingebildet?

Um sich nicht schon wieder in etwas zu verrennen, das sich dann doch als aussichtslos erwies, versuchte er sich abzulenken.

Klappte nur leider nicht. Er ging ins Versorgungszelt und stolperte als erstes über eine Box, auf der groß und breit Alexa & Jack stand.

Gott, hatte dieser Mistkerl ein Glück! Sie war eindeutig eine der schönsten Frauen, die er jemals gesehen hatte. Obwohl sie eigentlich überhaupt nicht in sein gewöhnliches Beuteschema passte. Er bevorzugte Frauen wie Maya, die ein wenig runder waren.

An Alexa war nichts rund. Im Gegenteil. Sie war bestimmt 1,75 m groß. Alles an ihr war schlank aber muskulös. Lange, schlanke Muskeln eben. Sie hatte einen kleinen Po und kleine, sehr straff aussehende Brüste.

Ihre langen schwarzen Locken waren meist zu einem Pferdeschwanz zusammen gebunden. Sie war sehr sportlich, das hatte er in Boston gesehen. Einen Nachmittag hatte die Gruppe ein paar neue Tricks ausprobiert und sie und Jack hatten ihnen ein paar tolle Parts beigebracht. Sie hatte Hotpants getragen und ihre straffen, durchtrainierten Schenkel hatten Bran das Wasser im Mund zusammenlaufen lassen.

Sie war stark, hatte Ausdauer und war überaus beweglich ... mit ihr konnte man im Bett bestimmt endlos langen Spaß haben.

Ihr Gesicht war wunderschön. Fein, weich. Augen, die unglaublich viel Wärme ausstrahlten. Eine kleine Stupsnase und schön geschwungene Lippen.

Lippen, die sich immer zu diesem atemberaubenden Lächeln verzogen.

Nein, Mann, schlag sie dir endlich aus dem Kopf!, ermahnte er sich selbst.

Doch sobald er einen Moment nicht achtgab, schlich sich ihr Lächeln wieder in seine Gedanken. Sie war die mit Abstand größte Versuchung, seine Moralvorstellungen über Bord zu werfen, die er jemals gehabt hatte.

"Du bist die letzten Tage ziemlich oft in Gedanken, Bran", sprach Tom ihn an. Brandon fuhr herum. Er hatte ihn nicht kommen hören.

"Ja, stimmt wohl", antwortete er ausweichend und schnappte sich Brot und Wurst aus seiner Truhe.

"Jemand bestimmtes?", fragte Tom weiter.

"Nein."

"Wenn du meinst. Wir gehen heute Abend noch auf die Geburtstagsfeier von irgendeinem Mike. Kommst du mit?"

"Klar."

"Warum sprichst du nicht einfach mal mit ihr?"

"Mit wem?"

"Der Frau, die dir nicht mehr aus dem Kopf geht?"

"Wie kommst du darauf?" Tom lachte auf.

"Weil du immer so bist, wenn du dich wieder in eine verguckt hast."

"Ich hab mich in niemanden verguckt", brummte Bran, erstens, weil er es sich selbst nicht eingestehen wollte, wie gern er tatsächlich einfach zu ihr gehen würde.

Zweitens, weil er keine Lust hatte, dass Tom, die Dorftratsche, gleich wieder die Runde drehte. So gern er seine Freunde mochte, sie waren allesamt alte Klatschweiber!

Der Einzige, der bislang von seiner Vorliebe für Alexa wusste, war Chris. Der war nur leider nicht hier und im Moment auch absolut nicht der richtige Ansprechpartner für Herz-Schmerz ... oder irgendetwas anderes. Seit dem Unfall hatte Chris sich mehr und mehr zurückgezogen.

Von dem smarten, lebenslustigen, jungen Mann war nicht mehr allzu viel übrig.

Bran befürchtete, dass Chris noch eine ganze Weile nicht aus diesem Loch herauskommen würde. Er konnte nur hoffen, dass er ihn eines Tages wieder würde lachen sehen.

"Du kannst mich nicht belügen, Bran, dafür kenn ich dich zu lange", sagte Tom nur grinsend und verließ dann das Versorgungszelt.

Der Nachmittag verging Gott sei Dank schnell. Länger hätte er nicht mehr dabei zusehen wollen, wie seine Traumfrau sich an Jack kuschelte. Es war kaum auszuhalten. Er wäre am liebsten zu den beiden gelaufen und hätte sie von ihm weg gezerrt.

"Aha!", sagte Dave neben ihm.

"Was?", fragte Bran abwesend, da er Jacks Hand beobachtete, die Alexas Rücken streichelte.

"Du hast dich in die Schlangenfrau verknallt", sagte Dave grinsend.

"Nein", wehrte Bran ab. Auch wenn Dave nicht ganz so schlimm wie Tom und Shane im Klatschen war, so hatte er doch keine Lust, seine Gedankenwelt vor ihm auszubreiten.

"Genau, du starrst nur einfach so wie ein wütender Stier seit Stunden zu den beiden rüber", gab Dave zurück

"Und wenn schon. Sie sind zusammen und gut", antwortete Brandon und hörte selbst, dass er ein klein wenig frustriert klang.

"Na und, ist doch ihre Entscheidung", sagte Dave und zog die Augenbrauen zusammen.

"Nein, ich mach sowas nicht."

"Bei Maya hast du es doch auch getan."

"Das war doch etwas ganz anderes! Erstens waren sie nicht zusammen, also ist es doch mein gutes Recht, es zu versuchen. Shanes eigene Schuld, wenn er sich nicht festlegen wollte. Und zweitens hatte er sich ihr gegenüber so beschissen verhalten, dass ich sie ein wenig wachrütteln wollte. Sie muss sich vom dem Idiot doch auch nicht alles gefallen lassen!"

"Wer bist du? Ein Samariter? Denk lieber mal an dich selbst, anstatt Heil über die ganze Welt bringen zu wollen!"

"Du bist doch der Arzt, Dave. Solltest du nicht irgendwas von wegen Nächstenliebe und so geschworen haben?"

"Nein, ich habe nur geschworen zu helfen. Soll ich dein gebrochenes Herz nähen?", lachte Dave und stupste ihn mit seiner Schulter an.

"Lach du nur. Ihr seid alle nur noch ein Stück jünger, aber wenn ihr die 30 mal überschritten habt, werdet ihr dieselben Gedanken bekommen!"

"Nie im Leben!"

"Da wette ich sogar mit dir drauf!"

"1000 $", lachte Dave und hielt ihm die Hand hin.

Darauf schlug Bran gern ein, denn er war sich sicher, dass sie irgendwann alle das Gleiche wollten.

"Und jetzt komm, wir gehen zur Show!"

Nickend erhob er sich, warf einen letzten Blick auf die Frau, die er nicht haben konnte, und ging dann zusammen mit seinen Freunden zum Marktplatz.

Sie benötigten wie gewöhnlich knappe zehn Minuten, um zu dem für sie reservierten Tisch zu gelangen. Er war groß und rund, trotzdem mussten sie in diesem Jahr ein wenig zusammenrücken, damit beide Gruppen daran Platz fanden.

Dann begaben sie sich auch schon zur Bühne, um ihren Auftritt zu absolvieren.

Alles lief glatt und sie hatten weder Probleme mit ihrem Neuzugang noch mit den Samen, die sie seit Chris schrecklichem Unfall anstatt des Pyrofluids benutzten. Anschließend stießen sie gemeinsam auf die erfolgreiche Vorführung an.

"Warum kommt ihr nicht mit, Ryan?", fragte Jason

gewohnt neugierig, als die Gruppe sich über Mikes Geburtstagsparty unterhielt.

"Er ist nicht gerade mein Freund", antwortete Ryan brummig und drückte seine Verlobte enger an sich.

"Warum?", hakte Jason nach.

Sky seufzte. "Weil er mein Ex ist, Jason. Wann lernst du endlich, nicht immer in den falschen Wunden zu bohren?"

"Wenn ihr anfangt, vollständige Informationen zu verteilen", gab Jason, jetzt selbst brummig, zurück. Er rieb sich über seinen Kiefer, als würde er Tys Schlag vom vergangenen Herbst immer noch spüren.

Eine weitere Stunde Gefrotzel und Kabbeleien später entschieden sie, sich auf den Weg zu machen.

Sie gratulieren dem Geburtstagskind und begaben sich dann geschlossen zur Bar, um sich mit Getränken zu versorgen. Nur Maya und Shane blieben zurück und unterhielten sich mit Mike.

"Mhmmm, was ist das denn feines?", fragte Jason einige Zeit später.

Bran sah sich suchend um, um zu erspähen, was Jason so interessant fand. Dabei entdeckte er Jack, der in ziemlich eindeutiger Pose vor einer kleinen Brünetten stand. Sie lehnte mit dem Rücken an einem Baum und hatte einen Fuß daran abgestützt. Jack stand sehr nah vor ihr und lehnte mit einem Unterarm über ihrem Kopf am Baum.

Sie kicherte, wie Frauen eben kicherten, wenn sie flirteten. Und diese beiden taten es eindeutig. An manchen Stellen hätte Bran kein Blatt Papier mehr zwischen ihre Körper gebracht.

Wie konnte dieses Arschloch das nur tun? Die perfekte Frau lag in seinem Zelt und er flirtete hier mit einer, die nicht einmal einen Bruchteil so viel Klasse hatte wie Alexa.

Bran kochte vor Wut. Er würde diesem Wichser beibringen, was er von solchen Aktionen hielt!

Er kippte den Rest seines Rums auf Ex und knallte das

Glas auf die Bar.

"Was ...?", setzte Tom an, verstummte dann jedoch, als er Brans Blick folgte.

"Lass es lieber!", rief er ihm noch hinterher, aber Bran hatte nicht vor, auf ihn zu hören. Wütend krachten seine Füße bei jedem Schritt auf den Boden.

"Hast du denn überhaupt kein Gewissen, du Arschloch!", schrie er, als er noch ungefähr drei Meter von Jack entfernt war.

Jack wandte ihm seinen Blick über die Schulter zu. Verwirrt zogen sich seine Augenbrauen zusammen. Dann löste er sich von der Frau.

"Was meinst du?", erdreistete er sich zu fragen.

"Tu nicht so scheinheilig! Deine Freundin liegt in deinem Zelt und du machst hier mit einer anderen rum?", schrie Bran und stieß ihn hart vor die Brust.

"Was soll das?", fluchte Jack und schlug Brans Hände zur Seite.

"Wichser wie du haben solche Frauen nicht verdient", knurrte Bran, holte aus, platzierte seine Faust auf Jacks Kinn und Mund. Der leichte Schmerz in seiner Faust befeuerte seine Wut nur noch weiter.

Der wesentlich schmalere Mann flog nach hinten und landete hart auf seinem Rücken. Seine Lippe war aufgeplatzt und das Blut lief sein Kinn hinab. Aber Bran hatte kein Mitleid. Im Gegenteil. Am liebsten würde er ihm sofort noch eine auf seine verlogene Fresse geben. Bis er sie endlich hielt!

"Sag mal, hast du sie nicht mehr alle?", stöhnte Jack und rollte sich zur Seite.

Daraufhin hätte er dem Idioten gern noch eine nachgesetzt, aber Dave und Logan hielten ihn in Schach. Sie sprachen auf ihn ein, aber Bran blendete ihre Worte einfach aus. Zu groß war seine Wut. Zu unkontrolliert brodelte und kochte es in ihm.

Er riss sich los und verließ die Party. Er musste sich ein wenig beruhigen, sonst würde er sich noch mit jemandem anlegen, der überhaupt nichts dafür konnte.

Tief sog er die kühle Abendluft in seine Lungen. Die Ruhe abseits des Lagerlebens tat ihm gut. Beruhigte seine Nerven. Alles was zu hören war, war das leise Gemurmel aus den Zelten und das Knistern der Feuerstellen.

Es war ungefähr neun Uhr am Abend und die Sonne war noch nicht ganz untergegangen. Als er zum Lager kam, saß Alexa zusammen mit Sky und Ryan am Lagerfeuer. Sie unterhielten sich angeregt und lachten.

Sie hatte ein schönes Lachen. Warm, voll. Ein Lachen, das ihm sofort ein Lächeln aufs Gesicht zauberte.

Er wollte zu ihr gehen, sie in den Arm nehmen. Sie halten und dafür sorgen, dass dieses Arschloch Jack ihr nicht wehtat.

Utopisch, das war ihm klar, wo Jack doch schon getan hatte, was sie verletzen würde. Sie musste davon erfahren. Langsam ging er zum Feuer und ließ sich neben ihr auf dem Strohballen nieder.

"Hey", warf er in die Runde und lächelte Alexa warm zu. Sie sah ihn ein wenig verwirrt an, lächelte dann aber jenes unvergleichliche Lächeln.

"Schon zurück?", fragte Sky verblüfft.

Bran nickte und warf einen der Holzscheite, die neben jedem Strohballen lagen, in die Feuerstelle. Die Funken stoben auf in das dämmrigen Abendlicht.

"Was ist mit deiner Hand?", fragte Ryan. Sky saß zwischen seinen Beinen. Den Rücken an seine Brust gelehnt. Seine Hände waren vor ihrem Bauch verschränkt.

Genau das wünschte Bran sich auch. Genau so eine Zweisamkeit.

"Bran?", hakte Ryan nach und Brandon schüttelte den Kopf, um seine Gedanken zu sortieren.

"Nichts. Irgendwo aufgeschürft", murmelte er, weil er die angenehme Stimmung noch nicht zerstören wollte. Allein neben ihr zu sitzen, fühlte sich unglaublich gut an. Wie wunderbar es wäre, sie im Arm zu halten, konnte er sich kaum ausmalen.

Sky und Alexa redeten über irgendwelche Leute aus ihrer Heimatstadt, die Bran nicht kannte. Er lauschte einfach nur dem Klang ihrer Stimmen und genoss ihre Gesellschaft.

Ryan schien es ähnlich zu gehen, denn auch dieser strebte keine Unterhaltung an, sondern hatte einfach seine Wange auf Skys Scheitel gebettet und streichelte ihren Bauch.

"Halt lieber ein bisschen Abstand von dem Kerl, Al. Der ist verrückt geworden", hallte Jacks Stimme einige Zeit später über ihren Lagerplatz.

"Hey Jack, schon zurück?", fragte sie freundlich und klang ein wenig verwirrt.

"Ja, brauch ein Steri, hört nicht auf zu bluten", brummte Jack und funkelte Bran böse an.

"Mein Gott, was ist denn mit dir passiert?", rief Alexa aufgebracht und war schon aufgesprungen, um sich die Verletzung anzusehen.

"Scheiße! Warte, ich hol den Erste-Hilfe-Kasten", sagte sie, raffte den langen Rock ihres Kleides nach oben und trabte zum Versorgungzelt.

"Willst du ihr nicht lieber sagen, was du getan hast, anstatt dich auch noch von ihr verarzten zu lassen?", knurrte Bran.

Er öffnete und schloss seine Faust immerzu, um die Spannung aus seinem Körper zu bekommen.

"Mach ich beides gleichzeitig, du Volltrottel!", keifte Jack zurück.

"Was ist denn los?", fragte Sky und sah zwischen Brans Hand und Jacks Lippe hin und her.

Sie schien es bereits zu ahnen, wollte aber eine konkrete Antwort.

Das ist Jacks Part!

In diesem Moment kam Alexa schon mit dem Verbandsmaterial zurück. Sie setzte sich auf den Strohballen. Den Verbandskasten auf ihrem Schoß, zog sie an Jacks Hand, damit dieser zu ihr hinunter kam.

"Scheiße, Jack, hast du das Kinn nicht gekühlt?", fragte sie besorgt und betastete das Gesicht des Idioten.

So viel Fürsorge hatte er bei Gott nicht verdient.

"Doch, hab's versucht", antwortete Jack vor ihr kniend.

"Wem bist du in die Quere gekommen?", fragte sie weiter und träufelte Desinfektionsmittel auf ein Stückchen Watte.

"Brandon, anscheinend", knurrte Jack.

Mit einer erhobenen Augenbraue drehte Alexa sich zu Bran um.

"Nun sag ihr schon die ganze Wahrheit, du Arschloch", schrie er Jack an.

"Woher soll ich wissen, was dein Problem ist? Du hast es mir ja nicht gesagt. Stattdessen hast du diesen Haken in meinem Gesicht platziert!", schrie Jack zurück.

"Du hast sie betrogen!", schrie Bran aufgebracht und sprang auf.

"Wen?", fragte Alexa und schien ehrlich verwirrt. Sie schien keinerlei Misstrauen gegenüber ihm zu haben.

"Ja, wen denn bitte, Brandon?", fragte Jack und funkelte ihn wütend an.

"Alexa, wen sonst?", schrie Bran zurück. Vier Augenpaare sahen ihn stirnrunzelnd an, während Bran schwer atmend versuchte, seine Wut unter Kontrolle zu bringen.

"Und wie bitte sollte er das tun?", fragte Alexa skeptisch.

"Er hat eine andere Frau geküsst!", schrie Bran außer sich, darüber, dass es niemanden zu interessieren schien, was dieses Arschloch getan hatte.

Ein kleines Lächeln zuckte um ihre schönen Lippen, ehe sie sich wieder dem Verbandskasten zuwandte.

"Oh Jack! Du hast mir das Herz gebrochen!", quiekte sie übertrieben theatralisch und ihr Oberkörper zuckte vor unterdrücktem Lachen.

"Das ist nicht witzig, Al. Mein Kiefer tut scheiß weh und mit der Lippe kann ich niemanden küssen!", sagte Jack und zuckte unter dem Wattebausch weg.

"Was soll das alles?", fragte Bran, ruhiger jetzt und dafür zunehmend verwirrt.

"Wir sind kein Paar, Brandon", sagte Alexa, ohne zu ihm aufzusehen.

"Was denn sonst bitte?", fragte Bran skeptisch.

"Jack ist mein bester Freund. Er kann küssen, wen er will", setzte sie erklärend hinzu, ehe sie einen kleinen Steristrip an Jacks Lippenrand platzierte.

"Entweder du bist vorsichtig oder du gehst noch schnell zu den Sanitätern und lässt dir zwei Stiche setzen, damit die Lippe ordentlich heilen kann", sagte Alexa sanft und streichelte Jacks Wange.

"Ja, Mama", grinste dieser frech, zuckte aber sogleich zusammen, als Spannung auf die Platzwunde kam.

"Das wäre theoretisch lieb von dir gewesen, Bran, aber so solltest du dich glaube ich entschuldigen", sagte Alexa und sah mit diesem atemberaubenden Lächeln zu ihm auf. Ihm blieb gar nichts anderes übrig, als ihr Lächeln zu erwidern. In diesem Lächeln, in diesen Augen könnte er sich verlieren.

"Bran?", fragte sie und riss ihn damit aus seinen Tagträumen.

"Hmpf ... sorry", brummte er schließlich und verfluchte sich selbst.

Hätte er diesen Idioten nicht geschlagen, wäre dieser jetzt bei einer anderen Frau und er hätte Alexa für sich ... anderseits würde er dann immer noch davon ausgehen, dass er sie niemals würde haben können. Und dem war nicht so!

Er hatte eine Chance und er würde sie nutzen!

Betont gleichgültig ließ er sich wieder neben seine Traumfrau auf den Strohballen nieder. Jacks wütendes Funkeln ignorierte er einfach.

Fieberhaft suchte er nach einem Gesprächsthema, mit dem er Alexa wieder auf sich selbst aufmerksam machen konnte. Vor allem ein Thema, mit dem er sie davon ablenken konnte, dass er ihrem besten Freund eins auf die Fresse gegeben hatte.

Als er sich ihr zuwandte, sah er, dass sie und Jack ein stummes Gespräch mit ihren Augen führten.

Schnell, schnell, denk nach!, drängte er sich selbst.

Zu spät. Seine Traumfrau erhob sich bereits.

"Wir hauen uns dann mal aufs Ohr", sagte sie in die Runde und lächelte Bran entschuldigend an.

"Gute Nacht!", sagte sie und wandte sich dann ab, um zusammen mit Jack in das Schlafzelt der Setarips zu gehen.

Bran folgte ihnen mit seinem Blick. Es war das erste Mal, dass er sich wünschte, ebenfalls im Gemeinschaftszelt zu schlafen, anstatt sein eigenes kleines Zelt zu haben.

"Das größte Fettnäpfchen hast du dir also ausgesucht?", kicherte Ryan auf der anderen Seite des Lagerfeuers.

"Ja, ja, du hast gut lachen", grummelte er und versuchte zu vermeiden, dass sein Freund bemerkte, wie sehr er ihn beneidete.

"Ich glaube nicht, dass sie dir das wirklich übelnimmt. Aber ich glaube auch nicht, dass sie das ist, was du suchst, Brandon", sagte Sky leise und irgendetwas in ihren Augen beunruhigte ihn.

"Warum?", hakte er nach.

"Sie ist nicht das Hausmütterchen, das du dir wünschst, Bran. Bevor du dir also allzu sehr den Kopf verdrehen lässt, solltest du dir genau überlegen, was du willst", antwortete Sky. Ihr Blick war ein wenig mitleidig.

Bran schnaubte.

Alexa war genau das, was er sich wünschte! Und wenn die Sache mit Jack ihm nicht im Weg stand, würde er sie sich schnappen und nach Hause schleppen!

Ein Lächeln stahl sich auf sein Gesicht. Oh ja, Alexa war definitiv seine Traumfrau.

Schnell verabschiedete er sich und legte sich schlafen. Morgen früh würde er anfangen, sie für sich zu gewinnen!

ALEXA

Jack tat ihr furchtbar leid! Und eigentlich sollte sie unglaublich wütend auf Bran sein ... aber irgendwie fand sie es sehr süß, dass er ihre Ehre verteidigen wollte.

Den Abend mit ihm am Lagerfeuer hatte sie sehr genossen. Er war ein stiller Zeitgenosse. Wenn er sprach, sprach er ruhig und ohne erst kilometerweit auszuholen. Alexa genoss seine Gesellschaft wirklich.

Jack eher weniger. Da er so leidend dreinschaute, wie nur Jack es konnte, verabschiedete sie sich von den anderen und ging Seite an Seite mit Jack in das große Schlafzelt der Setarips.

Sie hatten schon immer dieses Gruppenschlafzelt gehabt. Anders als die Mitglieder von Fire&Ice, die alle Einzel- oder Zwei-Mann-Zelte hatten.

Ob Bran wohl ein Einzelzelt hat...

Schnell schüttelte sie den Gedanken ab. Heute würde sie es sowieso nicht mehr herausfinden, da sie erst einmal Jacks Ego kraulen musste. Solche Niederlagen steckte er für gewöhnlich nicht allzu gut weg. Sie musste sich ein Grinsen verkneifen. Manchmal war er noch wie ein kleiner Junge und im nächsten Moment hatte er schon die Reife eines alten Mannes.

Schnell zogen sie sich um. Alexa trug wie immer Hotpants und ein Top. Jack schlief immer nur in seinen Boxershorts.

Sie lag noch nicht ganz, da zog Jack sie schon mit ihrem Rücken an seine Brust.

"Der ist verrückt, Al, sag ich dir!", murmelte Jack in ihre Haare.

"Ach komm schon, Jack, was hättest du gemacht?", fragte sie und spürte gleich darauf sein Lächeln an ihrem Kopf.

"Schon gut. Verstanden! Schlaf jetzt, Süße. Dank Brans Schwinger brummt mein Schädel gewaltig!", sagte er.

"Oh ... seinen Schwinger würde ich aber auch gern mal

sehen", kicherte Alexa.

Klatschend fuhr Jacks Hand auf ihren nackten Oberschenkel nieder und Alexa quiekte auf.

"Ruhe, du verdorbenes Biest! Ich will nichts von deinen versauten Fantasien hören!", sagte Jack lachend und schmiegte sich dann enger an sie.

"Gute Nacht, Jack", sagte Alexa leise, nachdem sie sich beruhigt hatte.

"Gute Nacht, Al", flüsterte er, bereits auf dem Weg ins Reich der Träume.

3 VIELLEICHT ... ?

BRANDON

Am nächsten Morgen erwachte er bereits kurz nach Sonnenaufgang. Im Lager war es noch sehr still und keiner seiner Freunde war schon auf den Füßen.

Das war nichts Ungewöhnliches. Die meisten von ihnen handhabten es immer noch wie in den vergangen Jahren. Partys, Weiber und viel Alkohol. Diejenigen waren gerade erst zurück in ihre Zelte gestolpert oder kamen jetzt erst noch.

Bran hatte seine Herzdame bereits gefunden und brauchte diesen ganzen Scheiß nicht mehr. Grinsend und gut gelaunt stieg er aus seinem Schlafsack. Er schnappte sich sein Duschzeug und schlüpfte aus seinem Zelt.

Tau lag auf dem Gras und die Sonne ging in schönen Rosa- und Pinktönen am Horizont auf. Tief sog er die frische Morgenluft in seine Lungen und sah sich in den benachbarten Lagern um.

Keine Menschenseele zu sehen. Hier und da qualmten die letzten Reste der nächtlichen Lagerfeuer. Ein paar Flaschen, die untertags nicht gestattet waren, lagen am Boden und warteten darauf, aufgeräumt zu werden, bevor die ersten Besucher das Lagerleben besichtigen würden. Sein Blick wanderte weiter zu dem Wall, der das Lager in zwei Hälften teilte.

Vom angrenzenden Wald her kommend, joggten Alexa und Jack herbei. Locker, leichtfüßig, als würde Joggen nicht das kleinste bisschen Anstrengung mit sich bringen.

Sie sah atemberaubend aus, obwohl sie so einfach gekleidet war. Ihr Haar war zu einem Pferdeschwanz zusammengebunden und wippte bei jedem Schritt von links nach rechts. Sie trug ein graues Hoody mit einem Reißverschluss an der Vorderseite. Dieser war bis zur Hälfte geöffnet und entblößte ein schwarzes Tanktop. Die ebenfalls schwarzen Shorts gingen bis zur Hälfte ihrer braun gebrannten Oberschenkel.

Sie waren schon kurz vor dem Lager, als seine Traumfrau ihn erspähte. Eines dieser wunderschönen Lächeln huschte über ihr Gesicht und sie winkte ihm fröhlich zu.

Dämlich grinsend winkte er zurück. Bis er auf Jacks finsteren Blick traf.

Na, hoffentlich ist das nicht so ein pseudo bester Freund wie Fabio!, dachte Bran grimmig. Der Gedanke, dass Jack genauso heimlich verliebt in Alexa sein könnte wie Skys bester Freund Fabio in Sky, ließ es ihm kalt den Rücken hinablaufen.

"Guten Morgen!", rief Alexa fröhlich und ließ sich gleich darauf auf den Boden fallen, um ihre Beine zu dehnen.

Meine Fresse, ist die beweglich!, dachte er wieder einmal und musste hart schlucken bei dem Gedanken, was man mit so einer Schlangenfrau alles anstellen konnte.

Unauffällig rückt er sein bestes Stück zurecht, das sich allein bei dem Gedanken daran aufgerichtet hatte.

"Guten Morgen", gab er rau zurück, während er beobachtete, wie sie sich im Spagat zur Seite neigte und ihren Kopf beinahe auf ihrem Knie ablegte.

Halleluja! Er hätte sich gern gesetzt, um die Show voll

umfänglich genießen zu können.

Seine Erregung verging schlagartig, als sie sich auf den Rücken legte und Jack sich zwischen ihre Beine kniete. Er legte sich eines ihrer Beine auf die Schulter und drückte es mit seinem Körper bis zum Kopf nach oben.

Jack selber kam seiner Traumfrau dabei deutlich näher, als Bran es für gut empfand! Mit Müh und Not konnte er ein Knurren unterdrücken.

Anderes Bein ... natürlich! Grrrrr!

Es war kaum auszuhalten.

Weitere zehn Minuten später waren sie wohl endlich fertig. Brandon auch ... fertig mit den Nerven!

"Bist du auch auf dem Weg zum Duschen?", fragte sie und rieb sich mit einem Handtuch über Nacken und Hals.

"Ja, wollte gerade los", antwortete er.

Wieder schenkte sie ihm dieses Lächeln und sie gingen zu dritt schweigend zu den Duschwagen.

Es hatte eindeutig Vorteile, so früh aufzustehen. Der Großteil der Teilnehmer schlief noch tief und fest, sodass sie die freie Auswahl unter den Duschen hatten. Es war auch alles noch sehr sauber, da die Putzkolonne ihren Dienst gerade erst beendet hatte.

Wortlos ging jeder in seinen Duschwagen. Seine Gedanken wanderten nur ganz kurz zu seiner Traumfrau, die ihm so nah war. Jack war näher. Nämlich exakt eine Duschkabine weiter und er murmelte fluchend vor sich hin.

"Kannst du beim Duschen nicht deine Klappe halten?", fragte Bran, weil er sich seinetwegen beinahe zwei Mal beim Rasieren geschnitten hätte.

"Kann ich normalerweise schon, aber irgend so ein Arschloch hat mir gestern auf die Fresse gehauen und sowohl Shampoo als auch Rasierschaum brennen in der Wunde!", maulte Jack zurück.

Bran grinste vor sich hin und hielt im weiteren Verlauf seine Klappe.

Er versuchte, sowieso schnellstmöglich fertig zu

werden, um Alexa nicht zu verpassen. Er trocknete sich flüchtig ab und schlüpfte dann in seine knielange, bunte Gauklerhose.

Alexa trat nur wenige Minuten später aus dem Duschwagen der Damen. Ihre nassen Locken hatte sie zu einem Knoten nach oben geschlungen. Das Wasser lief ihr an Hals und Nacken hinab und zog seinen Blick magisch an.

Sie trug ein schwarzes Spagettitop und passende Shorts, sodass Bran ihren wunderschönen Körper mit der makellosen Haut eingehend betrachten konnte.

"Hey", sagte sie lächelnd. "Lass uns zurückgehen, Jack braucht immer ewig beim Duschen."

Unwillkürlich lächelte er zurück. "Gern."

Seite an Seite gingen sie zurück und Bran hätte nichts lieber getan, als seinen Arm um ihre Schulter zu legen. Soweit waren sie aber noch nicht.

"Hör mal, wegen gestern ...", fing er mit dem unangenehmen Thema an, aber es musste schließlich aus der Welt geschaffen werden.

"Kein Thema. War ein blödes Missverständnis. Ich weiß auch, dass das mit Jack und mir von außen immer etwas seltsam wirkt, aber ich dachte irgendwie, dass es alle schon wissen, daher ...", sie zuckte mit ihren Schultern und lächelte ihn entschuldigend an.

"Wissen was?", fragte er vorsichtig.

"Na, dass wir nur Freunde sind. Er ist mein bester Freund und noch vieles mehr, aber wir sind bei Gott kein Paar!"

Gerne würde er bei *vieles mehr* genauer nachhaken, aber dafür hatte er im Moment keinen Nerv. Erst einmal wollte er seine Traumfrau kennenlernen.

"Erzähl mir was über dich", forderte er sie auf, nachdem sie sich am Lagerfeuer niedergelassen hatten.

Um ihr nicht zu zeigen, wie wichtig ihm das hier war, beschäftigte er sich mit dem Feuer.

Er warf ein wenig Stroh, Späne und kleine Holzspalte

hinein, bis es richtig brannte.

Sie hatte eine Familie, aber wenig Kontakt mit ihnen, weil diese weder ihre Berufswahl noch Jack akzeptieren wollten. Am meisten telefonierte sie noch mit ihrer kleinen Schwester, erzählte Alexa. Diese sei sehr ruhig und immerzu in ihre Bücher vertieft. Kaum aus dem Haus zu bekommen und Angst vor allem, was mehr als zwei Beine hatte.

Wie unterschiedlich Geschwister doch sein können ..., dachte Bran grinsend. Seine Gedanken machten sich sofort auf den Weg, seine eigene kleine Familie zu skizzieren.

Sie erzählte ihm von dem Dorf, in dem sie und Jack zusammen lebten.

War ja klar, dass sie auch noch eine WG mit ihm haben muss!, dachte er grimmig, während er das Dreibein über dem Feuer platzierte.

Sie arbeiteten und trainierten zusammen ... *was auch sonst.* Sie bildeten Pferde zum Voltigieren aus. Turnen auf dem Pferd hatte sie es genannt. Laut Alexa waren die beiden wohl sehr erfolgreich in diesem Sport und würden sogar an den Deutschen Meisterschaften teilnehmen.

Dass sie Pferde mochte und diese ausbilden konnte, freute Bran. Ja, seine Traumfrau würde auch noch perfekt auf seine Farm passen!

Da er selbst keine Familie hatte, konnte er hierzu nicht allzu viel beisteuern. Er erzählte ihr nur ein wenig von seiner Farm und seiner Arbeit.

Sie verstanden sich sehr gut und ihr Lächeln war noch wärmer und offener geworden, als Bran ihr den Kaffee reichte, den er auf dem Dreibein gekocht hatte.

Es war unglaublich schön, Alexas Gesellschaft zu genießen. Sie war unkompliziert, offen, fröhlich und kein bisschen zickig oder aufgesetzt.

Sie verstellte sich nicht, war einfach, wie sie wirklich war und versuchte nicht nur zu gefallen.

Sie lachte viel und ihr Lachen war ansteckend.

In ihrer Gegenwart fühlte er sich befreit. Alle Sorgen,

Zwänge und 'Du-solltest' waren verschwunden. Nur noch das Jetzt zählte.

Ja, sie war definitiv genau die richtige Frau für ihn! Er musste sie nur noch genauso verrückt nach ihm machen, wie er es nach ihr war. Das sollte nicht allzu schwer sein, so gut wie sie sich verstanden.

Jack war auch vom Duschen zurückgekommen. Ohne einen Ton zu sagen, hatte er sich auf eine Decke in der Nähe gelegt.

Erfreut stellte Bran fest, dass Alexa sich in keinster Weise verändert hatte, nachdem Jack zurückgekommen war. Also lief wohl wirklich nichts zwischen den beiden. So interpretierte Bran zumindest das Verhalten der beiden.

Nach und nach erwachten ihre Mitstreiter zum Leben. Obwohl der ein oder andere eher als untot zu bewerten war. Alex, Mat und Logan sahen am schlimmsten aus.

"Gott, kann mich bitte einer davor bewahren, nächstes Jahr auf eine von Mikes Partys zu gehen?", jammerte Alex und schob sich eine Sonnenbrille auf die Nase.

"Du hast leicht reden! Ich hab nen Geier in meinem Zelt, den ich nicht mehr los werde, weil sie schläft, als wäre sie im Koma!", beschwerte sich Mat und zog sich die Kapuze seines Hoodys tiefer ins Gesicht.

"Klag sie doch aus deinem Zelt", sagte Shane lachend, während er Maya einen Tee reichte.

Dass Shane um diese Zeit einmal so fit sein würde, hätte Bran auch nie erwartet. Ja, Maya tat ihm definitiv gut. Genauso ging es ihm schließlich mit Alexa. Immerhin hatte er keinen Kater und auch keinen Geier, den er loswerden musste.

"Ich hab Urlaub! Ich verklage niemanden. Aber ich könnte ja ab sofort bei euch im Grübchen schlafen, Shane, dann kann mir egal sein, ob der Geier noch da ist oder nicht", gab Mat mit einem diabolischen Grinsen zurück.

"Niemals! Niemand liegt zwischen mir und meiner Maya!", antwortete Shane bestimmt und zog seine Frau an sich.

"Ryan?", fragte Mat hoffnungsvoll.

"Für dich gilt das Gleiche wie für Shane und jeden anderen von euch Scheißern. Wer sich dem Schlafbereich meiner Zukünftigen auch nur auf 50 Meter nähert, den stampf ich in Grund und Boden!", knurrte Ryan.

"Hey! Unser Lager ist keine 50 Meter breit!", beschwerte sich Dave, der etwas abseits mit einem Handtuch über dem Kopf im Gras lag.

"Gut, dann gibt es für die diversen Lagerleben Sondergenehmigungen. Aber allein der Gedanke an das Betreten meines Zeltes ist euer Todesurteil!"

"Hmpf!", machte Ty mit vollem Mund und jeder verstand, dass das 'DITO' bedeuten sollte. Nina neben ihm kicherte gerade über ein Bild, das sie von einer der Schnapsleichen gemacht hatte. Sie war zwar immer noch sehr ruhig, aber deutlich entspannter, als sie es vor Ty jemals gewesen war.

Der Nachmittag verging schnell und schon machten sich alle gemeinsam auf zur Show. Auch Alexa begleitete sie diesmal und das Kleid, das sie nach dem Frühstück angezogen hatte, stand ihr hervorragend. Es war in Tannengrün und Beige abgesetzt. An Bauch und Rücken hatte es eine lockere Schnürung und betonte so ihre schmale Figur.

Bran ging wieder neben ihr und konnte sich langsam kaum noch beherrschen, sie nicht einfach an sich zu ziehen.

Die anderen Paare ständig kuschelnd um sich zu sehen, machte das Ganze auch nicht besser. Sogar Shanes Giftspritzen-Schwester war nahezu anschmiegsam bei dem Iceman, wie seine Freunde und er Dario Benson, Ninas Bodyguard, nannten.

Jacks ständige Anwesenheit nervte ihn gewaltig. Obwohl dieser nicht ein einziges Mal den Anschein machte, mehr in ihrer Freundschaft zu suchen. Ein wenig mehr Privatsphäre für seine Annäherungsversuche wäre Brandon dennoch recht gewesen.

Sie erreichten den Marktplatz und ihren Tisch nach kurzer Zeit. Auf einen Drink konnten die Jungs von Fire&Ice noch bleiben, ehe sie zu ihrem Auftritt mussten.

ALEXA

Zeit mit Brandon zu verbringen, fühlte sich unglaublich gut an. Dass das Missverständnis mit Jack endlich aus dem Weg geräumt war, freute Alexa, denn Bran gefiel ihr von Anfang an und so richtig hatte sie nie verstehen können, warum er ihr so überhaupt keine Aufmerksamkeit schenkte.

Für gewöhnlich kam sie bei Männern gut an und wusste das auch. Sie war einfach davon ausgegangen, dass die Jungs von Fire&Ice über ihren Beziehungsstatus zu Jack Bescheid wussten ... wohl nicht.

Meistens war dieses Missverständnis für sie durchaus von Vorteil, weil sie so nicht doof angemacht wurde, sondern selber aktiv die Wahl treffen konnte.

Und ihre Wahl war auf Bran gefallen. Er war sehr ruhig. Genießerisch und unglaublich sinnlich. Allein wie er seinen Kaffee trank, ließ in Alexas Kopf Bilder von endlosen Liebesspielen erscheinen.

Immer wieder strubbelte er sich durchs Haar und ließ seine weich aussehenden, dunkelblonden Haare in alle Richtungen abstehen. Genauso würde sein Haar auch nach dem Sex aussehen, da war Alexa sich sicher.

Mit dem lässigen Gang eines Cowboys schlenderte er zur Bühne. Die Muskeln auf seinem breiten Rücken spielten und zuckten bei jeder seiner Bewegungen.

"Er gefällt dir wirklich, hm?", fragte Jack neben ihr. Die Bierflasche in seiner Hand drehte er unaufhörlich im Kreis.

"Mhm ... lecker", grinste Alexa, weil sie genau wusste, dass das der Ton war, den Jack nicht hören wollte.

"Urg, hör auf! Das ist, als würde mir meine kleine Schwester von ihren Sexfantasien erzählen", sagte er und schüttelte sich theatralisch.

Alle am Tisch lachten und sogar über Carrys stets angespannten Lippen zuckte ein kleines Lächeln.

"Wie geht es dir überhaupt, Dario? Nina hat mir von dem Anschlag erzählt", fragte Alexa und Carrys Gesicht verfinsterte sich sofort.

"Alles in Ordnung", sagte er ruhig und trank einen Schluck aus seiner Flasche.

Carry schnaubte. "Nichts ist gut! Die Schulter ist immer noch nicht kuriert und eigentlich sollte er sie schonen, anstatt sie beim Training zu belasten!"

"Carry …", sagte Dario in mahnendem Ton.

"Ähm … und der Täter?", fragte Alexa, um einen Streit zwischen den beiden zu vermeiden.

Carry verschränkte die Arme vor der Brust und wandte ihren Blick ab. Daraufhin seufzte Dario und sagte: "Der Schütze selbst starb noch am Tatort. Eine beweisbare Verbindung zu der Gang, die hinter dem Anschlag steckt, konnte leider nicht aufgedeckt werden."

"Ty ist noch viel vorsichtiger geworden", sagte Nina leise. Alexa war immer wieder erstaunt, wenn Nina von sich aus zu sprechen begann.

"Was hast du erwartet, Nina? Die Gang aus seiner Jugend verübt einen Mordanschlag auf dich, um sich an ihm zu rächen. Es war doch klar, dass er jetzt ein wenig übervorsichtig ist", wandte Dario sich an sie.

Da sowohl Nina als auch Carry ihn ignorierten, schüttelte er genervt den Kopf und lehnte sich ebenfalls zurück.

Diese ganze Geschichte war wirklich grauenvoll und Alexa hoffte, dass die Drahtzieher gefunden wurden, bevor ihnen ein Anschlag auf Ninas Leben glückte.

Auch Alexa wandte ihre Aufmerksamkeit dem Spektakel auf der Bühne zu.

Den Jungs bei ihrer Show zuzusehen, war jedes Mal aufs Neue atemberaubend. Ihre Bewegungen waren perfekt aufeinander abgestimmt. Jeder Muskel war auf

Hochspannung und alle waren voll konzentriert.

Alexa wusste die Leistung aus athletischer Sicht durchaus zu schätzen. Aus ästhetischer aber noch viel mehr. Gott, waren das Leckerbissen!

Natürlich kannte sie allein von ihrem Training und den Wettkämpfen Unmengen an muskulösen Männern. Aber Männer im Voltigiersport waren stets sehr schlank und sehnig gebaut.

Die Jungs von Fire&Ice waren größtenteils bulliger. Wie Bran. Oh ja, er sah definitiv kräftig genug aus, um sie gegen eine Wand gepresst zu nehmen.

"Hör auf, Al!", jammerte Jack.

Mit einer nach oben gezogenen Augenbraue wandte sie sich zu ihm um.

"Du fängst gleich an zu sabbern. Das ist widerlich!", fuhr Jack fort.

Lachend schubste sie ihn gegen die Schulter. "Musst du nicht Frischfleisch für heute Abend suchen?"

Jack lachte ebenfalls, nickte und verzog sich dann in Richtung Bar.

"Und du, Al? Leistest du mir heute Abend Gesellschaft?", fragte Taylor frech.

"Ich glaube nicht ...", setzte sie an, wurde aber unterbrochen.

"Nein, zu spät, Taylor. Wir haben schon etwas ausgemacht", sagte Bran, der sich genau in diesem Moment neben ihr auf den Stuhl fallen ließ. Seinen Arm hatte er auf ihre Rückenlehne gelegt.

Es war ruhig geworden am Tisch, alle warteten auf ihre Reaktion. Die bekamen sie auch, denn allein Taylors Gesichtsausdruck sah so komisch aus, dass sie sofort in schallendes Gelächter ausbrach.

Der ein oder andere ließ sich anstecken, doch Bran zog sie samt Stuhl ruckartig näher.

"Das sollte kein Witz sein", brummte er und streichelte federleicht mit seinen Fingerspitzen ihren Oberarm.

"Mein Lachen bezieht sich auch mehr auf Taylor als

auf dich", antwortete sie grinsend und versuchte, die neugierigen Blicke zu ignorieren.

"Dann ist ja gut", murmelte er und auf seinen schönen Lippen lag ein kleines Lächeln. Nur allzu gern würde sie sich jetzt einfach nach vorn beugen, um von ihnen zu kosten. Zu testen, ob sie genauso weich waren, wie sie aussahen. Zu probieren, ob er genauso hervorragend schmeckte, wie es sein Lächeln versprach.

Nach und nach liefen die Gespräche wieder an, doch man merkte genau, dass jeder mit einem Ohr bei Brans und ihrem Gespräch war.

Bran erzählte ihr ein wenig von seinen Zukunftsplänen. Ihr gefiel, was sie hörte, und Bran war sicher einer der wenigen Männer, der schon so konkrete Vorstellungen von einer eigenen Familie hatte. Und er war definitiv der einzige Single bei Fire&Ice, der so dachte.

Immer mal wieder hörte sie einen der Jungs schnauben oder einen Kommentar murmeln, doch Bran schien sie einfach zu ignorieren. Wahrscheinlich kannte er die dummen Sprüche bereits.

Sie selbst steuerte nicht viel zum Thema Zukunftsplanung bei. Wie auch, bestand ihre Zukunftsplanung doch lediglich daraus, alles genau so wie es momentan war, weiter zu betreiben.

Sie war rundum zufrieden mit ihrem Leben und hatte bei Gott nicht das Bedürfnis, irgendetwas daran zu ändern.

Sie war in ihrer Passion endlich zu einer internationalen Größe aufgestiegen.

Der Ausbildungsbetrieb, den Jack und sie zusammen gegründet hatten, lief so gut, dass ihre Pferde weltweit abgenommen wurden. Teilweise sogar schneller, als sie sie ausbilden konnten.

Sie waren schon am überlegen, in einen eigenen kleinen Betrieb zu investieren, aber die Kosten hierfür würden ihr Budget deutlich übersteigen.

"Party bei uns im Lager?", rief Logan in die Runde, nachdem er seinen Mund einmal für zwei Minuten von dem Mädchen auf seinem Schoß genommen hatte.

Die Runde jubelte. Verständlich, wo die Partys im Fire&Ice-Lager doch so legendär waren. Auch wenn Alexa keine Ahnung hatte, wie sich das in diesem Jahr entwickelt hatte, nachdem die beiden Gruppen sich jetzt ein Lager teilten.

"Hast du Lust?", riss Bran sie aus ihren Gedanken.

Sie lächelte zu ihm auf und nickte. Vielleicht war das ihre Chance, ihm ein wenig näherzukommen. Sich so wie die Frauen zu gebärden, die sonst an den Singles unter den Junges hingen, war nicht Alexas Art.

Sie war alles andere als verklemmt oder schüchtern. Aber sich jemanden so anzubiedern, fand sie einfach nur furchtbar billig!

Bran griff nach ihrer Hand und zog sie hoch. Sie ging ihm gerade so bis zum Kinn, obwohl sie selbst recht groß war. Den Kopf in den Nacken gelegt, sah sie zu ihm auf. Sein Blick flackerte und glitt immer wieder zu ihren Lippen. Diese öffneten sich in Erwartung ihres ersten Kusses wie von selbst.

Gott, sie wollte ihn so gerne küssen. Leicht lehnte sie sich ihm entgegen und auch Bran verlagerte sein Gewicht ein Stück nach vorn, sodass nur noch wenige Zentimeter zwischen ihren Lippen lagen.

Aus der Nähe waren seine blauen Augen noch atemberaubender. Sie waren nicht einfach nur blau, sondern mit dunkelblauen Strichen durchzogen. Wie die Speichen eines Fahrrads. So einmalig, dass sie das Gefühl hatte, sich in ihnen verlieren zu können.

"Al ...", wisperte er, seinen Blick wieder auf ihre Lippen geheftet.

"Kommt ihr mit, Bran?", fragte Mat und brach damit den Bann.

Unwillig zog Brandon seine Augenbrauen zusammen und wandte sich dann seinem Freund zu.

Alexa selbst hätte Mat nur allzu gern in den Arsch getreten. Sie funkelte ihn wütend an und als sich ihre

Blicke trafen, weiteten sich seine Pupillen sogar einen Augenblick erschrocken. Dann breitete sich ein träges Grinsen auf seinem Gesicht aus.

"Wie auch immer", sagte er und klopfte Bran zweimal auf die Schulter, ehe er sich abwandte und dem Tross folgte.

"Ja ... ähm ... dann gehen wir wohl mal", stammelte Bran, wandte sich ab und zog sie an ihrer Hand hinter sich her.

In diesem Moment hätte sie nicht nur Mat gern in den Arsch treten wollen, sondern auch Bran, dafür, dass er sich so aus dem Konzept hatte bringen lassen. Vor allem, weil er doch genau auf dem richtigen Kurs gewesen war. Ein wenig unwillig lief sie hinter ihm her.

Ihre Laune wurde ein klein wenig besser, als sie bemerkte, dass Bran nicht auf die anderen zusteuerte, sondern auf eine der Doppelsitzliegen, die ein wenig abseits der anderen stand. Er setzte sich und zog sie an ihrer Hand mit nach unten. Das ließ sie nur allzu gern zu, da sie sich seit Stunden nichts sehnlicher wünschte, als endlich in seinen Armen zu liegen.

Sie lehnten nebeneinander an der Rückenlehne und beobachteten das bunte Treiben. Da er so überhaupt keine Anstalten machte, in irgendeiner Form da weiterzumachen, wo sie durch Mat so unsanft unterbrochen wurden, entschied sie sich, der Sache auf den Grund zu gehen.

Sie drehte sich auf die Seite, das Gesicht ihm zugewandt und ihren Kopf auf ihrem Oberarm abgelegt. Sie musterte ihn eingehend, genauso wie er sie betrachtete.

Das kleine Lächeln, das seine Lippen dabei umspielte, war wunderschön.

"Noch irgendwelche Fragen zu Jack?", fragte sie schließlich leise, weil das ja der Kern aller bisherigen Probleme zwischen ihnen gewesen war.

Er runzelte die Stirn, öffnete den Mund, als wollte er schon etwas sagen, schloss ihn dann aber wieder und schüttelte dann lächelnd den Kopf.

"Nein", sagte er ruhig, ehe er sich in genau die gleiche Position wie sie selbst brachte.

Sehr nah, sodass sie ihn küssen könnte, würde sie sich ein wenig strecken.

Langsam hob er eine Hand und legte sie ihr auf die Wange. Sein Daumen streichelte ihren Wangenknochen und seine Augen schienen jeden Zentimeter ihres Gesichts zu scannen.

"Du bist eine so unglaublich schöne Frau, Alexa", flüsterte er.

Die Art, wie er es sagte, so eindringlich, so ernst, so voller Gefühl, warf sie ein wenig aus der Bahn. Es klang nicht nach einem abgedroschenen Kompliment, das jeder Mann sagte, der eine Frau in sein Bett bekommen wollte. Es klang wirklich aufrichtig und von Herzen, sodass Alexa sogar ein klein wenig Röte in die Wangen stieg.

Sie war dankbar dafür, dass es bereits dunkel war und er es nicht erkennen konnte. Solche mädchenhaften Reaktionen waren eigentlich nicht ihre Art.

Sie lächelte nur leicht und antwortete ihm nicht. Seine Hand glitt ein klein wenig tiefer und sein Daumen strich dann über ihre Unterlippe. Wie von selbst öffnete sich ihr Mund ein kleines Stück.

"Ich würde dich jetzt so unglaublich gern küssen, Alexa", flüsterte er, seinen Blick auf ihren Mund geheftet.

"Dann komm endlich", flüsterte sie zurück und streckte sich ihm ein kleines bisschen entgegen.

"Ich ...", begann er, brach aber ab und kam ihr dann ebenfalls entgegen. Ihre Lippen waren nur noch zwei Zentimeter voneinander entfernt.

Die Blicke ineinander gehakt, hielten sie noch ein letztes Mal inne. Bis Alexa die Spannung zwischen ihnen nicht mehr aushielt. Sie kochte über vor Begierde, vor Sehnsucht nach diesem Mann. Voller Sehnsucht, endlich diese Lippen zu schmecken.

Sie hob ihre Hand, legte sie in seinen Nacken und zog

ihn die letzten Zentimeter zu sich.

Als seine Lippen endlich auf ihre trafen, war es mehr, als sie sich jemals erträumt hatte. Unbeschreiblich weich, samtig, sanft. Warm und zärtlich. Er küsste sie mit einer Hingabe und Eindringlichkeit, die ihr den Boden unter den Füßen weg zog.

Langsam öffnete sie ihre Lippen, um von seinem Geschmack zu kosten. Als ihre Zunge auf seine Lippen traf, stöhnte er leise auf und gewährte ihr so Zugang zu seinem Mund.

Er schmeckte herrlich frisch nach Minze und Rum. Seine Zunge war weich und bewegte sich unglaublich geschickt in ihrem Mund. Ausdauernd und gekonnt, wie sie es auch auf anderen Körperteilen tun würde.

Unwillkürlich stöhnte Alexa erneut auf. Voller Begierde nach diesem Mann, krallte sie ihre Hand in seinen Nacken, in seinen weichen Haaren fest. Auch Bran stöhnte. Die Hand in ihrem Nacken wanderte zu ihrem Rücken, mit einem Ruck riss er sie fest an sich. Der Kuss wurde stürmisch wie der zweier Ertrinkender.

Alexa wünschte sich nichts mehr, als auf der Stelle ungestört zu sein.

Leider löste Bran seine Lippen langsam von ihren und sie sahen sich schweratmend in die vor Verlangen getrübten Augen.

Auf einmal blinzelte er, schüttelte leichte seinen Kopf und drehte sich, als wäre nichts gewesen, zurück auf seinen Rücken. Alexa hatte keine Ahnung, was das zu bedeuten hatte. Er lächelte sie weich an.

"Möchtest du auch etwas trinken?", fragte er dann, immer noch, als hätte es ihren Kuss nicht gegeben.

"Nein, ich glaube nicht", sagte sie leise und forschte in seinem Gesicht nach einer Antwort.

Sie fand leider nichts als Freundlichkeit, Wärme und ... was ... Zuneigung? Konnte das sein, innerhalb so kurzer Zeit?

Er nickte minimal, erhob sich dann und ging zum

Versorgungszelt.

Scheiße! Gerade waren sie auf dem richtigen Weg gewesen und schon ruderte er wieder in die andere Richtung. Frustriert pfiff Alexa ihre Libido zurück.

Bran ließ sich mit einem Glas *Seven Heaven* neben ihr nieder und plauderte munter darüber, was er so alles für die Zukunft geplant hatte.

Alexa nickte nur immerzu, frustriert darüber, dass Brans Abendplanung wohl nicht der ihren entsprach. Konnte es wirklich sein, dass sie an den einzigen Mann in ganz Talin geraten war, der nicht auf Sex aus wahr?

Bitte nicht!, betete sie innerlich. Leider zeichnete sich dieses Muster immer mehr ab.

Eine Stunde später hatte Alexa jegliche Hoffnung aufgegeben.

"Ich geh schlafen, Bran", unterbrach sie ihn. Er stockte kurz, suchte in ihrem Gesicht nach einer Antwort. Was auch immer er fand, er schien zufrieden zu sein, denn ein warmes Lächeln erhellte seine Züge.

"Schlaf gut", sagte er sanft und küsste sie dann unendlich zärtlich auf ihre Lippen.

Bevor sie den Kuss vertiefen konnte, löste er sich schon wieder von ihr.

"Träum süß", flüsterte er an ihren Lippen, strich noch einmal mit seinen darüber und half ihr auf.

"Gute Nacht", sagte sie und drehte sich dann langsam von ihm weg. Immer noch in der Hoffnung, dass er sich doch noch anders entscheiden würde. Aber es passierte einfach nicht!

Allein lag sie in dem großen Schlafzelt und betete dafür, dass Jack bald kommen würde.

Sie brauchte unbedingt einen männlichen Körper, an den sie sich schmiegen konnte, auch wenn es der Falsche sein würde.

BRANDON

Sie einfach gehen zu lassen, war unglaublich schwer für Brandon. Fast so schwer wie diesen unglaublichen Kuss zu beenden.

Gott, sie hatte sich so atemberaubend gut in seinen Armen angefühlt. Sie passte einfach perfekt hinein.

Überstürzen wollte er aber bei Gott nichts! Sie sollte nur nicht glauben, dass er sie einfach nur in sein Bett bekommen wollte. Endlich hatte er seine Traumfrau gefunden. Und er würde sich verdammt nochmal anstrengen, damit sie sich auch genau so fühlte.

So schwer es auch war, machte er sich auf, in sein eigenes Zelt zu gehen. So verdammt gern würde er jetzt zu ihr in den Schlafsack schlüpfen.

Mit einem breiten, zufriedenen Grinsen verabschiedete er sich von seinen Freunden.

"Du gehst schon?", fragte Tom, woraufhin Bran nur nickte und weiter versonnen lächelte.

"Wo ist Alexa, wenn du so grenzdebil lächelst?", fragte Dave und grinste frech über die Schulter der Kleinen auf seinem Schoß zu ihm herüber.

"In ihrem Zelt", verkündete Bran und hatte Mühe, nicht allzu stolz zu klingen.

Die verständnislosen Mienen seiner Freunde belustigten ihn nur noch zusätzlich. Diese Idioten würden früher oder später schon noch verstehen, was er meinte.

Ihm genügte es so oder so, einfach nur zu wissen, dass seine Traumfrau ganz in der Nähe war und seinem Glück nichts mehr im Wege stand.

4 KOMM SCHON!

ALEXA

Jack in ihrem Rücken zu spüren, war jeden Tag aufs Neue wunderschön. Sie fühlte sich geborgen. Besonders in Talin, wo die Nächte im Zelt doch recht frisch werden konnten.

"Bist du wach?", murmelte Jack in ihrem Nacken.

"Mhm", antwortete sie, nicht gewillt, schon aufzustehen.

"Gut, mein Arm ist schon taub", antwortete Jack und schob sie unsanft von sich.

"Du bist fies und grausam und böse und herzlos und ...", maulte Alexa, während sie sich auf den Rücken rollte.

"Haltet die Klappe! Manche schlafen noch!", unterbrach Taylor sie brummend und zog sich den Schlafsack über den Kopf.

"Komm schon, wir müssen sowieso noch laufen und noch ist es nicht so heiß", sagte Jack und schlüpfte bereits in seine Shorts. Widerwillig tat Alexa es ihm gleich.

Kurz dehnten sie ihre Muskeln und wärmten ihre Sprunggelenke auf, dann joggten sie los.

"Du magst ihn", sagte Jack, als sie schon über zehn Minuten liefen. Sie wusste, dass er Bran meinte.

"Ja", antwortete sie knapp, weil ihr die Luft beim Laufen sowieso eher als Jack ausging.

"Du weißt, dass wir bis zum Herbst keine Zeit mehr für irgendwelche Ausflüge oder ähnliches haben?"

"Natürlich, Jack, ich bin kein Kind mehr und ich kenne unseren Terminplan", antwortete Alexa genervt.

Jack hob beide Hände zu einer Pose, die ausdrückte, dass er sich geschlagen gab.

"Hey, hey, alles okay, ich wollte dich nur dran erinnern! Im Winter kann ich die Nachwuchspferde auch mal zwei oder drei Wochen alleine trainieren, aber jetzt ...", fing er abermals an.

"Jack!", fuhr Alexa genervt dazwischen. "Alles in Ordnung, okay! Das hier ist Talin, erinnerst du dich? Unverbindliche Flirts und unverbindlicher Sex!", zischte sie.

"Lalalalala", sang er laut und steckte sich die Finger in die Ohren, da er wie immer nichts über ihr Sexleben wissen wollte.

Lächelnd schüttelte sie den Kopf, woraufhin er seine Hände fallen ließ.

"Komm, die letzten zehn Minuten ziehen wir das Tempo nochmal ein bisschen an!", sagte er lachend, woraufhin Alexa nur stöhnte. Mit Alkohol in ihrer Blutbahn war ihr schon das gemächliche Joggen zu anstrengend.

Jack ignorierte ihren Protest wie immer. Gab ihr einen Klaps auf den Hintern und lief dann in gesteigertem Tempo voraus.

Als sie vom Duschen zurückkam, saß Brandon ebenfalls geduscht am Lagerfeuer und kochte Kaffee. Sein Lächeln war atemberaubend, als er zu ihr aufsah.

Ja, sein Lächeln und dieser wunderschöne, goldbraune,

nackte Oberkörper, den Alexa nur allzu gern erkunden würde.

"Guten Morgen", sagte er mit samtiger Stimme, während Alexa noch versuchte, ihren trockenen Mund zum Sprechen zu überreden.

"Guten Morgen", antwortete sie schließlich schlicht.

Dann erhob er sich und kam zu ihr. Dicht vor ihr blieb er stehen, sodass sie ihren Kopf in den Nacken legen musste. Er legte eine seiner Hände auf ihre Hüfte, die zweite an ihre Wange. Dann beugte er sich zu ihr und küsste sie sehr sanft auf ihre sehnsüchtig wartenden Lippen.

"Guten Morgen", flüsterte er noch einmal, seine Lippen noch immer so dicht an ihren, dass sie seinen Atem an ihrem Mund spüren konnte. Sie öffnete ihre Augen und sah in diese unglaublich schönen, blauen Tiefen.

Sie ließ ihren Kopf an seine Brust sinken, um diesem viel zu intensiven Moment zu entgehen ... nur um in einen ebenso intensiven zu fallen.

Er schlang seine Arme um sie und presste sie fest an sich. Hielt sie, als sei sie etwas sehr Kostbares. Dann hörte sie ihn leise seufzen und spürte kurz darauf seine Lippen auf ihrem Scheitel.

"Sucht euch ein Zimmer", maulte Shanes Schwester Carry, die gerade aus ihrem Zelt geschlüpft war.

"Lass es, Carry!", brummte Dario, der nach ihr das Zelt verließ. Er legte ihr eine Hand in den Nacken und auch wenn es sanft aussah, für Alexa sah es ein klein wenig nach einer Drohung aus.

Räuspernd löste sie sich von Bran, in dessen Miene sich die unterschiedlichsten Gefühle spiegelten. Unmut, Zorn, Nachdenklichkeit, Zuneigung, Widerwillen ... die Liste ließe sich beinahe endlos ergänzen.

Sie versuchte das Chaos in ihrem Inneren zu ignorieren, sah zu ihm auf und fragte: "Kaffee?"

Auf sein Nicken hin löste sie sich vollständig von ihm.

Sie setzten sich auf einen der Strohballen am Feuer und genossen schweigend ihren Kaffee, während der Rest des Lagers nach und nach erwachte.

Es war schön und seltsam zugleich, neben ihm zu sitzen. Schön, weil sie seine Gegenwart genoss, weil es sich richtig anfühlte. Seltsam, weil sie nicht wusste, wie sie sich verhalten sollte. Bei Jack war immer alles klar. Sie konnte sich an ihn schmiegen, wenn ihr danach war. Sie musste sich nie Gedanken darüber machen, was erlaubt war und was nicht.

Irgendwann setzte Bran sich anders hin. Er stütze seine Hand hinter ihrem Rücken auf dem Strohballen ab. Wäre es Jack, der neben ihr saß, hätte sie sich sofort in seinen Arm geschmiegt ... aber was, wenn Bran es gar nicht so meinte? Wenn es einfach nur bequemer für ihn war?

Auch Nina und Ty krabbelten aus ihrem Zelt. Sie war noch nicht ganz heraus gekommen, da hatte Ty schon seinen Arm um sie geschlungen und sie ganz nah an sich gezogen.

Alexa war immer noch sehr verwundert darüber, dass die beiden so gut miteinander harmonierten. Nina war im vergangen dreiviertel Jahr regelrecht aufgeblüht und Alexa freute sich sehr für sie.

Dann spürte sie federleicht Brans Hand an ihrer Hüfte. Vorsichtig streichelte er mit seinem Daumen darüber. Die Berührung durchfuhr sie wie ein Blitz. Sie kribbelte quer durch ihren Körper und legte sich als Pochen zwischen ihren Schenkeln nieder.

Wie er es schaffte, sie mit einer so simplen Berührung zu erregen, war ihr schleierhaft. Sie hob ihren Blick und sah, dass er sie intensiv musterte. Sein Blick war so verhangen, wie sich ihr eigener anfühlte und er atmete sehr langsam und tief durch seine leicht geöffneten Lippen.

Eben jene Lippen, von denen sie noch genau wusste, wie sie sich anfühlten. Ein Mund, dessen Geschmack sich bis in die hinterste Ecke ihres Verstandes geschlichen hatte.

So gern würde sie ihn jetzt küssen. Dabei würde es bestimmt nicht bleiben, aber genau das war es ja, was sie wollte.

Aber er? Was wollte Brandon von ihr? In Momenten wie diesen könnte sie schwören, dass er genauso scharf auf sie war wie sie auf ihn.

Also eine 20 auf einer Skala von 1 bis 10. Wenn sie sich sicher wäre, dass er das Gleiche wollte, würde sie ihm hier und jetzt die Kleider vom Leib reißen und sich nehmen, was sie brauchte.

Aber sicher war sie sich einfach nicht. Jedes Mal, wenn sie sich körperlich näher gekommen waren, hatte er eine 180 Grad Wende hingelegt und Abstand zwischen sie gebracht. Was also sollte sie von diesem Mann halten?

"Kommst du mit auf den Markt, Al?", riss Sky sie aus ihren Gedanken.

Verwirrt blinzelnd löste sie ihren Blick aus Brandons. Maya und Sky standen am Ende des Lagers und schienen bereits abmarschbereit.

Maya diskutierte mit Shane darüber, ob Benson sie begleiten sollte oder nicht. Alexa verstand Mayas Argument, dass Carry dann auch mitgehen würde und sie auf diese Gesellschaft verzichten konnte, nur allzu gut.

Wenn sie schon erstaunt darüber war, dass Ty und Nina so gut zusammen passten, so schien die Freundschaft zwischen Nina und Carry wie aus einem anderen Universum.

Alexa nickte zustimmend. Ein wenig Abstand würde ihr gut tun. Langsam löste sie sich aus Brans Griff, dessen Gesichtsausdruck irgendwie missbilligend wirkte.

Sie ignorierte ihn. Sie war im Moment so sehr mit ihren eigenen Gefühlen und Bedürfnissen beschäftigt, dass sie absolut keine Zeit hatte, sich mit seinen zu befassen.

Mit wackligen Knien ging sie zu Sky hinüber.

"Kompromiss!", rief Jack aus dem Versorgungszelt. "Ich gehe als Aufpasser mit!"

Shanes Gesichtsausdruck war ein wenig zweifelnd.

Aber schließlich nickte er. Zu viert machten sie sich auf den Weg zum Marktplatz, auf dem die Händler ihre Waren anboten.

Jack legte ihr wie so oft einen Arm um die Schultern.

"Seit wann ist Shane eigentlich so übervorsichtig?", fragte Alexa, nachdem sie außer Hörweite des Lagers waren.

"Das bleibt aber noch unter uns, ja?", sagte Maya, atmete einmal tief durch und fuhr dann fort: "Ich bin schwanger!"

Das Quieken, das aus Skys Mund kam, war definitiv im ganzen Lager zu hören, so sehr schien sie sich zu freuen.

Für Alexa? Scheiße, was für eine grauenvolle Vorstellung! Es war für Alexa unverständlich, wie man sich über so eine Karrierebremse freuen konnte. Mit vor Grauen verzogenem Gesicht wandte sie sich Jack zu ... der genau den selben Gesichtsausdruck trug.

Als Jack und ihr Blick sich trafen, fingen beide zu grinsen an, weil sie wieder einmal die gleichen Gedanken hatten. Maya und Sky schnatterten bereits aufgeregt. Dann drehte Maya sich mit erwartungsvollem Blick zu ihr.

"Glückwunsch?", fragte Jack und Alexa lächelte einfach nur unsicher in der Hoffnung, eine angemessene Reaktion zu zeigen. Maya verdrehte theatralisch die Augen.

"Bei Menschen wie euch ist es ein Wunder, dass sich die menschliche Rasse überhaupt noch fortpflanzt!", sagte Maya dann, ehe sie sich zurück an Sky wandte.

"Ich will es noch nicht an die große Glocke hängen. Es ist erst die siebte Woche und wer weiß, was noch alles passiert", plapperte sie aufgeregt weiter.

Lächelnd zuckten Alexa und ihr bester Freund die Schultern. Dann liefen sie alle gemeinsam weiter zum Markt.

BRANDON

Es passte ihm überhaupt nicht, dass seine Traumfrau ihn schon wieder alleingelassen hatte. Und es passte ihm vor allem noch viel weniger, dass sie Arm in Arm mit Jack davon spaziert war.

Waren die beiden etwa doch mehr als nur gute Freunde?

"Alles klar, Bran?", sprach Ryan ihn an, während er sich neben ihn auf den Strohballen fallen ließ. Auf den Platz, auf dem Alexa bis gerade eben noch gesessen hatte. Wo sie noch sitzen sollte, würde es nach ihm gehen.

"Mhm", antwortete er, immer noch in Gedanken.

"Du machst dir umsonst Gedanken. Da läuft nichts", fuhr er fort. Das brachte Bran zum Lächeln. Ryan war ein guter Freund, obwohl Bran so viel Stress mit Shane gehabt hatte und Ryan und Shane beste Freunde waren.

"Danke", antwortete er und schenkte Ryan ein ehrliches Lächeln.

"Shane, was ist los, Bro'", fragte Jason, weil Shane beinahe ununterbrochen auf den Wall starrte.

"Ich sag euch jetzt was, aber wehe, Maya erfährt, dass ich es euch gesagt habe! Sie bringt mich um! Sie behauptet eh schon immer, ich sei ein Klatschweib!"

"Jetzt sag schon endlich!", drängelte Mat, der sich vor lauter Neugier schon weiter nach vorn gelehnt hatte.

"Sie ist schwanger!", sagte er im Verschwörerton.

"Wer?", fragte Dave, der gerade erst dazu gestoßen war. Irgendwie hatte er einen Riecher für Geheimnisse, denn er tauchte stets auf, wenn jemand etwas enthüllte.

"Maya", flüsterte Shane.

"Oh Gott, das ist mein Todesurteil!", rief Carry von einer Liege ziemlich weit hinten im Lager. Diese Frau hatte Ohren wie ein Luchs!

"Von wem?", fragte Jason und kassierte dafür einen Schlag auf seinen Hinterkopf.

"Von mir natürlich, du Idiot!", blaffte Shane.

"Warum ist es dann ein Geheimnis?", fragte Jason ehrlich verwirrt zurück und rieb sich dabei die schmerzende Stelle.

"Was weiß ich, irgend so ein Aberglauben-Ding. Wie auch immer. Passt mir gut auf sie auf! Und sagt es ihr ja nicht!", antwortete Shane eindringlich.

Die Runde nickte ernst, nur Carry brummte irgendetwas hinter Darios Hand, die er grinsend auf ihren Mund presste.

Wieder einmal beneidete Bran seinen Freund. Wie konnte ein Playboy wie Shane es nur vor ihm zu einer Familie bringen? Der Stachel saß aber nicht mehr ganz so tief, nachdem seine Traumfrau in greifbarer Nähe und vor allem ungebunden war.

Gemeinsam schlenderten sie dann ebenfalls zum Markplatz. In nicht ganz einer Stunde würden sie sowieso auftreten und Shane war deutlich anzusehen, dass er sich nichts sehnlicher wünschte, als endlich wieder bei seiner Frau zu sein.

Sie trafen die kleine Gruppe kurz vor dem Bühnenbereich.

"Na, wart ihr fleißig shoppen?", fragte Ryan und zog Sky in seine Arme.

Bran freute sich auf den Tag, an dem er das mit Alexa genauso selbstverständlich tun konnte. Momentan fühlte er sich noch ein wenig unsicher. Er wollte sie nicht überfordern oder verschrecken. Also lächelte er sie nur an und bekam zum Dank eines dieser wunderschönen Lächeln zurück.

Er gesellte sich zu ihr und versuchte angestrengt, Jack zu ignorieren. Es klappte ganz gut, solange dieser die Klappe hielt und nicht gerade Brans Traumfrau betatschte. Kurzerhand verwickelte Bran sie in ein Gespräch über die Pois, mit denen man das Jonglieren trainieren konnte.

"So kann ich die Tricks erst einmal ohne Feuer üben und wer weiß, vielleicht stehle ich euch im nächsten Jahr die Show?", schloss sie lachend, als sie an den Tischen ankamen.

"Das glaub ich gern. So fit wie du bist, kannst du dann bei uns einsteigen", antwortete Bran lachend, obwohl ihm der Gedanke, dass Alexa auch mit dem Feuer spielen könnte, überhaupt nicht gefiel.

Dass es nicht immer so harmlos war, wie seine Freunde es sich gern vorgaukelten, sah man an Chris Verletzungen.

Seit seinem Unfall im April diesen Jahres war Chris nun in der Klink, in der die Ärzte versuchten, das Beste aus seinen Narben zu machen.

Dave hatte ihnen allen versichert, dass es hierzulande keine bessere Klinik gab. Ohne Daves Hilfe und dessen Beziehungen hätte Chris überhaupt nicht die Möglichkeit gehabt, zu diesen Profis zu gelangen. Das größte Problem sei Chris Einstellung, hatte Dave erklärt. Ihr Freund hielt sich nicht an die Anweisungen der Ärzte und außerdem hätte seine psychische Einstellung Auswirkung auf die Wundheilung.

Ob er diesen Teil glauben sollte, wusste Bran nicht genau. Seine Granny hätte bestimmt daran geglaubt. Auch heute vermisste er sie noch.

Schnell blendete er den Gedanken aus. Er musste sich auf Alexa konzentrieren. Sie erobern und dann zu sich auf seine Farm schleppen.

Der Gedanke, dass seine Traumfrau in seinem Haus leben würde, zauberte ihm ein Lächeln ins Gesicht.

"Ach nein, solche Gruppendinger sind nichts für mich. Jack und ich machen ein Zwei-Mann-Team", lachte Alexa und riss ihn damit unsanft aus seinen Überlegungen.

Schon wieder ... Jack, Jack, Jack! Es schien, als wäre er immer und überall! Aber Bran blieb nichts anderes übrig, als ihr und den Versicherungen von Ryan zu glauben.

Ty und Shane sprachen noch ein letztes Mal mit Dario, der wie immer bei den Frauen bleiben würde. Bran war einfach nur froh, dass Ryan ein wenig entspannter war, seit Sky zugesagt hatte, ihn zu heiraten.

Drei überfürsorgliche Männer in der Gruppe waren

wirklich zu viel des Guten!

Dann gingen sie zur Bühne, um ihren Auftritt zu absolvieren.

ALEXA

Nachdem die Männer sich zur Bühne aufgemacht hatten, verzogen Maya und Sky sich an die Bar.

"Maya ist schwanger!", platze Taylor sofort heraus.

"Wow!", sagte Nina beinahe ehrfürchtig und sah in die Richtung, in die die beiden Frauen verschwunden waren. Dass Nina auch so eine auf Babys fixierte Frau war, hätte Alexa nicht gedacht.

"Nicht du auch noch!", stöhnte Carry und sah Nina dabei angewidert an.

"Ich gebe dir völlig recht, Carry!", sagte Alexa und war selber erstaunt darüber, dass sie einer Meinung waren.

Carry sah mindestens genauso verdattert drein, wie Alexa sich fühlte.

"Ja … äh … wie heißt du nochmal?", fragte sie dann.

Leicht verwirrt antwortete sie: "Alexa. Wir wurden einander aber schon vorgestellt. Mehrmals."

Carry zuckte desinteressiert mit den Schultern, woraufhin Dario seufzte und sagte: "Du bist jetzt zum menschlichen Wesen aufgestiegen, Alexa. Herzlichen Glückwunsch! Hiermit bist du eine von sechs Personen, die Carry nicht vollständig ignoriert."

Unsicher sah Alexa zwischen Carry und Dario hin und her. Da keiner von beiden auch nur die leiseste Gefühlsregung sehen ließ, wandte sie ihren Blick zu Nina. Diese nickte entschuldigend lächelnd und zuckte dann mit den Schultern.

Carry war eindeutig noch seltsamer, als Alexa bisher angenommen hatte. Aber immerhin war sie keine von diesen babygeilen Frauen, die schon beim Anblick eines Babysockens zu seufzen und zu quieken begannen.

Die Show der Jungs lief gut und Alexa war jedes Mal

wieder vom Muskelspiel der Männer beeindruckt. Die Kraft und Ausdauer, die diese Form der Akrobatik voraussetzte, faszinierte sie.

Irgendwann kamen Maya und Sky zurück und kicherten ununterbrochen wie kleine Mädchen. Alexa wünschte sich nichts mehr, als dass Zoey auch hier wäre. Sie wäre mit Sicherheit ihrer Meinung in der Babyfrage gewesen und im Gegensatz zu Carry war Zoey wenigstens nicht seltsam ... okay, seltsam schon, aber nicht so verrückt, wie Carry es war. Nina hatte eindeutig eine komische Auswahl an Freunden in Boston.

Der aufbrandende Applaus riss Alexa aus ihren mehr als wirren Gedanken. Die Jungs ließen sich noch ein wenig feiern, dann kamen sie geschlossen zurück an den gemeinsamen Tisch.

Bran setzte sich beinahe augenblicklich neben sie und legte seinen Arm auf ihre Rückenlehne. Die Blicke der anderen waren zwar immer mal wieder neugierig, aber Maya war eindeutig die größere Sensation.

Es war mehr als lustig zu beobachten, wie sich die Männer Maya gegenüber verhielten. Einige machten einen Bogen um sie, als wäre ihre Schwangerschaft eine ansteckende Krankheit. Einige versuchten, ihr alles abzunehmen, es wirkte fast so, als würden sie denken, Maya wäre ab der Schwangerschaftsankündigung zu nichts mehr allein fähig. Manche beobachteten sie, als wäre sie ein äußerst seltenes Forschungsobjekt.

"Wann hat Shane es euch gesagt?", fragte Alexa leise.

Bran schmunzelte. "Ungefähr fünf Minuten nachdem ihr weg wart."

Ja, das sah Shane eindeutig ähnlich. Wie er es überhaupt so lange ausgehalten hatte, war Alexa ein Rätsel. Wahrscheinlich waren die beiden einfach noch nicht getrennt von einander unterwegs gewesen, seit sie es erfahren hatten.

"Es ist toll, findest du nicht auch?", fragte Bran sie.

Da ihr nicht klar war, was er meinte, sah sie zu Bran

auf. Dieser beobachtete Maya auf die gleiche seltsame Weise wie Ty und Ryan.

"Was meinst du?", fragte sie vorsichtshalber trotzdem.

"Na, Maya", sagte er leise.

"Ähm ... ja?", antwortete sie, weil sie das Fettnäpfchen bereits riechen konnte. Ein zufriedenes Lächeln legte sich auf seine Züge.

Puh! Richtige Antwort!, dachte sie und lächelte ebenfalls. In diesem Moment sah Bran zu ihr hinab und seine Miene wurde noch weicher.

Er beugte sich zu ihr und strich federleicht mit seinen Lippen über ihre. Das Gefühl seiner samtig weichen Lippen auf ihren war unbeschreiblich schön. Sie streckte sich ihm ein Stückchen entgegen, um noch mehr von diesem herrlichen Gefühl zu bekommen.

Gott sei Dank entzog er sich ihr nicht, sondern erwiderte den Kuss. Sein Arm hatte ihre Schultern fester umfasst, als hätte er Angst, dass sie ihm entwischen würde. Von wegen! Er war es doch, der ständig flüchtete!

Als er seine Lippen von ihren löste, griff Alexa schnell nach seinem Arm. Sie wollte nicht, dass schon wieder alles vorbei war. Sie wollte seine Nähe noch ein wenig genießen!

"Geh nicht", wisperte sie.

"Wo sollte ich hingehen?", flüsterte er zurück und als sie ihre Augen öffnete, sah sie direkt in seine Blauen.

"Dahin, wo du immer hin flüchtest, nachdem du mich geküsst hast oder etwas in der Art", gab sie zurück und beobachtete, wie er ganz langsam begriff, was sie meinte.

"Ich wollte dich doch nur nicht überfallen. Du bist oft sehr zurückhaltend", sagte er leise, aber eindringlich. Auch sein Griff um ihre Schulter wurde noch ein wenig fester.

"Weil ich mir nicht sicher bin, was du willst", flüsterte sie und war sehr dankbar darüber, dass die Klatschtanten heute ein anderes Objekt zur Beobachtung hatten.

Diese Unterhaltung wäre unter normalen Umständen schon längst zum Top-Thema aufgestiegen.

Er beugte sich noch ein Stück näher zu ihr. "Ich will

dich", flüsterte er in ihr Ohr und leckte ihr dann über das Ohrläppchen.

Das entlockte ihr ein unterdrücktes Stöhnen, ehe sie flüsterte: "Dann lass uns endlich gehen. Ich will nicht mehr warten!"

"Wir gehen zurück ins Lager", sagte er in die Runde, während er schon aufstand und Alexa mit sich nach oben zog.

"Yeah! Lasst uns zurück gehen! Party!", rief Jason. Das passte Alexa so gar nicht. Eine Party im Lager war nicht gerade das, was sie sich unter trauter Zweisamkeit vorstellte.

Die Gruppe jubelte jedoch bereits und machte sich auf den Weg zurück. Brandon lächelte sie nur entschuldigend an, dann schlossen sie sich Hand in Hand der Gruppe an.

"So war das nicht geplant", sagte er leise, als sie einige Meter gegangen waren.

"Schon okay." Immerhin war es nicht seine Schuld. Er hatte sich ja nur verabschieden wollen.

In ihrem Bauch kribbelte es aufgeregt und ihre Sinne waren aufs Äußerste geschärft, als sie den Weg zu ihrem Lagerplatz einschlugen. Sie registrierte jede seiner Bewegungen und ihr viel zu schnell schlagender Puls hallte bereits in ihrer Klit wieder, so sehr erregte sie allein der Gedanke, endlich Sex mit Brandon zu haben.

Sie war so unglaublich heiß auf dieses Bild von einem Mann, dass jeder weitere Schritt zur Qual wurde.

Als sie an einer kleinen Brücke über einem Graben ankamen, zog Alexa ihn an seiner Hand, damit er zusammen mit ihr im Schutz zweier Bäume stehen blieb. Es war bereits dunkel geworden und der Schatten der Bäume ließen sie völlig mit der Nacht verschwimmen.

"Was ...?", begann er, doch Alexa unterbrach ihn einfach mit einem drängenden Kuss.

Sie würde keinen Meter mehr laufen können, ohne zumindest ein wenig Erleichterung gefunden zu haben.

Als sie sich der Länge nach an ihn presste, stöhnte er

auf. Bran drängte sie rückwärts gegen einen der Bäume. Als sie mit ihrem Rücken gegen die raue Rinde knallte, vergrub sie ihr Gesicht stöhnend an seinem Hals. Sie spürte seine Erektion an ihrem Bauch, während er sich ihren Hals entlang küsste.

Hastig rafften seine großen Hände ihren langen Rock nach oben. Als seine Hände ihre Oberschenkel entlangfuhren, stöhnte sie auf, halb wahnsinnig vor Begierde nach diesem Mann. Seine Berührungen kribbelten und brannten auf ihrer Haut. Sie bekam einfach nicht genug von seinen rauen Händen.

Wie von selbst drängten sich ihre Hüften nach vorn in der Hoffnung, dass er endlich zu ihrer Mitte fand. Sie sehnte sich danach, seine langen Finger in sich und an sich zu spüren. Sie war bereit für ihn. Seit Stunden! Sie brauchte ihn, jetzt!

Endlich traf seine Hand auf ihre Mitte und sie stöhnten unisono auf.

"Fuck! So verdammt nass", murmelte er stöhnend, die Lippen an ihrem Hals.

"Bitte", wimmerte sie, weil sie es nicht mehr ertragen konnte, noch länger auf ihn zu warten. Sie knabberte an seinem Hals und ihre Hände verkrallten sich in seinen Schultern. Gut, dass sie keine langen Fingernägel hatte, sonst wäre er nach dieser Aktion definitiv gezeichnet.

Er schob seine Hand seitlich unter ihren Slip und murmelte weiter unverständliche Dinge gegen ihre Haut.

Das dunkle Raunen und sein Atem an ihrer Haut trieben sie noch weiter in den Wahnsinn der Begierde.

Dann ließ er langsam zwei Finger in sie gleiten. Stöhnend warf sie ihren Kopf in den Nacken und schob ihr Becken nach vorn, um noch mehr von der Berührung zu bekommen.

"Du bist so heiß, Süße", raunte er und biss dann leicht in ihren Hals.

Sie umschlang ihn mit Armen und Beinen, sodass seine Hand zwischen ihren Körpern eingeklemmt war.

Auffordernd rieb sie ihre Mitte an seinem Handballen.

Da er keine Anstalten machte, sie endlich zu nehmen, löste sie sich wenige Zentimeter vom ihm und griff zwischen ihre Körper. Sie ließ ihre Hand über die ausgeprägte Muskulatur seines Oberkörpers wandern.

Gern hätte sie sich mehr Zeit dafür genommen, seinen Körper und vor allem diese wunderschöne, breite Brust zu erkunden, aber das Verlangen nach ihm überlagerte sämtliche Wünsche und ihren Verstand.

Wirklich abgeschieden war dieses Örtchen nicht, doch auch nur eine Sekunde länger zu warten, kam nicht in Frage.

Zielstrebig schlüpften ihre Finger unter den Bund seiner Gauklerhose und griffen nach seinem großen Schaft

"Fuck!", stöhnte Brandon, ließ von ihrem Hals ab und warf stöhnend seinen Kopf in den Nacken.

Er presste sie noch fester gegen den Baum und sah ihr dann schwer atmend und mit vor Verlangen wildem Blick in die Augen.

"Ich ...", begann er, brach dann aber stöhnend ab, als Alexa mit dem Daumen über seine Eichel fuhr. Kräftig schossen seine Hüften nach vorn.

Er zog seine Hand zwischen ihren Körpern hervor und griff mit beiden Händen nach ihrem Po. Fest packte er zu, was ihr ein weiteres Stöhnen entlockte.

Schwer atmend und gefangen in ihrer Begierde strich sie mit seinem steinharten Schwanz über ihre nasse Mitte.

Damit hatte sie den Bogen wohl endgültig überspannt. Beinahe grob riss er sie an sich, sodass Alexa ihren Griff um seinen Schwanz lösen musste.

Er zog seine Hüften ein Stück zurück und presste sich dann mit einem einzigen harten Stoß in sie. Stöhnend ließ sie ihren Kopf auf seine Schulter sinken. Froh darüber, dass er selbst einen kurzen Moment innehielt.

Er war groß, füllte sie vollkommen aus und der Dehnungsschmerz war köstlich.

"Verdammt eng, heiß ... kann nicht ...", murmelte er, ehe er schnell, hart und erbarmungslos in sie stieß.

Sie krallte ihre kurzen Nägel in seinen Rücken und stöhnte abgehackt unter jedem seiner Stöße.

"Scheiße", fluchte er stöhnend und stieß noch heftiger in sie.

Der Orgasmus, der sich in ihr aufbaute, fühlte sich gigantisch an. Sie kippte ihr Becken noch ein wenig, um auch den letzten Zentimeter von ihm aufnehmen zu können und wurde mit einem herrlich tiefen Grollen, beinahe einem Knurren, belohnt.

Jeder einzelne seiner Stöße traf jetzt genau auf ihre Klitoris und Alexa war außer sich. Dann endlich traf sie ihr Orgasmus wie eine riesige Welle.

Fest verbiss sie sich in seinem Hals, um ihr Stöhnen zu unterdrücken. Mit einem letzten Stoß kam auch Brandon in ihr und gab sich bei weitem weniger Mühe, sein Stöhnen zu dämpfen.

Nach und nach kamen sie wieder zu Atem. Das war definitiv der beste Sex ihres Lebens gewesen!

Sein Griff wurde weicher. Langsam löste sie sich von ihm und spürte, wie er an ihrem Slip vorbei aus ihr heraus glitt. Sie lehnte sich an den Baum, froh darüber, etwas zum Anlehnen zu haben, da ihre Knie ziemlich weich waren.

Brandon schien es genauso zu gehen, denn er lehnte einfach an ihr, sodass sie seinen immer noch schnellen Atem an ihrem Ohr spürte.

"Das war unbeschreiblich", flüsterte er irgendwann und küsste sie knapp unter ihrem Ohr.

"Mhm", war alles, was sie erwidern konnte.

Dann löste er sich vorsichtig von ihr.

"Lass uns so rum gehen, dann kommen wir an dem Duschwagen vorbei, wenn du dich frisch machen willst", sagte er und deutete in die Richtung, aus der sie gekommen waren.

Brandon legte ihr einen Arm um die Schultern und sie gingen einige Schritte. Erst dann bemerkte Alexa die warme Flüssigkeit, die an ihrem Bein hinab lief. Ganz langsam begannen sich die Zahnrädchen in ihrem Kopf zu drehen. Sie wurden schneller und schneller, während sich ihre Atmung im gleichen Maße beschleunigte. *Scheiße, Scheiße, Scheiße!!!*

Ruckartig blieb sie stehen und versuchte, eine Lösung für das Ganze zu finden.

"Scheiße!", fluchte sie schließlich laut.

"Ähm ... ja ... hör mal, das ist alles gar nicht so schlimm, okay?"

"Das ist nicht so schlimm?", quiekte Alexa und sah schockiert zu ihm auf.

"Ich hab mich erst testen lassen, ich bin sauber, du brauchst dir also kein Kopf zu machen, okay?", sagte er sanft.

Oh, ja, daran hab ich noch gar nicht gedacht ..., gestand Alexa sich ein, weil sie vollkommen fixiert auf eine mögliche Schwangerschaft gewesen war. Aber Bran hatte recht, das war das wichtigere Thema. Die Wahrscheinlichkeit von einem einzigen Ausrutscher schwanger zu werden, war doch sowieso verschwindend gering ... hoffentlich! Sie würde sich einfach diese Zyklussache nochmal genauer ansehen müssen.

"Ja, wir auch, also wir wurden jetzt erst getestet, in dem Trainingslager, in dem wir waren. Alles okay", antwortete sie etwas verzögert.

"Wir?", fragte Bran und sah sie mit zusammengezogenen Augenbrauen an.

"Jack und ich", sagte sie und setzte sich langsam in Bewegung. Sie wollte sich endlich waschen. Dann würde es ihr bestimmt schon wieder etwas besser gehen.

"Gibt es eigentlich nichts, was ihr nicht zusammen macht?", brummte Bran.

Alexa hatte gerade nicht allzu viel Nerv, sich mit einem grundlos eifersüchtigen Mann herumzuschlagen.

Zu sehr war sie damit beschäftigt, ihre eigene Panik in den Griff zu bekommen.

"War er gerade dabei?", fragte sie etwas schärfer, als es nötig gewesen wäre.

"Oh, wow, Reizthema, sorry", sagte er und hob zu einer beschwichtigenden Geste seine Hände.

Kopfschüttelnd ging sie zum Duschwagen. Waschen war alles, wonach ihr der Sinn stand. Nie war sie glücklicher über die nach Geschlechtern getrennten Duschmöglichkeiten gewesen! Sie brauchte jetzt definitiv etwas Zeit für sich.

Sich einfach so hinreißen zu lassen war eigentlich nicht ihre Art. Wenn es um Brandon ging, schienen ihre Sicherungen durchzubrennen und ihr gesamtes Denken drehte sich nur noch um ihn.

Bei Gott, dieser Mann war aber auch verdammt heiß. Sex mit ihm war sogar noch heißer. Allein der Griff seiner kräftigen Hände trieb sie in den Wahnsinn.

Als sie fertig war, atmete sie noch einmal tief durch, ehe sie sich aufrichtete und den Duschwagen verließ. Bran wartete bereits und musterte sie eingehend.

"Alles okay?", fragte er und legte ihr einen Arm um die Schultern.

"Ja, ja, alles gut", antwortete sie und versuchte so gut es ging zu lächeln. Die Situation überforderte sie einfach. Bran überforderte sie in diesem Moment.

Stirnrunzelnd blickte er zu ihr hinab, während sie zurück zum Lagerplatz gingen. Was er dachte, konnte sie nicht erahnen. Ihre eigenen Gedanken waren aber so wirr, dass sie für seine keine Zeit mehr fand.

Die Party war im vollen Gange. Die Musik war laut und es wurde viel gelacht. Ein paar der Jungs zeigten kleine Tricks vom Feuerspucken. Andere hatten kichernde Frauen auf ihren Schößen. Geier nannten die Jungs von Fire&Ice diese Mädchen. Für schnellen, unverbindlichen Sex, zu mehr seien sie nicht zu gebrauchen, hatte sie sie schon abfällig sprechen hören.

Tja, sowas in der Art war sie wohl auch. Sonst hätte sie sich kaum von einem quasi wildfremden Mann ohne

Kondom an einen Baum gepresst vögeln lassen. Bester Sex hin oder her, eigentlich war sie nicht besser als diese Flittchen! Scheiße!

Schnell scannte sie das Lager nach Jack.

Doch überall, wo sie hinsah, sah sie nur Kopien von Bran und sich selbst.

Mat hatte eines dieser Mädchen auf dem Schoß und schlürfte gerade Havanna von ihrem Dekolleté, während diese sich kichernd in seinem Griff wand.

Logan hatte ein quiekendes Mädchen über die Schulter geworfen und lief mit ihr vor Jason davon.

Die ganze Atmosphäre war so sexuell aufgeladen und ausgelassen, dass es für Alexa kaum noch zu ertragen war.

"Alles in Ordnung?", fragte Bran.

In diesem Moment tauchte Jack direkt vor ihr auf.

"Klar, Bran. Ich geh schlafen. Wir sehen uns morgen", sagte sie und lächelte zu ihm auf.

Sein Blick sagte deutlich, dass es ihm nicht passte und die Blicke, die er immer wieder auf Jack los ließ, waren tödlich.

Seine Kiefer mahlten, als er ein "Gute Nacht", durch seine zusammengepressten Zähne knurrte. Sie würde sich morgen mit ihm auseinandersetzen. Zuerst musste sie ihre eigenen Gedanken sortieren.

"Gute Nacht, Bran!"

Jack legte ihr einen Arm um die Schultern und begleitete sie zu ihrem Schlafzelt.

"Hey, hey, was ist denn passiert?", fragte Jack sanft und schloss sie in seine Arme. Er erwartete nicht wirklich eine Antwort, das war ihr klar.

Wie so oft hatte sie das Gefühl, dass bei Jack alles wieder in Ordnung kommen würde. Er würde alles wieder gerade biegen. Er kannte sie, wusste, dass sie jetzt einfach nur ihre Ruhe wollte.

Schnell schlüpfte sie hinein und ließ sich auf ihren Schlafsack fallen.

Jack legte sich sofort zu ihr und zog sie an seine Brust.

"Was war eigentlich los?"

"Wir hatten Sex."

"Na und? Es ist ja nicht gerade so, als wäre das dein erstes Mal", antwortete Jack und sie hörte das Lächeln in seiner Stimme.

"Wir haben nicht verhütet, Jack!", antwortete Alexa verzweifelt.

"Oh ... äh ... ja. Okay, nicht so schlimm, oder? Ihr seid doch bestimmt beide sauber."

"Ja, aber was, wenn ich schwanger werde?", fragte Alexa verzweifelt.

"Hör auf mit dem Quatsch. Jetzt Panik zu bekommen bringt überhaupt nichts!"

"Aber wenn ..."

"Hör mir zu, Al. Wir haben zwei Möglichkeiten. Erstens, Carpe diem. Es kommt, wie es kommen wird, dann kannst du dir immer noch überlegen, was du tust. Oder wir fahren jetzt sofort zurück nach Hause und besorgen dir die Pille danach. Zurück nach Talin brauchen wir dann aber nicht mehr, das lohnt sich nicht. Urlaub vorbei. Und ehrlich gesagt, hab ich auch keine Ahnung, wie das mit dem Training dann läuft. Caro ging's damals ziemlich dreckig."

"Scheiße!", murmelte Alexa in seinen Arm.

"Komm schon, wird schon werden, oder?"

"Du willst nicht fahren, stimmt's?"

"Nicht unbedingt, aber wenn's dir dann besser geht", antwortete Jack und sie spürte sein Schulterzucken.

Da ihr Zyklus leider nicht allzu regelmäßig war, war mit Wahrscheinlichkeitsrechnung nicht viel zu machen. Vielleicht sollte sie auch einfach einmal so optimistisch sein wie Jack und an ihr Glück glauben.

"Lass uns bleiben", sagte sie deshalb leise und hoffte darauf, im Schlaf ein wenig zur Ruhe zu kommen.

Morgen würde sie bestimmt einen klareren Blick auf die Dinge haben.

Sie schmiegte sich eng an Jack und zählte Schäfchen,

um einzuschlafen. Leider verwandelten sich die Schäfchen irgendwann in nackte, über das Gatter springende Brans ... über dieses Bild schmunzelnd schlief sie schließlich ein.

5 ALLES KLAR ... ODER SO

BRANDON

Gut geschlafen hatte er nicht. Wie auch, wenn seine Gedanken die ganze Zeit um Alexa kreisten. Kurz nach dem Morgengrauen stand er bereits auf.

Alexa und Jack waren schon unterwegs, das erkannte er an ihren Duschutensilien, die schon bereit lagen. Er entzündete das Lagerfeuer und setzte Wasser für Tee und Kaffee auf. Eine halbe Stunde später joggten die beiden zurück ins Lager.

"Guten Morgen", sagte Jack gut gelaunt, ehe er sich an das Dehnen seiner Muskulatur machte.

Jack war eindeutig beweglicher, als es ein Mann sein sollte, stellte Bran fest.

Seine Traumfrau lächelte ihn ein wenig verlegen an und dehnte sich dann ebenfalls. Bran kannte den Ablauf bereits, und ehe Jack die hintere Oberschenkelmuskulatur von Alexa dehnen konnte, kniete Bran sich selbst vor sie.

Er nahm ihr Bein und drückte es mit seinem Oberkörper zu ihrem Kopf.

Fuck! Kopfkino!

Bran bemerkte bereits, wie ihm das Blut in die Lenden schoss. Als sein Kopf nur noch wenige Zentimeter von ihrem entfernt war, fragte er: "Alles in Ordnung?"

"Alles wieder okay. Bei dir?", antwortete sie mit einem sanften Lächeln.

"Hab an dich gedacht", sagte er ehrlich.

"Alles in Ordnung. Wirklich. Jack hat mich zur Vernunft gebracht."

Jack, Jack, Jack ... auch wenn es dieses Mal positiv für ihn war. Also nickte er nur und lächelte selig weiter.

"Ähm Bran?", fragte seine Traumfrau nach einiger Zeit. Er könnte sie endlos lange betrachten. Sie war einfach wunderschön. Ihre weichen Gesichtszüge, ihre schönen Augen, diese herrlichen Lippen.

"Bran?"

"Äh, ja?"

"Wir sollten langsam das Bein wechseln."

"Welches Bein?"

"Das du da umklammert hältst, du liebeskranker Elch!", rief Mat lachend dazwischen.

Wo kommt der denn auf einmal her?, fragte sich Bran und als er sich umsah, entdeckte er, dass noch der ein oder andere seiner Freunde ihn neugierig beobachtete.

"Oh, ja, okay", stammelte er und machte sich schnell ans andere Bein, ehe sie gemeinsam zu den Duschwagen gingen.

Der Tag verging wie im Zeitraffer. Die meiste Zeit saß er einfach nur neben ihr. Sie sprachen auch viel miteinander. Über ihre Hobbys, ihre Vorlieben, was sie gerne mochten und was nicht.

Mit jedem Wort, mit jeder Geste und jeder Berührung wurde für Bran klarer, dass Alexa das Non plus Ultra für ihn war.

Am späten Nachmittag gingen sie schließlich zum Marktplatz. Sie stießen miteinander an, ehe die Jungs ihren

Act absolvieren mussten.

Nach der Show saßen sie alle wieder gemeinsam an ihrem Tisch. Es war schön. Die Atmosphäre war locker und entspannt. Sie lachten viel, machten Witze und diskutierten über die Pläne für die restlichen Tage. Eigentlich genau so wie Bran es liebte.

An diesem Tag jedoch nicht. Er wollte Alexa für sich allein haben. Mehr von ihr bekommen und sie besser kennenlernen.

In dem Moment, in dem sie von der Bühne kamen, hatte Bran seinen Arm um ihre Schultern gelegt. Gedankenverloren spielte er mit einer ihrer schwarzen Locken, die einen herrlichen Kontrast zu dem dunkelroten Kleid bildeten.

Seine Aufmerksamkeit lag beinahe ununterbrochen bei ihr. Jedes Mal, wenn sie zu ihm aufsah und ein Lächeln ihre schönen Gesichtszüge erhellte, hätte er sie am liebsten in seine Arme gerissen, um sich in einem Kuss in ihr zu verlieren.

Irgendwann beugte sie sich zu ihm und flüsterte: "Lass uns unauffällig von hier verschwinden."

Verschwinden hört sich gut an!, dachte er. Nur das unauffällig hinterließ einen faden Beigeschmack. Wenn es nach Bran ginge, sollte die ganze Welt wissen, dass sie zusammen gehörten!

Bevor seine Gedanken sich aber noch eingehender mit diesem Thema beschäftigen konnten, sprach sie bereits weiter: "Nicht, dass es uns so geht wie gestern und die ganze Meute mit will."

Stimmt, dachte er und lächelte. Er musste dringend aufhören, zwischen den Zeilen zu lesen, wenn es doch sowieso nicht klappte!

Er beugte sich zu ihr und strich sacht mit seinen Lippen über ihre. Das Knistern, das sofort entstand, breitete sich rasend schnell über seinen Bauch in seine Lenden aus.

"Das heißt dann wohl ja", flüsterte sie, als sie sich

voneinander lösten.

"Das war ein *definitiv*", gab er lächelnd zurück.

Langsam erhob er sich und zog seine Traumfrau an ihrer Hand mit sich. Der Rest der Gruppe verfolgte gerade ein 'Wir wollten es doch noch keinem sagen'-Streitgespräch zwischen Maya und Shane.

Gut, denn so konnten sie unauffällig verschwinden. Die Finger ineinander verschränkt, zog er sie über den Marktplatz. So schnell wie möglich schlängelten sie sich durch die dicht gedrängte Menge. Keine einzige Minute wollte er mehr verschwenden.

Als sie endlich am Weg zu ihrem Lager ankamen, zog er Alexa an sich. Sie lächelte wieder dieses atemberaubende Lächeln und ihre Augen funkelten vergnügt.

"Wie jetzt, brauchst du schon eine Pause?", fragte sie.

"Hmm, eher eine kleine Stärkung für zwischendurch", gab er lächelnd zurück. Er beugte sich zu ihr, um sie zu küssen, doch Alexa drehte ihm die Wange zu.

"Nix da, sonst schaffen wir es nicht bis zum Zelt", sagte sie lachend, löste sich von ihm und zog dann an seiner Hand, um ihn dazu zu bringen, ihr zu folgen.

Grinsend tat er, was sie wollte. Sie wurden immer schneller, bis sie schließlich Hand in Hand zu Brans Zelt rannten. Lachend ließen sie sich auf seinen Schlafsack fallen. Sie sah atemberaubend aus, wenn sie so unbeschwert war.

Bran drehte sich auf die Seite, stützte seinen Kopf auf dem Ellenbogen ab und legte seinen anderen Arm über ihre Mitte. Er spürte ihren flachen Bauch vor lauter Lachen unter seinem Unterarm zucken.

Er beugte sich über sie und küsste ihre vollen Lippen. Erst hauchzart, dann drängender. Bis ihr Lachen ganz verebbte.

Ihre Zunge strich leicht über seine Unterlippe und entlockte ihm so ein Stöhnen. Er zog sie näher an sich und vertiefte den Kuss noch mehr.

Sie schmeckte noch besser, als er es vom Abend zuvor

in Erinnerung hatte.

Sie lagen einander zugewandt auf der Seite und Bran spürte ihre schmalen Finger auf seiner Brust.

Ihre Berührungen brannten sich in ihn ein, hinterließen Spuren in seinem Inneren. Für Bran stand bereits fest: Er wollte keine andere Frau. Niemals wieder.

Er hatte sein perfektes Gegenstück gefunden und würde sie behalten!

Er griff an die Rückseite ihres Oberschenkels und zog ihn so auf seine Hüfte. Nun konnte er, ohne den Kuss zu unterbrechen, nach ihrem Knöchel greifen. Er war sehr schmal, sodass Bran ihn problemlos mit seiner kräftigen Hand umspannen konnte.

Der Gedanke, wie er sie, seine Hand an eben diesem Knöchel, gedehnt hatte, pumpte nur zusätzliches Blut in seinen Schwanz.

Diese Frau macht mich verrückt!

Ganz langsam ließ er seine Hand ihren Knöchel hinauf wandern. Dabei schob er ihr Kleid über ihre muskulösen Waden, hinauf zu ihren straffen Oberschenkeln. Ihre Haut war samtweich und es verlangte ihm ziemlich viel ab, sie nicht einfach auf der Stelle zu nehmen.

Aber heute wollte er sich viel Zeit mit ihr lassen. Ihr zeigen, dass er nicht immer so die Beherrschung verlor wie am Vortag.

Sanft streichelte er ihren kleinen, perfekten Po, ehe er das Kleid noch höher schob. Sie richtete sich auf, um ihm zu helfen, und Bran streifte ihr das Kleid ab.

"Wunderschön", hauchte er, als sie sich wieder auf den Rücken gelegt hatte. Sie war perfekt. Nicht zu viel, nicht zu wenig.

Ihre nicht übermäßig großen Brüste stecken in einem schlichten schwarzen BH. Bran konnte die aufgerichteten Brustwarzen deutlich sehen und musste sich beherrschen, nicht sofort danach zu greifen.

Ihr flacher Bauch bewegte sich gleichmäßig unter ihren schwerer werdenden Atemzügen.

Ihr Slip war ebenso schlicht und passte genau zu ihrem BH.

"Wie lange willst du mich noch warten lassen?", fragte sie leise und hob bereits ihre Hände, um ihn zu sich zu ziehen.

"Noch ein bisschen", sagte er und drückte ihre Hände zurück auf den Schlafsack.

"Ich will das genießen", wisperte er dann, die Lippen dicht an ihrem Ohr. Dann küsste er eine Spur von ihrem Hals zu ihrer Schulter.

Immer wieder versuchte sie, nach ihm zu greifen, doch Bran drückte ihre Hände jedes Mal aufs Neue zurück. Würde sie ihn jetzt berühren, könnte er sich nicht mehr beherrschen, da war er sich sicher!

An ihrer Schulter drehte er sie auf ihren Bauch. Nachdem er ihre mindestens genauso perfekte Rückseite eingehend gemustert hatte, setzte er sich breitbeinig auf ihre Oberschenkel.

Mit sanftem Druck ließ er seine Hände über ihre Seiten wandern und genoss es, zu sehen, wie sich die feinen Härchen an ihrem Körper aufrichteten.

Er hakte ihren BH auf und streifte ihr die Träger von den Schultern. Dann küsste er sich langsam, Zentimeter für Zentimeter, ihre Wirbelsäule entlang zu ihrem Steißbein.

Ungeduldig hob sie ihr Becken und Bran tat ihr den Gefallen und streifte ihr den Slip ab. Bevor er sich ganz satt gesehen hatte, drehte sie sich unter ihm.

"So ungeduldig?", fragte er lächelnd und genoss es, dass sie ihn genauso zu begehren schien wie er sie.

"Nein, das ist ungeduldig!", sagte sie und griff in den Bund seiner Gauklerhosen. Schnell zog sie ihn nach vorn und Bran landete mit seinen Händen links und rechts von ihrem Kopf.

"Das ist ungeduldig!", wiederholte sie lächelnd.

"Kannst du nicht ein wenig warten und einfach genießen?", fragte er rau.

"Ich bin nicht gerade der geduldigste Mensch, Bran", flüsterte sie und schob ihre kleine Hand in seine Hose.

Stöhnend zog er seine Hüfte zurück. Ein wenig wollte er ihren schönen Körper noch genießen.

"Nein, nein. Noch nicht", sagte er, packte ihre Hände und drückte sie über ihrem Kopf auf den Boden.

Sein Protest schien sie nicht zu interessieren, denn sie schlang einfach ihre Beine um seine Hüften und presste ihre heiße Mitte an seinen steinharten Schwanz. Er spürte ihre Hitze und ihre Nässe durch den dünnen Stoff seiner Gauklerhose. Ein leises Aufstöhnen konnte er sich nicht verkneifen.

Sie kippte ihr Becken und rieb so einmal der Länge nach über seinen Schaft.

"Komm näher", wisperte sie, sah ihn dabei unter halb geöffneten Lidern und mit leicht offen stehenden Lippen an. Alles an ihr strahlte reines Verlangen und puren Sex aus. Brans Arme knickten weg, sodass er auf seinen Unterarmen landete. Er hielt sich nur noch knapp über ihr gestützt und sein großer Bizeps zitterte vor Anstrengung.

Nicht aufgrund des Abstützens, sondern eher die mentale Anstrengung, nicht einfach nachzugeben und sich auf sie zu legen.

Sie wand sich ein wenig in dem Versuch, aus seinem Griff frei zu kommen. Dabei sah sie unglaublich sexy aus.

"Komm näher", raunte sie erneut und leckte sich dann einmal über ihre schönen Lippen. Sie glänzten feucht im fahlen Mondlicht und Brandons Wille war gebrochen.

Er beugte sich noch ein klein wenig weiter zu ihr und küsste sie zart. Kostete von ihr und versuchte, ihr all die Gefühle zu zeigen, die sich in ihm aufgestaut hatten.

Immer unruhiger wurde sie in seinem Griff. Schließlich spürte er, wie sie ihre Zehen in den lockeren Bund seiner Gauklerhosen schob und sie nach unten zog.

Er stöhnte auf, als er ihre heiße Mitte ohne störende Stoffschicht spürte. Er konnte sich kaum noch beherrschen, nicht einfach in sie zu stoßen, doch das kleine bisschen Verstand, um das sie ihn noch nicht gebracht hatte, schrie ihm eine Warnung zu.

Das letzte Mal war es ja nicht sonderlich erfreulich ausgegangen. Keuchend riss er seine Lippen von ihren.

"Warte ...", murmelte er und suchte fahrig mit einer Hand nach einem Kondom.

Alexa knabberte an seinem großen Oberarmmuskel und mache es ihm beinahe unmöglich, sich zu konzentrieren. Kaum hatte er das Päckchen gefunden, entriss sie es ihm bereits.

Sie öffnete es mit ihren kleinen Zähnchen, ehe ihre Hände aus seinem Sichtfeld verschwanden.

"Oh Gott, Baby", keuchte er, als sie ihm schließlich das Kondom überstreifte. Dann drückte sie ihn mit ihren Fersen an seinem Hintern in sich.

Ihre Lider flatterten, ehe sie ihre Augen schloss und den Kopf in den Nacken drückte. Leise stöhnte sie auf, während er sich Zentimeter für Zentimeter tiefer in sie schob. Sie fühlte sich verdammt gut an.

Hin- und hergerissen zwischen dem Bedürfnis, blind in sie zu stoßen und das hier so lange wie möglich hinaus zu zögern, beobachtete er einfach nur die schönste Frau, die er in seinem Leben gesehen hatte.

Sie bog sich ihm entgegen, presste ihn tiefer in sich. Langsam bewegte er sich in ihr. Weiche rollende Bewegungen, die sie in den Wahnsinn zu treiben schienen.

Sie schlang ihre Arme um seinen Hals und zog ihn näher an sich. Ihre Lippen an seinem Ohr wimmerte sie: "Bitte ..."

Bran wusste, was sie meinte, was sie wollte, doch er war noch nicht gewillt, es zu Ende gehen zu lassen. Er schob einen Arm unter ihren Po, um noch tiefer in sie eindringen zu können.

Ihre Zähne vergruben sich immer wieder in seinen Hals, machten ihn halb wahnsinnig vor Gier. Ohne sein Zutun beschleunigten seine Hüften ihren Rhythmus.

Auch Alexas Keuchen wurde lauter, drängender, ließ

ihn alles vergessen.

Er schob seinen zweiten Arm unter ihren Nacken, hielt ihre Schulter fest, damit sie nicht nach oben wegrutschen konnte.

Dann ließ er alle Grenzen fallen. Stieß schnell, hart und beinahe unkontrolliert in sie. Er spürte ihre kurzen Krallen in seinem Rücken und der leichte Schmerz trieb ihn nur zu noch peitschenderen Stößen an.

Sie begann, um seinen Schwanz herum zu zucken und auch ihre Beine zitterten an seinen Hüften.

"Bran", keuchte sie und bog sich ihm entgegen.

"Jaaa", stöhnte er und stieß noch einige Male heftig in sie, ehe er sich von ihr mit in den Orgasmus reißen ließ. Bran erstickte seinen Schrei an ihrem Hals und hielt fest in sie gepresst inne.

Nur langsam verließ die Spannung seinen Körper, so gefangen war er in diesem gewaltigen Orgasmus. Ihre Beine erschlafften und glitten an seinen Oberschenkeln entlang zu Boden. Ihrer beider Atem ging heftig und Bran spürte das Jagen ihres Pulses an seiner Wange.

"Geht es dir gut?", fragte er murmelnd, aus Angst ihr wehgetan zu haben, als er so die Beherrschung über sich verlor.

"Mhm", brummte sie, hörbar zufrieden.

Vorsichtig zog er sich aus ihr zurück, entfernte das Kondom und ließ sich schließlich neben sie fallen.

Um sie vor einer weiteren Flucht abzuhalten, zog er sie sofort in seine Arme. Er versuchte wach zu bleiben, bis sie eingeschlafen war, doch der Schlaf übermannte ihn schließlich. Zufrieden und äußerst befriedigt glitt er ins Land der Träume.

ALEXA

Immer tiefer und gleichmäßiger wurde seine Atmung, obwohl seine Umarmung kaum leichter wurde. Er hielt sie einfach weiter fest an seine Brust gepresst, als hätte er

Angst, dass sie jeden Moment abhauen würde.

Aber noch hatte sie es gar nicht vor. Ein klein wenig wollte sie seine Umarmung noch genießen, ehe sie in ihr eigenes Bett gehen würde.

Seltsam eigentlich, weil sie normalerweise nicht das Bedürfnis hatte, in den Armen ihres jeweiligen One-Night-Stands zu liegen.

Irgendetwas war hier anders, aber sie konnte ihren Finger einfach nicht darauf legen. Es musste an ihm liegen. Die Art, wie er sie berührte. Als wäre sie etwas Besonderes. Etwas Wertvolles.

Brandon vermochte es, dass es sich anfühlte, als wäre es nicht nur purer Sex und dieses Gefühl war einfach unbeschreiblich.

Das musste es sein, warum sie nun das Bedürfnis hatte, einfach weiter mit ihrer Wange auf seiner nackten Brust zu liegen. Seine Haut so nah bei sich zu haben, dass sie diesen unvergleichlichen Geruch einatmen konnte. Seine Wärme und seinen Herzschlag unter ihrer Handfläche zu spüren.

Sie blieb noch eine weitere Stunde liegen und genoss einfach seine Nähe, ehe sie sich vorsichtig von ihm löste.

Er murmelte etwas Unverständliches und drehte sich dann zur Seite. Aufgewacht war er Gott sei Dank nicht. Sie wollte ihn nicht um seinen Schlaf bringen.

Leise streifte sie sich das schlichte Leinenkleid über und raffte den Rest nur auf ihren Arm, um nicht unnötig viel Krach zu produzieren. Dann schlich sie sich aus dem Zelt.

Es musste bereits später sein, als sie gedacht hatte, da das gesamte Lager wie ausgestorben wirkte. Nur die wenigsten Feuer brannten noch richtig, in den meisten Feuerstellen war nur noch Glut übrig.

Ein ganzes Stück weiter sah sie einen Mann torkeln und erkannte kurz darauf, dass es Jack war.

"Al?", fragte er grinsend.

"Schhhh! Hey Jacky, bist du betrunken?", gab sie ebenfalls grinsend zurück.

"Ein bisschen!", flüsterte er übertrieben laut und zog sie in seine Arme.

"Iiiihhh, du stinkst nach einem anderen Mann", brummte er in ihre Haare.

"Iiiihhh, du stinkst nach einer anderen Frau ... mit ziemlich ätzendem Parfüm, wenn ich das mal so sagen darf", lachte sie an seiner Brust.

Auch in Jacks Brust rumpelte es.

"Duschen?", fragte sie schließlich.

"Klar doch. Same procedure as every time, Miss Hansen", sagte er lachend und zog sie bereits zum Versorgungszelt.

"Wenn wir zu Hause sind, müssen wir 'Diner for one' wieder einmal ansehen! Nur zu Silvester ist definitiv zu wenig!"

Jack nickte grinsend und sie machten sich auf den Weg zu den Duschen.

In den gewohnten Armen schlief sie dann sehr schnell ein, auch wenn ein klitzekleiner dunkler Fleck ihren Frieden störte.

Brandon schoss ihr durch den Kopf. Wie er sich unter ihrer Wange angefühlt hatte ... anders. Kräftiger, breiter. Im Vergleich schien ihr Jacks Brust einfach falsch. Schnell schüttelte sie den Gedanken ab. Jack war sowas von richtig. Seit Jahren funktionierte dieses System und sie würde bestimmt nichts daran ändern!

Zufrieden mit dieser Erkenntnis schlief sie schließlich ein.

6 DAS DARF DOCH WOHL NICHT WAHR SEIN!

BRANDON

Die Vögel sangen bereits das erste Morgenlied, als Brandon aus einem unruhigen Schlaf erwachte. Er tastete nach seiner Traumfrau.

Nichts!

Hatte er sich all das etwa nur eingebildet? Nein. Er war sich ganz sicher.

Indiz Nummer eins: er war nackt.

Indiz Nummer zwei: es roch verdammt gut nach ihr.

Indiz Nummer drei: Die Verpackung des Kondoms, die an seinem Arm klebte.

Kurz huschte ein Grinsen über sein Gesicht bei dem Gedanken an den phänomenalen Sex, den er in den vergangenen zwei Nächten gehabt hatte.

Aber warum zum Teufel war sie weg? Vielleicht war sie schon wieder Joggen. Diese Disziplin war wirklich bewundernswert.

Gott, diese ganze verdammte Frau war bewundernswert.

So wild, so zügellos und so herrlich natürlich.

Schnell schlüpfte er in seine Gauklerhose und raffte seine Duschsachen zusammen. Wenn sie vom Laufen zurückkam, konnten sie zusammen zu den Duschen gehen.

Im Lager war es noch mucksmäuschenstill. Es war eine sehr angenehme Stille. Friedlich irgendwie.

Es war das erste Jahr, dass er davon wirklich etwas mitbekam. In den vergangen Jahren war er um diese Zeit eher zurück ins Lager gestolpert, anstatt schon wieder aufzustehen.

Er legte seine Sachen zur Seite und schürte das Feuer, ehe es ausgehen würde. Um diese Uhrzeit waren das Holz und die Späne feucht, was es um vieles schwerer machte, das Feuer zu entzünden. Mit einer noch vorhandenen Glut hingegen ging es ganz simpel.

In wenigen Minuten brannte es wieder lichterloh. Zufrieden lehnte er sich zurück und sah zum Wald. Nichts.

Nach weiteren 15 Minuten sah er sich ein wenig im Lager um. Nirgends lagen die vorbereiteten Sachen. Ein kleiner Knoten bildete sich in seinem Bauch ... *sie wird doch nicht ...*

Eine Minute rutschte er unbehaglich auf dem Strohballen herum, dann hielt er es nicht mehr aus. Er sprang auf und lief zu dem großen Schlafzelt.

Bitte, lass das nicht wahr sein!, bat er innerlich. Er lauschte kurz, doch als er keine Geräusche vernahm, zog er die Plane zum Eingang beiseite.

"FUCK!", schrie er.

Das konnte doch verdammt nochmal nicht wahr sein! Da lag sie. Die Frau, mit der er vor wenigen Stunden noch wirklich atemberaubenden Sex gehabt hatte, in den Armen eines anderen Mannes. Nur in Boxershorts gekleidet lag er da und die Wange seines Mädchens lag auf seiner nackten Brust. Sie selbst trug nur Hotpants und ein winziges Shirt. Jacks Hand ruhte auf ihrer entblößten Hüfte.

"Das kann doch verdammt nochmal nicht dein Ernst

sein!", maulte er weiter und sah, wie sie blinzelnd die Augen öffnete.

"Bran?", murmelte sie und rieb dann ihren Kopf verschlafen an Jacks Brust. Das war endgültig zu viel.

"Scheiße!", fluchte er, drehte sich weg und lief zurück zur Feuerstelle, um seine Duschutensilien zu holen.

Wie zum Teufel konnte sie erst mit ihm schlafen und sich dann in Jacks Arme schmiegen?

Brandon war auf 180. Er kochte vor Wut und jeder einzelne seiner Schritte knallte auf dem Asphalt.

Wie konnte sie nur?

Immer wieder rauschte diese eine Frage durch seinen Verstand. Das Bild, wie sie erwachte, tauchte immer wieder in seinem Kopf auf. Die vertraute Art, wie sie ihre Wange an seiner Brust rieb, hatte sich in seine Netzhaut gebrannt.

Ihm war speiübel und seine Arme zitterten vor Anspannung und unterdrückter Wut. Am liebsten würde er auf der Stelle zurücklaufen, diesen Typen mal so richtig die Fresse polieren und Alexa anschließend zurück in sein Zelt schleifen. Sie anbinden und dann den Eingang bewachen, damit niemand auf die Idee kam, sie ihm wieder wegzunehmen.

Mit ruckartigen, heftigen Bewegungen begann er sich zu duschen. Seine Atmung ging heftig und er konnte sich kaum noch beherrschen, nicht einfach sinnlos auf etwas einzuschlagen.

Zu stark riss er an dem Duschkopf. Die Halterung brach aus der Wand und viel klirrend zu Boden.

"Fuck!", fluchte er.

Er musste zur Ruhe kommen, eher er sich oder jemand anderem noch ernsthaft Schaden zufügte! Er drehte das Wasser auf eiskalt in der Hoffnung, dass es sein überhitztes Temperament ein wenig herunterkühlen würde.

Tiefe gleichmäßige Atemzüge, eiskaltes Wasser und über eine Viertelstunde Zeit waren nötig, bis er sich selbst wieder über den Weg traute.

Die Routine des Rasierens half ihm zusätzlich, seine Wut zu zügeln. Und ganz allmählich schlich sich zur Wut noch der bittere Geschmack der Enttäuschung.

Hatte er sich doch in ihr getäuscht? Nein, das wollte er nicht glauben.

Den Weg zurück zum Lager ging er deutlich langsamer, um sich zusätzlich Zeit zu schaffen, seine Gedanken zu sortieren. Der Asphalt unter seinen nackten Füßen war noch eiskalt. Gegen Mittag würde er so stark erhitzt sein, dass es barfuß kaum mehr zu ertragen sein würde.

Talin erwachte langsam. In jedem Lager sah man bereits den ein oder anderen, der die Feuerstellen entzündete oder die Spuren des Vorabends beseitigte.

Schon von weitem sah er sie an dem Feuer sitzen, das er entzündet hatte. Er war noch zu wütend, um mit ihr zu sprechen, also lief er schnurstracks an ihr vorbei und warf seine Duschsachen ins Zelt. Das nasse Handtuch hängte er über die Schnur, die sie wie jedes Jahr zwischen seinem und Mats Zelts gespannt hatten.

Er spürte ihren Blick in seinem Rücken. Wusste instinktiv, wo sie sich befand. Immer noch war er unglaublich wütend. Wollte nicht mit ihr sprechen und doch war da etwas, das ihn unweigerlich zu ihr hinzog.

Er seufzte resigniert, wandte sich um und suchte ihren Blick. Sie wirkte kleiner als sonst, verunsichert und vorsichtig. Das Strahlen, das sonst immerzu auf ihrem Gesicht lag und ihn vom ersten Moment an gefesselt hatte, war komplett verschwunden.

Er wandte den Blick zu Boden, atmete einmal tief aus und ging schließlich zu ihr. Sie beobachtete jede seiner Bewegungen und Bran bemerkte, wie sie die Luft anhielt, als er sich neben ihr auf den Strohballen setzte.

Seine Unterarme stützte er auf seinen Oberschenkeln ab. Sein Blick war ins Feuer gerichtet.

Im Augenwinkel nahm er wahr, wie sie nervös ihre Finger knetete, aber er hatte nicht vor, ihr irgendetwas abzunehmen oder leichter zu machen.

Dafür war er immer noch zu wütend ... auch wenn ihre bloße Gegenwart bereits half, sein Gemüt zu beruhigen.

"Hey ... ähm ... hör mal ...", sie seufzte. "Es tut mir leid, okay? Ich ... ich wusste nicht, dass es dich stören würde", stammelte sie weiter.

Erneut kochte Wut in ihm hoch. Mit einer hochgezogenen Augenbraue wandte er sich ihr zu.

"Stimmt. Warum auch! Ist ja vollkommen normal, dass man Sex hat und sich dann zu einem anderen ins Bett kuschelt", gab er spitz zurück und sah mit Genugtuung, wie sie zusammenzuckte.

Zumindest hätte es Genugtuung sein sollen. Blöderweise fühlte es sich nicht halb so toll an wie geplant. Im Gegenteil. Am liebsten würde er sie in seine Arme ziehen und ihr versichern, dass alles gar nicht so schlimm war, so betreten wie sie gerade drein sah.

"Ich ... Bran, ich weiß auch nicht ... ich hab gar nicht nachgedacht. Jack und ich ... also wir haben das immer so gemacht", schloss sie schließlich.

Sofort drängten sich wieder die Bilder vom Morgen in seinen Kopf. *Scheiße!*

"Hat man gesehen", brummte er nur und wandte seinen Blick wieder dem Feuer zu. Er wollte ihr nicht zeigen, wie sehr ihr Verhalten ihn getroffen hatte.

"Mein Gott, Bran. Sag mir, was ich tun soll? Es tut mir echt verdammt leid und jetzt ... so im Nachhinein betrachtet ... war es echt eine scheiß Idee, okay? Ich will nicht, dass das hier irgendwie seltsam wird", sagte sie eindringlich und legte ihm eine Hand auf die nackte Schulter.

Ihre Hand war weich und warm. Die Berührung fühlte sich unendlich gut an. Tausende kleiner Stromschläge fuhren kreuz und quer durch seinen Körper.

"Wo ist er jetzt?", fragte er dennoch spitz.

"Joggen."

"Und du?"

"Ich wollte auf dich warten."

"Später wird es zu warm sein, zum Laufen."

"Geht schon einmal. Ich wollte das geklärt haben."

Aus einem unerklärlichen Grund fühlte es sich verdammt gut an, dass sie lieber auf ihn gewartet hatte, als mit Jack laufen zu gehen. Irgendwie wie ein klitzekleiner Sieg im Kampf um die holde Maid.

Ein kleines Lächeln lag auf seinen Zügen, als er sich ihr zuwandte. Alexa erwiderte es zaghaft. Die Unsicherheit in ihren Augen gefiel ihm nicht. Passte nicht zu ihr. Also packte er sie kurzerhand und zog sie in seine Arme. Sie schlang ihre Arme um ihn und drückte ihn fest an sich.

"Es tut mir wirklich leid", murmelte sie.

"Bleibst du heute Nacht bei mir?", fragte er, weil das schließlich die zentrale Frage war. Er spürte ihr Nicken und entspannte sich ein klein wenig.

"Okay, dann lass uns laufen gehen."

"Du willst mitkommen?"

"Klar, wo du doch wegen mir auf deinen Laufpartner verzichtet hast", sagte er und versuchte, nicht allzu sehr zu zeigen, wie gut ihm das gefiel.

"Glaubst du, du kannst mithalten?"

"Also bitte!" Was dachte diese Frau? Dass er ein Couchpotato war? All diese Muskeln kamen schließlich nicht von selbst! Sie schien immer noch skeptisch, nickte aber.

"Ich kann es mir aber nicht leisten, dir zuliebe langsamer zu machen. Wir sind gerade in einer ziemlich harten Phase", warnte sie ihn weiter. Bran lachte nur abfällig.

Immerhin war er ein Mann und ging viermal die Woche ins Training, wenn er nicht gerade auf seiner Farm arbeitete. Sie nickte noch einmal und ging sich dann umziehen.

Auch Bran schlüpfte in seine Shorts und Turnschuhe. Ihr bei ihren Vorbereitungen zuzusehen, war wirklich komisch. Sie drückte ziemlich planlos, zumindest wirkte es so, auf einer Uhr herum und lief dabei abwechselnd auf der Innen- und Außenkante ihrer Turnschuhe.

"Okay, bereit?", fragte sie und hüpfte einige Male auf der Stelle.

"Klar", gab er überheblich lächelnd zurück. Sie tat ja gerade so, als wolle sie jetzt einen Marathon gewinnen.

Sie lief los. Ein flottes, aber durchaus laufbares Tempo. In unregelmäßigen Abständen piepte ihre Uhr und sie zogen das Tempo an oder drosselten es.

Die Strecke ging blöderweise nicht immer nur flach gerade aus wie auf seinem Laufband, sondern teilweise ziemlich steile Hügel hinauf, was ihn mehr schlauchte, als er zugeben wollte.

Bereits nach einer halben Stunde wünschte er sich nichts sehnlicher, als einfach irgendwo eine Pause einzulegen. Der Schweiß drückte aus jeder Pore und die Luft wurde langsam knapp.

Wieder piepte ihre Uhr und sie zog erbarmungslos das Tempo an.

"Mach schon, Bran, ich hab dir gesagt, dass ich nicht warten kann", sagte sie und ein kleines Lächeln umspielte ihre Lippen.

Warum zum Teufel hatte sie überhaupt noch Luft, um zu sprechen????

Die Uhr piepte und sie drosselte das Tempo ... brachte nur nicht viel, weil es dafür sehr steil bergauf ging.

Oben angekommen, piepte die Uhr wieder und Alexa beschleunigte das Tempo bergab so stark, dass er seine Füße kaum noch schnell genug sortieren konnte.

Über eine Stunde und etliche Ermahnungen später kam endlich das Lager in Sicht.

Seine Traumfrau sah immer noch weitestgehend normal aus, während er sich so schrecklich fühlte wie in seinem gesamten Leben noch nicht.

Der Schweiß lief ihm in Sturzbächen vom Körper. Jeder einzelne Muskel brannte höllisch vor vollkommener Übersäuerung.

Er stolperte die letzten Meter mehr, als dass er sie wirklich lief und ließ sich einfach wie ein gefällter Baum ins kühle Gras fallen.

"Du solltest langsam auslaufen, Bran", sagte die Sklaventreiberin, ehe sie sich ans Dehnen ihrer Muskulatur machte.

Bran atmete heftig durch den offenen Mund und beobachtete unter schweren Lidern, wie sie völlig unbeeindruckt ihre Übungen machte.

"Warum bist du schon zurück?", fragte Jack und begann sie zu dehnen. Er konnte sich noch nicht einmal darüber aufregen. Er selbst würde sich die nächsten 48 Stunden keinen Millimeter rühren.

"Ich dachte mir schon, dass er es nicht verschnaufen würde, daher bin ich die kleine Runde gelaufen", antwortete sie entspannt.

KLEINE RUNDE???

"Das ist nicht gut und du weißt es! Du hättest alleine laufen sollen!", schalt Jack sie.

Ja, ja, natürlich soll sie alleine laufen, maulte Bran in Gedanken. Für ein gesprochenes Wort war er noch viel zu sehr außer Atem.

"Sein kein Spielverderber, Jack. Ich laufe zwei Tage in Folge die große, okay?"

"Das wird aber eng, an unserem letzten Tag so weit zu laufen! Da musst du früh raus und wir müssen uns dann beeilen, um rechtzeitig zum Lehrgang zurück zu sein!"

"Ja, ich krieg das hin, okay? Ich weiß schon, wovon ich rede, Jack", sagte sie und es klang beinahe ein klein wenig gefaucht.

Bran hätte sich gern gefreut ... in zwei Tagen würde er dafür vielleicht wieder Kraft haben.

Eine richtig große Ladung eiskaltes Wasser landete auf seinem völlig überhitzen Körper.

"Scheiße!", knurrte er und rollte sich langsam auf den Rücken.

Mat. Arsch. Sprechen war leider nicht weiter möglich.

"Guck mal, funktioniert nicht nur bei bewusstlosen Kälbern, wie du es mir beigebracht hast, sondern sogar bei dir selbst, Bran!", lachte Mat und schien sich tierisch zu amüsieren.

Wenn sich seine Atmung jemals wieder beruhigen sollte, würde er Mat seine Meinung sagen.

"Bist du verrückt, Mat? Er ist eh schon am Ende! Was, wenn wegen dir jetzt sein Kreislauf schlapp macht!", fauchte Alexa und Bran freute sich ... zumindest innerlich ... riesig über ihre Verteidigung.

Auch wenn es wirklich stark an seinem Ego kratzte, dass all seine Freunde sahen, dass sie ihn in Grund und Boden gelaufen hatte. Er hatte das ein oder andere Lachen bereits vernommen, fühlte sich aber nicht dazu in der Lage, seinen Kopf zu dem jeweiligen Übeltäter zu drehen.

Dann erschien seine Traumfrau in seinem Sichtfeld. Sie lächelte sanft.

"Hey, geht's dir gut?", fragte sie. Vielleicht starb er aber auch gerade und sie war seine Version eines Engels.

"Mmm", machte er, denn mehr war nicht drin.

"Tut mir leid, Bran. Ich hätte es besser wissen müssen. Ich hätte dich nicht mitnehmen sollen", sagte sie und sah ihn sehr mitleidig an.

"Alles okay", krächzte er, weil er nicht wollte, dass sie sich Sorgen um ihn machte. Sie zog ihre hübschen Augenbrauen zusammen.

"Kommst du mit mir duschen?"

Ah ... Kopfkino... gern würde er mit ihr duschen. Für heute wäre es aber gut, wenn ihn jemand dahin tragen würde.

"Jup!", sagte er und betrachtete einfach weiter die Schönheit, die neben ihm kniete. Die Sonne stand hinter ihr, sodass es aussah, als würde sie strahlen.

"Lass ihn liegen, Al, der braucht noch ein bisschen", sagte Jack.

Oh nein, mein Freund! Du gehst nicht mit meinem Mädchen duschen!

Er streckte eine Hand in die Richtung, in der Mat vorhin gestanden haben musste, und tatsächlich ergriff jemand seine Hand.

"Bist du sicher?", zweifelte Alexa.

"Jup!", antwortete er und ließ sich von der gesichtslosen Hand und Alexa auf helfen.

Ty. Guter Mann!

Ja, auf ihn konnte man sich einfach verlassen, wenn all die anderen Pfeifen vor sich hin lachten. Ty hielt seinen Arm fest umklammert, als wüsste er, wie wacklig seine Beine waren.

Erstaunlicherweise brachte Jason ihm sein Duschzeug, während Alexa ihr eigenes holte.

"Mach kleine Schritte, Kumpel. Deine Knie werden durchlaufen, wenn du zu große machst", raunte Jason ihm sogar noch zu. Anstatt ihn wie erwartet auszulachen.

Bran verstand zwar nicht, was er meinte, aber er schätzte es, dass der sonst immer stichelnde Jason ihm unter die Arme greifen wollte. Bran nickte ihm lächelnd zu.

"Bereit?", fragte Alexa, die wie aus dem Nichts neben ihm auftauchte.

"Klar", sagte er und machte den ersten Schritt.

Ty hielt seinen Arm immer noch fest umklammert und ließ auch nur zögerlich los, als Bran weiter ging. Er versuchte, so entspannt wie möglich auszusehen und sich nicht anmerken zu lassen, wie schwer es für ihn war, einfach nur zu gehen.

Sie ging extra langsam. Nur wegen ihm. Großer Schlag gegen sein Ego!

Also versuchte er, schneller zu gehen. Bei dem ersten größeren Schritt knickte sein Knie nach vorne weg, als wollte er einen Ausfallschritt machen.

Okay, damit wäre dann auch geklärt, was Jason mit durchlaufen meinte. Alles in allem eine ziemlich peinliche Situation und er war mehr als froh, als sich ihre Wege vor den Duschen trennten. Das Wasser brachte ihn ein klein wenig auf Vordermann.

Der Rückweg wurde also nicht zu einer ganz so schlimmen Farce!

Immerhin versuchte seine Traumfrau so zu tun, als wäre alles völlig normal und plapperte irgendetwas, dem Bran jedoch immer noch nicht folgen konnte.

Sie redete auch noch, als sie am Frühstückstisch ankamen und Bran ließ sich völlig erschöpft auf die Bank sinken.

Alexa lief zum Feuer und Bran sah ihr bewundernd nach, sodass er kaum mitbekam, wie Jason sich neben ihn fallen ließ.

"Nimm die zwei jetzt und die nach dem Essen. Trink das jetzt gleich komplett!", sagte er ernst, hielt ihm drei weiße Tabletten und eine gelbe Flüssigkeit hin.

Auf seinen fragenden Blick hin seufzte Jason.

"Magnesium, Mineralmix und ein Schmerzmittel. Das ist ein isotonisches Getränk. Mach, was ich dir sage und du gehst die nächsten sieben Tage nicht am Stock!", riet Jason, klopfte ihm auf die Schulter und verschwand, ehe Alexa mit dem Kaffee zurückkam.

Sicherheitshalber befolgte er Jasons Rat. Als Extremsportler würde dieser schon wissen, was zu tun war.

ALEXA

Bran steckte die ganze Aktion doch deutlich besser weg, als sie gedacht hätte. Die Art, wie er völlig am Ende auf der Wiese gelegen hatte, sah eher nach ein paar Muskelschäden durch völlige Übersäuerung aus.

Aber gut, so musste sie kein allzu schlechtes Gewissen haben. Jack hatte Bran sogar noch Tensolvet gebracht.

Die Wundersalbe gegen sämtliche Stauchungen, Prellungen und Muskelbeschwerden. Allerdings für Pferde.

Skeptisch hatte Bran es sich auf Oberschenkel und Waden aufgetragen, nachdem Jason sichtlich angetan davon gewesen war. Bislang war ihr nicht aufgefallen, dass die beiden sich sonderlich gut verstanden hätten, aber Jason schien sehr bemüht, ihm zu helfen, anstatt sich wie die anderen über ihn lustig zu machen.

Sie legte sich neben ihn in den Schatten und sie redeten den gesamten Tag. Sie lachten und scherzten, als hätte es den Streit vom Morgen überhaupt nicht gegeben.

Sie war froh darüber. Da die Gruppen immer mehr zu verschmelzen schienen, hätte das Ganze zu einer wirklich sehr unangenehmen Situation führen können.

Er nahm vor der Show noch eine Schmerztablette, die Jason ihm brachte. Gemeinsam gingen sie den Weg zum Marktplatz und kämpften sich durch die Menge zu ihrem Tisch.

Sie waren schon recht spät, sodass die Fire&Ice Crew sofort zur Bühne aufbrach und sich nicht erst zu ihnen setzte.

Bran strich ihr einmal über die Wange, ehe er mit den anderen ging. Er hatte sie heute viel berührt. Immer wieder kleine Gesten der Zuneigung. Jedes Mal knisterte die Energie zwischen ihnen und sie konnte es kaum erwarten, wieder allein mit ihm zu sein.

"Hab ein paar schöne Fotos gemacht. Willst du sie?", fragte Nina und riss Alexa zurück in die Realität.

Es war immer noch seltsam, Nina sprechen zu hören.

"Gern. Schickst du sie mir per Mail?"

Nina nickte und widmete sich dann wieder ihrer Kamera, bis Gregor sich neben sie fallen ließ und ihr einen Kuss auf die Stirn drückte. Dario schien das ganze argwöhnisch zu verfolgen und wirkte sichtlich angespannt, während Gregor mit Nina sprach.

"Weiß er, dass du nicht auf der Suche nach etwas Festem bist?", sprach Maya sie plötzlich an.

"Was?"

"Bran."

"Wovon redest du?"

"Ob du Bran gesagt hast, dass du nicht auf der Suche

nach etwas Festem bist", stellte Maya ungeduldig klar und ihr Blick huschte dabei immer wieder zur Bühne.

"Was zum Teufel willst du von mir, Maya?", fragte Alexa mittlerweile ein wenig genervt.

"Ich hab's ihm gesagt, Maya. Da stößt du aber auf taube Ohren. Er ist bereits fest entschlossen!", mischte sich jetzt auch noch Sky in dieses wirre Gespräch ein.

"Zur Bar, Al?", warf Jack ihr einen Rettungsanker zu, den sie nur allzu gern annahm.

Sie lächelte die beiden Frauen entschuldigend an und drückte sich schnell an einer kleinen Gruppe vorbei.

"Puh! Danke!", sagte sie und schmiegte sich an Jacks Seite. Dieser lachte nur, weil er sie nur allzu gut kannte und bestellte ihnen Drinks.

Vielleicht würde sie nach ein wenig Rum besser verstehen, was ihre Freundinnen von ihr wollten.

BRANDON

Trotz der Muskelschmerzen lief ihre Show reibungslos. Gott sei Dank! Seine Freunde hätten ihn für den Rest seines Lebens damit aufgezogen!

Schnell bahnte er sich einen Weg durch die Menge, um zurück an ihren Tisch zu kommen. Nur um festzustellen, dass Alexa nicht da war.

"Wo ist sie?", fragte er in die Runde und runzelte gleich darauf die Stirn, als er den ein oder anderen mitleidigen Blick erspähte. Was zum Teufel war hier los?

"Warum setzt du dich nicht ein bisschen zu uns, Bran?", fragte Maya und lächelte dabei so, wie man einem Verrückten zulächelt, kurz bevor man ihm die Waffe abnimmt.

"Wo ist Alexa?", fragte er noch einmal.

"Gott, warum tut ihr alle so komisch? Sie ist mit ihrem Siamesischen Zwilling verschwunden. Warum kommst du da eigentlich nicht selbst drauf? Ist ja nicht gerade so, als wäre das eine Neuigkeit ...", Carry verstummt abrupt, als

Dario sie in seine Arme zog.

"Gott, wie kann ein Mensch nur so wenig Feingefühl haben?", zischte Maya.

"Als würde es irgendetwas bringen, den Farmer-Boy wie ein Riesenbaby zu behandeln!", fauchte Carry zurück. Den darauf folgenden Streit ersparte er sich und machte sich lieber auf die Suche nach seinem Mädchen.

War ja klar, dass er sie nicht zwei Minuten mit Jack alleine lassen konnte, ohne dass der sie total in Beschlag nahm.

Er hörte ihr Lachen in der Menge und folgte dem göttlichen Geräusch zur Bar. Da stand sie und amüsierte sich köstlich.

Wut kochte in ihm hoch. Musste dieser Typ denn immer überall sein? Unbemerkt bei den beiden angekommen, stützte er einen Arm hinter Alexa am Tresen ab und fixierte Jack mit seinem Blick.

"Hier seid ihr. Habt ihr Spaß?", fragte er. Es gelang ihm nicht, die Schärfe aus seiner Stimme zu nehmen. Das Lachen der beiden verstummte und Alexa wandte sich ihm mit einer hochgezogenen Augenbraue zu.

"Ja", sagte sie. Schlicht. Kalt. So kalt, dass Bran schlucken musste.

Okay ... vielleicht doch ein wenig übers Ziel hinaus geschossen.

Seine Gedanken rannten bei dem Versuch, etwas zu finden, mit dem er die Situation entschärfen konnte.

"Ich ... ähm ... geh dann mal", murmelte Jack und wand sich sichtlich vor Unbehagen.

"Nein, Jack. Komm mit mir zurück zum Tisch", sagte sie, immer noch sehr scharf und ohne ihren Blick aus Brans zu lösen.

Okay. Klare Ansage. Jack ist also ein absolutes Tabuthema.

Sein Magen krampfte sich noch mehr zusammen. Dass sie ihm Jack so knallhart als Friss- oder Stirb-Faktor präsentierte, hätte er nicht erwartet.

Was auch immer sie in seinen Augen gesucht hatte, sie schien zufrieden zu sein. Sie wandte sich ab, hakte sich bei

Jack unter und zog den sichtlich widerwilligen Mann mit sich.

Zähneknirschend folgte er den beiden. Was hätte er auch anderes tun sollen ... Friss oder stirb, mehr Auswahl hatte sie ihm nicht gegeben. Keinen Kompromiss, nichts.

Zielstrebig bahnte sie sich einen Weg durch die Menge und ließ sich dann auf ihren Platz fallen. Jack zog sie auf den Platz neben sich.

Die Blicke der anderen waren ihm durchaus bewusst und machten ihn nur noch wütender. In seinem Kopf spielten sich gefühlte 1000 Szenen ab, wie er Alexa zum Lager schleppte, um ihr zu zeigen, was er davon hielt.

Nur leider konnte er keine davon umsetzen, ohne sich dabei selbst ins Aus zu schießen. Also blieb ihm nichts anderes übrig, als sich neben sie zu setzen und zumindest so zu tun, als störe ihn diese Kampfansage nicht im Geringsten.

Er setzte sich und verschränkte die Arme vor der Brust. Vor allem, um sich selbst davon abzuhalten, sie an sich und von Jack wegzureißen.

Seine Freunde hatten ihre Gespräche kaum unterbrochen, beobachteten sie aber aus den Augenwinkeln.

Nach zehn Minuten erhob Jack sich langsam. Er blickt unsicher zwischen ihm und Alexa hin und her, ehe er sich an sie wandte: "Ich mach mich dann mal auf die Suche."

"Schon wieder? Du hattest doch erst gestern eine", gab sie zurück. Bei der Erinnerung an den Morgen kochte seine Wut nur noch weiter hoch.

Er presste die Kiefer zusammen und starrte stur geradeaus.

"Egal, aber ich will damit nichts zu tun haben", antwortete Jack und deutete mit seinem Finger zwischen ihnen beiden hin und her.

Ja, das war doch mal eine vernünftige Ansage! Sie starrte ihn mit offenem Mund an.

"Jack!", sagte sie empört, aber der zuckte nur

entschuldigend mit den Schultern und verschwand in der Menge.

"Weiser Mann!", lachte Mat und die Runde fiel in sein Lachen mit ein. Sogar um Iceman's Mundwinkel zuckte ein Lächeln. Sie schnaubte, stand auf und ging. Er war kurz nach ihr auf den Beinen, doch Maya hielt ihn am Handgelenk zurück.

"Das kann nicht funktionieren!", sagte sie eindringlich.

"Was willst du, Maya?", fragte er ungeduldig. Er musste dringend Alexa hinterher.

"Pass auf, wie du mit ihr sprichst, Arschloch. Du stehst bei mir sowieso noch auf der schwarzen Liste", knurrte Shane und war bereits von seinem Stuhl aufgesprungen.

"Hey, hey, reißt euch zusammen! Geh und regle das, Bran. Ich will keinen Stress unter meinen Freunden!", ging Ryan dazwischen und schob Shane an dessen Brust zurück.

Er entzog Maya sein Handgelenk und beeilte sich, durch die Menge zu gelangen.

Mayas Worte verfolgten ihn, doch er verdrängte sie. Natürlich konnte es funktionieren. Wo ein Wille, da ist auch ein Weg! Und er wollte sie ganz eindeutig!

Er holte sie auf halben Weg zum Lagerplatz ein. Als er ihr die Hand auf die Schulter legte, fuhr sie herum und fegte sie hart beiseite.

"Was willst du?", fauchte sie, wartete seine Antwort aber gar nicht ab, sondern lief sofort weiter.

"Jetzt komm schon! Was kann ich dafür, dass Jack beleidigt abzittert?"

"Er ist nicht beleidigt. Er hatte lediglich keine Lust auf die tolle Stimmung, die auf deinem Mist gewachsen ist!"

"Ich hab überhaupt nichts gemacht!"

"Du hast dich aufgeführt, als wäre ich dein Eigentum und Jack würde dir in die Quere kommen!"

Tja ... wenn man's genau nimmt ..., aber das durfte er auf keinen Fall aussprechen!

"Komm schon, Alexa. Es war nicht so gemeint. Ich

hatte nur gedacht, du würdest auf mich warten!", sagte er flehend.

Sie hielt an und drehte sich zu ihm um.

"Wollte ich ja, aber Maya ging mir auf die Nerven", sagte sie und hörte sich schon viel weicher an.

"Es war ein blödes Missverständnis, okay?", sagte er sanft und versuchte, dabei so unschuldig wie möglich auszusehen.

"Mhm … ich war einfach schon vorher genervt von Maya und Sky", gab sie zurück, nachdem sie sich zu ihm umgedreht hatte. Einander zugewandt standen sie da.

"Lassen wir uns den Abend nicht verderben, okay?"

Der Ansatz ihres herrlichen Lächelns lag auf ihren Lippen. Unwillkürlich lächelte er zurück.

"Okay. Willst du zurück?", fragte sie und ihre Augen begannen bereits wieder zu funkeln.

"Nein, ich würde lieber etwas Zeit mit dir allein verbringen."

"Hört sich gut an", antwortete sie und ihr Lächeln strahlte wieder so atemberaubend, wie er es liebte.

Er legte ihr seine Hände auf die Hüften und zog sie an sich. Augenblicklich schlang sie ihre Arme um seinen Nacken und legte ihren Kopf zurück.

"Du bist unglaublich, weißt du das?", raunte er. Sein Blick fixierte ihre wunderschönen Lippen.

"Beweis es", flüsterte sie und stellte sich auf ihre Zehenspitzen. Und genau das tat er.

Er küsste sie leidenschaftlich. Stürmisch und mit all dem Verlangen, das er für sie empfand.

Sein gesamter Körper kribbelte und er zog sie noch näher an sich.

"Habt ihr kein Zuhause", lachte ein junger Mann, der gerade mit seinen Freunden an ihnen vorbeiging.

Schwer atmend löste Bran sich wenige Zentimeter von ihr. Sie hatten recht. Außerdem sollte er sich ein wenig zurückhalten. Er wollte sie besser kennenlernen und nicht nur Sex mit ihr haben.

Ja gut ... natürlich wollte er Sex mit ihr. Dauernd. Aber er musste Prioritäten setzen.

Erstens: Kennenlernen.

Zweitens: Alexa davon überzeugen, dass sie den Rest ihres Lebens mit ihm verbringen wollte.

Drittens: Alexa mit zu ihm nach Hause nehmen.

Viertens: All den Sex nachholen, den er aufgrund Punkt eins bis drei hatte verschieben müssen.

Perfekt!

Um sich selbst von seinem theoretisch hervorragenden Plan zu überzeugen, schloss er die Augen und lehnte seine Stirn an ihre.

Wenn er sie nicht sah, würde es ihm vielleicht leichter fallen, sich selbst zu glauben.

"Woran denkst du?", fragte sie heiser.

"Was ich tun sollte und was nicht", gab er ehrlich zurück.

"Nicht denken, handeln! Alles, was du später bereuen wirst, sind verpasste Chancen."

Fuck! Wie zum Teufel soll man da standhaft bleiben?

Er stöhnte gequält auf und löste sich langsam von ihr. Dann packte er ihre Hand und schlang seine Finger in ihre. Wortlos folgte sie ihm, aber er spürte ihre Verwirrung.

Wenn er ganz genau hinsah, meinte er sogar so etwas wie Verunsicherung in ihren Augen zu sehen.

Sicher war er sich aber nicht. Dafür kannte er sie zu wenig und genau das wollte er so schnell wie möglich ändern.

Um von niemandem, damit war an erster Stelle Jack gemeint, gestört zu werden, zog er sie auf direkten Weg in sein Zelt.

Sie schmiegte sich beinahe sofort an ihn und machte es ihm noch schwerer, beim Thema zu bleiben. Um sie beide abzulenken, fragte er trockene Fragen zu ihrem Hobby. Zu ihrer Arbeit. Kleinigkeiten aus ihrem Alltag und ihrem Leben.

Was er zu hören bekam, freute ihn. Sie war absolut

ungebunden. Hatte kein sonderlich inniges Verhältnis zu ihrer Familie und war absolut offen anderen Ländern gegenüber. Sie erzählte von ihren, meist geschäftlichen, Reisen mit Jack ... wem auch sonst. Begeistert sprach sie über ferne Länder und wie gut sie ihr gefallen hatten.

"Dann könntest du dir also vorstellen, auszuwandern?", fragte er vorsichtig, da er sie nicht überfallen wollte.

"Klar, wenn es arbeitstechnisch machbar wäre", antwortete sie unbeschwert und zuckte mit ihren schmalen Schultern.

Bran lächelte und lenkte das Gespräch schnell wieder in ruhigere Gewässer. Irgendwann rutschte sie näher und legte ihren Kopf auf seine Brust.

Bran zog sie fest an sich. Er genoss es, sie im Arm zu halten, ihren Duft zu riechen und ihre Wärme zu spüren.

Nach und nach wurden ihre Antworten leiser und verzögerter, bis sie schließlich ganz eingeschlafen war. Am liebsten wäre er jubelnd über das Lager gerannt, aber seinen Platz an ihrer Seite aufzugeben, kam überhaupt nicht in Frage!

So lange es ging, hielt er die Augen offen und genoss einfach nur den Moment. Irgendwann übermannte aber auch ihn der Schlaf.

7 VERDAMMT PERFEKT

ALEXA

Jacks Stimme weckte sie. Sie war zu weit weg. Er schob sie nicht von sich oder streckte sich, während er sie weckte.

Widerwillig öffnete sie die Augen. Ja, Jacks Stimme kam eindeutig vom Zelteingang.

"Mach schon, Al! Wach auf! Ich will da nicht reinkommen! Ich werde eklige Bilder sehen, die ich nie wieder aus meinem Gedächtnis streichen kann!", jammerte er.

Ja, Jack war vor dem Zelt. Dem weißen Zelt. Ihr Schlafzelt war schwarz. Und wenn Jack vor dem weißen Zelt stand, an wessen Brust lag sie dann gekuschelt da?

"Gott, Süße, bitte! Das gibt lebenslänglich ganz fieses Kopfkino!", jammerte er weiter.

Alexa strich mit ihrer Hand über die nackte Männerbrust unter ihrer Wange. Groß, breit, sehr muskulös, ihre Hand wanderte tiefer über die stark ausgeprägten Bauchmuskeln.

Mhm ... Bran, grinste sie in sich hinein und fuhr die Rillen seines Sixpacks nach.

"Wenn du nicht bald damit aufhörst, präsentiere ich Jack ein paar Bilder, die er ganz bestimmt nie wieder vergisst", brummte Bran, nahm ihre Hand und drückte sie zur Verdeutlichung einmal kurz auf seinen vollkommen harten Schwanz, ehe er sie an seine Lippen führte und die Handfläche küsste.

Zu wissen, dass sie ihn mit so wenigen Berührungen so stark erregen konnte, verursachte ein Brennen zwischen ihren Schenkeln.

Seine Augen waren immer noch geschlossen. Wirklich wach schien er nicht zu sein, was auch seine für ihn schon außerordentlich forsche Geste erklärte.

Meist war er doch zurückhaltender, subtiler, irgendwie vorsichtig, als wolle er sie nicht verscheuchen ... als ob!

Grinsend drehte sie ihren Kopf und knabberte an seiner kleinen Brustwarze. Sein Griff wurde schlagartig fester, ehe er sich mit einer einzigen schnellen Bewegung auf sie rollte. Er presste seinen harten Schwanz an ihre heiße Mitte. Alexa war sich sicher, dass er bereits in ihr wäre, wenn sie nicht beide noch vollständig angezogen wären.

Er stöhnte unterdrückt auf, als sie ihm ihr Becken entgegenreckte.

"Ich werde neben dir im Bett Sex haben, sobald wir daheim sind, wenn du nicht auf der Stelle aufhörst zu stöhnen und aus diesem Zelt kommst!", keifte Jack und klang mittlerweile ein bisschen hysterisch.

"Oh Gott, nein!"

"Zu spät", brummte Brandon, beugte sich nach vorn und küsste sie hart.

Gott ... ich würde jetzt so verdammt gern ... nein! Jack!

Er würde kein Erbarmen haben. Notfalls würde er sie wirklich aus diesem Zelt ziehen.

Leicht biss sie Brandon in die Unterlippe, doch statt

ihn zu stoppen, stöhnte er nur auf und presste sich noch fester an sie.

"Ich muss wirklich los, Bran", stöhnte sie, nachdem Jack wieder zu zetern begonnen hatte. Stöhnend ließ er sich neben ihr auf den Rücken fallen.

"Du kannst mich nicht so wecken und dann gehen", brummte er sichtlich unzufrieden.

"Ich kann nichts dafür, ich kann einfach meine Finger nicht von dir lassen", gab sie grinsend zurück und machte sich auf den Weg zum Eingang.

"Ich komme mit", sagte er und richtete sich auf. Sie wollte bereits protestieren, als er schmerzerfüllt aufstöhnte.

"Ich glaube nicht!", sagte sie lachend und schlüpfte schnell aus dem Zelt.

Jacks zornigen Blick ignorierte sie einfach und beeilte sich lieber, schnell fertig zu werden.

Der Rest des Tages verlief recht ereignislos.

Wie immer am Ende des zweiwöchigen Mittelalterfestivals waren alle erschöpft.

Die Erholungsphasen, die die Gruppe täglich benötigte, hatten sich bei jedem einzelnen verdoppelt und sämtliche zusätzliche Aktivitäten wurden gestrichen.

Zudem schlich sich ganz allmählich die Melancholie ein, die das Ende der Spiele immer mit sich brachte. Der Gedanke, wieder ein ganzes Jahr warten zu müssen, war grauenvoll und drückte deutlich auf die Stimmung.

Was in diesem Jahr dazu kam, war, dass sie auch einen Großteil ihrer Freunde für eine lange Zeit nicht mehr sehen würde.

Ja, sie hatte nie sonderlich viel Zeit mit jedem Einzelnen verbracht, da die Arbeit und das Training sie ziemlich auf Trab hielten, aber an einem Abend im Monat hatten sie sich doch zumeist getroffen.

Die Treffen waren eindeutig nicht mehr dieselben! Gregor und Fabio bliesen immerzu Trübsal. Jonas und Taylor waren zwar wie immer, doch die Dynamik in der

Gruppe stimmte einfach nicht mehr.

Zoey war gerade auf dem Gipfel ihrer Karriere angekommen, zumindest betitelte John das so.

Die beiden waren wieder zusammen, doch Alexa fand, dass es keinem von beiden gut tat. Sie waren so gut wie nie mehr da. Bereisten die ganze Welt und wenn sie zur Abwechslung mal in der Gegend waren, so besuchten sie meist irgendwelche Wohltätigkeitsveranstaltungen, die mit Johns Job zusammenhingen.

Allein mit all den Männern fühlte sie sich immer ein wenig wie ein Fremdkörper und schickte Jack oft allein zu den Monatstreffen. Sie vermisste ihre Freundinnen.

Als Bran am Nachmittag eingeschlafen war, rappelte sie sich auf, um die noch ausstehenden Einkäufe zu tätigen. Jack begleitete sie und sie besorgten Met, Umhängebeutel und ein paar kleinere Andenken.

BRANDON

Als er erwachte, bemerkte er sofort, dass seine Traumfrau nicht mehr neben ihm lag. Er richtete sich auf die Ellenbogen auf und scannte den Platz nach ihr.

"Sie ist mit Jack auf den Markt gegangen", beantwortete Ryan seine unausgesprochene Frage.

ARRRGGGG JACK!!

Vielleicht sollte er einfach die Gelegenheit am Schopfe packen und jemanden fragen, der sich damit wohl am allerbesten auskannte!

"Hey, Ryan, sag mal, wie erträgst du es eigentlich, dass Fabio die ganze Zeit so um Sky herumschleicht?"

Ryan sah ihn wissend an.

"Am Anfang hat es mich regelrecht wahnsinnig gemacht. Ehrlich. Ich war kurz davor, einen Auftragskiller anzuheuern. Seit sie meinen Heiratsantrag angenommen hat und meinen Verlobungsring am Finger trägt, fällt es mir ein wenig leichter. Vor allem, weil sie seither auch ein kleinwenig anschmiegsamer geworden ist."

"Du willst ihn also nicht mehr tot sehen?", fragte Bran zweifelnd.

"Nein, der Mond als Aufenthaltsort würde mittlerweile reichen", lachte Ryan und drückte ihm dann mitfühlend die Schulter.

"Und Sky?"

"Nimmt sich mir zuliebe auch ein wenig zurück. Ich merke aber, dass es ihr nicht immer leicht fällt. Ich sehe es ihr an, dass sie ihn manchmal gern in den Arm nehmen würde und nur wegen mir darauf verzichtet. Diese ganze Situation mit Jack ist sehr schwer für dich, stimmt's?"

"Du ahnst gar nicht, wie schlimm", gab Bran mit schmerzverzerrtem Gesicht zurück.

"Du musst noch ein wenig die Zähne zusammenbeißen und durchhalten, Kumpel", antwortete Ryan mit bedauernder Miene.

"Es ist noch zu früh, sie zu bitten, meine Frau zu werden, stimmt's?", fragte Bran, obwohl er die Antwort schon kannte. Ryan lachte laut auf.

"Nach sechs Tagen? Definitiv, Bran! Sie würde dir den Vogel zeigen, mehr nicht!", sagte er immer noch lachend.

"Mhm", stimmte Brandon ihm zu.

"Es ist nur so verdammt schwer, sich zurückzuhalten, wo ich mir selbst doch schon zu 100% sicher bin, wo das hier enden wird! Ich war mir im letzten Jahr schon sicher, als ich sie das erste Mal gesehen habe. Ich dachte nur, sie sei bereits glücklich vergeben und habe mich deshalb zurückgehalten. Jetzt gibt es für mich keinen Grund mehr und ich habe das Gefühl, alles so schnell wie möglich nachholen zu müssen."

Ryan nickte und klopfte ihm mitfühlend auf die Schulter, ehe er zurück zu seiner Verlobten ging.

Das letzte, worauf er Lust hatte, war die wertvollen ihm verbleibenden Stunden mit diesen Auftritt zu vergeuden. Aber es half nichts!

Sie trafen Alexa und Jack auf den Marktplatz und

gesellten sich dann gemeinsam an ihren Tisch. Die kurze Aufführung kam ihm endlos vor und leider machte seine Traumfrau auch im Anschluss keineswegs Anstalten, zurück zum Lager zu gehen.

Sie lachten alle ausgelassen und feierten das gelungene Festival. Ein klein wenig der Abschiedsmelancholie war bereits zu spüren.

Als sie seine Ungeduld bemerkte, lächelte sie wissend. Da sie und Jack morgen so früh aufbrechen würden, dass die meisten noch schliefen, verabschiedete sie sich von allen bereits ausgiebig.

Von Minute zu Minute wurde er unruhiger. Er selbst hatte doch noch so viel mit ihr zu besprechen, zu planen und auszumachen.

Er verfluchte sich selbst, dass er in den vergangen Tagen so herumgeeiert war, anstatt Nägel mit Köpfen zu machen. Natürlich musste er es vorsichtig angehen, konnte sie nicht überfallen.

Diese Angelegenheit war ziemlich tricky und bedurfte höchsten Feingefühls.

Zusammen gingen sie zurück zum Lagerplatz. Sie wirkte ausgelassen und rundherum glücklich. Diese 'Ich liebe das Leben, egal was es bringt' Einstellung machte sie noch schöner und begehrenswerter.

Sie konnte einen einfach mitreißen. Einem das gleiche Gefühl schenken. Wenn sie lächelte, war es beinahe unmöglich, nicht zu lächeln.

In seinem Zelt angekommen, schlug die Stimmung schnell um. Ihre Blicke kreuzten sich und Bran sah in ihren Augen das gleiche Begehren, das er verspürte. Sie richtete sich auf ihre Knie auf, nahm sein Gesicht in ihre Hände und ihr Blick fixierte seine Lippen.

Dann beugte sie sich ganz langsam zu ihm. Ihre Lippen strichen über seine. Sofort knisterte die Luft zwischen ihnen und Brans gesamter Körper kribbelte.

Mit beiden Armen umschlang er ihre Mitte und zog sie fest an sich. Der Kuss wurde intensiver, drängender und doch unglaublich zärtlich.

Gegenseitig streiften sie sich ihre Kleidung ab, während sie sich unablässig streichelten.

Dieses Mal war es kein Sex. Was zwischen ihnen geschah, war so unendlich zärtlich und liebevoll. Er legte sich auf sie. Drang langsam in sie ein und genoss dabei jeden Zentimeter, den er sie mehr um sich herum spüren konnte.

Sie bewegten sich im Gleichklang und lösten ihre Blicke nicht voneinander. Atmung und Bewegungen wurden schneller, hektischer, während sie gemeinsam auf ihren Höhepunkt zusteuerten.

Als seine Traumfrau ihren Kopf schließlich in den Nacken warf, ihre Augen schloss und seinen Namen stöhnte, war es auch um ihn geschehen.

Wenige kräftige Stöße später erreichte er ebenfalls einen Höhepunkt und brach erschöpft auf ihr zusammen.

8 MOMENTE, MEHR NICHT

ALEXA

An ihrem letzten gemeinsamen Morgen aufzustehen und laufen zu gehen, war schwerer, als es sein sollte. Gerade deshalb zwang sich Alexa sich schnell, von ihm zu lösen. Wie bei einem Pflaster lieber schnell abreißen, als den Schmerz endlos hinauszögern!

Er murmelte etwas im Schlaf, drehte sich auf die Seite und streckte seine Hand aus, als würde er nach ihr suchen. Ihr Magen zog sich zusammen.

Schnell weg hier!

Im Versorgungszelt angekommen, wechselte sie ihre Kleidung und lief dann los. Sie war froh, dass Jack heute nur eine kurze Runde lief, so hatte sie Gelegenheit, ihre Gedanken und Gefühle ohne seine Anwesenheit zu sortieren.

Brandon hatte eine Art an sich, die es einem leicht machte, zu vergessen, dass das alles hier nur zum Spaß diente. Man konnte beinahe meinen, er meinte es wirklich ernst. Gut, dass sie nicht auf der Suche nach etwas Festem war.

Wie auch? Für eine Beziehung blieb bei Gott keine Zeit in ihrem Leben. Und doch schmerzte der Gedanke, ihn nicht mehr täglich um sich zu haben, gewaltig. Sie fühlte sich betrogen, beraubt, obwohl ihr nie jemand etwas anderes versprochen hatte.

Obwohl sie doch gar nichts anderes wollte ... oder doch? *NEIN!*

Zorn wallte in ihr auf. Dieser Mistkerl hatte ihr einen Floh ins Ohr gesetzt! Sie liebte ihr Leben! Es war verdammt nochmal perfekt! Ihr Job war perfekt. Ihr Zuhause war perfekt. Jack war perfekt. Sie hatte alles, was sie brauchte. Ende der Diskussion!

Ihre Muskeln brannten, als sie am Ende der Runde das Lager wieder erspähte. Ein Blick auf die Uhr bestätigte ihre Befürchtungen. Sie war völlig über Tempo gelaufen!

Alles verdammt nochmal Brans Schuld!

Stocksauer drosselte sie ihr Tempo und ging die letzten Meter. Fuck! Wenn sich das auf ihr Training am nächsten Tag auswirkte, würde Jack sie noch über Monate damit nerven.

Sie lief, die Hände in die Seiten gestützt und den Kopf gesenkt, die letzten Meter.

"Warum bist du schon zurück?", fragte Jack auch sogleich, der sich nach seinem kurzen Lauf dehnte.

"Bin früher los", murmelte sie.

"Quatsch! Du bist zu schnell gelaufen! Hast du die Uhr nicht programmiert?", fragte er und klang sehr genervt.

"Lass mich in Ruhe, Jack, ich bin kein Baby", fauchte sie.

"Du benimmst dich im Moment aber so", gab er zurück, schnappte sich seine Duschsachen und ging.

Ja, das tat sie. Sie vernachlässigte das Training für ihren großen Traum, nur wegen eines x-beliebigen Mannes. Gut, dass sie an diesem Morgen abreisen würden, dann hatte dieser Wahnsinn ein Ende!

Wütend auf sich selbst raffte sie ihre Duschsachen zusammen.

Um sich nicht noch mehr Predigten von Jack anhören zu müssen, beeilte sie sich. Machte sich selbst in Windeseile fertig und packte dann ihre Sachen.

Als sie das dritte Mal zu ihrem Auto gelaufen war, trudelte auch Jack ein.

"Wow, du bist aber schnell heute!", sagte er und verstaute seine Klamotten in der großen Reisetasche.

"Wollte mir nicht noch mehr von dir anhören", maulte sie und schnappte sich ihre Reisetasche.

Bevor sie gehen konnte, packte Jack sie hart am Handgelenk. Wütend funkelte sie ihn an.

"Was auch immer es ist, regle das, bevor wir zwei zusammenrasseln!", knurrte Jack und starrte sie auf die Art an, die sie sonst immer nur bei anderen sah.

Er meinte es verdammt ernst ... und er hatte recht. Sie ließ ihre schlechte Laune an ihm aus, obwohl er am allerwenigsten dafür konnte.

"Lass sie los. Sofort!", knurrte Bran. Barfuß und nur in den bunten Gauklerhosen stand er da. Sein Körper zitterte vor Anspannung. Seine Hände waren zu Fäusten geballt und er presste sie so fest zusammen, dass die Knöchel weiß hervortraten.

Jack zerrte noch einmal an ihrem Handgelenk, sodass sie ihren Blick wieder ihm zuwandte.

"Klär' das!", zischte er, schnappte sich seine Taschen und lief zum Parkplatz. Brans Blick folgte Jack. Dann weiteten sich seine Augen vor Erstaunen, als er die Taschen bemerkte.

Shit! Zögerlich, als würde er nicht sehen wollen, was ihn erwartete, wandte er seinen Blick wieder ihr zu. Sein Gesicht verzog sich, als er ihre Tasche erspähte.

"Du fährst schon?"

"Ja, wie gesagt, wir fahren direkt ins nächste Trainingslager."

"Wann genau wolltest du dich von mir verabschieden?", fragte er und klang dabei irgendwie zornig.

Da fiel ihr wieder ein, dass er Auslöser all ihrer momentanen Probleme war. Er war schuld an ihrem Streit mit Jack. Er war schuld, dass sie seit drei Tagen ihr Training verhunzte. Er war an ihrer verdrehten Gedanken- und Gefühlswelt schuld!

Sie hätte am liebsten geschrien und mit beiden Fäusten auf seine viel zu schöne Brust eingeschlagen, stattdessen schulterte sie ihre Tasche und sagte: "Bis nächstes Jahr, Bran."

BRANDON

"Das ist doch hoffentlich nicht dein Ernst!", rief er. Sein Herz krampfte sich zusammen, als er sie so eiskalt davonspazieren sah. Konnte er sich wirklich so stark in ihr getäuscht haben?

"Wir haben es eilig, Bran. Es tut mir leid, aber wir sehen uns ja mal wieder."

"Willst du mich verarschen? 'Wir sehen uns ja mal wieder'?", äffte er sie in bissigem Ton nach.

"Was genau willst du von mir hören?", fauchte sie, nachdem sie sich ruckartig zu ihm umgedreht hatte. Ihre Reisetasche hatte sie einfach auf den Boden fallen lassen und ihre Arme, die Handflächen nach oben, von sich gestreckt.

"Ich weiß nicht, ich dachte, da wäre was zwischen uns", sagte er sarkastisch. Was zur Hölle war passiert, seit sie so selig in seinen Armen eingeschlafen war?

"Wir hatten eine Affäre, Bran, was genau hast du erwartet? Hochzeitsglocken und Kindergetrappel?"

Bran zuckte zusammen.

Ja, genau das, hätte er am liebsten gesagt, doch diese Blöße wollte er sich nicht geben. Zorn wallte in ihm auf. Sie trat seine Gefühle mit Füßen? Dann war sie nicht die, für die er sie gehalten hatte.

"Hätte ich gewusst, was für eine eiskalte, kalkulierende

Bitch du bist, hätte ich meine Finger von dir gelassen", sagte er tonlos und genoss es zu sehen, wie sie zusammenzuckte. Oder er hätte es genießen sollen, aber alles, was er fühlte, war unendlich viel Trauer.

Ganz langsam bückte sie sich und griff nach ihrer Tasche, schulterte sie. Dann wandte sie sich um ohne einen Blick zurück.

Sie gehen zu sehen, brach ihm endgültig das Herz. Als sie im Wald vor den Parkplätzen verschwand, wurden seine Knie weich. Er taumelte einige Schritte zurück und ließ sich auf einen der Strohballen sinken.

Er hatte sein Herz für sie geöffnet. Zum Dank hatte sie es zerrissen. Das Atmen fiel ihm schwer. Der Druck auf seiner Brust war nahezu unerträglich.

"Das war ziemlich hässlich", sagte Mat und ließ sich neben ihm auf den Strohballen fallen.

Brans Augen brannten und er blinzelte, um die Tränen, die dort nicht sein durften, in Schach zu halten.

"Das trifft es nicht mal ansatzweise", presste er hervor und rappelte sich auf.

Er wollte nicht vor seinen Freunden zusammenbrechen. *Duschen. Guter Plan!* Um sie zu vergessen, musste er zu allererst ihren Geruch loswerden.

Die mitleidigen Blicke der anderen waren kaum zu ertragen. Der Abbau zog sich beinahe endlos in die Länge. Er wich ihnen aus, so gut es ging, weil er absolut keine Lust auf aufmunternde Worte von irgendwelchen Idioten hatte, die doch selber noch nie dermaßen in der Scheiße gesteckt waren.

Um Maya machte er den weitesten Bogen. Das Letzte, was er wollte, war eine 'Ich hab dich doch gewarnt' Ansprache.

Es war das erste Jahr, in dem er Talin nicht wehmütig verließ. Er hatte die Schnauze gestrichen voll. Jeder Zentimeter war von Erinnerungen an sie verseucht.

Er musste hier weg. Dringend. Nach Hause, auf seine

Ranch, wo er seine Ruhe vor all den gut gemeinten Ratschlägen und Ermunterungen hatte.

Er hörte ihnen schon gar nicht mehr zu. Zum einen Ohr rein, zum anderen hinaus.

Den Flug zurück stellte er sich schlafend. So konnte er allen weiteren Gesprächsversuchen entgehen. Ihm war durchaus klar, dass seine Freunde ihm das nicht abnahmen, aber was hätten sie schon tun sollen.

Ty hatte sich neben ihn gesetzt, als wüsste er, wie dringend er seine Ruhe wollte. Er war einer der wenigen, die einfach ihre Klappe hielten.

Shane war so schlau, seine Frau von ihm fernzuhalten. Maya strapazierte Brans Nerven ins Unermessliche. Er wollte nicht von ihr bemuttert werden. Sie war das Sinnbild dessen, was er sich von Alexa gewünscht hätte.

Was hast du erwartet? Hochzeitsglocken und Kindergetrappel?, tönte es höhnisch durch seinen Kopf.

Stimmt. War ja auch völlig abwegig und krank so ein Gedanke, wenn man endlich die Frau seines Lebens gefunden hatte. Oder zumindest meinte, sie gefunden zu haben.

Scheiße!

Normalerweise blieb er immer noch einen Tag in Boston, ehe er zuhause nach dem Rechten sah. Dieses Jahr nicht. Bran konnte es keine Sekunde mehr unter seinen Freunden aushalten.

Er winkte einmal in die Runde und eilte dann zu seinem Wagen, ehe noch jemand auf die Idee kam und mit ihm fahren wollte. No-Way!

Er wollte nur noch allein sein, um endlich zusammenbrechen zu können. Nein, er wollte es nicht. Er wollte stark sein. Er wollte sie nicht brauchen. Er wollte sie nicht lieben. Und doch sah er diesen Zusammenbruch unweigerlich auf sich zurasen.

Mit quietschenden Reifen fuhr er vom Parkplatz des Boston International Logan Airport.

Die Musik, die aus den Boxen des SUV's hämmerte,

lief auf maximaler Lautstärke. Der Bass dröhnte und es fühlte sich an, als würde sich sein Herzschlag dem Wummern der Melodie anpassen.

Ihm graute es vor den Fragen, die unweigerlich auf ihn einprasseln würden. Vor dem Lächeln, das er würde aufsetzen müssen. Ein paar Tage brauchte er einfach, um die Fassade zu reparieren. Ein paar Tage, um für jeden wieder der gut gelaunte Brandon zu sein.

Die Geschwindigkeit, die er fuhr, war deutlich überhöht, sodass er viel schneller als gewöhnlich auf der Ranch ankam.

Den Wagen brachte er direkt vor der Eingangstür zum Haupthaus zum Stehen. Der Kies spritze, so stark bremste er ab.

Ohne Umwege warf er sich auf die Couch vor dem Kamin. Jacob würde ihn nicht stören. Die beiden Männer lebten seit Jahren nebeneinander her. Auch die Arbeiter waren es gewöhnt, niemals direkt zu ihm zu kommen. Für sie war Jacob der Ansprechpartner.

Einige Minuten lag er so da, starrte nur blicklos an die Decke. Dann schienen seine Gedanken auch anzukommen.

Eiskalt hatte sie ihn abgefertigt. Als hätten sie nur einen verdammten One-Night-Stand geteilt und nicht all diese Momente. All die Gespräche und Gesten.

Bran hatte alle Karten auf den Tisch gelegt. Und sie hatte sie mit einer einzigen Handbewegung weggefegt.

Sein Herz schmerzte. Die Wunde war noch zu frisch. Da war noch kein Raum, um nach einem Fehler im Bild zu stochern. Er brauchte eine Auszeit. Er brauchte Vergessen. Er brauchte laute Musik und er brauchte einen Drink.

Ja, von nun an würde er nur noch auf seine eigenen verdammten Bedürfnisse achten. Immer hatte er nur versucht, es allen anderen recht zu machen, aber damit war jetzt Schluss!

Schwungvoll stand er auf, schnappte sich auf dem Weg in die Küche die Fernbedienung seiner Bose-Anlage und drehte den Sound bis zum Anschlag auf.

Mit einer Flasche Whisky und einem Glas ließ er sich schließlich wieder aufs Sofa fallen. Der erste Schluck brannte in seiner Kehle und eine leise Stimme in seinem Hinterkopf sagte ihm, dass man seine Probleme nicht im Alkohol ertränken konnte. Dass gerade er es doch besser wissen sollte.

Der zweite kräftige Schluck beendete diesen müßigen Gedankengang, dem er schon mehr als einmal gefolgt war.

Sein Blackberry vibrierte in seiner Hosentasche. Eine Mail von Ryan. Keine klugen Kommentare oder Floskeln, wie er sie eigentlich befürchtet hatte. Nur zwei schlichte Sätze.

"Nimm dir Urlaub, so lange du ihn brauchst. Im Worst Case melden wir uns. Ryan."

Besser hätte sein Freund es nicht machen können.

Er trank weiter. Die Anlage lief die Festplatte rauf und runter.

Irgendwann musste er eingeschlafen sein, denn er wurde von etwas Feuchtem auf seinem Bauch geweckt. Shit. Das Whiskyglas, das sich noch in seiner Hand befand, war umgekippt und der Whisky in sein T-Shirt gesickert. Egal. Niemand würde ihn so sehen.

Die Sonne ging gerade auf. Wunderschön, rosa, weit hinten am anderen Ende der vielen Koppeln seiner Ranch.

Er hatte wenig in seinem Leben gesehen, was schöner war als dieses Schauspiel, dem er seit Kindertagen zusah. Wenig ... aber ihr Lachen war es. Ihr Lachen war schöner als alles, was er jemals gesehen hatte.

Wieder der dumpfe Schmerz in seiner Brust.

Gezieltes Narkotisieren schien momentan der einzige Weg zu sein, um Ruhe vor seinen eigenen Gedanken zu bekommen.

Also füllte er das Glas wieder. Ein paar Mal, dann schlief er wieder ein.

Die Sonne ging immer noch auf, aber die Flasche war leer. Stirnrunzelnd versuchte Bran, einen Zusammenhang herzustellen.

Chancenlos.

Also ging er schließlich in die Küche, um sich eine neue Flasche zu besorgen. Aber dort war keine mehr ... waren es nicht zwei gewesen?

Schulterzuckend griff er nach dem Havanna. Rum schmeckte schließlich auch gut und hatte dieselbe herrlich betäubende Wirkung.

Grinsend lief er mit der Flasche zurück ins Wohnzimmer. Na bitte. Lief doch besser als gedacht.

Der Anblick der zerbrochenen Whiskyflasche im Wohnzimmer ließ ihn dann doch ein wenig stocken. Wann zu Hölle hatte er eine Flasche gegen die Wand geworfen?

Fuck ... Filmriss. Ja, eindeutig ziemlich gut narkotisiert ... aber egal.

Er war alleine in seinem Haus, also konnte er in seinem Rausch niemandem schaden. Und ihm selbst ging es nahezu gut dabei.

Der Trick war einfach, seinen Pegel hoch genug zu halten, um die Hexe darin zu ertränken. Die wunderschöne Hexe ... mit dem Lächeln eines Engels. Funkelnde blaue Augen, die die Tore zum Himmel sein konnten. Konnten ... ja, sie sahen so aus, doch für Bran hatten diese Tore direkt in seine persönlich Hölle geführt.

Sie hatte ihm knallhart das Herz herausgerissen. Schnell goss er sich ein Glas Rum ein und trank es auf ex. Er musste seinen verdammten Kopf zum Schweigen bringen.

Warum zum Teufel musste er immer zu diesem verdammten Sonnenaufgang aufwachen? Schon wieder! Jeden verdammten Tag daran erinnert zu werden, dass er das einzige, das schöner war als das Rosa am Horizont, verloren hatte?

Seine Augen brannten und als er die Hand an seine Wange legte, bemerkte er die Tränen, die daran herunter liefen.

Fuck!

Mit aller Kraft schmetterte er das Glas gegen die Wand neben dem Kamin.

"Oh, hey Dornröschen, aufgewacht?", brummte Shane und streckte sich.

Shane? Was zum Teufel wollte der hier?

"Glaub mir, Bran, du bist auch nicht gerade mein bester Freund, seit du versucht hast, mir mein Mädchen auszuspannen, aber es hilft ja nichts!", sagte Shane.

"Du wolltest Maya nicht und du hast sie auch nicht verdient!", knurrte Bran.

Auf diesen Playboy hatte er absolut keine Lust. Er war die männliche Version von Alexa. Die beiden hätten zusammenkommen sollen, dann hätten sie sich gegenseitig das Herz brechen können.

Doch allein der Gedanke, dass Shane sie berühren würde, machte Bran unglaublich wütend. Knurrend stand er auf und lief in die Küche.

"Und warum bist du Arschloch dann hier?"

"Hey, immer langsam! Maya hat mir keine Ruhe gelassen und weil ich nicht wollte, dass sie persönlich nach dir sieht, hab ich mich sicherheitshalber selbst auf den Weg gemacht."

"Du hast nach mir gesehen, also hau endlich wieder ab!"

Seit wann ist denn der Rum leer? Hmm ... Wodka. Auch gut.

"Ähm ... ja, aber du siehst ziemlich scheiße aus."

Bran zuckte lediglich mit den Achseln. Damit sah er dann wohl so aus, wie er sich fühlte.

"Wie lange willst du das durchziehen?"

"Weiß nicht. Gibt mir doch ein paar Tage."

"Es ist schon fast eine Woche vorbei ... das ist dir schon klar, oder?"

EINE WOCHE?

"Klar!", antwortete er trotzdem.

"Ich frag nur, weil Ty damals ziemlich den Überblick verloren hatte ... und du ehrlich gesagt das Gleiche anhast wie bei unserer Rückfahrt ... nur dreckiger und du stinkst", sagte Shane und klang wirklich angewidert.

"Ich hab's kapiert, Shane. Wenn du jetzt gehst, geh ich duschen", knurrte Bran.

"Okay. Ähm ... also dann. Gute Besserung ... oder so. Ich weiß, wie du dich fühlst."

"Das bezweifle ich", murmelte Bran, als Shane die Küche verließ.

Shane war immerhin nicht so eiskalt abserviert worden.

Noch einen Drink, dann würde er duschen gehen.

Brennender Schmerz an seiner Wange.

"... hörst du mich?"

"Hmm?"

"Hey Bran. Alles gut?"

"Ty, was zur Hölle machst du hier?"

"Dein Blackberry ist aus."

Oh. Akku leer. Egal.

Die einzige Frau, deren Anruf er sich wünschen würde, wollte ihn sowieso nicht anrufen.

"Okay. Brauchst du was?", fragte Bran irritiert, weil Ty nicht der Typ war, der einfach so vorbei kam.

"Nach dir sehen und dir eine DVD bringen, die Nina für dich gebrannt hat."

"DVD? Du hättest einfach Shane fragen können. Der war heute auch schon hier."

"Bran ... Shane war vor vier Tagen hier", sagte Ty beinahe vorsichtig.

Oh ... scheiße! So langsam schien er wirklich die Kontrolle zu verlieren.

"Ich weiß, wie es dir geht, Bran. Aber das, was du hier versuchst, funktioniert nicht. Ruf sie an und wenn du sie nicht erreichst, flieg hin! Ich hätte Nina und mir viel ersparen können, wenn ich das einfach getan hätte." Mit diesen Worten legte er eine DVD vor ihm auf den Wohnzimmertisch. Dann verließ er sein Haus.

Bran zog seinen Laptop unter seinem Schreibtisch hervor und legte die DVD ein.

"Falls du sie sehen möchtest ...", erschien als Intro auf dem Display.

Dann sah er eine Reihe von Bildern aus Talin. Bilder von der Gruppe, dem Lager, ihm selbst. Unglaublich viele Bilder von ihm und Alexa. Sie sahen perfekt zusammen aus. Ergänzten sich. Es hätten genauso gut Bilder von einer Reklametafel sein können. Sie war wunderschön. Auf jedem einzelnen Bild berührte sie ihn. Kleine, unschuldige Berührungen und doch sagten sie mehr als 1000 Worte.

Ihre Finger auf seinem Unterarm. Ihre Stirn, lächelnd an seine Schulter gelehnt. Ihre Füße auf seinem Schoß. Blicke, Lächeln. Ihr Rücken an seiner Brust.

Und dieses wunderschöne Lachen. Den Kopf im Nacken. Ein Bild, das sich für immer auf seiner Netzhaut eingebrannt hatte.

Sie wirkte so glücklich. Frei, gelöst ... verliebt. Vollkommen anders, als in den letzten Minuten, in denen sie sich gesehen hatten.

Am Ende der Diashow begann ein Film. Eine große Halle. Hunderte von Zuschauern. Ein Sandboden. Dann begann ein schnelles Musikstück.

Eine Bewegung am Bildrand. Ein riesiges schwarzes Pferd und zwei winzig wirkende Personen trabten in den abgesperrten Bereich. Sie blieben nebeneinander stehen und verbeugten sich tief.

Dann zoomte die Kamera. Alexa.

Ein strahlendes Lächeln auf dem Gesicht. Riesig. Breit. Nur erreichte es ihre Augen nicht, ... oder bildete er sich das nur ein?

Sie sah atemberaubend aus. Die Haare kunstvoll hochgesteckt. Stark und dramatisch geschminkt. Der schwarz-silberne Anzug lag hauteng an ihrem perfekten Körper.

Eifersucht loderte in ihm auf, weil alle Welt sehen konnte, was ihm allein gehörte.

Stopp. Nein. Nicht mir. Ihr allein.

Weil sie wie ein Adler war. Frei und unabhängig. Und sie jede Liebe gegen ihre Freiheit eintauschte.

Sie hatte ihm sogar noch gesagt, wie sehr sie sich von ihrer Familie abgekapselt hatte.

Bran hatte nur das Positive gesehen bei ihrer Bemerkung, dass sie ohne zurückzublicken auswandern würde. Niemals hatte er das Warum hinterfragt.

Jack schickte das Pferd los und es trabte um die beiden herum, bis eine hohe Glocke ertönte. Alexa drehte ihr Lächeln noch eine Stufe höher und hob ihren schlanken Arm. Daraufhin veränderte sich die Musik und das Pferd begann zu galoppieren.

Sie lief zu ihm und sprang mit einer schier unglaublichen Leichtigkeit auf seinen Rücken. Eine lange Reihe von geschmeidigen Übungen folgte. Kraft, Eleganz, Ausdauer, Geschwindigkeit, Dynamik und Rhythmus. Alles perfekt auf die Bewegungen des Rappen abgestimmt.

Mit einem Salto und einem strahlenden Lächeln kam sie hinter dem Rappen zum Stehen.

Die Zuschauer tobten, während sich Alexa, Jack und das Pferd wieder in der Mitte des Zirkels einfanden.

Nachdem sie die Arena verlassen hatten, endete das Video und ein YouTube Link erschien.

Lange Zeit starrte Bran auf den Monitor. Das Ausmaß an Perfektion, das die beiden betreiben, war ihm so nicht bewusst gewesen. Und sie waren perfekt. Alle Drei!

Wut kochte erneut in ihm hoch. Diesmal Wut auf sich selbst. Warum zum Teufel musste es ausgerechnet diese Frau sein?

Wütend klappte er das Notebook zu. Er brauchte einen Drink. Dringend! Nach drei Gläsern von irgendetwas Selbstgebranntem, das er irgendwann mal geschenkt bekommen hatte, klappte er sein Notebook wieder auf.

Ganze vier weitere Male sah er sich das Video wieder

und wieder an. Von Mal zu Mal schien sie ihm noch perfekter.

Er vermisste sie. Unermesslich. Obwohl sie seine Liebe nicht verdient hatte.

Es sollte ihm genauso am Arsch vorbei gehen wie ihr!

Nachdem er jede Handbewegung, jedes Lächeln, jeden Galoppsprung in- und auswendig kannte, tippte er die YouTube Adresse in seinen Browser.

Hunderte Videos von seiner Traumfrau. Verschiedenste Pferde und Outfits. Unterschiedlichste Küren und Übungen.

Sogar einige Videos von den Siegesfeiern. Ja, sie hatte alles, hatte Erfolg und war zusammen mit Jack am Feiern.

Und er hatte nichts als ein gebrochenes Herz.

"Bran? Brandon, bist du da?" Mat.

Auf den hatte er noch weniger Lust als auf Ty und Shane. Die beiden verstanden wenigstens ansatzweise, wie es war, eine Frau zu lieben. Mat würde ihn auslachen, mehr nicht.

Also rutschte er in seinem Sofa noch ein Stückchen tiefer in der Hoffnung, dass Mat einfach wieder gehen würde.

"Hey Kumpel, da bist du!", sagte er beinahe sanft und ließ sich neben ihm aufs Sofa fallen.

Gut, zugegeben, sein Versteck war nicht das Beste und es war auch etwas unwahrscheinlich, dass Mat drei Stunden Autofahrt auf sich nahm und dann einfach wieder verschwand.

Sein vom Alkohol vernebelter Verstand brachte aber einfach nicht mehr zustande.

"Bran? Hörst du mich?", fragte Mat und wedelte mit seiner Hand vor seinem Sichtfeld umher.

"Ich bin betrunken, nicht blind oder taub", knurrte Bran.

"Ohhh, es lebt!", rief Mat freudig und ließ sich dann

zurücksinken.

"Was willst du, Mat?"

"Ty meinte, dir geht's immer noch dreckig und man sollte ein wenig nach dir sehen. War gar nicht leicht, mir einen Nachmittag frei zu schaufeln!", sagte Mat sichtlich stolz.

"Ja, eine tolle Sekretärin hast du", sagte Bran sarkastisch, weil er genau wusste, dass Mat das nicht selbst organisiert hatte.

"Sei kein Wichser, Bran. Immerhin muss ich das in meiner spärlichen Freizeit nacharbeiten", brummte Mat.

Er hatte recht. Mat hatte recht und Bran ließ einfach nur seine Scheißlaune an seinem Freund aus. Sein *'Hmpf'*, musste aber als Entschuldigung genügen.

Dann widmete er sich wieder seinem Drink.

"Wie lange willst du das noch durchziehen?"

"Bis ich sie vergesse!"

"Hiervon vergisst du sie nicht! Du bleibst in der Vergangenheit und auf dem Alk hängen, mehr nicht!"

"Und woher willst gerade du das so genau wissen?"

"Du bist bei Gott nicht der Einzige, der das Vergessen sucht!"

"Dann verrat mir deinen Trick, oh großer Meister", presste Bran hervor.

"Neue, bessere Erinnerungen schaffen und vor allem musst du dir darüber klar werden, dass sie es verdammt nochmal nicht wert ist, wenn sie nicht dich gewählt hat!", sagte Mat eindringlich.

"Nein, sie ist es nicht wert. Sie ist keine verdammte Träne wert, die ich wegen ihr vergossen habe! Sieh sie dir doch an, verdammt. Feiert mit dem tollen Jack ihren Sieg, während ich nicht mal mein Leben auf die Reihe bekomme!", fluchte er und deutete auf das Standbild auf dem Monitor, das er seit Stunden anstarrte.

"Ich wäre schon damit zufrieden, wenn du das mit dem Duschen wieder hinbekommen würdest", antwortete Mat trocken und musterte ihn angewidert.

"Das kann so nicht weitergehen. Ich stalke sie auf diesem scheiß YouTube", fluchte Bran weiter und die Bitterkeit der letzten Tage kochte wieder in ihm hoch.

"Mhm, sieht ziemlich armselig aus. Und ehrlich gesagt, wir wollen dich so nicht mehr sehen, Bran. So wie du gerade da hängst ... das ist keine Frau wert, verdammt!", sagte Mat und deutete auf sein Erscheinungsbild.

Theoretisch war ihm das mehr als klar und doch drückte er ein ums andere mal auf den Play Button, nur um noch einmal ihr atemberaubendes Lachen zu sehen.

"Sie hat mir mein scheiß Herz gebrochen, Mat", sagte er verzweifelt.

"Sie hat es nicht verdient, dass du ihr nachweinst. Dusch dich ... und eine Rasur wäre auch nicht schlecht, dann gehen wir in den Chasing. Feiern und ein paar Geier abschleppen."

"Ich will nicht", sagte Bran, weil allein der Gedanke an die leichten Mädchen ihn anwiderte.

"Du musst sie dir einfach nur aus dem Kopf vögeln!"

"Das wird niemals klappen!"

"Versuchs einfach!"

Versuchen ... ja, einen Versuch war es wert. Hier zu sitzen und ihr beim Feiern zuzusehen, machte definitiv keinen Sinn!

Also nickte er und begab sich in die Dusche.

Der Chasing war übervoll und allein der Weg in den VIP-Bereich von Chris' Club war nervenaufreibend. Zu viele schwitzende Körper, die sich mehr oder weniger geschickt zum Rhythmus der Musik bewegten. Kein einziger schaffte es dabei, so anmutig zu wirken, wie Alexa es tat.

Schnell schob er den Gedanken beiseite. Von den Pärchen, die neuerdings Teil der Fire&Ice Gruppe waren, war Gott sei Dank nichts zu sehen.

Nina hatte den Club in der Zeit, seit sie in Boston war, höchstens drei Mal betreten. Maya war in letzter Zeit auch weniger hier gewesen. Seit Bran von ihrer Schwangerschaft wusste, leuchtete ihm das auch ein. Der Rauch, die Nebelmaschinen, das Gedränge. Er würde an ihrer Stelle auch auf Nummer sicher gehen.

Wenigstens eins, das Shane in seinen Augen richtig machte. Ein wenig Fürsorge stand dem Playboy ganz gut zu Gesicht.

Sky würde ihr wahrscheinlich Gesellschaft leisten. Sie war sowieso mehr der Bar-Typ als ein wirklicher Discogänger.

Ja, und die Eiskönigin Carry betrat den Club sowieso nur unter Gewaltandrohung ihres Liebsten. Wie die beiden jemals ein Paar werden konnten, war für Bran immer noch rätselhaft. Obwohl er zugeben musste, dass Carrys Fauchen sich sogar manchmal ein klein wenig nach einem Schnurren anhörte, sobald Dario in ihrer Nähe war.

Der Rest der Mannschaft war vollzählig. Außer Chris, der immer noch in dieser berühmten Klinik an der Westküste war.

Bran ließ sich in eines der tiefen schwarzen Sofas fallen, die den hinteren Teil des VIP Bereichs zierten. Logan saß zu seiner Linken und Mat platzierte sich rechts von ihm.

"Na, erholt?", fragte Logan, ohne aufzusehen. Sein Blick fixierte etwas in der Menge, das Bran nicht sehen konnte.

"Macht schon, reißt eure dummen Sprüche, damit wir es hinter uns haben", knurrte Bran, weil die Runde ihn eindeutig seltsam musterte. Auf dem einen oder anderen Gesicht bildete sich ein dreckiges Grinsen. Ein paar Sprüche fielen, von denen er zum Glück nicht einmal die Hälfte verstand.

Seine beiden Sitznachbarn waren aber ungewöhnlich still.

Als erstes wandte er seinen Blick Logan zu. Dieser stierte immer noch in die Menge, als versuche er, das schwächste Glied der Herde zu ermitteln.

Nein ... falsch ... als hätte er es bereits erspäht, und

behielt es jetzt genau im Auge, um im passenden Moment zuzuschlagen.

Nein ... auch das passte nicht ganz. Aber exakt konnte Bran seinen Blick leider nicht deuten. Er war vertraut und doch neu ... irgendwie anders.

Kopfschüttelnd wandte er sich Mat zu. In den bislang vergangen 15 Minuten hätte Mat seine Beute für den heutigen Abend für gewöhnlich schon ausgemacht, wenn nicht sogar bereits geschlagen. An diesem Tag jedoch saß er lediglich da und rupfte an dem Etikett seiner Bierflasche.

"Jemand hat mir mal gesagt, dass es ein Zeichen von sexueller Frustration sei, wenn man das tut", sagte Bran zu ihm und deutete dabei auf die Flasche.

"Jep", antwortete Mat schlicht.

Brans Augenbrauen schossen in die Höhe. "Wir kommen aus Talin, Alter!"

"Wir kamen vor über zwei Wochen aus Talin. Du hast die Zeit nur im Wachkoma verbracht. Und außerdem ist einfach nicht jeder Fick wirklich befriedigend!", gab Mat gelangweilt zurück, während er seine Beine spreizte, damit eines der leichten Mädchen dazwischen tanzen konnte.

Eine ihrer kichernden Freundinnen quetschte sich zwischen Logan und ihm auf das Sofa. Der Ton ihrer hellen Stimme fuhr wie ein Nagel in Brans sowieso schon schmerzenden Schädel.

Mit einer Hand gab er einer der Bedienungen ein Zeichen und sie brachte eine Runde Whisky für ihn und seine Freunde. Sie stießen gemeinsam an und alle drei tranken ihre Getränke auf ex.

Ein drittes Mädchen hatte sich auf Logans Armlehne niedergelassen und fingerte an seiner Schulter herum. Während das Kicherding zwischen ihnen Stück für Stück auf Brans Schoß robbte.

Die Anführerin der Dummchen präsentierte gerade einen 1-A-Lapdance, den Mat zu genießen schien.

Warum auch nicht, der Gute war ja nicht so dumm

gewesen, sein Herz an eine gefühlskalte Hexe zu verschenken.

Schnell bestellte Bran eine weitere Runde und die äußerst gut geschulte Bedienung des VIP-Bereichs reagierte prompt.

Kicherding saß mit ihrem viel zu kurzen Rock mittlerweile rittlings auf seinem Schoß und schleckte und knabberte dabei an seinem Hals.

Er versuchte es zu genießen ... aber wenn er ehrlich mit sich selbst war, widerten ihn ihre Versuche, ihn auf Touren zu bringen, einfach nur an.

Selbst wenn Alexa ihn nicht wollte, so fühlte es sich doch so an, als würde er sie verraten. Sie betrügen ... oder das herabsetzen, was er für sie empfand.

Als ihre kleine Hand in seine Hose schlüpfen wollte, stoppte er sie mit festem Griff am Handgelenk.

"Was ist los?", fragte sie mit verklärtem Blick.

"Geh runter", brummte er und schob sie von sich.

"Was denn, Süßer?", schnurrte sie in unangenehmer Tonlage weiter. Ihre flinken Finger wanderten dabei unablässig über seinen Körper.

"Lass das!", knurrte er und schob ihre Hände beiseite, die sich furchtbar auf seinem Körper anfühlten.

"Hey! Was soll das?", schmollte sie und schob ihre Unterlippe nach vorn. In diesem Moment wurde sie von langen roten Krallen am Oberarm gepackt.

"Du gehst jetzt besser, Mäuschen. Die Großen wollen jetzt unter sich spielen", sagte Tia, Ty's Schwester, in gewohnt herablassendem Ton.

Sie zog das sich wehrende Kicherding ein Stückchen weg. Ein hitzig anmutendes Wortgefecht folgte, das damit endete, dass Tia das kleine Kinn packte und irgendetwas knurrte, die Augen zu Schlitzten verengt.

Dann kam die Latinoschönheit zu ihm zurück. Ohne ein weiteres Wort zog sie ihn an seiner Hand hoch und dirigierte ihn zum Hinterausgang.

"Ich ... ich bin dir wirklich dankbar, Tia, aber ich ... also momentan bin ich nicht gerade in Stimmung für so etwas", stammelte er etwas unbeholfen, da er die unberechenbare Schwester seines Freundes nicht unbedingt reizen wollte.

Sie verdrehte lediglich die Augen.

"Gott Bran. Als hätte ich es nötig, eine von diesen kleinen Schlampen von deinem Schoß zu zerren, nur um dich in die Kiste zu bekommen! Ich meine, sieh mich an! Ich bin Gottes Geschenk an die Männer!"

"Mein Fresse, Tia, Selbstbewusstsein ist sexy, aber das ist nur noch Arroganz! Wo gehen wir überhaupt hin?"

"Ty hat mich geschickt. Nina hat irgendeinen superwichtigen Anruf für dich bekommen. Ich liebe Nina wirklich, wie meine kleine Schwester, aber ich finde es echt nervig, von einem Date abkommandiert zu werden, um dich aus diesem Club zu zerren. Und das alles nur, weil Ty sie nicht für zehn Minuten alleine lassen kann", stöhnte sie genervt.

"Will", korrigierte Bran.

"Wer?"

"Nein, er will sie nicht alleine lassen!"

"Ach so, ja, wie auch immer. Ich soll dich zu den beiden bringen."

"Was sind denn das für Methoden?"

"Bran, im Gegensatz zu dir will ich mir heute noch einen Fick suchen, also hättest du bitte die Güte, in dieses Fahrzeug zu steigen?"

Er kam ihrer Bitte nach. Sie konnte einem wirklich Angst machen. Einer unbefriedigten Tia wollte er lieber nicht begegnen.

9 THE OTHER SIDE ...

ALEXA

"Du wirkst abwesend", sagte Jack in die Stille des Wagens hinein.

"Gedanken", gab sie schlicht zurück.

"Ruf ihn doch einfach an, wenn du ihn immer noch so sehr vermisst."

"Du weißt genauso gut wie ich, dass ich das nach dem Wutausbruch in Talin nicht bringen kann."

"Al ... du grübelst seit beinahe drei Wochen darüber. Ich weiß es. Ich höre dich jede verdammte Nacht weinen, Süße. Das geht so nicht weiter! Das ist mental schon scheiße genug. Nicht nur für dich. Auch für mich, unser Zusammenleben und vor allem auch für das Training. Ich wundere mich, dass es bislang noch keine größeren Probleme gegeben hat!"

"Ich vernachlässige das Training in keinster Weise!", fauchte sie sofort, weil sie sich wie so oft in der letzten Zeit von ihm angegriffen fühlte.

Jack ging auf ihren Ton überhaupt nicht ein. "Nein, du vernachlässigst das Training nicht. Aber dich, Süße!"

"Was soll das nun wieder heißen?"

"Du trainierst zu viel. Du schläfst zu unregelmäßig und du isst zu wenig!"

"Das hatten wir bereits, Jack! Ich schlafe, wenn ich müde bin. Ich esse, wenn ich Hunger habe, und ich trainiere, um die Olympia-Quali zu schaffen. Ende der Diskussion!"

"Wenn du weiter so abnimmst, kannst du die notwenige Muskelmasse nicht halten und ..."

"Lass mich verdammt nochmal in Ruhe!", fauchte sie und schlug mit der flachen Hand auf das Armaturenbrett des Dodge Ramp.

"Ganz davon abgesehen sind deine Launen langsam echt zum Kotzen! Ich habe das Gefühl, als hättest du seit drei verdammten Wochen deine Tage!", fluchte Jack, nun doch etwas lauter.

... drei Wochen ... drei verdammte Wochen ...

Alexa wurde schlagartig eiskalt. Nein, das konnte nicht wahr sein, durfte nicht wahr sein!

"Den wievielten haben wir, Jack?", fragte sie unsicher.

"Den 22., warum?"

Sie rechnete. Einmal. Ein zweites Mal. Ihr Magen krampfte sich zusammen und ihr Körper überzog sich mit einer Gänsehaut. FUCK!

"Shit!"

"Al?" Jack klang ein wenig beunruhigt. Aber sie selbst war im Moment mehr als nur ein wenig beunruhigt. *Verdammt, verdammt, verdammt!*

"Könntest du ... könntest du bitte an einer Apotheke halten?", fragte sie schließlich, den Blick stur auf ihre Finger gerichtet. Sie brauchte Gewissheit ... vielleicht lag das alles nur am Stress?

Jack bremste so ruckartig, dass der Sicherheitsgurt des Ramp sich in die Haut ihres Halses schnitt und sich ihr spärliches Frühstück gern einen Weg zurück nach oben bahnen wollte.

Als sie den Würgreiz wieder unter Kontrolle hatte, hob sie ihren Blick und sah in Jacks weit aufgerissene Augen.

Er hatte sich ihr zugewandt und saß, den Rücken an die Fahrertür gepresst, da.

"Sag, dass das verdammt nochmal ein wirklich schlechter Witz war, Al!", flüsterte er schockiert.

Ohne Vorwarnung schossen ihr die Tränen in die Augen und quollen nur Sekunden später über ihre Lider, bevor sie noch irgendetwas dagegen unternehmen konnte.

"Scheiße!", flüsterte sie.

"Fuck!", gab Jack nickend zurück. Der erste Schluchzer bahnte sich seinen Weg und pure Verzweiflung überkam sie. Das konnte nicht sein, durfte nicht sein! Sie hatte so viele Pläne, so viele Ziele!

Ihr Körper begann zu zittern und auf einmal lag sie in Jacks Armen.

"Ohoh... schsch ... das ist alles nicht so schlimm, Kleines. Wir bekommen das hin. Egal, wie das alles hier endet, ich bin mir sicher, wir finden eine Lösung, hörst du? Das wird schon! Ich bin für dich da, Babe, das weißt du doch! Wir zwei gegen den Rest der Welt, erinnerst du dich?"

Unablässig murmelte er aufmunternde Dinge in ihr Ohr und streichelte ohne Unterlass ihren Rücken. Irgendwann beruhigte sie sich schließlich und sah in seine zweifelnde Miene.

"Besser?"

"Nein", gab sie leise zurück.

"Okay, pass auf. Wir fahren jetzt erst einmal in eine Apotheke ...", sofort brachen wieder Tränen aus ihren Augen hervor, die Jack mit seinem Daumen auffing.

"Schsch ... lass uns doch erst mal schauen, was wirklich Sache ist, dann können wir immer noch Worst Case Szenarien malen!"

Alexa nickte, auch wenn sie nicht daran glaubte, dass sich etwas ändern konnte.

"Scheiße!" Es Schwarz auf Weiß ... oder in diesem Fall Blau auf Weiß zu sehen, war noch schlimmer, als es nur zu befürchten.

"Okay ... alles nicht so schlimm, mein Schatz!", murmelte er. Wie immer optimistisch.

"Nicht so schlimm?", schniefte Alexa. Schon wieder bebte ihre Unterlippe.

"Wir malen uns ein Wegediagramm mit Lösungsmöglichkeiten, dann können wir alles abbilden!"

Gott, wie sie diese Bürofuziseite an ihm hasste!

Er kritzelte Kästchen, Rauten und Striche, die er allesamt beschriftete.

"Gut. Erste Frage: Behalten oder nicht?"

Auf Alexas verständnislosen Blick hin erläuterte er: "Na, ob du das Baby behalten willst oder abtreiben."

"Bist du verrückt geworden?"

Auf seine hochgezogene Augenbraue hin sagte sie: "Abtreibung kommt auf keinen Fall in Frage!"

"Gut", sagte er sachlich, strich eines der Kästchen und ging den Baum dann weiter Schritt für Schritt durch.

Sie antwortete mehr automatisch, als dass sie sich wirklich Gedanken um Jacks verquere Logik machte. Zu sehr war sie mit ihren eigenen Gedanken beschäftigt.

"Okay, dann kommen wir mal zum wichtigsten Punkt. Du musst ihn anrufen!"

"NEIN!"

"Er hat es verdient!"

"Er hat es verdient, dass ich ihn nie wieder belästigte, so wie ich mit ihm umgesprungen bin!"

"Al, das macht keinen Sinn!"

"Ich hab es ihm angesehen. Ich habe ihm das Herz gebrochen, Jack. Ich habe den verdammten Vorhang gesehen, der vor seine Augen gefallen ist!", schrie sie und brach gleich darauf wieder in Tränen aus.

Sie fühlte sich gehetzt, gejagt, gefangen in dieser absolut ausweglosen Situation.

"Gerade deshalb, Al! Du hättest es schon viel eher tun sollen! Für euch beide, und das ist deine perfekte Ausrede, es auch wirklich zu tun!"

"Ich bin nicht, was er will! Hast du nicht gehört, was die anderen gesagt haben?"

"Das ist nicht deine Entscheidung! Und auch nicht die der anderen! Entweder du tust es oder ich mach es, Al! Es ist sein verdammtes Recht!"

Kreischend stürzte sie sich auf ihn. Schlug mit flachen Händen nach seiner Schulter, bis er ihr die Hände auf den Rücken drehte und sie fest in seine Arme zog.

"Alles wird gut. Glaub mir, Babe. Wir finden eine Lösung. Erinnerst du dich nicht mehr? Wir haben uns geschworen, dass wir zusammen alles schaffen können!"

Wieder brach sie weinend in seinen Armen zusammen. War das wirklich der richtige Weg?

In ihrem Kopf berechnete sie die Zeitverschiebung zu Boston. Spät am Abend.

"Such nicht nach Ausreden, Al", mahnte Jack, der sie einfach zu gut kannte.

Da sie Brans Nummer nicht hatte und weder Maya noch Sky sonderlich gut auf sie zu sprechen waren, wählte sie schließlich Ninas Nummer.

Es dauerte einen Moment, dann klickte es in der Leitung.

"Moreno?", drang Ninas weiche Stimme durch den Hörer.

"Nina? Ich bin's, Alexa. Hör mal. Ich brauche Brans Nummer."

"Er geht nicht mehr an sein Telefon", sagte Nina und klang ein wenig verzweifelt.

"Oh Gott, ist was passiert?", fragte Alexa schockiert und sprang sofort auf ihre Füße.

"Ja ... Du", sagte Nina dann leise.

Magenschwinger ...

"Ich ... ich muss ihn sprechen, Nina. Es ist wichtig."

"Wie wichtig?"

"Verdammt wichtig!"

"So sehr, dass du es wert bist, das kleine bisschen Schorf von der Wunde zu reißen?"

"Ich bin schwanger", flüsterte Alexa, als würde das laute Aussprechen alles noch schlimmer machen.

Nina quiekte. Dasselbe seltsame Quieken, das auch Sky drauf hatte, als Maya ihre "frohe Kunde" breittrat.

Dann war aufgeregtes Stimmengemurmel zu hören.

"Ich kümmere mich darum", sagte Nina schlicht, ehe sie einfach auflegte.

"Hallo Nina. Schön, von dir zu hören. Auf Wiederhören, Nina. Mein Kind bekommt die Mindesthöflichkeitsregeln beigebracht", brummte Alexa.

Als sie Jacks weichen Gesichtsausdruck sah, erstarrte sie. Ja, tatsächlich. Sie hatte den Zellklumpen in sich bereits mit 'mein Kind' bezeichnet.

Sie ließ ihren Blick von Jack zu ihrem Bauch wandern, als würde jeden Moment ein Alien samt Tentakeln daraus hervorbrechen, wie sie es in Men in Black mehr als einmal gesehen hatte.

Scheiße! ... oder etwa nicht?

10 ÜBERWINDEN

BRANDON

Unschlüssig stand er in Ty's Wohnzimmer. Er war völlig überfordert mit der gesamten Situation.

1) Von Tia aus einem Club gezerrt zu werden.
2) Tias halsbrecherischer Fahrstil
3) Ein brummiger Ty, der ihm auf der Türschwelle eine Telefonnummer samt Telefon in die Hand drückte, ehe er die Tür schwungvoll vor seiner Nase zuschmiss.
4) Eine sichtlich aufgewühlte Nina, die laut (!) schimpfend auf Ty einredete, ehe sie die Tür wieder aufriss und ihn über die Schwelle zog.
5) Ty's Wohnung von innen zu sehen.
6) Auf Ty's Sofa zu sitzen, während dieser unruhig im Raum auf- und abging, als könne er gar nicht erwarten, dass er die Wohnung wieder verließ.
7) Ein riesiger Dobermannrüde, der jede seiner Bewegungen mit Argusaugen beobachtete. Eine falsche Bewegung und er würde eine zerfetzte Kehle haben, da war er sich sicher!

Alles in allem ... einfach zu viel!

Unschlüssig starrte er auf das Telefon. Warum zum Teufel sollte er sie anrufen? Was, wenn das alles nur ein gut gemeinter Trick der Familie Moreno war?

Vielleicht hofften die drei einfach nur auf das gleiche kitschige Happy End, das sie selbst hatten?

Knurrend kam Ty zu ihm hinüber und riss ihm das Telefon aus der Hand. Beinahe wütend tippte er auf dem Gerät herum und fluchte immer wieder, kurz bevor die Löschen -Taste zu hören war.

Schließlich kam Nina zu ihm, nahm ihm das Telefon aus der Hand und schmiegte sich an seine Brust. Beinahe augenblicklich schlang er seine kräftigen, tätowierten Arme um sie und vergrub seine Nase in ihren Haaren, als wäre allein ihr Duft und ihre Berührung Beruhigungsmittel genug.

"Da", sagte Nina und streckte ihm das Telefon entgegen.

"Hallo?", tönte es aus dem Hörer und allein der Klang ihrer Stimme versetzte ihm einen Stich im Herzen. Er war hin- und her gerissen, zwischen das Telefon mit aller Wucht gegen die nächste Wand zu schmettern und es an sich zu reißen, nur um noch einmal den herrlichen Ton ihrer Engelsstimme zu hören.

Die Sehnsucht nach ihr gewann.

Mit zitternden Fingern führte er das Telefon an sein Ohr.

"Hallo? Nina?", fragte der Engel.

"Nein", gab er mit kratziger Stimme zurück.

"Bran", flüsterte sie, als könne sie es selbst kaum glauben.

Er sagte nichts. Wusste nichts zu sagen. Schwankte zwischen Wut, Erleichterung, Zorn, Sehnsucht, Hass, Liebe, Freude, Leid, Schmerz, Glück.

Völlig überfordert ließ er sich nach hinten in die weichen Kissen des braunen Sofas sinken und bedeckte seine Augen mit einer Hand.

Plötzlich hörte er ein Schluchzen am anderen Ende der Leitung. Alarmiert sprang er auf.

Sowohl Ty als auch der Rüde spannten sich sofort an, als würde Bran jeden Moment auf die kleine Nina losgehen.

"Alexa? Was ist los?", rief er ins Telefon.

"Es tut mir so leid. Es tut mir alles so leid", schluchzte sie und weinte hemmungslos.

"Was ist denn los, was ist passiert?", fragte er nervös, weil sie wirklich schlecht klang.

Ty schob unterdessen seine Frau aus dem Raum und kam kurze Zeit später mit zwei Gläsern und einer bernsteinfarbenen Flüssigkeit zurück.

Er hörte Jack irgendetwas im Hintergrund murmeln und sofort wallte wieder Wut in ihm auf. Konnte er sie denn nicht einmal in einem so intimen Moment für sich allein haben?

"Ich bin schwanger, Bran!", flüsterte sie schließlich aufgebracht.

Schlagartig wich alle Kraft aus seinen Gliedern. Das Telefon rutschte ihm aus der Hand und seine Knie gaben nach, sodass er ungebremst auf Ty's Sofa fiel.

Dieser reichte ihm, ohne mit der Wimper zu zucken, erst den Whisky und dann das Telefon.

Ex. Der scharfe Alkohol brannte in seiner Speiseröhre und holte ihn zurück in die Realität.

"Wie bitte?", fragte er, nachdem er sich wieder gesammelt hatte.

"Schwanger", schluchzte sie. Für einen einzigen Moment gestattete er sich die Idee, dass sie vor Freude weinen könnte. Dann erinnerte er sich an ihre höhnischen Worte: *Was hast du erwartetet, Bran? Hochzeitsglocken und Kindergetrappel?*

"Ich will es!", sagte er spontan.

"Was?", fragte sie.

"Ich will es. Es ist mein Baby, ich will es haben!", sagte er bestimmt. Nein, sie durfte es ihm nicht wegnehmen.

"Bran ...", stammelte sie.

"Keine Diskussion. Ich gebe dir, was immer du willst, aber gib es mir!", sagte er resolut und ein klein wenig zornig. Sie wollte es doch gar nicht, wo lag also das Problem?

Plötzlich klickte die Leitung. Dann ertönte das Freizeichen.

Sie hatte aufgelegt. Einfach so. Ende. Finito. Basta. Genau so konnte sie auch mit dem Leben seines Kindes verfahren und zumindest von hier aus konnte er rein gar nichts dagegen tun! Er musste zu ihr, sofort, und alles tun, um zu verhindern, dass sie ihm das wegnahm.

"Das war nicht sonderlich geistreich. Das ist dir schon klar, oder?", sagte Ty.

Verwirrt wandte er sich dem Latino zu. "Ich muss zu ihr, sofort!"

"Das hab ich dir schon vor drei Wochen gesagt", brummte Ty.

Bran war schon auf dem Weg zur Tür, als er an der Schulter gepackt wurde.

"Geh nicht immer vom Schlimmsten aus und versuch, ruhig zu bleiben!"

"Ich glaube, du bist die falsche Person, um so etwas zu sagen", sagte Bran hart.

Der Riese zuckte lediglich mit den Schultern und öffnete die Tür, um ihn hinauszulassen. Auf halber Höhe der Treppe zur Wohnung drehte Bran sich noch einmal um.

Ty wirkte irgendwie erleichtert, dass Bran seine Wohnung verlassen hatte. So ganz würde er Tys Abgeschiedenheit wohl nie verstehen. Dass er sich und Nina so abschottete, machte keinen Sinn.

Es gab doch nichts Schöneres, als das Haus voller Menschen zu haben, die einen schönen Tag mit einem teilen wollten. Dann wandte er sich zum Gehen. Er hatte noch einiges zu tun heute Nacht.

Allen voran, einen Flug buchen!

ALEXA

Nach einer schlaflosen Nacht und einem äußerst aufgewühlten Tag, lag sie schließlich in ihrer Badewanne und versuchte, ihre Gedanken zu sortieren.

Wie sie es auch drehte und wendete, sie kam zu keiner Lösung. Aber Jack hatte es ihr versprochen. Jack hatte ihr versprochen, dass sie zusammen alles schaffen würden.

Bislang hatte er immer recht gehabt. Ja, es war bei Gott nicht immer alles einfach gewesen, aber sie hatten es gepackt. Egal, wie groß die Hürde gewesen war.

Über eine Stunde später verließ sie, in ein dickes Handtuch gewickelt, das Badezimmer ... und erstarrte im Türrahmen.

Brandon.

"Was machst du hier?", fragte sie, überrascht, den Mann, der seit Wochen durch ihren Kopf geisterte, einfach so auf dem roten Sofa ihres Wohnzimmers sitzen zu sehen.

"Hallo Alexa, ja, es geht mir gut, und dir? Hm ... ja, ich hatte einen angenehmen, aber anstrengenden Flug", sagt er in ekelhaft sarkastischem Ton.

"Brandon", mahnte Jack, der mit vor der Brust verschränkten Armen an der Wohnzimmerwand gelehnt dastand.

Alexas Augen brannten. Vor Wut, vor Enttäuschung, vor Trauer, vor ... ach ... sie wusste es doch selbst nicht!

Scheiß Hormone!!

Bevor sie vor ihm in Tränen ausbrach, drehte sie sich um und lief schnellen Schrittes in ihr Schlafzimmer. Die Tür schloss sie hinter sich ab, damit sie ungestört diese absolut unwillkommenen Tränen vergießen konnte.

Sie warf sich auf das Bett mit der rot-orange gemusterten Kuschelbettwäsche, die sie nur wenige Tage nach ihrer Rückkehr aufgezogen hatte.

Ganz genau wusste sie nicht warum, aber irgendwie

war es unglaublich wichtig gewesen, etwas Warmes und Weiches um sich zu haben anstatt der kalten Satinbettwäsche, die Jack immer bevorzugte. Das Kissen vor ihr Gesicht gepresst, begann sie, haltlos zu schluchzen.

"Al ... Kleines? Komm schon, mach auf", hörte sie Jacks weiche Stimme vor der Tür. Aber sie wollte ihm das nicht schon wieder zumuten. Seit Tagen musste er sie wegen jeder Kleinigkeit trösten.

Über all die Jahre hinweg hatte sie nicht so viel geweint wie in den vergangenen Tagen!

Wut keimte in ihr auf. Dieser Mann hatte ihr das Leben nicht zu versauen. Zumindest nicht mehr, als er es sowieso schon getan hatte! Wütend stand sie auf. Riss einen der Nickischlafanzüge aus ihrem Schrank und zog sich das graue Ungetüm über.

Egal! Sie wollte schließlich nicht schön sein für ihn, sondern ihn nur wieder los werden, damit sie ihre Gedanken sortieren konnte.

Die nassen Haare band sie sich zu einem unordentlichen Knoten, dann stürmte sie zurück ins Wohnzimmer.

Das Mitleid in Brans Blick war zu viel!

"Verschwinde!", fauchte sie, weil sie absolut nicht zu bemitleiden war, nur weil sie frisch aus der Badewanne kam und einen Schlafanzug trug!

"Nein", sagte er schlicht.

"Du hast hier nichts zu suchen!", schrie sie. Wenn sie ganz ehrlich mit sich selbst war ... eigentlich war sie schon wieder bereit, zurück in ihr Zimmer zu rennen und eine weitere Runde zu heulen.

"Doch. Mein Baby und dich", gab er ruhig zurück.

Ja, das wollte er haben. Aber es war ihr eigener Zellklumpen und sie würde ihn bestimmt nicht an Bran übergeben!

"Können wir ... also ... können wir mal unter vier Augen sprechen?", druckste Bran herum, ehe er sein Anliegen ausspuckte.

"Jack bleibt!", fauchte sie im selben Moment, als er sagte: "Ich gehe nirgendwohin!"

Resignierend ließ Bran sich aufs Sofa fallen. Er seufzte und vergrub dann das Gesicht in seinen Händen.

"Wir müssen alle ein wenig ruhiger werden. So finden wir niemals eine Lösung für dieses Problem", sagte er schließlich sachlich, ohne vom Wohnzimmertisch aufzusehen. Daraufhin ließ Jack sich in seinen Fernsehsessel sinken. Auch er seufzte.

"Ja, eine Lösung wäre gut, denn so kann das hier nicht weitergehen. Hast du einen Vorschlag?", fragte Jack ihn.

"Ich möchte auf keinen Fall, dass das Kind abgetrieben wird!", stellte Bran klar.

"Ich auch nicht!", rief Alexa und die Erleichterung auf Brans Gesicht versetzte ihr einen Schlag in die Magengegend. Dann erinnerte sie sich an seine Worte und die Wut kochte erneut in ihr hoch.

"Ach ja, richtig ... wie war das noch ... gefühlskalte, kalkulierende Bitch?", fragte sie scharf.

"Alexa!", fuhr Jack sie mahnend an, doch ihr Blick hatte sich bereits mit Brans verhakt.

"Wie sonst hättest du deinen Auftritt bezeichnet? Und ich zitiere: Was hast du erwartet, Bran, Hochzeitsglocken und Kindertrappel?", äffte er sie in ekelhaftem Ton nach.

"So war das nicht gemeint!", murmelte sie kleinlaut.

"Wie dann? Für mich hörte es sich an, als wären dir Kinder zuwider!", knurrte er und sprang vom Sofa auf.

"Das ist doch was ganz anderes!", schrie sie.

"Was soll daran anders sein?", brüllte er zurück und kam mit langen Schritten auf sie zu.

"DAS IST UNSER BABY!", schrie sie, wobei das letzte Wort schon wieder in einen Schluchzer überging. Ein Schluchzer, der aus purer Verzweiflung entstand.

Bevor sie unter der Last ihrer Gefühle und Gedanken zusammenbrechen konnte, lag sie in Brans starken Armen.

Haltlos schluchzte sie an seiner breiten Brust. Wie zum Teufel konnte etwas, das sich so verdammt gut anfühlte, so unendlich falsch sein?

Das waren nicht die richtigen Arme. Sie gehörte hier nicht hin. Sie durfte hier nicht sein ... auch wenn es alles war, was sie in diesem Moment und in den vergangenen Wochen wollte.

BRANDON

Unser Baby … nie hatte sich etwas schöner angehört. Nichts hatte er sich mehr gewünscht und endlich schien es da einen Weg zu geben. Einen winzigen Lichtpunkt am Horizont.

Sie nach all den Wochen wieder in den Armen zu halten, war unbeschreiblich schön. Diese schmale Frau passte perfekt in seine Arme und er hatte das Gefühl, dass sein Geist endlich wieder zur Ruhe kommen konnte.

Sie war das fehlende Puzzleteilchen. Sie machte ihn komplett und war genau das, was ihm zu seinem jetzigen Leben noch fehlte.

Differenzen hin oder her, sie war die Mutter seines Babys und seine Traumfrau. Alles andere würde sich irgendwie klären lassen.

Sie so haltlos in seinen Armen schluchzen zu sehen, brach ihm das Herz und er verfluchte sich dafür, dass er es war, der sie dazu gebracht hatte. Er hatte diese starke, taffe Frau so weit getrieben, dass sie alle Karten auf den Tisch legte und aufzeigte, wie schlecht es ihr wirklich ging.

Sie brauchten schnellstmöglich eine Lösung, denn so konnte es nicht weiter gehen. Die letzten drei Wochen hatten ihn an den Rand des Erträglichen getrieben und er hatte schlichtweg keine Kraft mehr. Er brauchte sie. Liebte sie. Ende der Diskussion.

"Schsch", machte er, um sie zu beruhigen und wiegte sie dabei ganz leicht hin und her.

"Wir bekommen das hin, wir finden eine Lösung", murmelte er weiter.

Als er den Blick hob, traf er auf Jacks zweifelnden

Blick. Was war nur los mit dem Mann?

Völlig übermüdet war er auf dem Hof angekommen, dessen Adresse Maya ihm gegeben hatte. Einer der Hilfsarbeiter im Stall hatte ihm den Weg zu der Wohnung beschrieben.

Nachdem er an der Tür geläutet hatte, wurde sie von Jack geöffnet. Sein Gesichtsausdruck wechselte von überrascht zu glücklich. Schlussendlich blieb aber Angst in seinem Blick stehen.

Sie hatten einander recht knapp begrüßt und Jack hatte ihn schließlich in die Wohnung gebeten.

Wenn man die Wohnung betrat, stand man direkt im Wohnzimmer. Kein Flur, kein Windfang, keine Garderobe, an der man seine Sachen ablegen konnte. Das Wohnzimmer war klein. Maximal 15 Quadratmeter und dabei voll mit Möbeln.

Die rote Couchgarnitur bestand aus einem Dreisitzer und einem Sessel. Davor stand ein holzfarbener Wohnzimmertisch. An der Wand gegenüber standen ein kleiner Fernseher und daneben ein winziger Esstisch mit vier Stühlen.

Der Boden war weiß gefliest und die Wände ebenso weiß gestrichen. Zumindest das, was Bran davon sehen konnte. Im gesamten Raum hingen unzählige Bilder. Schnappschüsse, Portraits und Posen. Hunderte verschiedene Pferde. Bilder von Wettkämpfen. Vollkommen willkürlich kamen dazwischen Bilder der Setarips und sogar einige von seinen Freunden.

An vielen der Bilder hingen Schleifen oder Urkunden, die sie gewonnen hatten. Und egal, wo er hinsah, überall strahlte ihm das wunderschöne Lächeln Alexas entgegen.

Es war, als wären es zwei Menschen. Dieses glückliche, strahlende Wesen auf all den gerahmten Abzügen und das kleine gebrochene Ding, das in seinen Armen hing.

Allzu viel Zeit hatte er leider nicht gehabt, sich mit Jack zu unterhalten. Leider. Denn dann hätte er genau das hier vermeiden können. Er hatte sich gerade auf das Sofa fallen lassen, als Alexa auch schon aus dem Bad kam.

Liebe, Wut, Sehnsucht, Verzweiflung und der Zorn der letzten Wochen waren wie eine gewaltige Gefühlswelle über ihm zusammen gebrochen. Aus reinem Selbstschutz war sein Mund schneller als sein Verstand gewesen und hatte ihr Worte an den Kopf geworfen, die er so nicht gemeint hatte.

Ihre Schluchzer wurden nach und nach weniger und beinahe augenblicklich versuchte sie, sich von ihm zu lösen.

Widerwillig entspannte er seine Arme und ließ sie ziehen. Sie trat zwei Schritte zurück und die Tatsache, dass sie Distanz zu ihm suchte, verpasste ihm einen Stich in seinem Herzen.

"Es … es tut mir leid, Bran. Ich wollte das nicht", stammelte sie und sah dabei überall hin, nur nicht zu ihm.

"Möchtest du etwas trinken?", fragte sie schließlich.

"Gern. Wasser, bitte", sagte er, obwohl er nichts benötigte, aber die Chance auf ein wenig Abstand, den sie sich so sehr wünschte, wollte er ihr nicht nehmen.

Eiligen Schrittes verließ sie den Raum und ließ ihn in unangenehmen Schweigen mit Jack allein zurück.

"Wir haben einiges zu klären, könntest du uns ein wenig alleine lassen?", fragte Bran schließlich in die Stille.

"Nein", antwortete Jack ruhig und setzte sich dann auf die Couch.

"Nein? Was soll das, Jack? Ich will nichts als ein bisschen Privatsphäre!", knurrte Bran und verschränkte die Arme vor der Brust. Er sehnte den Tag herbei, an dem er diesen Trottel endlich los wurde. Wenn Alexa sicher auf seiner Ranch angekommen war und damit ein Ozean zwischen ihr und Jack lag. Nicht der Mond, wie Ryan es empfohlen hatte, aber immerhin.

"Oh, glaub mir, du wirst mir noch dankbar sein!", sagte Jack und verzog irgendwie schmerzverzerrt das Gesicht.

In diesem Moment betrat Alexa den Raum und Bran hörte nur noch Jacks gemurmeltes: "Sieh mich als

Schlichter!"

Sie stellte das Wasser vor den Sessel auf den Tisch.

Okay … eindeutige Platzzuweisung!

Sie selbst setzte sich mit angezogenen Füße neben Jack auf das Sofa.

Dieser räusperte sich in die entstandene Stille hinein und sagte: "Okay, also ihr beide wollt das Baby, das ist doch schon mal super. Ein gemeinsames Ziel wird uns den Weg dorthin wesentlich erleichtern."

"Uns?", fragte Bran, während Alexa nur nickte und ihre Zehen betrachtete.

Keiner von beiden reagierte darauf. Also ließ er sich auf seinen Sessel sinken.

"Gut, vielleicht sollte jeder von euch mal umreißen, wie ihr euch das so gedacht habt", stammelte Jack und schien sich mit seiner Rolle nicht allzu gut zu fühlen. Immer wieder schweifte sein Blick hektisch über Alexa, als würde er jeden Moment auf einen Gefühlsausbruch warten.

Diese Situation war einfach nur grotesk. Er sollte seine Frau in den Armen halten, anstatt hier wie bei einer Verhandlung zu sitzen.

Genervt schnaufte er, als sie keine Reaktion zeigte.

"Was soll ich sagen? Ihr wisst, was ich möchte. Was ich mir vorstelle. Ich möchte dich bei mir haben, sehen wie das Baby in deinem Bauch wächst. Miterleben, wie dieses kleine Wunder zur Welt kommt und es aufzuwachsen sehen."

Sie nickte nur. Dann begann ihr Körper leicht zu zittern. Sie legte eine Hand über ihre Augen und begann erneut zu weinen.

Verwirrt sah er zu Jack. Dieser zuckte mit einem entschuldigenden Lächeln mit seinen Schultern und legte dann einen Arm um sie. Sie drehte ihren Kopf an seine Brust und weinte leise, während Jack ihren Rücken streichelte.

"Vielleicht sollten wir das auf morgen verschieben? Ist doch alles bisschen viel für einen Tag, oder?", fragte Bran unsicher. Lieber wäre er einfach zu ihr gegangen und hätte sie in seine Arme gezogen.

Jack nickte. "Du hast recht. Hör mal, direkt über dieser Wohnung ist ein möbliertes Einzimmerapartment für Hilfsarbeiter. Möchtest du dort schlafen und wir reden morgen früh weiter?"

Zweifelnd nickte Bran. Lieber hätte er sie die ganze Nacht in seinen Armen gehalten und wäre mit ihr zusammen wieder aufgewacht. Aber dafür würden sie wohl noch den einen oder anderen Tag benötigen.

"Es tut mir leid", sagte sie noch leise, stand auf, drehte sich um und ging in ihr Schlafzimmer.

Bran sah ihr nach, bis Jack ihm auf die Schulter klopfte und ihm den Weg zum Apartment zeigte. Es war klein und nichts Besonderes, aber für ein paar Tage würde es auf jeden Fall reichen.

Die Reise und die Auseinandersetzung mit Alexa hatten ihm stark zugesetzt. Und auch die letzten Wochen hingen ihm noch schwer in den Knochen.

Vollkommen erschöpft fiel er nur Minuten später in einen tiefen Schlaf.

11 FAKTEN!

ALEXA

Brandon kam gegen elf Uhr zurück zu ihnen. Er sah ziemlich ausgelaugt aus. Alles in allem, nicht anders als Alexa sich fühlte.

Es war ihr unglaublich peinlich, wie sie sich am Vorabend verhalten hatte, aber im Moment hatte sie ihre Gefühle nicht sonderlich gut unter Kontrolle.

Ihre Begrüßung war irgendwie steif und es fühlte sich absolut falsch an. Sie hätte sich am liebsten sofort wieder in seine Arme geschmiegt, anstatt so wie in diesem Moment auf dem Sofa gegenüber zu sitzen.

"Ähm … okay. Ich hab ja gestern schon gesagt, was ich mir wünsche. Also das ist mein Vorschlag. Du hast nichts, was dich hier hält. Deinen Job kannst du auch auf meiner Ranch machen. Sieh sie dir an. Ich bin mir sicher, sie wird dir gefallen. Sie bietet beste Trainingsmöglichkeiten und das Pferdematerial ist in Amerika unglaublich günstig", begann Bran schließlich seine Ausführungen wie bei einem Verkaufsgespräch.

Auf was er hinauswollte, erschloss sich ihr noch nicht ganz.

"Du willst, dass ich zu dir ziehe", stellte sie noch einmal unmissverständlich klar.

"Natürlich! Ich könnte mich um euch kümmern und ich möchte Teil dieses unglaublichen Prozesses sein!", sagte er entrüstet und setzte sich gleich aufrechter hin.

"Verständlich", sagte sie nickend und Bran entspannte sich wieder ein wenig. Er sprach bereits weiter, als Alexa schon wieder in ihren eigenen Gedanken abgetaucht war.

"Al?", fragte Jack und stupste sie mit dem Ellenbogen an.

"Äh … ja?"

"Ob du ein bisschen Zeit brauchst, dir das zu überlegen, habe ich gefragt."

"Ähm, ja. Ich glaube schon. Was meinst du überhaupt?", fragte sie Jack.

"Also ohne zu pessimistisch klingen zu wollen, aber die nächste Saison ist sowieso so gut wie gelaufen und ich denke, dass es für euch beide einfacher wäre."

"Das heißt aber auch, dass wir zumindest ein Jahr in den USA leben würden", gab Alexa zu bedenken, da Auswandern ja nicht gerade eine Kleinigkeit war.

"Halt. Stopp. WIR?", warf Bran dazwischen.

Auf Alexas fragenden Blick hin deutete Bran aufgeregt zwischen ihr und Jack hin und her.

"Klar. Er ist mein bester Freund, mein Geschäftspartner und mein Trainingspartner. Was dachtest du denn, Bran?", fragte Alexa entgeistert. Sie hatte eigentlich angenommen, dass das bei Brandon hätte ankommen müssen.

Ihre Blicke waren in einander verhakt. Seine Kiefer mahlten, ehe er ein klein wenig gequält die Augen schloss und sagte: "Okay, also ihr beide auf meiner Ranch. Na, das klingt doch super."

Das war sowas von gelogen! Aber ohne Jack zu gehen, kam einfach nicht in Frage!

Sie würde ihren Traum unterbrechen, aber nicht einfach aufgeben. Jack gehörte dazu.

Eine Variante ohne ihn stand definitiv nicht zur Debatte!

Brans verkniffene Miene trieb ihr schon wieder die Tränen in die Augen. Wie sollte das jemals gut gehen?

"Ich ... ähm ... muss mal", stotterte sie, bis Jack sie unterbrach: "Geh schon, Süße!"

Ihr Stichwort! Schnellen Schrittes eilte sie in ihr Schlafzimmer und schloss die Tür hinter sich ab.

BRANDON

"Was war das denn jetzt?", fragte Brandon und starrte verwirrt auf die Tür, durch die seine Traumfrau so schnell verschwunden war.

"Sie ist im Moment ... wie soll ich sagen ... ein wenig empfindlich. Weißt du, diese ganze Sache würde ihr auch schon ohne den Hormoncocktail ganz schön zusetzen. Und so ... naja, du hattest jetzt ja zwei Tage Liveprogramm", sagte Jack und lächelte gequält.

"Oh." Zu mehr war er nicht fähig. Das hatte er einfach nicht bedacht. Er war so mit seinem eigenen Gefühlschaos beschäftigt gewesen, dass er überhaupt nicht daran gedacht hatte, wie schwierig die Situation für sie war und dass ihr die Schwangerschaft bereits zusetzen konnte.

"Gibt es sonst noch irgendwelche ... Nebenwirkungen?"

"Nein, im Moment nicht, aber glaub mir, dieses Gefühlsachterbahn fahren ist schon schlimm genug!", lachte Jack.

Dann wurde sein Gesicht schlagartig ernst.

"Mach langsam, Brandon. Ich würde es gut finden, wenn das mit euch beiden klappt, allein schon wegen dem Baby. Aber du muss ihr Zeit geben."

"Ja, das wird sich alles klären, wenn sie erst mal bei mir ist."

"Ich hoffe es", sagte Jack und zog seine Augenbrauen zusammen.

"Ich setze mal die Nudeln fürs Mittagessen auf. Soll ich dir was zu trinken mitbringen?"

"Gern. Wie lange müssen wir auf sie warten?"

Jack zuckte lediglich mit seinen Schultern. Also gut. Brandon lehnte sich in dem Sessel zurück und starrte auf die Tür. Hoffentlich würde sie sich nicht allzu viel Zeit lassen, damit sie endlich an ihrer Zukunft planen konnten.

ALEXA

Die Verzweiflung schnürte ihr die Kehle zu. Wie konnte sie nur an diesen Punkt kommen? In diese ausweglose Situation?

Das alles war einfach nicht so geplant! Sie wollte keine Beziehung. Keine Familie. Nichts, was sie irgendwie band. Es hatte Jahre gedauert, sich aus dem engen Familiennetz zu befreien. Die Maschen zu zerreißen und sich in die Freiheit zu kämpfen.

Weg von all den Verpflichtungen. Weg von "Du sollest" und "Das gehört nun mal dazu."

Sie wollte frei sein. Innerhalb von wenigen Wochen einen ganzen Kontinent wechseln können. Jack war wie sie. Dachte gleich und war genauso darauf bedacht, sich keine Ketten anlegen zu lassen. Ihr gesamtes Hab und Gut passte in wenige Kisten. Am meisten Platz benötigten ihre Bilder und das Equipment.

Die Pferde, die sie ausbildeten, hatten sogar eine Warteliste, sodass sie jedes einzelne von heute auf morgen verkaufen konnten.

Ein tief verwurzelter Mann, wie Bran es nun einmal war, kam an und für sich schon nicht in Frage. Aber ein Kind? Abgesehen von den Verpflichtungen und Ketten, die so ein kleines Geschöpf mit sich brachte, bedeutete das für Alexa einen enormen Trainingsrückstand.

Sie konnte nicht auf demselben Niveau weitertrainieren und in den letzten Monaten würde es mehr oder weniger unmöglich sein.

Wieder begannen ihre Augen zu brennen. Der einzige Ausweg, den es hierfür gab, kam einfach nicht in Frage.

Natürlich gab es besondere Situationen, in denen sie eine Abtreibung nicht ablehnen würde. Aber keine davon traf auf sie zu. Momentan gab es nicht allzu viele Alternativen. Sie würden die Saison zu Ende bringen und die nötigen Qualifikationen für die kommende Saison sammeln.

Ihren Rappen Casper würde sie erst wie geplant am Saisonende verkaufen. So konnte sich der neue Besitzer bis zur neuen Saison mit ihm zusammenraufen.

Die Nachwuchspferde sollten bereits in den nächsten Wochen die Besitzer wechseln. Sie würde sie noch auf der einen oder anderen Voltigierpferdeprüfung vorstellen, damit konnte man einen guten Preis schon fast garantieren.

Einzig um ihr Baby Trico tat es ihr wirklich leid. Er hatte viel Potenzial und sie hatte ihn eigentlich für sich selbst behalten wollen. Aber nun gut. Auch hierfür ließe sich wieder Ersatz finden.

Und dann? Ja, dann würde sie Bran geben, was er sich so sehr wünschte. Sie würde zusammen mit Jack nach Amerika reisen. Sie würden dort bleiben, bis das Baby auf der Welt ist. Und auch danach natürlich noch einige Zeit.

Brandon hatte ihnen erzählt, wie günstig selbst top Pferde in den U.S.A. waren. Jack und sie würden die Zeit über den Winter nutzen und einige Vier- und Fünfjährige sammeln. Ein bisschen gutes Material, das sie nach und nach ausbilden und verkaufen konnten.

Vielleicht war sogar ein richtig guter dabei, mit dem sie am Ende der nächsten Saison die Quali-Noten schaffen konnte.

Mit einem Baby um die Welt und von Wettkampf zu Wettkampf zu pendeln, würde wesentlich anstrengender sein, aber machbar war alles. Jack hatte es ihr versprochen.

Das hier war nicht das Ende der Welt und ihr standen weiterhin alle Türen offen.

Jack hatte immer recht. Er war ihr Fels in der Brandung.

Und Bran? Tja, Bran würde irgendwann von selbst aufhören, diesen Traum von der perfekten Familie zu träumen. Wenn er das erst mal ein paar Monate miterlebt hatte, würde ihm das alles auch nicht mehr so rosig vorkommen.

Alexa zerstörte seinen Traum nur ungern, aber sie kannte die Wahrheit. Sie wusste, wie furchtbar die allseits so beliebten Familienbande sein konnten. Leider verstanden dieses Problem die wenigsten.

Einzig Zoey wusste genau, was Alexa meinte, auch wenn diese einen völlig anderen Weg gewählt hatte, diese Situation zu meistern. Welcher besser war, würde wohl schlussendlich nur das Leben zeigen.

Und bis dahin? Kurzfristige Ziele setzen!

Das bedeutete? Nächster Wettkampf in zwei Wochen. Lockeres Ausdauertraining für die geschundene Muskulatur.

Also rein in die Shorts und los geht's.

Als sie in ihrer Laufkleidung ins Wohnzimmer kam, saßen die beiden Männer sich mit ernsten Mienen gegenüber. Brans Augen weiteten sich, als er sie erspähte.

"Was hast du vor?", fragte er und klang dabei aufgebracht.

"Laufen", gab sie schlicht zurück.

"Das kannst du doch nicht machen!"

"Doch, lockeres Lauftraining für vier Tage, dann geht's weiter im Plan. Ich hänge Casper in der Stunde in die Führanlage. Noch einer von den Jungen zum Auslaufen?", fragte sie an Jack gewandt. Dieser sah ein klein wenig genervt aus.

"Ja. Jaco und Terres. Eineinhalb Stunden?", brummte er. Im selben Moment wie er Alexas Frage bejahte, sprang Brandon auf und rief: "Eineinhalb Stunden! Bist du verrückt? Das Baby! Und bleib von den Pferden weg, weiß der Teufel, was da passieren kann!"

Zorn kochte in ihr hoch. Da sie aber weder Zeit noch Lust auf diese nervenaufreibende Diskussion hatte, wandte sie sich einfach ab und schlüpfte durch die Haustür.

Sie hörte die beiden durch die geschlossene Tür noch hitzig debattierten, steckte sich dann die Kopfhörer in die Ohren und lief zum Stall.

Das würden verdammt harte neun Monate werden!

BRANDON

"Lass sie einfach in Ruhe!", schrie Jack.

"Bist du verdammt nochmal verrückt geworden?"

"Nein! Aber du erreichst genau das Gegenteil! Haben wir nicht gerade noch davon gesprochen?"

"Nein, ich erreiche genau das Richtige. Dass sie sich von diesen scheiß Gäulen fernhält, bevor meinem Baby etwas passiert!"

"Sie weiß was sie da tut, Bran! Eng sie nicht ein, sie wird sich nur gegen dich wehren!"

"Was heißt hier einengen? Ich habe endlich gefunden, was ich immer wollte, da werde ich sie wohl noch beschützen dürfen! Ich werde nicht zulassen, dass einem von beiden etwas passiert. Notfalls auch gegen ihren Willen. Ich habe einen ganzen Haufen einflussreicher Freunde. Wir werden eine Lösung finden, wenn sie nicht zur Vernunft kommt!"

"Mach das nicht! Je mehr du versuchst, sie zu bevormunden und ihr deinen Willen aufzuzwängen, umso mehr wird sie sich von dir abwenden."

"Mann Gottes, warum hab ich mich in die einzige Frau verliebt, die nicht von einem weißen Hochzeitskleid träumt? Ich kann ihr alles geben, was sie braucht!", sagte Bran resignierend und ließ sich auf das Sofa fallen. Jacks mitleidige Blicke waren kaum zu ertragen, also vergrub er sein Gesicht in seinen Händen. Als wären die letzten drei Wochen nicht schon Hölle genug gewesen.

Jetzt auch noch das!

"Sie wird diese Saison durchziehen, Bran. Komme was wolle", sagte Jack und ließ sich ebenfalls wieder aus Sofa sinken.

"Das kann sie nicht machen! Das ist viel zu gefährlich!"

"Wenn du sie wirklich liebst, wie du behauptest, musst du sie das hier machen lassen! Das ist ihr Leben, Brandon", sagte Jack eindringlich und Bran schnürte sich langsam der Magen zu. Er hasste nichts mehr als die Vorstellung, dass seine Traumfrau mit seinem Baby unter ihrem Herzen sich in solche Gefahr begab. Aber gab es denn eine Alternative? Außer, sie dazu zu zwingen? Aber hatte er überhaupt das Recht, sie einzusperren? Vor allem in dem sicheren Wissen, dass sie daran zerbrechen würde? Sie war ein Adler und wollte frei sein, daran musste er immer denken.

"Sie wird mit dir gehen und bei dir bleiben, wenn du sie, wie du gesagt hast, dazu zwingst aber ich schwöre dir, Bran, sie wird dich für den Rest ihres Lebens dafür hassen!", setzte Jack nach und riss ihm damit den Boden unter den Füßen weg.

Dass sie ihn hasste, war das Letzte, was er wollte. Er wollte eine liebevolle Familie und ein warmes Zuhause. Warum nur hatte er sich unter all den Frauen die aussuchen müssen, die am wenigsten daran interessiert war, sich so ein Zuhause mit ihm aufzubauen?

Innerlich zerrissen schüttelte er den Kopf und fuhr sich durch das kurze Haar. Es gab keine verdammte Lösung, mit der alle glücklich sein konnten.

"Ich sag dir das hier nicht, weil ich es euch nicht gönne oder weiß der Teufel, was du denken magst. Aber ich kenne sie, verstehst du. Alexas Gedankenwelt ist das Ebenbild von meiner! Ich kann dir jeden ihrer Schritte voraussagen. Und um ehrlich zu sein, hab ich sie auch genau deswegen vor dir gewarnt. Ich wusste, dass du ihr unter die Haut gehst. Und das tust du, auch wenn sie es noch nicht zugeben will."

"Damit sollte doch alles perfekt sein. Ich liebe sie, sie

mich. Ende der Geschichte!"

Jack lachte hart auf. "Ja, genau hier liegt der Fehler. Du weißt nichts über sie! Und solange du nicht aufhörst, sie in eine Form stecken zu wollen, die dir passt, wird sie dir noch nicht einmal eine Chance geben, dahinter zu sehen!"

"Und wie bitte soll ich die Gelegenheit haben, die Mutter meiner Kinder kennenzulernen, wenn sie nicht bei mir ist, wo sie hin gehört?", rief Bran und wurde langsam wütend. Diese verfahrene Situation raubte ihm seinen letzten Nerv!

Jack stöhnte genervt und stand auf. "Ein Kind. Singular. Und wenn du nicht bald aufwachst, wirst du auch dieses nicht sehr oft zu Gesicht bekommen!"

"Was soll das wieder heißen? Wohin gehst du?", fragte Bran aufgebracht, als Jack Richtung Wohnungstür ging.

"Ich muss noch ein paar von unseren Jungen longieren, damit sie gut trainiert sind. Dann bekommen wir mehr Geld dafür. Wegen dieser ganzen Aktion verlieren wir sowieso schon mehr als genug!", brummte Jack und verließ die Wohnung.

Und wenn du nicht bald aufwachst, wirst du auch dieses nicht sehr oft zu Gesicht bekommen!

Jacks Worte hallten unerträglich laut durch seinen Kopf. Wie zur Hölle sollte all das funktionieren? Nervös und von seinen eigenen Gedanken gehetzt, sprang er vom Sessel auf. Unruhig lief er in dem kleinen Zimmer auf und ab. Konnte es wirklich sein, dass es einfach keinen Weg gab? Dass es einfach keinen gemeinsamen Nenner für ihn und die Frau seiner Träume gab?

Die Wände mit all den Fotos von einer freien, ungebundenen und vor allem glücklichen Alexa erdrückten ihn. Ihr strahlendes Lächeln, das er sonst über alles liebte, nahm ihm die Luft zum Atmen.

Es war, als wären es zwei verschiedene Personen. Die Alexa, die er hier sah in all den Erinnerungen. Und die gebrochene Frau, die wie ein Vogel mit gestutzten Flügeln ihrer Freiheit nachtrauerte. Zwei Menschen, zwei

Persönlichkeiten, zwei Sichtweisen und kein gemeinsamer Weg? Konnte das das Ende sein, obwohl er so lange davon geträumt hatte?

Seine Augen brannten und das Atmen fiel ihm schwer. Er ballte seine Hände zu Fäusten und musste sich mit all seiner Kraft beherrschen, um die Wohnung der beiden nicht zu verwüsten.

Ihr Lachen verspottete ihn und Jacks Worte hallten wieder und wieder durch seinen Kopf.

Sie wird mit dir gehen und bei dir bleiben, wenn du sie, wie du gesagt hast, dazu zwingst aber ich schwöre dir, Bran, sie wird dich für den Rest ihres Lebens dafür hassen!

Er musste hier raus. Sofort. Ehe er etwas tat, das er später bereuen würde!

Um nicht vollkommen durchzudrehen, stürmte er zur Tür hinaus auf den Hof. Sein Schädel dröhnte und seine Arme zitterten vor Anspannung. Er war kurz davor, seine mühsam erarbeitete Selbstdisziplin zu verlieren. Kurz davor, alles, wofür er seit Jahren gekämpft hatte, einfach wegzuwerfen und seinem Alter Ego freien Lauf zu lassen.

Die Wut, den Zorn und die Aggression, die er so tief in sich vergraben hatte, loszulassen und alles zu zerstören, was ihm in den Weg kam.

Schwer atmend erreichte er den Hof und blieb auf der gepflasterten Zufahrt stehen. Die Welt um ihn herum sah aus wie ein Strudel, der sich immer schneller um ihn drehte. Er wusste nicht wohin, wusste nicht, was zu tun war. Was er tun konnte, um wieder ein klares Ziel vor Augen zu haben.

Brandon taumelte einige Schritte zurück und ließ sich schließlich entkräftet auf die Steinstufen zu dem Wohnhaus sinken.

Nein. Er würde nicht nachgeben. Noch war nicht alles verloren. Es gab noch ein Ziel. Da war noch ein Weg. Er war lang und beschwerlich, aber es war nicht unmöglich, ihn zu gehen.

Seinen Kopf in die Hände gestützt, versuchte er, die

Wut weg zu atmen. Das Biest in ihm hatte ein klein wenig Freiluft geschnuppert und lechzte nach mehr. Wollte zerstören und verletzten.

Lange, tiefe Atemzüge halfen ihm, sich zu beruhigen.

Eine ganze Zeit später schoben sich zwei pinke Laufschuhe in sein Sichtfeld.

"Hey", sagte der Teufel mit der Stimme eines Engels. Bran hob den Blick und als er dieses weiche Lächeln sah, das sie sonst immer für Jack reserviert hatte, musste er unwillkürlich zurück lächeln.

Sie sah atemberaubend aus. Ihre Wangen waren gerötet und ein leichter Schweißfilm lag auf ihrer Haut.

Sie ließ sich neben ihm auf die Stufen sinken. Ihr Duft stieg ihm in die Nase und Bran wünschte sich nichts mehr, als sie endlich wieder in seine Arme zu schließen.

"Ich ... äh ... also, es tut mir leid, Bran. Wegen vorhin und gestern. Ich bin im Moment ein wenig ... naja ... emotional", stotterte sie und zupfte dabei an ihren Schnürsenkeln, anstatt ihm in die Augen zu sehen.

Sanft schob er eine Hand unter ihr Kinn und zwang ihren Blick in seinen. Ihre Haut fühlte sich so unglaublich gut an. Weich und warm. Seine Hand kribbelte und er wünschte sich so sehr, mehr von ihr zu spüren.

"Das braucht dir doch nicht unangenehm sein. Das gehört nun mal dazu", sagte er und lächelte über ihren unsicheren Blick. Das war eine Seite an ihr, die er nicht allzu oft zu Gesicht bekam.

Dann senkte sich ihr Blick auf seine Lippen. Wollte sie ihn küssen? Sehnte sie sich etwa auch nach ihm? Konnte es wirklich sein, dass sie ihn genauso sehr vermisste wie er sie?

Wie von selbst wanderte sein Daumen zu ihrer weichen, vollen Unterlippe. Federleicht strich er darüber und ihr Mund öffnete sich sofort.

So unendlich gern würde er seinen Daumen durch seine Lippen ersetzen.

Sie zog ihn an. Wie ein Magnet wurde er näher und

näher zu ihr gezogen.

Langsam gab er dem Druck nach und beugte sich zu ihr. Er wollte sie nicht überrumpeln. Sie sollte sich für ihn entscheiden. Also ließ er ihr Zeit. Sein Blick fixierte ihre Lippen, während er sich ihnen näherte, sich nach ihnen sehnte.

Auch wenn es unglaublich schwer für ihn war, hielt er wenige Zentimeter vor ihren noch einmal inne. Wollte sich versichern, dass es das war, was sie wollte.

Als er seinen Blick zu ihren Augen hob, war es endgültig um ihn geschehen. Sie hatte ihre Augen geschlossen und sich ihm bereits entgegengereckt. Das war alles, was er wissen musste.

Er senkte seinen Kopf und strich mit seinen Lippen über ihre. Genoss das Kribbeln, die Wärme und die weiche nachgiebige Haut.

Es war nicht genug. Er brauchte mehr, musste sie schmecken. Also strich er einmal kurz mit seiner Zunge über ihre Unterlippe. Genoss ihren süßen Geschmack. Augenblicklich öffneten sich ihre Lippen und ihre kleine weiche Zunge schoss hervor. Streichelte über seine, als könnte sie es selbst kaum mehr erwarten.

Als er ihre kleinen Hände an seiner Brust fühlte, konnte er sich nicht mehr zurückhalten. Er nahm ihr Gesicht in seine Hände und küsste sie leidenschaftlich. Tief, innig, voller Gefühl und Leidenschaft.

Doch bereits nach viel zu kurzer Zeit, löste sie sich von ihm. Widerwillig ließ er sie ziehen und versuchte, den Blick ihrer unsicher hin und her huschenden Augen einzufangen.

"Ich ...", begann er, doch sie rappelte sich bereits wieder auf.

"Ich muss duschen ...", murmelte sie, ließ aber die Tür hinter sich offen.

Bran sah das als Einladung, ihr in die Wohnung zu folgen.

Sie war bereits im Bad verschwunden, also setzte er

sich auf das Sofa. Wieder gefangen von den Bildern einer lächelnden Alexa.

Aber dieses Mal hatte er ein besseres Gefühl. Vielleicht hatten sie tatsächlich eine Chance.

ALEXA

In Windeseile lief sie die Stufen zu ihrer Wohnung hinauf.

Scheiße, scheiße, scheiße!

Sie hatte sich einfach gehen lassen. Ihren Sehnsüchten nachgegeben. Dabei musste sie doch stark bleiben und einen kühlen Kopf bewahren. Bran hatte sich in der kurzen Zeit, in der sie ihn kennengelernt hatte, sowieso schon viel zu tief in ihre Gedanken und Gefühle gegraben.

Sie hatte keinen Platz für einen Mann in ihrem Leben. Punkt. Egal, wie sehr ihr Herz gerade schmerzte. Sie würde darüber hinweg kommen.

Sie drehte das Wasser in der Dusche auf heiß, um all die Gedanken wegzuspülen. Die Saison ging noch zwei Monate. Sie musste sich konzentrieren.

Aber es war einfach so verdammt schwer! Allein der Gedanke an seine zärtlichen Hände und seine weichen Lippen brachte ihre Augen schon wieder zum Brennen. Es konnte nicht funktionieren. Sie waren zu verschieden und sich in der Zeit, in der sie zusammenleben würden, etwas anderes vorzuspielen, würde ihnen beiden nur das Herz brechen.

Noch mehr als jetzt schon, ist das denn möglich?, fragte eine gehässige Stimme in ihr.

Sie hatte ihn so unglaublich vermisst. Aufzustehen und zu lächeln war ihr von Tag zu Tag schwerer gefallen. Sie trug das Lächeln wie eine Maske, während ihr Herz von Tag zu Tag mehr schmerzte, schwerer wurde, dunkler. Die Trauer zerfraß sie Stück für Stück und doch war es ihr nicht möglich, nachzugeben.

Allein der Gedanke daran, an einen Ort gefesselt zu

sein, brachte sie um den Verstand. Allein mit Bran und einer ganzen Horde Kinder auf einer Ranch?

Nicht in diesem Leben! Warum konnte er nicht ein klein wenig mehr sein wie Jack? Ein Nomade, der mit ihnen von Stadt zu Stadt und von Turnier zu Turnier reiste?

Und wenn schon nicht das, warum konnte er nicht ein Arsch sein, den sie hassen konnte? Er sollte nicht die Verkörperung eines jeden heißen Traumes sein, den sie je gehabt hatte. Er sollte sie nicht mit all dieser Liebe im Blick ansehen, die ihr die Kehle zu schnürte.

Langsam ließ sie sich mit dem Rücken an der Wand zur Dusche hinabgleiten. Das warme Wasser spülte über sie hinweg und nahm nichts von dem Schmerz mit, den ihr Herz ihr bescherte. Heiße Tränen quollen aus ihren Augen und als sie in der Duschwanne zum Sitzen kam, brach der erste Schluchzer aus ihr hervor.

Sie hatte keine Wahl. Der Gedanke an die Fesseln, die ein Familienband mit sich brachte, raubte ihr die Luft zum Atmen. Wie ein Ball, der immer wieder von einer Wand abprallte, rasten ihre Gedanken durch ihren Kopf. Sie krachten gegen ihre Stirn und schossen zurück an ihren Hinterkopf. Jeder Aufprall schlug schmerzhaft ein und Alexas Kopf dröhnte, während ihre Tränen immer weiter über ihre Wangen rannen.

Das Klopfen an der Tür riss sie aus ihren Gedanken.

"Al?", hörte sie Jacks vorsichtige Stimme.

Sie räusperte sich zweimal, ehe sie ihrer Stimme traute. "Bin gleich soweit", rief sie, rappelte sich auf und drehte das Wasser ab. Das Handtuch fühlte sich zu rau an auf ihrer überhitzten Haut und auch der Jogginganzug kratzte, als sie ihn sich überzog.

Langsam öffnete sie die Tür.

Die beiden Männer beäugten sie kritisch, als sie das Bad verließ, doch Alexa lief eiligen Schrittes in ihr Schlafzimmer. Ein paar Minuten brauchte sie noch für sich, ehe sie sich Bran stellen konnte.

Dem Mann, der Fluch und Segen zugleich war.

BRANDON

"Was ist passiert?", fragte Jack und musterte ihn kritisch.

"Wir haben uns geküsst."

Seufzend ließ Jack sich aufs Sofa fallen.

"Sie wird niemals sein können, was du dir wünschst, Bran. Das ist dir klar, oder?", fragte Jack und klang dabei unheimlich erschöpft.

Ein kleines, ungutes Gefühl meldete sich in seinem Magen. Aber er verdrängte es sogleich wieder.

"Wenn sie erst einmal gesehen hat, wie schön wir es haben können, wird sie genauso begeistert von der Idee sein wie ich."

Jack rieb sich mit beiden Händen über sein mit Bartstoppeln übersätes Gesicht. Er war ein attraktiver Mann, was es für Bran nur umso schwerer machte, ihn so nah bei seiner Traumfrau zu akzeptieren.

Ehe Jack etwas antworten konnte, öffnete sich die Tür zum Schlafzimmer und Alexa kam in einem Jogginganzug gehüllt zurück ins Wohnzimmer.

Sie wirkte unglaublich erschöpft. Emotional genauso ausgelaugt, wie er sich fühlte. Ihr Anblick tat ihm in der Seele weh. Der Schmerz stieg beinahe ins Unerträgliche bei dem Gedanken, dass er es war, der ihr dieses Leid brachte.

Warum konnte sie nicht einfach nachgeben? Zu ihm kommen, bei ihm bleiben und genießen, was das Schicksal ihnen beiden geschenkt hatte?

"Gut, Jack, du bist auch da", sagte sie.

... na klar, was auch sonst.

Wäre auch utopisch gewesen zu hoffen, dass sie ihren Kuss ansprechen würde.

Er hatte etwas bedeutet. Auch für sie, sonst hätte sie die Treppe nicht so fluchtartig verlassen.

"Ich hab mir überlegt, wie das laufen kann. Also die

nähere Zukunft sozusagen", begann sie und zupfte am Saum ihres Pullovers.

"Die Saison dauert noch zwei Monate. Ich starte solange und sammle alle Qualipunkte, die wir noch benötigen. Wir stellen die Jungen noch auf ein paar Turnieren vor, um bessere Preise zu erzielen, wenn wir sie kurz vor dem Herbst verkaufen müssen. Dann ziehen Jack und ich zu dir. Wir werden dort ein paar neue Pferde kaufen, die Jack über den Winter trainiert. Ich bekomme das Baby und wir bleiben auf jeden Fall noch während des Aufbautrainings in Amerika. Zum nächsten Herbst hin sollten wir zurück sein, um noch ein paar Noten zum Klassenerhalt zu bekommen", schloss Alexa ihre Ansprache und Jack nickte zustimmend.

Bran stimmte nicht zu. Überhaupt nicht!

"Und dann?", fragte er aufgebracht.

Ihr verständnisloser Blick machte ihn nur noch rasender.

"Du gehst im Herbst und wann gedenkst du, zurückzukommen?", fragte er scharf.

"Saisonende", sagte sie und sah dabei sogar noch sauer aus.

"Und das Baby?", fragte er weiter.

"ICH HABE KEINE AHNUNG, BRAN!", schrie sie. "Was zum Teufel hast du dir denn schon wieder ausgemalt?", fauchte sie weiter.

"Ist es denn so abwegig, von einer Familie zu träumen?", knurrte er zurück. Sie trieb ihn in den Wahnsinn. Sie war noch nicht einmal bei ihm und überlegte schon, wann sie ihn wieder verließ. Ohne ihm auch nur die geringste Chance einzuräumen.

"Für mich ja!", gab sie mit zu Schlitzen verengten Augen zurück.

"Du kannst nicht für immer so leben! Irgendwann wird dein Körper dieses Pensum nicht mehr mitgehen und was dann?", fragte er scharf.

"Dann kann ich mir immer noch überlegen, was ich

will. Jetzt will ich verdammt nochmal nur mein eigenes Leben leben!", schrie sie aufgebracht.

Dann sprang sie auf und rannte in ihr Zimmer. Sie knallte die Tür so heftig ins Schloss, dass sie noch einmal daraus hervorschnellte, ehe sie sie abermals mit voller Wucht zuschlug.

Diesmal blieb sie zu und das Geräusch hatte etwas Endgültiges.

"Das war so ziemlich das Dümmste, was du hättest tun können", sagte Jack leise. Seufzend lehnte er sich in die Kissen zurück und verschränkte seine sehnigen Arme vor der deutlich schmaleren Brust.

"Sie reicht dir die Hand und du willst den Arm. Wie soll das gehen, Bran?" Wieder seufzte er, rappelte sich vom Sofa auf und ging zur Tür.

"Ich geh laufen. Was hier vor sich geht, saugt mir sämtliche Energie aus dem Körper. Fahr nach Hause, Bran. Oder reiß dich verdammt nochmal am Riemen!", sagte Jack scharf, während er im Rahmen der Wohnungstür stehen blieb.

Dann knallte die nächste Tür ins Schloss.

Wie konnte es sein, dass er hier das Arschloch war? Er wollte doch nichts Verwerfliches von ihr! Wieder sah er sich in dem Raum um.

Umgeben von lachenden Alexas, die ohne ihn so viel glücklicher gewesen war. Die Erkenntnis traf ihn hart und sein Magen zog sich schmerzhaft zusammen. Es ging ihr nicht gut. Sie war unglücklich, allein bei dem Gedanken, bei ihm zu bleiben.

Und genau deshalb hatte Jack recht. Er machte sie kaputt. Wollte sie einsperren. Zu etwas machen, was sie nicht wollte. Wenn sie ihm erklären würde, warum oder was genau an dieser Vorstellung für sie so abwegig war, könnte er sie vielleicht verstehen und sie würden eine Lösung finden.

Er legte sich auf den Dreisitzer. Seinen Unterarm platzierte er über seinen Augen, als könnte er so all die anklagend lachenden Alexa um sich herum aussperren.

In der Hoffnung, dass sie irgendwann das Zimmer wieder verlassen würde, wartete er auf sie. Schließlich schlief er genau so ein.

Etwas krachte laut und riss ihn aus seinem unruhigen Schlaf. Sofort war er hellwach und schnellte hoch auf seine Füße.

"Sorry", murmelte Jack.

Nur ganz langsam löste sich die Spannung aus seinem Körper. Sein Herz pumpte mit Maximalleistung und das Adrenalin preschte durch seinen Körper.

"Was war das?", fragte Bran verwirrt.

"Ich bin über Al's Schuhe gestolpert", brummte Jack und pfefferte dann Schuhe und Jacke von sich.

"Kein Thema. Wow, es ist schon 11 Uhr", stellte Bran erstaunt fest. Der Jetlag musste ihm doch noch schlimmer in den Knochen hängen als erwartet.

"Ja, war noch auf ein Bier und hau mich jetzt auch aufs Ohr. Gute Nacht", antwortete Jack und steuerte gähnend in Richtung Badezimmer … dachte Bran. Denn statt ins Bad zu gehen, lief er zielstrebig durch Alexas Tür.

Die Tür klickte hinter ihm im Schloss und Bran wartete noch einen Moment, in der Hoffnung, dass Jack ihr nur eine Gute Nacht wünschen wollte.

21 … 22 … 23… NO FUCKING WAY!!!!

Sein Puls schnellte erneut in die Höhe.

Bitte, sag, dass das verdammt nochmal nicht wahr ist!, flehte er innerlich, während er auf die Schlafzimmertür zuging.

Er fühlte sich wie in einem dieser absolut schrecklichen Horrorfilme, in denen man dem Protagonist immer zubrüllen wollte: "TU DAS VERDAMMT NOCHMAL NICHT!"

Fehlte nur noch die schlechte, düsterere Musik, die immer eingespielt wurde, während der Prota auf die Tür des Schreckens zuging.

Er atmete einmal tief ein und aus, ehe er seine Hand

auf die Klinke legte.

Dann drückte er langsam die Klinke nach unten. Vorsichtig stieß er die Tür auf, weil er nicht sehen wollte, was ihn erwartete. Was er dann erspähte, ließ ihm die Galle aufsteigen. Eine dick in Decken eingewickelte Alexa, an die sich von hinten ein lediglich in Shorts gekleideter Jack schmiegte.

"Das ist verdammt nochmal nicht euer Ernst!", knurrte er in das stille Zimmer hinein.

"Bran, was willst du hier?", fragte Jack murmelnd, während Alexa sich nur brummend räkelte.

"In keiner verdammten Welt ist das eine Option!", knurrte Bran weiter und lief mit wenigen, langen Schritten zu seiner Frau.

"Hmm??", murmelte diese, als er ihr je einen Arm unter die Schultern und Kniekehlen schob.

Etwas sagte ihm, dass es besser wäre, wenn sie weiter schlafen würde, also brummte er nur: "Schsch" und drückte sie behutsam an sich.

So wütend er auch war, sie in seinen Armen zu spüren, dämpfte seinen Puls sofort.

"Nein, Bran, warte", sagte Jack und richtete sich auf. "Ich schlafe oben. Sie wacht nur auf, wenn du sie durch den kalten Flur trägst. Alles Weitere besprechen wir morgen. Ich bin nur froh, dass sie mal wieder richtig schläft", sagte er dann, angelte nach etwas am Boden und stand dann auf.

Was meinte er damit?

Doch ehe er ihn fragen konnte, war er bereits aus dem Zimmer verschwunden und hatte die Tür geräuschlos hinter sich zu gezogen.

12 MAYBE?

<u>BRANDON</u>

Er wollte sie zurück in ihr Bett legen, doch sie klammerte sich an sein T-Shirt. Da Jack jetzt ohnehin in seinem Bett schlafen würde, beschloss er, sich zu ihr zu legen.

Beinahe augenblicklich schmiegte sie sich an ihn. Ihr Körper entspannte sich und sie vergrub ihre Nase an seiner Brust. Hätte sie es genauso auch mit Jack getan?

Nein. Schnell schob er den Gedanken von sich. Er wollte die Zeit mit ihr genießen. Das Gefühl, sie im Arm zu halten, war atemberaubend. Ihren warmen weichen Körper zu spüren und ihren wunderbaren Duft zu riechen, war wie nach Hause zu kommen.

Eine tiefe Ruhe überkam ihn und er gestattete sich für diese eine Nacht zu glauben, dass das alles Wirklichkeit war. Dass sie bei ihm war, weil sie ihn genauso sehr wollte wie er sie.

Eingehüllt in diesen Moment zwischen Wirklichkeit und Traum, schlief auch er schließlich ein.

ALEXA

Es war bereits hell, als sie erwachte. Sie fühlte sich besser als an jedem einzelnen Morgen in den vergangen Wochen.

Sie war ... ausgeruht. Erstaunt stellte sie fest, dass sie durchgeschlafen hatte, während sie in letzter Zeit achtmal oder sogar noch öfter in einer Nacht aufgewacht war.

Vollkommen entspannt genoss sie die starken Arme um sich herum. Die wohltuende Wärme, in die sie die enge Umarmung einhüllte. Den herrlich, frischen Duft in ihrer Nase. Verwundert hielt sie inne.

Warum trägt Jack ein T-Shirt?

Das schwere Bein, das über ihren lag, war ein weiteres Indiz dafür, dass etwas nicht stimmte.

Jack hielt sie auch nicht so fest umschlungen. Sein Bein war auch nicht so kräftig und schwer. Auch der Duft war falsch. Es war Brans Duft, nicht Jacks.

Blinzelnd öffnete sie die Augen. Tatsächlich. Bran. Und er beobachtete sie. Er sah sehr ernst aus. Ein wenig gequält. Wollte er gar nicht hier sein? Aber warum hätte er dann zu ihr kommen sollen?

Schüchtern versuchte sie es mit einem Lächeln und seine verhärteten Gesichtszüge wurden sofort weicher.

"Guten Morgen, Kleines", flüsterte er und Alexas Lächeln vertiefte sich.

Oh ja, nach so einer hervorragenden Nacht konnte man definitiv genau so aufwachen.

"Guten Morgen", flüsterte sie zurück und vergrub ihre Nase wieder an seiner Brust, um noch etwas mehr von dieser warmen Behaglichkeit zu erhaschen.

"Ich wollte wütend sein, aber ich kann nicht", sagte er einige Zeit später.

"Warum?", fragte Alexa und stellte erstaunt fest, dass sein Körper sich versteifte.

"Du schläfst mit Jack in einem Bett", sagte er und seine Stimme klang eiskalt.

Sie wollte nicht mit ihm streiten. Wollte lieber dieses unglaublich wohlige Gefühl weiter behalten. Also drückte sie sich noch fester an ihn. Da entspannte er sich wieder ein klein wenig. Federleicht begann sein Daumen über ihren Rücken zu streichen. Viel fehlte nicht und sie hätte zu schnurren begonnen.

"Wir machen das schon sehr lange so, Bran", murmelte sie in sein T-Shirt, als sie den Eindruck hatte, dass er sich beruhigt hatte. Augenblicklich versteifte sein Körper sich erneut. Seine starken Arme pressten sie fast schmerzhaft fest an ihn.

"Ich kann das nicht", presste er zwischen zusammengebissenen Zähnen hervor.

"Was kannst du nicht?", flüsterte Alexa.

"Ich will dich. Das volle Programm. Und ich will versuchen, dir zu geben, was auch immer du dazu brauchst, aber ich kann nicht zusehen, wie ein anderer Mann mit meiner Frau in einem Bett liegt!"

Alexa schloss die Augen und presste ihre Stirn an Brans breite, schöne Brust. Wenn sie ehrlich mit sich selbst war, gab es nur einen Mann, mit dem sie ihr Bett teilen wollte.

Gewohnheit hin oder her. Stur an alten Verhaltensmustern festzuhalten, nur weil man es eben schon sehr lange so gemacht hatte, machte keinen Sinn.

Und schließlich war es ja nicht so, als wollte er Jack komplett aus ihrem Leben streichen. Nur aus ihrem Bett und das war nun wirklich keine übertriebene Forderung.

Sie atmete einmal tief ein und gab sich einen Ruck. Zeit für Zugeständnisse. Vor allem auch vor sich selbst!

"Ich würde auch viel lieber mit dir so aufwachen, Bran", murmelte sie an seiner Brust.

Er stockte kurz in seiner Bewegung, dann verschwand die Hand von ihrem Rücken und tauchte unter ihrem Kinn wieder auf.

Während er ihr Kinn nach oben drückte, öffnete sie ihre Augen und verlor sich sofort in dem blauen Meer seiner Augen.

"Ich möchte dir so viel mehr geben, als nur mit dir zusammen aufzuwachen. Ich möchte mein Leben mit dir teilen. Ich lege dir meine Welt zu Füßen, wenn du mich nur lässt!"

Alexas Magen zog sich zusammen. Das war einfach so viel mehr, als sie leisten konnte. So viel mehr, als sie jemals wieder investieren wollte.

Ihre Augen füllten sich mit Tränen. Sie wollte diesen Mann nicht verlieren. Irgendwann hatte ihr heimtückisches Herz beschlossen, dass es gut wäre, sich in ihn zu verlieben, obwohl ihr Kopf es doch so viel besser wusste.

"Warum weinst du, Darling?", flüsterte Bran und sein Daumen wischte Tränen von ihrer Wange.

"Es kann nicht funktionieren", flüsterte sie und biss sich dann auf die Unterlippe, da diese zu beben begann.

"Lass es mich dir beweisen. Lass mich dir zeigen, dass es einen Weg gibt. Lass dich darauf ein, es wird dir gefallen. Ich werde dafür sorgen, dass du glücklich wirst, Kleines", flüsterte er eindringlich und küsste zwischen den Worten immer wieder Tränen von ihrer Wange.

"Wie willst du das anstellen? Du weißt nichts über mich!", schluchzte sie und schloss ihre Augen. Die Liebe, die Brandon ihr entgegenbrachte, war zu viel für sie. Schnürte ihr die Kehle zu. Sie hatte ihn nicht verdient. All das hatte sie nicht verdient.

"Hör auf nachzudenken. Ich werde es dir beweisen. Alles was du tun musst, ist uns eine Chance zu geben", sagte er und strich mit seinen weichen, warmen Lippen über ihre.

Sie wollte ihn. Brauchte ihn so sehr. Also gab es nur eine Antwort auf diese Frage.

"Ja", hauchte sie gegen seine Lippen und er presste die seinen auf ihre. Bittersüß, zärtlich und voll der Liebe, die sie beide empfanden.

Ja, vielleicht konnten sie einen Kompromiss finden. Vielleicht gab es eine Möglichkeit, ihre beiden Welten in Einklang zu bringen.

Vielleicht konnte er ihr genug Freiraum lassen, damit sie fliegen konnte, nur um dann zu ihm zurückzukommen.

Es gab einfach zu viele Vielleicht, ohne eine Antwort. Aber Brandon hatte ihr versprochen, dass es funktionieren konnte. Vielleicht war es also an der Zeit, einem neuen Fels in ihrem Leben einen Platz einzuräumen.

Vielleicht …

BRANDON

Ja, er wollte wütend sein auf sie. Dafür, dass sie sein Kind unter dem Herzen trug und trotzdem das Bett mit jemand anderem teilte, doch nach diesem unerwarteten Gespräch war sämtliche Wut verflogen.

Nichts war geblieben außer purem Glück. Freude, Liebe und Zukunftsvisionen.

Der Kuss, der nur begonnen hatte, um ihren Pakt zu besiegeln und weil er es nicht mehr fertig gebracht hatte, seinen Lippen noch für eine Sekunde von ihren fernzuhalten, wurde immer leidenschaftlicher. Drängender. So lange hatte er auf sie gewartet. Hatte sich nach ihr verzehrt, obwohl er das hier nie zu träumen gewagt hatte.

Und nun war sie plötzlich von allein zu ihm gekommen. Dieser Tag war definitiv der Beste seines Lebens und der Anfang einer neuen Zeit. Einer gemeinsamen Zeit mit seiner eigenen kleinen Familie. Er würde alles tun, damit es funktionieren konnte.

Er teilte ihre Lippen mit seinen und ließ seine Zunge in ihren warmen Mund gleiten. Wie schon bei ihrem ersten perfekten Kuss, glichen ihre Bewegungen einem harmonischen Tanz. Weich, flüssig und doch hitzig und leidenschaftlich.

Ganz langsam wich sie vor ihm zurück. Aber er hatte noch nicht genug von ihr. Folgte diesen wunderschönen Lippen, bis er beinahe auf ihr lag.

Dann spürte er das Lächeln in ihrem Kuss.

"Wo lockst du mich hin?", flüsterte er, nachdem er sich

wenige Millimeter von ihr gelöst hatte.

Er war ihr so nah, dass seine Lippen beim Sprechen noch die ihren trafen.

Ihr Blick war verhangen, als sie antwortete: "Ich brauche dich." Dann schlang sie bereits ihr Bein um seine Hüfte.

"Al ... ich weiß nicht ...", murmelte er und brach stöhnend ab, als sie ihre heiße Mitte an ihn presste.

"Es ist okay", gab sie ebenso leise zurück und knabberte dann an seinem Kinn. Damit war es um ihn geschehen. Zu lange hatte er auf sie warten müssen und doch würde er noch länger warten, wenn er sie dafür bekommen konnte.

Er presste seine Lippen auf ihren Hals. An die Stelle, an der er ihren Puls schlagen fühlte. Eben jenen Puls, der Herzschlag um Herzschlag für ihr gemeinsames Baby sorgte.

Er zog eine Spur aus Küssen zu ihrem Schlüsselbein, während seine Hände ihr T-Shirt nach oben schoben. Schnell zog er es ihr über den Kopf und genoss ihren Anblick, wie sie sich vollkommen entspannt zurück in die Kissen sinken ließ.

Er setzte seine Reise vom Schlüsselbein zu ihrem Brustbein fort und bettete dann sein rechtes Ohr auf Höhe ihrer Herzgegend. Es pumpte kräftig und etwas schneller als gewöhnlich. Es war stark und gesund und symbolisierte das Wunder, das in ihr heranwuchs.

Als er seine Augen öffnete, sah er, wie sich ihre Brust hob und senkte und die verführerisch zusammengezogene Brustwarze nach seiner Aufmerksamkeit schrie.

So lange war es her, dass er von ihnen kosten durfte. Er beugte sich über sie und strich einmal mit der Zunge über die rosige Spitze. Alexa wölbte ihm ihre Brust entgegen. Wollte mehr von seinen Berührungen und er wollte mehr von ihrem Geschmack.

Also senkte er seinen Mund über sie und schloss seine Lippen um ihre Knospe. Um so viel wie möglich von ihr zu schmecken, saugte er fest an ihr.

Alexa schrie auf, bockte ihren Oberkörper auf und krallte sich in seinen Haaren fest. Ob sie ihn wegschieben oder herziehen wollte, war er sich nicht sicher.

Er ließ von ihr ab und sie wimmerte, als er an der weichen Haut der Unterseite ihrer Brust knabberte.

Gott, von diesem Geräusch würde er niemals genug bekommen! Langsam arbeitete er sich zu ihrer anderen Brust vor und genoss jeden einzelnen Zentimeter ihres perfekten Körpers.

Auch über die zweite Spitze leckte er einige Male, ehe er sie fest in seinen Mund sog. Er brauchte mehr von ihrem Geschmack. So unendlich viel mehr!

Er riss sich von ihr los und zog ihr in Windeseile die Short von ihren schlanken Beinen. Dann packte er ihre Knie, winkelte sie an und spreizte ihre Beine weiter, als er es für möglich gehalten hätte.

Sie atmeten beide schwer und keiner von ihnen war in der Lage, noch einen Moment länger zu warten. Bran fuhr mit seiner stoppeligen Wange an ihrem Oberschenkel entlang und wieder entfuhr ihr dieses herrliche Geräusch.

Er leckte sich von der dicken Sehne zu ihrem Venushügel und dann hinab zu ihren Schamlippen. Wie bei einem Strudel wurden die Kreise, die er zog, von Runde zu Runde enger, während ihre Hüften sich immer unkontrollierter bewegten.

Er benötigte beide Hände, um sie zu bändigen, als er mit seiner Zunge durch ihre Spalte fuhr. Sie schmeckt süß und salzig zugleich. Einfach atemberaubend. Ein ums andere Mal tauchte er seine Zunge tief in sie. Strich innen an ihren Schamlippen entlang und genoss ihren Geschmack.

Nur am Rande bekam er mit, wie sie seinen Namen stöhnte und ihn anbettelte, ihr mehr zu geben, so gefangen war er in dem Genuss, den es ihm bereitete, zwischen ihren muskulösen Schenkeln zu liegen.

Er schloss seine Lippen um ihre Perle und sog kräftig

daran. Ihr Becken bockte so heftig auf, dass er seinen Unterarm und seine gesamte Kraft benötigte, um sie unter Kontrolle zu halten.

Dann schob er zwei Finger in sie und genoss das kräftige Zucken ihrer starken inneren Muskulatur, die sich heftig um seine Finger krampfte, während er weiter und weiter an ihrer Klitoris saugte.

Zitternd brach sie schließlich zusammen und atmete keuchend ein und aus.

Bran entzog sich ihr, legte sein Ohr auf ihrem Bauch ab und genoss es zu spüren, wie die Nachbeben durch ihren Körper liefen. Zu wissen, dass er es war, der ihr diesen Moment beschert hatte. Zu fühlen, wie immer wieder kleine Schauder durch ihren schlanken Körper liefen. Zu hören, wie ihr Atem sich Zug um Zug verlangsamte und ihr Pulsschlag ruhiger wurde. Den Geruch und den Geschmack seiner Traumfrau noch in sich zu haben, während er zusehen konnte, wie sie sich Stück für Stück von diesem gewaltigen Höhenflug erholte.

Und schlussendlich zu wissen, dass sie ihm gehörte und ihm das schenken würde, was er sich seit so langer Zeit wünschte. Seine eigene perfekte Familie!

"Bran", murmelte sie und klang dabei schläfrig.

"Ja, Baby?", flüsterte er und streichelte sanft über ihre schmale Hüfte.

"Komm, lass mich dir auch etwas Gutes tun."

"Das hast du, Kleines. Schlaf. Ich möchte nur bei dir liegen", flüsterte er und küsste ihren Bauch. Genau diesen, in dem sein Kind heranwachsen würde. Er brauchte in diesem Moment nicht mehr. Wollte nicht mehr. Allein der Gedanke daran, sich von diesem Fleck weg bewegen zu müssen, war fürchterlich.

Ihr Körper entspannte sich immer mehr und irgendwann war Bran sicher, dass sie eingeschlafen war. Er blieb einfach liegen und genoss dabei jeden einzelnen Atemzug.

Ihren Geruch, ihre Wärme, ihre weiche Haut, ihre

Nähe und vor allem die Gewissheit, seinem Ziel ein ganzes Stück näher gekommen zu sein.

ALEXA

Sie erwachte, weil die Sonne ihr direkt ins Gesicht schien. Es musste schon Nachmittag sein, sonst würde sie noch nicht durch das Süd-West Fenster ihres Schlafzimmers scheinen.

Es war, als würde ihr Körper in Brans Gegenwart vollkommen entspannen und all den Schlaf, der ihr seit Wochen fehlte, nachholen. In seiner Nähe fühlte sie sich so unglaublich geborgen, als könnten seine starken Arme und die breiten Schultern sie vor allem beschützen.

"Du bist wieder wach", murmelte er und küsste ihren Bauch. Er lag noch immer zwischen ihren Schenkeln, wie in dem Moment, in dem sie eingeschlafen war.

"Mhm, und ich fühl mich immer noch müde", gab sie lächelnd zurück und strich durch sein weiches, blondes Haar.

"Dann schlaf noch", sagte er und streichelte die Außenseite ihrer Oberschenkel. Ob es sie entspannte oder erregte, konnte sie nicht sagen.

"Ich kann nicht. Ich muss noch laufen und ich hab schon so viel geschlafen." Er versteifte sich ein klein wenig.

"Wenn du so müde bist und so viel schläfst, fehlt deinem Körper Ruhe. Hör auf ihn, es …"

Er verkniff sich das 'es geht hier nicht mehr nur um dich', aber Alexa wusste, dass es das war, was er sagen wollte.

"Ich hab in letzter Zeit einfach zu wenig geschlafen", sagte sie ausweichend, weil sie nicht schon wieder mit ihm streiten wollte.

"Warum?", fragte er und klag dabei ein klein wenig verärgert.

"Ich konnte nicht."

Er hob den Kopf und suchte ihren Blick. Als sie ihm auswich, schob er sich an ihrem Körper entlang nach oben. Er stützte sich mit den Ellenbogen neben ihrem Kopf ab und nahm ihr Gesicht in seine großen Hände.

"Warum?", fragte er eindringlich und musterte dabei ihr Gesicht so intensiv, das Alexa keine Möglichkeit sah, ihm auszuweichen.

Tränen sammelten sich erneut in ihren Augen.

"Ich habe dich vermisst", flüsterte sie und schluchzte einmal auf, als er seine Lippen auf ihre drückte.

"Scheiß Hormone!", flüsterte sie unter Tränen.

"Ich hab dich auch vermisst. So unglaublich. Du hast mir mein Herz gebrochen, aber das war es wert, wenn ich dich dafür bekommen kann!", flüsterte er, während er ihr Gesicht mit kleinen Küssen bedeckte.

Ihr Schluchzen wurde heftiger.

"Was ist los, Babe?"

"Was ... was, wenn es nicht klappt, Bran?"

"Ich werde dafür sorgen, Alexa. Ich schwöre bei meinem Leben, ich finde eine Lösung!"

Sie schlang Arme und Beine um ihn und presste sich fest an ihn. Wickelte ihn ein wie eine Schlingpflanze.

Lange blieben sie genau so liegen und festigten Atemzug für Atemzug, Kuss für Kuss ihr Versprechen, alles zu geben, um ein gemeinsames Leben zu schaffen.

Irgendwann schliefen sie genauso ineinander geschlungen ein.

13 TRY TO

BRANDON

Es dämmerte gerade, als er wieder erwachte. Und wovon er wach geworden war, bemerkte er ziemlich schnell. Alexa wand sich unruhig in seinen Armen und ihr kleiner Po rieb unaufhörlich gegen seinen vollkommen erigierten Schwanz.

Scheiße!

Nur zu gern würde er sich an ihr reiben oder noch besser, sich in ihr versenken, aber das stand im Moment nicht zur Debatte.

"Honey?", fragte er schläfrig und zog seine Lenden zurück, um seine peinliche Morgenlatte zu verbergen.

Verdammt nochmal, er war doch kein Teenager mehr! Okay, es war schon ein Weilchen her und Alexa schaffte es einfach immer sofort, ihn auf Touren zu bringen, aber dennoch war es keine Entschuldigung dafür, sich beim Kuscheln an ihr aufzugeilen, während sie einen Alptraum zu haben schien.

"Schsch", machte er und rüttelte leicht an ihr. Sie zuckte zusammen und sog erschrocken die Luft ein, ehe sie wach zu werden schien.

"Bran?", murmelte sie.

"Ja, ja, ich bin hier, alles gut."

"Mhm, nur ein Traum", flüsterte sie und klang schon bedeutend ruhiger.

"Alles in Ordnung?"

"Ja, alles okay. Wie spät ist es?"

"Sieben Uhr morgens", gab er zurück, nachdem er auf seine Uhr gesehen hatte.

"Ich habe fast 36 Stunden geschlafen!", sagte sie schockiert und drehte sich dabei mit einem Ruck zu ihm um.

"Wird nötig gewesen sein", gab er lächelnd zurück, weil sie einfach atemberaubend aussah in dem weichen Licht der Morgensonne.

"Mein Training!", jammerte sie und Bran musste sich schwer zusammenreißen, um sie nicht zu schütteln und ihr zu sagen, dass es verdammt nochmal wichtigere Dinge gab als dieses bescheuerte Training!

Allen voran ihre Gesundheit und die des Babys! Aber nein, diese Tür durfte er so nicht aufstoßen. Seine Gedanken rannten und stießen schließlich auf das richtige Argument.

"Meinst du nicht, Jack hätte dich geweckt, wenn er nicht davon ausgegangen wäre, dass es wichtiger ist, genügend zu schlafen, als ein Training zu absolvieren?

Sie dachte einen Moment nach. Er konnte die Rädchen nahezu laufen sehen.

"Du hast recht. Er kennt kein Pardon, also muss er es für wichtig halten."

Alles klar. Wenn Jack das sagt, stimmt es!, fluchte er in sich hinein und versuchte, dabei so gut wie möglich zu lächeln. Würde irgendwann einmal der Zeitpunkt kommen, in dem seine Meinung mehr zählte als die von Jack?

Das Knurren ihres Magens unterbrach seine Gedankengänge.

"Du hast Hunger!", stellte er schockiert fest, woraufhin seine Traumfrau nur lachte.

"Na klar! Hast du nicht zugehört? Ich habe fast 36 Stunden geschlafen!", lachte sie.

Blitzschnell schwang er sich aus dem Bett und reichte ihr den Jogginganzug. Während sie sich das Oberteil anzog, streifte er ihr Socken über.

"Ich kann das allein, Bran", sagte sie, doch das Lächeln auf ihrem Gesicht verriet ihm, dass es ihr gefiel, dass er sich um sie kümmerte.

Ihn machte es nicht weniger glücklich. Er fühlte sich wie ein König allein bei dem Gedanken, dass er seine Frau, die sein Baby unter dem Herzen trug, auf Händen tragen konnte.

Sprichwörtlich. Aber jetzt wollte er es wortwörtlich!

Er schob einen Arm unter ihre Kniekehlen und einen hinter ihren Rücken und hob sie schwungvoll an.

Sie quiekte und schlang dann lachend ihre Arme um seinen Hals.

"Gut, dass du so ein riesiger Bär bist, dann kannst du mich auch noch tragen, wenn ich auf das Doppelte angeschwollen bin, weil ein Mini-Bran in mir wächst!"

"Ein Mini-Du wäre mir fast lieber. Dann hätte ich zwei so bildschöne Frauen, die ich jeden Tag betrachten kann", sagte er sanft lächelnd und küsste sie auf die Nasenspitze.

Auch ihr Lächeln wurde weich, ehe sie ihren Kopf an seine Schulter fallen ließ.

Er trug sie in die Küche und setzte sie auf einem der Stühle ab. Im Kühlschrank fand er Eier und Toast, mit dem Alexa sich einverstanden erklärte.

Er wollte die gelöste Stimmung nicht ruinieren, aber er fand es wichtig, mehr über sie zu erfahren. Vor allem mehr darüber, warum sie so strikt gegen eine Familie war. Wie sonst sollte er ihre eigene Familie so gestalten, dass auch ein Adler wie Alexa glücklich werden konnte?

"Warum willst du keine Familie, Kleines? Ich muss es wissen, um zu erfahren, was ich anders machen kann. Um es dir leichter zu machen", sagte er, während er die Eier in die Pfanne schlug.

Bewusst sprach er mit ihr, während er ihr den Rücken zuwandte. So würde es ihr leichter fallen, sich zu öffnen, wenn sie überhaupt schon bereit dazu war.

Nach langem Zögern sagte sie: "Lass uns ein Quiz daraus machen. Einer von uns sagt ein Schlagwort, dann sagt der andere das, was ihm als erstes dazu einfällt und dann der Wortgebende."

"Okay!" Das klang definitiv gut!

"Familie", begann sie.

"Rückhalt." – "Zwänge."

Autsch!

Okay. Sein Wort musste weicher sein.

"Zusammenhalt." – "Ketten." – "Unterstützung."

"Familienfeste." – "Liebe." – "Pflichtveranstaltung."

Vor seinem nächsten Wort graute ihm beinahe und doch musste er es wissen.

"Eltern." – "Gefängniswärter."

Bran stützte seine Arme auf der Arbeitsplatte ab und ließ den Kopf hängen. Wie konnten zwei Menschen so unterschiedliche Auffassungen vom Leben haben?

Er spürte sie in seinem Rücken, ehe er sie hörte.

"Bran", flüsterte sie, dann schmiegte sie sich an seinen Rücken. Sie schlang ihre Arme um seinen Bauch und drückte ihre Wange zwischen seine Schulterblätter.

"Ich wollte dir nicht wehtun, nur verdeutlichen, was genau unser Problem ist."

Er drehte die Platte ab und schob die Pfanne beiseite, ehe er sich umdrehte und sie fest in die Arme schloss.

Er atmete tief durch, um sich gegen das zu wappnen, was er jetzt berichten musste.

"Meine Eltern starben, als ich neun war. Sie waren mit dem Auto auf dem Weg nach Hause, als ein Betrunkener in einem großen Truck ihren Wagen frontal rammte. Sie waren beide augenblicklich tot." Seine Stimme brach, selbst nach all den Jahren.

"Gott, Bran, es tut mir so leid."

"Muss es nicht. Es ist nicht deine Schuld und es ist

lange her. Ich möchte nur, dass du verstehst, was es für mich bedeutet."

Er räusperte sich, dann fuhr er fort.

"Meine Granny hat mich aufgezogen. Auf unserer Farm. So gut sie eben konnte. Aber auch sie war schon allein. Mein Dad war ihr einziges Kind und mein Grandpa war auch schon einige Jahre tot. Sie starb, als ich 16 war, und von da an lebte ich allein mit Jacob auf der Farm, der das Erbe verwaltete, bis ich mit der Schule fertig war. Was mir in meinem Leben fehlt, ist jemand, zu dem ich heimkommen kann. Verstehst du mich? Und bei dir … wie soll ich sagen. Ich fühle mich, als wäre ich angekommen. Endlich am Ziel. Ich habe es schon vor einem Jahr gespürt, aber ich wollte mich nirgendwo dazwischen drängen. In dem Moment, als ich erfuhr, dass ihr nicht zusammen seid, stand für mich fest, wohin das hier führen würde. Ich werde verdammt nochmal alles tun, um dir das zu geben, was du brauchst, wenn du nur bei mir bleibst und mein Zuhause bist!" Seine Stimme brach erneut bei den letzten Worten und auch in Alexas Augen schimmerten Tränen, als sie nickte.

Sie stellte sich auf die Zehenspitzen und küsste ihn so unendlich sanft, dass auch seine Augen zu brennen begannen.

"Und jetzt setz dich hin, damit ich euch etwas zu essen geben kann", flüsterte er, als sie sich von ihm löste.

"Gott, Bran, bitte nicht uns, sondern mir, das ist total gruselig!", sagte sie kichernd, drehte sich aus seinem Griff und setzte sich auf den Stuhl.

Den Rest des Frühstücks sprachen sie über Belangloses. Scherzten und lachten. Dabei fühlte es sich einfach unglaublich gut an, ein paar weniger ernste Themen mit ihr zu besprechen. Irgendwann kam Jack in die Wohnung zurück.

Bran versteifte sich sofort, obwohl Jack nur wohlwollend lächelte und im Badezimmer verschwand.

Alexa war Gott sei Dank so sehr in ihr Frühstück

vertieft, dass sie seine finsteren Blicke nicht mitbekam.

Innerhalb weniger Augenblicke schaffte sie es auch wieder, ihn abzulenken und in ihren Bann zu ziehen.

Wenn sie fröhlich war, schien sie von innen heraus zu leuchten. Es war, als würde sie den ganzen Raum erhellen. Und genau dieses Leuchten hatte auf ihren letzten Videos gefehlt, die er auf YouTube gesehen hatte. Ja, sie hatte gelächelt, aber es war nicht dasselbe Strahlen gewesen.

Nicht mehr als Fassade. Ein dämliches Fakelächeln, das man aufsetzen musste, ob man wollte oder nicht.

Jack kam frisch geduscht und lediglich in Shorts zurück in die Küche.

Er lächelte warm auf Alexa hinab und gab ihr dann einen Kuss auf die Stirn. Mit aller Kraft klammerte sich Bran an der Tischkante fest. Alles in ihm schrie danach, diesen Mann, der es wagte, sein Mädchen anzufassen, in Grund und Boden zu stampfen.

Als hätten die beiden seine Gedanken gehört, wandten sie ihm ihre Blicke zu. Alexas Augenbrauen schossen nach oben, ehe ihr Blick zurück zu Jack glitt.

Was sie zu ihm sagte, bekam er nicht mit, so blind vor Eifersucht war er, weil Jack viel zu nackt, viel zu dicht vor seiner Frau stand. Verdammte Scheiße! Konnte dieser Kerl sich denn nichts anziehen!

Dann verschwand er endlich. Seine Traumfrau stand auf und kam um den Tisch herum auf ihn zu. Sie quiekte auf, als er sie auf sich riss und seine Nase an ihrem Hals vergrub. Tief atmete er ihren Duft ein und erlangte so Atemzug für Atemzug die Gewissheit, dass sie bei ihm war und nicht bei Jack.

"Geht's wieder?", fragte sie leise und erst jetzt nahm er ihre streichelnde Hand in seinem Nacken wahr.

Er durfte ihr nicht zeigen, wie nah ihm das alles ging. Wie viel es ihm abverlangte, Jack an ihrer Seite zu sehen.

Also räusperte er sich und sagte schließlich: "Klar, alles kein Problem."

"Bran ..."

"Hm?"

"Du hast geknurrt … also so richtig. Wie ein Hund oder ein Löwe oder was auch immer so knurrt, als würde er gleich jemanden in Stücke reißen."

Fuck! Leugnen?

"Ich?", fragte er in unschuldigstem Ton.

Sie zog lediglich ihre Augenbrauen zusammen. Also ließ er seine Stirn an ihr Schlüsselbein fallen und murmelte: "Es tut mir leid, okay? Ich komm nicht sonderlich gut mit dem Gedanken klar, dass ihr euch ein Bett geteilt habt und dann läuft er hier nackt rum…"

"In Shorts!", unterbrach sie ihn mit mildem Tadel in der Stimme.

"Also gut, in Shorts, also quasi nackt, und er küsst dich …"

"Auf die Stirn!"

"Auf beinahe den Mund! Und … ich weiß auch nicht … ich …" Hilflos zuckte er mit den Schultern, weil er keine Erklärung für seine Gefühle hatte.

Aber sie schien auch keine zu brauchen. Sie nahm einfach sein Gesicht in ihre Hände und küsste ihn sanft, bis er sich nach und nach entspannte.

"Hör mir genau zu, denn ich werde das nicht wiederholen", sagte sie, nachdem sie ihre Lippen von seinen gelöst hatte.

Bran nickte und drückte sie in Erwartung dessen, was nun kommen mochte, noch fester an sich.

"Jack und ich haben es versucht … ähm … mit einer Beziehung meine ich. Funktioniert hat es nicht. Und ehrlich, Sex mit Jack ist wie Sex mit meinem Bruder ... iiihhh! Und glaub mir, wir haben es mehr als einmal probiert. Weißt du, Jack ist perfekt für mich, nur eben nicht sexuell, daher haben wir für uns beide die perfekte Lösung gefunden. Jack ist mein bester Freund, Ende der Diskussion." Den Teil, in dem sie ihm erzählte, dass sie es versucht hatten, hätte sie ihm ersparen können. Aber der Teil mit dem iiihhh! gefiel ihm ziemlich gut.

"Könnten wir … nicht einen Kompromiss finden … ich weiß nicht, dass er nur deine Stirn küssen darf … oder so, die wäre weit weg vom Mund", gab er leicht frustriert zurück. Er würde noch heute zu sparen beginnen, um ein One-Way-Ticket zum Mond zu besorgen. Vielleicht würde Ryan etwas zusteuern, wo er doch Fabio auch dort sehen wollte.

"Ich denke, das können wir schaffen", sagte sie und lächelte ihn sanft an.

"Und nur vollständig bekleidet?", schob er als 'Nachbrenner' noch hinterher, wie man es in Verhandlungen so gern tat.

"Ich glaube, das lässt sich einrichten", sagte sie und lächelte immer noch sanft.

"Und vielleicht …"

"Nicht den ganzen Arm!", unterbrach Jack ihn und Bran war ihm beinahe dankbar, dass er ihn zur Räson brachte, ehe er seine Traumfrau wütend machte.

"Okay, ich muss laufen!", sagte sie lächelnd und stand auf.

Um nicht nach ihr zu greifen und sie mit Gewalt davon abzuhalten, klammerte er sich an der Sitzfläche seines Stuhles fest.

"Gut gemacht, Tiger", lachte Jack, als die Tür hinter Alexa ins Schloss fiel.

Verwirrt sah Bran zu ihm auf.

"Na, dass du nichts gesagt hast und sie einfach hast gehen lassen. Ich habe gesehen, wie schwer es dir fällt. Aber ich kenn mich ein bisschen mit Schwangerschaften aus. Glaub mir, sie wird aufhören, wenn ihr Körper es ihr sagt. Es ist Instinkt. Ihre innere Uhr wird ihr sagen, wann es an der Zeit ist, kürzer zu treten."

"Woher weißt du das?", fragte Bran.

Jacks Gesicht verfinsterte sich. "Ich hatte mal ein Kind." Sein Ton machte dabei deutlich, dass es nichts mehr zu sagen gab. Bran nickte und machte sich dann selbst auf, um zu duschen.

14 TOGETHER

ALEXA

Ein gemeinsames Leben mit den beiden wichtigsten Männern in ihrem Leben gestaltete sich einfacher, als sie jemals für möglich gehalten hätte.

Man sah Bran zwar an, dass ihm ihr Training nicht gefiel, aber er sagte nicht mehr ein einziges Wort. Es fiel ihm schwer und mehr als einmal hatte sie den kleinen Muskel an seinem Kiefer zucken sehen. Doch er hielt Mal um Mal seinen Mund, wenn sie sich zum Laufen bereit machte. Wenn sie das erste Mal wieder auf dem Pferd trainieren würde, würde es einen neuen Kampf geben, da war sie sich nahezu sicher.

Jack schien Bran aus irgendeinem Grund im Griff zu haben. Er konnte ihn beruhigen, fast so, wie er es bei ihr immer schaffte.

Alexa wusste aber, dass Jack so vieles einfach besser wusste. Woher sollte Bran wissen, dass er auf Jacks Meinung genauso vertrauen konnte? Alexa wusste es aus Erfahrung, aber Bran? Die beiden verstanden sich erstaunlich gut und Jack hatte das Feld im Schlafzimmer ohne Murren für Brandon geräumt.

In Brans Armen einzuschlafen und aufzuwachen, war so unglaublich schön, dass es Alexa von Tag zu Tag schwerer fiel, überhaupt aufzustehen. Es war bereits der dritte Tag, an dem sie gemeinsam erwachten und auch ihr Körper schrie bereits wieder nach Zuwendung.

Wie Bran es so lange enthaltsam aushalten konnte, war ihr ein Rätsel.

Sie wand sich in seinen Armen, weil sie sich zu ihm umdrehen wollte, doch er presste sie nur fester an sich. Hielt sie mit seinen mächtigen Armen selbst im Schlaf so fest, als hätte er Angst, sie würde gehen.

Aber wie sollte sie? Nichts hatte sich je so gut angefühlt, wie in seinen Armen zu liegen … nun ja … außer, seine Erektion an ihrem Po zu spüren.

Gern würde sie ihn wieder in sich fühlen. So lange war es her, dass sie seine Härte gespürt hatte. Sie vermisste ihn. Sie hatte sogar das Gefühl, dass sie noch schärfer auf ihn war, seit sie schwanger war. Es war wie ein ganz natürliches Aphrodisiakum.

Vorsichtig kippte sie ihr Becken und genoss es zu spüren, wie sein Schwanz noch härter wurde, als sie mit ihrem Po darüber strich. Der Gedanke an seine schöne Erektion erregte sie so sehr, dass sie ihren Hintern gegen ihn presste. Sein Griff verstärkte sich und er rieb sich einige Mal an ihr, bevor er seine Hüften abrupt zurück zog und vollkommen still hielt.

Aber sie wollte mehr, brauchte mehr, war unglaublich erregt von dem Gedanken, dass er sie so sehr begehrte.

Langsam schob sie ihren Po zurück, bis sie erneut an seinen harten Schwanz stieß.

Sie spürte sein unterdrücktes Aufstöhnen mehr, als das sie es wirklich hörte.

"Bran?", flüsterte sie, weil sie ihn nicht wecken wollte, sollte er noch schlafen. Seine Hand griff nach ihrer Hüfte und schob sie ein Stück von sich.

"Gott, Baby, warte. Ich …", stotterte er und klang wirklich gequält.

"Bran?", fragte Alexa, entschlossen, das Leiden zu beenden.

"Hm?", fragte er und atmete deutlich schneller. Sie drehte sich in seinen Armen. Nun, wo sie sich sicher war, dass er wach war, gab es keinen Grund mehr, sich zurückzuhalten.

Sie streckte sich zu ihm und küsste ihn leidenschaftlich auf seine butterweichen Lippen. Er erwiderte den Kuss mit gleicher Hingabe und seine Hand, die sich auf ihren Po geschlichen hatte, krallte sich kraftvoll fest.

Doch schon kurz nachdem der Kampf ihrer Zungen begonnen hatte, zog er sich keuchend zurück. Bevor er zu Wort kommen konnte, stemmte sie sich über ihn und küsste ihn kompromisslos.

Jetzt aufzuhören kam überhaupt nicht in Frage!

Sie kniete sich rittlings über ihn und ließ sich direkt auf seinem harten Schaft nieder. Bran stöhnte in ihren Kuss hinein.

Da sie schon am Vorabend mehr als nur heiß auf ihn gewesen war, hatte sie keine Hose angezogen und der dünne Stoff ihres Slips bot kaum eine Barriere, als sie ihre Mitte über seine lange Härte gleiten ließ. Erneut stöhnte er und seine Hände griffen nach ihren Hüften.

Er krallte sich fest. Hielt sie an Ort und Stelle. Erst dachte Alexa noch, dass er sie ruhig halten wollte, damit sie ihn nicht weiter quälen konnte, doch dann begann er seinen Schwanz an ihr zu reiben.

Die Reibung war köstlich und der Griff seiner großen Hände und sein leidenschaftlicher Kuss trieben sie beinahe zu einem Orgasmus, aber sie musste ihn in sich spüren, brauchte ihn. Wollte ihn.

Sie spannte ihren Körper an, um seine Bewegungen zu unterbinden, doch gegen seinen kraftvollen Griff hatte sie kaum eine Chance.

"Alexa!", knurrte er beinahe augenblicklich, stöhnte dann aber auf, als sie ihre Hand vorn in seine Shorts schob.

Schnell befreite sie seinen Schwanz aus seinem Gefängnis und genoss dessen Zucken, als sie die klare Flüssigkeit auf der Spitze verrieb.

Sein Griff wurde beinahe schmerzhaft und würde bestimmt blaue Flecken hinterlassen.

Er stöhnte abermals und sein Becken schoss ein ums andere Mal nach vorn und pumpte in ihre Hand. Er stöhnte tiefer, kehliger, bis es sich beinahe nach einem Knurren anhörte.

Keine Sekunde konnte sie mehr warten. Wollte ihn in sich spüren, von ihm ausgefüllt werden.

Mit einer Hand stützte sie sich auf seiner breiten Brust ab, die sich vor lauter Erregung heftig hob und senkte. Mit der andern schob sie ihren String beiseite und platzierte seine Spitze an ihrer Öffnung.

"Fuck!", keuchte er und seine Hände verkrampften sich an ihrer Hüfte, ganz so, als sei er sich nicht sicher, ob er sie herziehen oder wegschieben sollte.

Mit einem Ruck ließ sie sich auf ihn fallen und nahm ihm so die Entscheidung ab.

Er schrie laut auf und warf dabei seinen Kopf in den Nacken. Sein Körper wölbte sich ihr entgegen und seine Hände pressten sie auch bis auf den letzten Millimeter in sie.

Auch sie keuchte und ihre Hände krallten sich in seine breite Brust.

"Ich … Babe … fuck … Kondom", stotterte Bran und Schweiß trat auf seine Stirn.

Lächelnd beugte sie sich nach vorn und küsste ihn sanft auf die Lippen.

"Scheißegal, Liebling. Ich bekomme bereits dein Baby", flüsterte sie.

Seine Augen weiteten sich ein Stückchen, dann wurde sein Griff noch fester und er begann, sich kraftvoll in ihr zu bewegen.

Seine Größe reizte und dehnte sie aufs Äußerste. Jeder einzelne seiner langen, kräftigen Stöße trieb sie näher an den Rand ihres Orgasmus.

"Du fühlst dich so verdammt gut an, Baby", keuchte er durch seine leicht geöffneten Lippen. Aber Alexa brauchte mehr. Mehr, schneller, härter.

"Bran", bettelte sie, woraufhin er nur stöhnend die Augen verdrehte, sichtlich am Ende mit seiner Kraft.

"Bran … fick mich endlich", flüsterte sie und spürte das Knurren, das ihm entstieg unter ihren Händen.

Sein Griff wurde noch fester, unbarmherziger und seine Lenden hämmerten jetzt unbarmherzig in sie. Jeder einzelne Stoß traf genau die richtige Stelle. Nur Minuten später schickte er sie über die Klippe zu einem gewaltigen Orgasmus, der ihren gesamten Körper erschütterte.

Auch Bran kam laut stöhnend und sie brachen schließlich erschöpft ineinander zusammen.

Als seine Finger sich ein klein wenig entspannt hatten, schlang er seine Arme um sie und presste sie fest an sich.

"Es tut mir so leid", murmelte er, doch ehe Alexa fragen konnte, was mit ihm los war, fuhr er bereits fort.

"Ich wollte vorsichtig sein und sanft und behutsam … aber du … du treibst mich in den Wahnsinn und ich kann an nichts anderes mehr denken, als mich schnellstmöglich so tief wie möglich in dir zu vergraben", flüsterte er und seine Stimme klang nach einer Mischung aus Ehrfurcht und Angst.

"Mir geht es gut, Bran", flüsterte sie und bettete ihre Wange auf seiner nackten Brust.

"Ich habe mich nie besser gefühlt", sagte sie und fühlte, wie er sich allmählich unter ihr entspannte.

Am Abend saßen Bran und sie gemeinsam im Wohnzimmer und sahen fern.

Zwar hatte sie ihm angesehen, dass es ihm nicht sonderlich gut gefiel, als sie am Nachmittag zum Laufen ging, aber er hatte sich zurückgehalten.

Ja, vielleicht gab es wirklich eine Chance für sie. Wenn jeder von ihnen ein kleines Stück von seiner

Idealvorstellung abwich, konnte sich dort ein schmaler Korridor auftun, der ihnen beiden gerecht wurde.

Wenn es jemals einen Mann geben sollte, für den sie das in Kauf nahm, würde es Brandon sein.

In seine Arme gekuschelt auf dem Sofa zu liegen, fühlte sich noch besser an als mit Jack und das mochte wirklich etwas heißen, wo Jack über Jahre hinweg der einzige Mensch gewesen war, den sie überhaupt so nah an sich herangelassen hatte.

Der Film interessierte sie rein gar nicht, sie konzentrierte sich viel lieber auf dieses unglaublich gute Gefühl, das seine Arme und seine Gegenwart ihr vermittelten.

Kurz vor Mitternacht stolperte Jack ins Wohnzimmer.

"Gut, ihr seid noch auf! Ich brauch was zum Anziehen", sagte er und hatte eindeutig schon das ein oder andere Bierchen getrunken.

Er lief nicht ganz gerade, ins Schlafzimmer und kam mit einem kleinen Stapel Klamotten zurück.

Schwungvoll ließ er sich neben ihr auf die Couch fallen.

"Gott, Jack, bei was für 'ner Tussi warst du denn?", fragte Alexa und rümpfte über die stinkende Wolke Parfüm, die um ihn herum schwebte, die Nase.

"Hey! Jetzt aber mal halblang. Immer hin hat ... naja XY auch Gefühle! Sie ist schließlich ein menschliches Wesen!"

Alexa prustete los. Dass Jack sich nicht mal den Namen der Guten merken konnte, war wieder einmal typisch für ihn.

"Ja, okay, vielleicht auch nur ein Außerirdischer oder irgendeine schräge Form von Gestaltwandler oder so ... ach, keine Ahnung! Hör auf zu lachen, du Hexe!", sagte er gespielt ernst und schlug mit seiner flachen Hand auf ihren Oberschenkel.

Alle drei lachten laut und Jack verließ die Wohnung.

Ja, so könnte es definitiv funktionieren, dachte Alexa und schmiegte sich wieder in Brans Arme.

15 EHER NICHT!

ALEXA

Ihr Zusammenleben spielte sich schnell ein. Bran integrierte sich hervorragend in die Abläufe der WG. Fast so, als wäre er schon immer dabei gewesen.

Sie arbeiteten Hand in Hand und Bran versuchte, ihr vieles abzunehmen. Vor allem, wenn es um die Arbeit mit den Pferden ging. Er versuchte, sie so weit es ging von ihnen fernzuhalten. Übernahm ihre Dienste, brachte die Pferde in die Führanlage und longierte die Jungen unter Jacks kritischem Blick. Aber auch dieser musste zugeben, dass Bran ein gutes Händchen für die unsicheren Jungspunde hatte.

Wenn sie unter sich waren, war Bran unglaublich liebevoll und zärtlich. Sie liebte diese kleinen Gesten. Er ging nicht einfach an ihr vorüber, sondern hielt jedes einzelne Mal an und gab ihr einen kleinen Kuss. Auf die Stirn, auf die Wange, auf ihren Hals oder ihren Nacken. Von Tag zu Tag fiel ihr auch mehr auf, wie sehr er sie beobachtete. Fast so, als warte er auf den Moment, an dem sie stolpern würde, damit er sie rechtzeitig auffangen konnte.

Auch die beiden Männer verstanden sich gut, worüber Alexa mehr als nur erleichtert war. Ein angespanntes Verhältnis zwischen den beiden wichtigsten Personen in ihrem Leben wäre auf Dauer nicht tragbar gewesen.

Die beiden wichtigsten Personen ..., sinnierte sie. Wie zum Teufel hatte Bran es so leicht in ihr Leben schaffen können?

Nun ja, eigentlich ganz einfach ... er war perfekt. Er war genau die richtige Mischung zwischen Gentleman und Neandertaler. Ruhig und wild. In der einen Minute hielt er einem die Tür auf, in der nächsten nagelte er einen dahinter an die Wand.

Er gab ihr Freiraum und war doch immer für sie da. Er verstand alles, akzeptierte es deshalb aber noch lange nicht. Er suchte Lösungen in Situationen, in denen es für Alexa klar war, dass es keine Lösung geben konnte. Und doch hatte er ihr schon mehr als einmal bewiesen, dass er bekam, was er wollte.

Vor der Diskussion, die gleich folgen würde, graute ihr. Im Wohnzimmer vor dem Fernseher lag ein äußerst entspannter Brandon und genoss den Spätnachmittag.

Alexa selbst stand vor dem Spiegel in ihrem Zimmer und zog sich den hautengen Lycraanzug an, den sie zum Pferdetraining immer trug. Er war schwarz mit einem roten Streifen auf jeder Seite, damit Jack die Figuren besser beurteilen konnte.

Ihr Haar band sie straff zurück und steckte die losen Enden mit einigen Haarnadeln fest. Dann zog sie sich eine Sweatjacke über und lief ins Wohnzimmer.

"Ich geh zum Training, Bran", sagte sie und er verspannte sich beinahe unmerklich. Dann dreht er seinen Kopf, bis sie in sein Blickfeld kam. Ruckartig setzte er sich auf.

"Was hast du vor?", fragte er scharf.

Oh oh.

"Die Lockerungswoche ist zu Ende, das Training beginnt wieder."

"Du hast doch nicht etwa ernsthaft vor, auf eines dieser Pferde zu steigen!", rief er aufgebracht, während er in großen Schritten um das Sofa herum lief.

"Doch Bran, wir haben darüber gesprochen. Erinnerst du dich?", fragte sie und versuchte trotz ihrer steigenden Wut, ruhig zu bleiben.

"Über dieses Trainieren ja, aber nicht, dass du dich auf ein Pferd setzt und da weiß Gott was alles treibst!"

"Und wie denkst du, dass ich die Saison zu Ende bringen soll, ohne auf ein Pferd zu steigen?"

Bran zitterte, so angespannt war sein Körper. Selten hatte sie ihn wütender erlebt. Aber hierfür gab es nun mal einfach keinen Kompromiss!

Diese Saison nicht zu Ende zu führen, stand völlig außer Frage!

Das *du sollst überhaupt nicht auf ein Pferd steigen* lag ihm auf den Lippen. Sie sah es ihm an. Aber an diesem Punkt gab es für sie einfach nichts zu diskutieren.

Plötzlich schloss er seine Augen und er atmete tief ein und aus. Sein Gesicht verzog sich gequält, ehe er sagte: "Ich komme mit."

Er tat ihr leid. Er war bereit, so unglaublich weit für sie zu gehen. Alexas Lächeln wurde sanft vor Zuneigung.

"Bist du dir sicher?", fragte sie, weil sie ihn ungern mehr als nötig quälen wollte. Doch er nickte nur, schlüpfte in seine Boots und hielt ihr dann ganz gentlemanlike die Tür auf.

Im Vorbeigehen streckte sie sich und küsste ihn auf sein Kinn. Er war perfekt und sie war ihm unglaublich dankbar.

Jack legte Casper gerade die Bandagen an, als sie in der Stallanlage ankamen. Die beiden Männer diskutieren über den 1,88 Meter großen Rappen, während Alexa mit dem Warmlaufen begann.

Bran setzt sich auf die kleine Tribüne und beobachtete sie genau.

Sie spürte jeden seiner Blicke und seine Anspannung

wurde geradezu greifbar, als sie auf das im Kreis galoppierende Pferd zulief. Sie blendete ihn aus. Sie brauchte ihre gesamte Konzentration, um die Übungsabläufe perfekt auszuführen.

Sie legte ihre Hände an die Griffe und sprang kraftvoll ab. Die mächtige Galoppade des Rappen zog sie wie von selbst nach oben. Sie absolvierte die Übungen in der gewohnten Reihenfolge und genoss dabei den Wind, der durch die schnelle Gangart entstand.

Die ausgreifenden Bewegung unter ihr und das gleichmäßige Schnauben des Rappen entspannten sie bis in den letzten Winkel ihrer Seele.

Jacks Korrekturen setzte sie um, ohne darüber nachzudenken. Für den Abschwung vom Pferd bekam sie viel von der Bewegungsdynamik mit und sie flog weit durch die Luft, ehe sie im weichen Sandboden der Reithalle landete.

Ihre Sprunggelenke und Knie federten die Landung perfekt ab und sie lief strahlend einige Schritte aus.

Eine Runde später kam der Rappe neben ihr zum Stehen und Alexa löste die Ausbinder, während Jack ihr noch ein paar Tipps gab. Dann trabte Jack den Wallach an der Longe, während Alexa sich Bran zuwandte.

Dieser stand vornüber gebeugt an der Bande und sah aus, als würde die Anspannung ihn jeden Moment zerreißen.

"Alles bestens", rief sie ihm zu und versuchte es mit einem kleinen Lächeln. Er erwiderte es nicht, aber sie hörte ihn sagen: "Alles ist bestens, wenn du aus dieser scheiß Halle heraus bist."

Den Rest ihrer Trainingseinheit konnte sie nicht mehr im selben Maß genießen und auch Jack hatte deutlich mehr auszusetzen.

"Was ist nun schon wieder?", fragte er zornig, als sie Casper in seine Box brachten.

"Bran", gab sie lediglich zurück.

"Ich will ihn nicht mehr in dieser Halle haben!", sagte

Jack scharf, was Alexa nur noch wütender machte.

"Ich auch nicht!", fauchte sie und lief in ihre Wohnung.

Bran holte sie auf halber Strecke ein.

"Hey, wollen wir heute Abend essen gehen?", fragte er und hatte schon wieder dieses unbeschwerte Lächeln im Gesicht. Es verrutschte ein wenig, als er in ihre wütende Miene sah.

"Nein. Ich trainiere."

"Da kommst du doch gerade her", sagte er entrüstet, was Alexas Wut nur noch weiter befeuerte.

"Ja, und ich hab's versaut, weil du da warst", fauchte sie.

Jack stieß zu ihnen, als sie die Wohnungstür aufstieß.

"Hast du noch Zeit, Jack? Ich will noch eine Runde mit Trico machen", sagte sie und behielt Bran dabei ganz genau im Auge. Seine Kiefer mahlten und der Muskel an seiner Wange zuckte, während er sie ganz genau beobachtete.

"Nein. Wir lassen ihn in Ruhe. Wir sind beide stinksauer und würden ihn damit nur verrückt machen. Wenn du eine zusätzliche Einheit machen willst, dann dehn deine Beine ordentlich. Deine Mühle war grauenhaft", maulte er und schlug die Tür zum Schlafzimmer hinter sich zu.

"Du wirst nie wieder einen Fuß in diese Halle setzen, wenn wir trainieren!", fauchte sie an Bran gewandt, ehe sie die Tür zum Badezimmer hinter sich zu warf.

BRANDON

Wie vom Donner gerührt blieb er allein zurück. Was zur Hölle war hier gerade passiert?

Über eine Stunde lang hatte er Blut und Wasser geschwitzt, während seine Augen der Perfektion ihrer Bewegungen gefolgt waren. Und jetzt waren beide stinksauer. Auf ihn? Wie zur Hölle konnte das sein?

Jack kam zurück aus dem Schlafzimmer und funkelte

ihn wütend an.

"Das absolut einzige, was ihr beim Training gefährlich werden kann, bist du! Wenn sie abgelenkt ist, macht sie Fehler und das kann sie sich vor allem in ihrem momentanen Zustand einfach nicht leisten!", knurrte Jack und sah so aus, als würde er ihm jeden Moment an die Gurgel gehen.

"Sie sollte überhaupt nicht in ihre Nähe gehen!", fluchte er ungehalten.

Jacks Miene wurde kalt und absolut ausdruckslos.

"Mach nur so weiter und sie wird überhaupt nicht mehr in deine Nähe gehen."

Die Endgültigkeit in Jacks Stimme ließ seine Wut innerhalb von Sekunden verschwinden. Die Tür, die hinter ihm ins Schloss fiel, war zu laut und hallte durch seine Gedanken.

Scheiße.

Ihm musste bald eine Lösung einfallen, bevor das hier wirklich eskalierte.

Die nächsten zwei Tage musste er sprichwörtlich auf leisen Sohlen gehen.

Seine Traumfrau und Jack hatten sich gegen ihn verschworen. Ihre Ankündigung hatte sie wahr gemacht und ihm jeglichen Zutritt zur Reithalle untersagt. Immerhin hatte sie ihn nicht aus ihrem Bett verbannt.

Auch wenn sie ihm tagsüber ein Stück weit auswich, nachts schmiegte sie sich genau so fest an ihn, wie sie es schon in ihrer ersten gemeinsamen Nacht getan hatte.

Am dritten Tag war er verzweifelt genug, um Maya anzurufen. Immerhin kannten die beiden sich.

"Bran?", drang ihre Stimme wie aus weiter Ferne zu ihm durch.

"Hey Maya, wie geht's?", fragte er so gut gelaunt wie möglich.

"Gut, aber dir nicht", stellte sie empathisch wie immer

fest.

"Ich ... ich hab's vielleicht ein wenig verbockt und ich weiß nicht, wie ich es wieder gutmachen soll."

"Mhm ... hab schon von deinem Glück gehört. Was ist bisher passiert?", fragte sie und klang ziemlich zweifelnd.

Bran erzählte ihr alles, während Maya immer nur 'Mhm' oder 'Hmpf' von sich gab.

"Ich bin nicht davon überzeugt, dass ihr beiden das auf Dauer hinbekommt, aber der einfachste Weg wird sein, dich mit Jack gut zu stellen."

"Jack, Jack, Jack", brummelte seine Höhlenmenschseite.

"Falsche Einstellung", sagte Maya und Bran hörte ihr weiches Lachen.

"Mit wem telefonierst du, dass du so vor dich hin lächelst?", fragte Shane im Hintergrund.

"Brandon", gab sie zurück und Shane äffte sie auf der Stelle übertrieben fröhlich und quietschend nach.

"Er soll dich in Ruhe lassen. Er bekommt doch jetzt sein eigenes Baby!", knurrte er dann noch und entlockte Bran damit sogar ein Lächeln.

"Ja, wie geht es dir überhaupt, Maya?"

"Gut gut, die Morgenübelkeit hat beinahe aufgehört. Alle Tests sind gut verlaufen und ich bin schon so wahnsinnig aufgeregt!"

"Sei vorsichtig. Pass auf dich auf und ..."

"Gott, Bran, hör auf! Shane reicht mir und Alexa will davon bestimmt nichts wissen!", unterbrach sie ihn lachend.

Bran selbst war nicht so zum Lachen zumute, denn genau darin lag ihr Problem.

Sie verabschiedeten sich und Bran versprach, die Meute auf dem Laufenden zu halten.

Nach dem Telefonat ging Bran ein wenig spazieren. Er musste seine Gedanken sortieren, sich seine nächsten Schritte überlegen, um herauszufinden, was er wollte und vor allem, was gut für sie beide war.

Als er sich sicher war, die richtige Richtung für ihre gemeinsame Zukunft gefunden zu haben, machte er sich auf den Weg zurück zum Haus. Er telefonierte mit Mat, der alles Notwendige für die Auswanderung der beiden in die Wege leiten sollte.

In Alexas Zimmer angekommen, fand er sie auf der Seite zusammengerollt und schlafend vor.

Nach einer raschen Dusche legte er sich zu ihr, presste sich der Länge nach an ihren Rücken und vergrub seine Nase in ihren Haaren.

Sie regte sich leicht. Vorsichtig strich er mit seinen Lippen über ihren Nacken atmete tief ihren Geruch ein, genoss ihren Geschmack auf seinen Lippen.

"Bran?", murmelte sie.

"Schlaf, Liebes."

"Alles in Ordnung?", fragte sie.

Nein, nichts war in Ordnung. Nicht, solange sie ihm nicht verzeihen konnte.

"Ich brauche dich", war seine Antwort. Sie drückte sich fest an ihn. Und er genoss es einfach, sie in seinen Armen zu spüren. Sie halten zu dürfen.

Wenn sie schlief, war sie um so vieles anschmiegsamer. Weicher. Sanfter.

"Es tut mir so leid, Kleines", sagte er, dann küsste er erneut ihren Nacken.

"Es ist okay, Bran", gab sie zurück, doch er bemerkte, dass sie noch halb im Schlaf war. Er konnte es nicht für bare Münze nehmen, was sie ihm sagte.

"Ich werde zu diesem Thema nichts mehr sagen, versprochen! Du trainierst, du beendest die Saison, ich habe es verstanden. Es ist nicht so, dass es mir gefallen muss, aber ich werde es akzeptieren", flüsterte er und platzierte nach jedem Wort einen kleinen Kuss auf ihrer weichen, warmen Haut.

Er spannte seine Arme an, zog sie fester an sich, als könnte er so vermeiden, dass sie ihn je wieder verließ.

"Und dann, Bran? Wie stellst du dir das vor? Wie soll es weitergehen? Ich meine, nach der Saison, wenn Jack und ich mit dir nach Amerika gehen. Das ist nicht der Punkt, an dem es heißt *und sie lebten glücklich bis an ihr Lebensende*. Das ist dir klar, oder?", fragte sie und drehte sich dabei so, dass sie ihn über ihre Schulter ansehen konnte.

"Ja, das ist mir klar", murmelte er, nicht gewillt, sich diesem Thema jetzt schon zu stellen.

"Aber wir werden eine Lösung finden. Hab ein bisschen Vertrauen, wir werden einen Weg finden, der für uns beide in Ordnung ist. Nein, der für uns alle vier in Ordnung ist."

"Welche vier?", fragte sie.

"Du, ich, unser Baby und, nun ja, Jack", lachte er.

Ein warmes Lächeln schlich sich auf ihre Züge.

"Schön, dass du an ihn denkst", sagte sie.

"Er gehört zu dir", gab er schulterzuckend zurück. Natürlich wäre es ihm lieber, wenn er seine Traumfrau für sich alleine hätte, aber alles in allem war Jack kein übler Typ.

"Ja, aber ich habe nur nicht erwartet, dass es für dich so einfach werden würde, das zu akzeptieren", gab sie zurück. Ihr Lächeln war wieder jenes atemberaubende, von dem er sein Leben lang nicht genug bekommen würde.

Er streckte sich ein bisschen und drückte ihr einen kleinen Kuss auf den Mundwinkel.

"Du verzeihst mir also?", fragte er.

Sie drehte sich in seinen Armen und vergrub ihre Nase an seiner Brust.

"Ja", murmelte sie an seiner Haut.

"Mat erledigt den Papierkram für uns", sagte er und malte mit seinen Fingern kleine Kreise auf ihrem Rücken.

"Okay."

"Gibt es sonst noch etwas, das du noch erledigen musst? Irgendwelche Familienbesuche, oder so?"

"Nein, nichts", sagte sie und ihr Ton war dabei so

endgültig, dass er sich damit zufrieden gab.

Er hielt sie lange fest, streichelte sie, genoss ihre Nähe und ihren Duft. Irgendwann waren sie beide darüber eingeschlafen.

ALEXA

In Brans Armen aufzuwachen, war einfach unbezahlbar. Die letzten drei Tage hatte sie sich immer davon geschlichen und sie war mehr als froh, endlich wieder mit ihm versöhnt zu sein. Nicht vorgeben zu müssen, ihn zu meiden, wo sie doch so viel lieber in seinen Armen liegen würde. Vorsichtig versuchte sie sich von ihm zu lösen, seine starken Arme hielten sie einfach nur fest an seine Brust gedrückt.

"Ich muss aufstehen, Bran", sagte sie lächelnd. Sie freute sich wieder einmal darüber, dass er sie sogar im Schlaf nah bei sich haben wollte.

"Ich freue mich auf den Tag, an dem du einfach mal mit mir im Bett liegenbleiben kannst", sagte er. "Wird das jemals passieren?"

"Ich weiß nicht recht, in 20 Jahren, wenn ich den Sport nicht mehr machen kann?", gab sie lachend zurück.

Sanft küsste sie ihn auf sein Kinn und er löste widerwillig brummend seine Arme von ihr.

Sie rollte sich aus dem Bett und war wieder einmal erstaunt, wie schwer es war, ihn zu verlassen und zum Training zu gehen. Wo das Training doch eigentlich ihre einzige Zufluchtsstätte war. Schnell schlüpfte sie in ihre Laufkleidung, bevor sie Jack vor der Tür antraf.

"Morgen, Süße", rief er ihr entgegen.

"Morgen Jack, bereit zum Laufen?"

"Klar, aber nochmal zu dir, du bist heute gut gelaunt!"

"Brandon und ich haben uns vertragen", sagte sie, während sie sich für den Lauf fertig machten. Jacks Gesichtsausdruck wurde sanft und er legte ihr einen Arm um die Schulter. Dann küsste er sie zart auf die Schläfe.

"Ich freue mich. Das wird schon noch mit euch beiden."

Anschließend liefen sie los. Eine lockere Runde, nur eine Stunde, ohne größere Anstrengungen.

Bran hatte das Frühstück bereits vorbereitet, als sie aus der Dusche zurückkamen. Sie setzten sich zu dritt an den Tisch. Genossen zusammen das leckere Essen und den ruhigen Vormittag.

Er hatte weitere Informationen von Mat bekommen, der alles für die Auswanderung vorbereitete. Jack erzählte, dass zwei von den Jungen bereits in dieser Woche abgeholt werden würden, sodass sie die letzten Starts auf den Prüfungen gar nicht mehr absolvieren mussten.

Auch der neue Besitzer von Casper stand bereits in den Startlöchern. Aber ihn würden sie noch für weitere drei Wochen behalten, um die Qualifikation für den Klassenerhalt zu erreichen.

Dass die Vorbereitungen für das Auswandern nach Amerika so schnell voran schritten, schockierte sie ein klein wenig. Es verunsicherte sie, da alles ziemlich schnell sehr real wurde.

Es warf sie ein bisschen aus der Bahn. Bisher war alles immer nur eine Idee gewesen, eine Möglichkeit, eine Zukunft, die in den Sternen stand. Doch mit jedem Schritt, den die beiden wichtigsten Männer in ihrem Leben taten, wurde es mehr zur Gewissheit. Sie würden gehen. Sie würden zu dritt, in sieben Monaten sogar zu viert, auf Brans Farm leben.

Alexas Magen zog sich zusammen und leichte Panik kam in ihr auf. Sie hatte keine Ahnung, wie lange sie das aushalten würde. Auch wenn Jack ihr beistehen würde und ihr auch beim Trainieren immer wieder versicherte, dass alles gut werden würde. Dass alles ganz von selbst laufen würde oder dass sie einen Weg finden konnten.

Aber wie sollte sie es ertragen?

Diese Ketten an einen Ort, an eine Familie, an

Personen. Wo all das für sie doch das Schlimmste war. Der Gedanke daran, zu einem bestimmten Tag wie Weihnachten, Ostern oder Geburtstagen an einem bestimmten Ort sein zu müssen, schnürte ihr die Kehle zu.

Sie wollte frei sein. Kommen und gehen, wie sie wollte. Genau aus diesem Grund hatte sie sich von ihrer Familie abgekapselt, und wozu das alles? Der jahrelange Kampf gegen ihre Eltern und ihre Großeltern, nur um sich das Ganze jetzt selbst zu produzieren?

"Alexa", hörte sie Brans Stimme von Weitem.

"Alexa", sagte er wieder, dann erst spürte sie seine Hände an ihren Schultern. Er schüttelte sie leicht. Sie hob ihren Blick, konnte ihn kaum halten. Seine Augen fixierten sie.

Aufgeregt sagte er: "Geht es dir nicht gut? Ist etwas mit dem Baby?"

"Nein, nein … ich … ich … keine Ahnung, ich brauche ein bisschen Zeit für mich", sagte sie schnell, sprang vom Tisch auf, sodass der Stuhl scheppernd zurückflog.

In ihrer Eile achtete sie nicht auf die Stimmen der beiden Männer hinter sich. Sie wollte einfach nur raus, brauchte frische Luft und ein bisschen Zeit, ihre Gedanken zu sortieren.

Sie ging einmal durch den Stall, sog den Geruch der Pferde tief in ihre Nase, in ihre Lungen. Genoss die Geräusche, die diese großen eleganten Tiere von sich gaben. Das Mahlen ihrer Zähne beim Zerkleinern des Heus. Das gelegentliche Schnauben, den Ton, wenn die langen Schweife gegen die Gitterstäbe ihrer Boxen schlugen im Versuch, die Fliegen von ihren Körpern zu vertreiben.

Sie blieb bei Trico stehen, der sofort seine Nase durch die Öffnung der Boxen schob. Er schnupperte an ihr und seine Oberlippe stupste sie vorsichtig am Oberarm an.

Dann nahm er seinen Kopf wieder zurück und fraß weiter.

Sie hatte sich wieder beruhigt wie so oft, wenn sie sich unter den sanften Riesen aufhielt.

Es ging ihr besser, es war alles nicht so schlimm, alles nicht für immer. Sie konnte jederzeit gehen. Sich Jack und das Baby schnappen und abreisen.

Sie hatte es Bran gesagt, er wusste, dass sie für dieses Leben nicht gemacht war.

Langsam ging sie zurück in die Wohnung.

Bran saß auf der Couch, als sie die Wohnung betrat, und musterte sie skeptisch. Sein Körper war angespannt und seine Knöchel traten weiß hervor. Sie sah, wie sehr er sich beherrschte, nicht aufzuspringen und sie in seine Arme zu reißen. Aber gerade in diesem Moment hätte sie nichts dagegen gehabt.

Sie war verzweifelt und die gesamte Situation belastete sie stark.

"Bran?", sagte sie. Ihre Stimme brach.

Sofort sprang er auf und kam zu ihr, nahm sie in seine Arme und presste sie an seine breite Brust.

"Alles in Ordnung. Alles okay. Nichts passiert", sagte er, während er immer und immer wieder über ihren Rücken strich. Sie beruhigte, sie wiegte, an sich presste.

Seine Liebe war so viel mehr, als sie verdiente. Dieser Mann war dazu bereit, alles aufzugeben, während sie allein bei dem Gedanken daran, etwas mehr in seine Richtung zu gehen, in Panik geriet.

Er hatte es versprochen. Sie würden einen Weg finden und sie glaubte fest daran. Schon allein deshalb, weil er bereit war, so vieles für sie loszulassen.

Obwohl er in Amerika sein sollte, um zu arbeiten. Außerdem hatte er noch seine Farm, um die er sich kümmern musste und doch war er bei ihr.

Stand ihr beiseite, ebnete ihr den Weg, um ihr die Auswanderung in das ferne Land so leicht wie möglich zu machen. Er akzeptierte Jack an ihrer Seite, akzeptierte ihren Sport und ihr Training, ihre Arbeit, die auch er sich aufhalsen würde.

Nicht nur Jack, sondern auch die vielen jungen Pferde auf seiner Ranch aufzunehmen.

Bran war zu gut für diese Welt. Zu gut für sie und doch konnte sie sich das einzige, was er sich von ihr wünschte, einfach nicht vorstellen.

Ein Leben ohne den Turniersport wäre für sie kein Leben. Sie brauchte das Feeling, die Menschen, den Applaus des Publikums, die Hektik, den Stress, die Atmosphäre auf den Turnieren, den Sieg, den Erfolg, das Adrenalin.

Das alles war unendlich wichtig für sie und nichts, was sie einfach nur als Hobby betrieb. Einmal die Woche mit Jack zu trainieren, würde nicht reichen.

Sie wollte das volle Programm. Deutsche Meisterschaften, Weltmeisterschaften, das konnte man nicht erreichen, indem man ein bisschen nebenbei trainierte.

Dicht an Brandon gekuschelt, schlief sie schließlich ein. Sie hatte keine Lösung für all ihre Probleme, doch solange sie in seinen Armen lag, konnte sie die Hoffnung zulassen.

Hoffnung darauf, dass er wirklich eine Lösung finden würde.

16 GEMEINSAM

ALEXA

In den darauf folgenden Tagen wurde es ein wenig einfacher.

Bran war beschäftigt mit den Vorbereitungen für ihre Auswanderung und auch Jack hatte kaum Zeit für sie. Er trainierte die Jungen auf Teufel komm raus, damit sie gut dastanden und gute Preise erzielten.

Auch Alexa selbst trainierte viel. Bran kam wie verabredet nicht mehr mit zum Training. Er konnte nicht sehen, wie sie mit den Tieren umging. Also musste er ihr fernbleiben, um sie nicht unnötig abzulenken.

Alles, was nicht mit dem Training zusammenhing, ging ihnen leicht von der Hand. Sie arbeiteten zusammen, sie aßen zusammen, kochten zusammen, machten den Haushalt und die Erledigungen gemeinsam.

Bran war liebevoll und zärtlich. Ein unglaublich toller Mann. An dem es schlichtweg nichts auszusetzen gab … außer dem, was er sich für ihre gemeinsame Zukunft vorstellte.

Als die Zeiteinteilung für den Turniersamstag gekommen war, sagte Jack, als sie zu dritt am

Abendbrottisch saßen: "Okay. Mal sehen … wir starten als erstes in deiner Leistungsklasse. Das ist gut, dann bist du noch voll bei Kräften, um die Qualifikation für den Klassenerhalt mit Casper zu schaffen. Nachmittags um drei sind unsere letzten drei Voltigierpferdeprüfungen. Gut, das ist alles."

"Die Boxen sind gebucht?", fragte Bran.

"Ja", sagte Jack und verstaute die Zeiteinteilung bei den Papieren der Pferde. "Vier Pferde im Hänger sind dann doch etwas zu viel."

"Ich helfe euch", sagte Bran.

Jack sah ihn streng an, nickte aber dann doch. "Okay, mit in die Halle kommst du aber nicht."

Glücklich sah Bran nicht aus, doch nickte er knapp. Alexa war froh, dass sie sich so gut arrangieren konnten. Alles in allem hatten sich die beiden wirklich gut zusammengerauft.

Sie streckte ihre Hand nach Brans aus und drückte sie. Ein weiches Lächeln erschien auf seinem Gesicht. Er hob ihre Hand an und küsste ihre Knöchel.

"Danke", formte sie mit den Lippen und sein Gesichtsausdruck wurde noch weicher.

Zu dritt räumten sie den Tisch ab. Hand in Hand war die Arbeit schnell erledigt und Jack verabschiedete sich in sein Appartement. Alexa zog Bran hinter sich her ins Schlafzimmer.

Kaum waren sie durch die Tür zum Schlafzimmer, lehnte sie sich von innen dagegen, bis diese ins Schloss fiel.

Lächelnd zog sie Bran an seinen Händen zu sich. Sie ließ ihre Hände an seinen starken, muskulösen Armen entlang zu seinen Schultern wandern und legte sie zu beiden Seiten seiner Wange ab.

Bran kam noch einen Schritt näher und legte seine Hände auf ihre Hüften. Er ließ sich lächelnd von ihr nach unten ziehen. Dann küsste er sie sanft, wie er es so oft tat. Herrlich gefühlvoll als wäre sie etwas Kostbares.

Unendlich sanft strichen seine Lippen über ihre. Seine

Küsse wanderten ihren Kiefer entlang zu ihrem Ohr und ihren Hals hinab zu ihrem Schlüsselbein, während seine rauen Hände sich langsam unter ihr Top schoben.

Genüsslich zog er es ihr über den Kopf. Nicht stürmisch oder gierig, sondern so, als würde er jeden Zentimeter auskosten, den das Shirt auf seinem Weg nach oben entblößte.

Seine Hände wanderten über ihre Seiten zu ihrem Rücken und öffneten den Verschluss ihres BH's, während er Zentimeter für Zentimeter von ihrem Hals zum Ansatz ihre Brüste küsste.

Er ließ den BH zu Boden fallen und umfasste mit jeder Hand eine ihrer kleinen Brüste. Drückte sie und entlockte ihr so ein wohliges Seufzen. Der Druck seiner rauen Hände auf ihrem weichen Fleisch schoss wie ein Blitz in ihren Unterleib.

Ihr Atem wurde schwerer, während er die härter werdenden Spitzen zwischen Daumen und Zeigefinger drehte. Sein Mund wanderte tiefer über ihren Bauch, seine Zunge spielte an ihrem Bauchnabel. Seine Hände fuhren über ihre schmale Taille zum Bund der Hose.

Ihr Körper stand bereits in Flammen. Sie wand sich, doch je mehr sie ihn dazu drängte, sich zu beeilen, desto mehr würde er sie quälen, es nochmal heraus zögern. Er liebte es, so mit ihr zu spielen. Je wilder und ungeduldiger sie wurde, umso beherrschter und genießerischer wurde er.

Als würde er jede Sekunde genießen, in der er diese Macht über ihren Körper besaß.

Ihr Becken bewegte sich unruhig, während seine Finger am Saum ihrer Hose entlang fuhren. Dann endlich öffnete er den Knopf und streifte ihr die Hose über die schmalen Schenkel. Den Slip hatte er ihr angelassen, obwohl sie es kaum erwarten konnte.

Er packte sie an den Hüften und drehte sie um mit dem Gesicht zur Wand.

Dann küsste er sich von ihren empfindlichen Kniekehlen zurück nach oben. Er biss sie sanft in den Po und der leichte Schmerz ließ sie aufstöhnen. Sie bewegte sich unruhiger und wollte sich zurückdrehen.

Doch er hielt sie in eisernem Griff. Mit einer Hand an ihrem unteren Rücken presste er sie gegen die Tür, während die andere Hand den Slip Zentimeter für Zentimeter nach unten schob. Sein Mund folgte der Spur. Küsste sie, biss in die weiche Haut und leckte anschließend über die geschundene Stelle.

Alexa stöhnte laut auf, als er begann, an ihrer Kniekehle zu knabbern. Sie konnte es nicht mehr erwarten. Kraftvoll machte sie sich aus seinem Griff frei und drehte sich um.

Sie griff in sein blondes, weiches Haar und zog seinen Kopf in den Nacken.

"Ich brauche dich", keuchte sie und zitterte bereits vor Erregung am ganzen Leib.

Das verruchte Lächeln in seinem schönen Gesicht und das Funkeln in seinen strahlend blauen Augen ließen ihre schlimmsten Befürchtungen wahr werden.

Er war noch lange nicht fertig mit ihr. Bran packte eins ihrer Beine und legte es sich über die Schulter. Seine Hand presste er mit gespreizten Fingern gegen ihren Unterbauch, sodass sie ihr Gleichgewicht verlor und zurück gegen die Tür taumelte.

Beinahe augenblicklich vergrub er sein Gesicht in ihrem Schoß. Er sog tief die Luft ein und stöhnte dann laut auf.

Alexa tat es ihm gleich. Sein warmer, feuchter Atem auf ihrer erhitzten Mitte ließ sie am ganzen Leib zittern. Sie vergrub ihre Hände in seinen Haaren, hielt sich fest und versuchte so, das Gleichgewicht zu halten. Er teilte ihre Mitte mit seiner Zunge, strich genüsslich an der Innenseite der Schamlippen entlang.

Er leckte sich zu ihrer Perle hinunter, kreiste sie ein, ohne sie wirklich zu berühren. Immer und immer wieder spielte er dieses Spiel, bis sie sich kaum noch beherrschen konnte.

Seine gespreizten Finger auf ihrem Unterbauch fühlten sich unglaublich gut an. Sie boten ihr Halt, fühlten sich beschützend an und hielten sie doch fest, sperrten sie ein. So widersprüchlich und wunderbar zugleich.

Sie presste ihn fester an sich, kippte ihr Becken nach vorne. Sie wollte mehr von seiner Berührung, mehr erzwingen. Sie spürte sein raues Kinn an ihrer Mitte, während er immer wieder an ihr saugte und leckte. Endlich hatte er Erbarmen und nahm ihre Klit zwischen seine Lippen. Er saugte kräftig daran, während er mit seiner Zungenspitze hart darüber strich.

Der Orgasmus überrollte sie. 1000 Farben blitzten vor ihren Augen auf. Sie warf stöhnend ihren Kopf in den Nacken. Seine Hände hielten sie an ihren Hüften, stabilisierten sie, während sein Mund immer weiter an ihr saugte. Er lachte, als sie in seine Haare griff, aber er zögerte ihren Orgasmus so lange hinaus, bis dass er sich kaum mehr aus eigener Kraft auf den Beinen halten konnte.

Dann richtete er sich auf. Dabei machte er keine Anstalten, ihr Bein von seiner Schulter zu nehmen. Sie legte ihre Arme um seinen Hals, um Halt zu finden, während sie verklärt in sein schönes Gesicht sah.

Seine Lippen waren feucht und standen einen Spalt weit offen. Eine Hand lag immer noch an ihrer Hüfte, die andere hantierte an seiner Hose.

„Ich kann nicht mehr warten“, keuchte er und schon spürte sie die pralle Spitze seines Schwanzes an ihrer Öffnung.

Stöhnend schloss sie die Augen, während er in sie eindrang, sie dehnte und ihr vom letzten Orgasmus empfindliches Fleisch penetrierte.

Zentimeter für Zentimeter schob er sich tiefer in sie, dabei spürte sie seinen Mund an ihrem Ohr. Seine abgehackten Atemzüge, die rauen Hände, die sich an ihre Hüften klammerten, sein breiter Schaft, der sie immer weiter dehnte und dabei tiefer und tiefer in sie eindrang.

Sich zurückzog, nur um erneut in sie vorzudringen.

All das trieb sie an den Rand des Wahnsinns. Gefangen zwischen dem Verlangen, ihn näher an sich zu ziehen und ihn von sich zu stoßen. Der leichte Schmerz, den seine harten Stöße verursachten, war genau an der Schwelle, an der sie sich nicht zwischen mehr und weniger entscheiden konnte.

„Zu oft habe ich mir vorgestellt, dich genauso zu nehmen", keuchte er an ihrem Ohr. Zog sich zurück und stieß abermals in sie.

„Jedes Mal, wenn ich dein schönes Bein so weit zurück gedehnt habe, habe ich mir vorgestellt, dabei in dir zu sein. Tief in dich einzudringen, in dich zu stoßen. Wieder und wieder", keuchte er und jedes seiner Worte untermalte er mit einem kräftigen Stoß. Jeder einzelne ließ neue Erregung durch ihren Körper rauschen, heizte sie weiter an. Sie griff nach seinen Schultern und seine Stöße wurden abermals fester. Sie öffnet ihre Augen einen Spalt und suchte seinen Blick. Er musterte sie intensiv. Fixierte sie.

Feiner Schweiß stand auf seiner Stirn, während er abermals in sie stieß.

Sie musste ihn tiefer spüren. Mehr von ihm fühlen. Ohne zu überlegen, legte sie ihr anderes Bein um seine Hüfte. Bran warf laut stöhnend den Kopf in den Nacken, als er sie bis zum letzten Zentimeter ausfüllte. Dann verharrte er in ihr, keuchte und begann erneut, sich zu bewegen.

Die Stöße wurden unkontrollierter, schneller. Sein Griff an ihrer Hüfte wurde fester. Die harte, kalte Tür in ihrem Rücken bildete einen unglaublich erregenden Kontrast zu dem warmen weichen Körper vor ihr.

Bei jedem seiner tiefen Stöße rieb sein Schambein über ihre Klit. Jeder einzelne Stoß trieb sie näher an ihren nächsten Orgasmus.

Sie konnte es nicht mehr erwarten. Wollte mehr. Sie zog ihn an sich, sodass sein kompletter Körper sich an ihrem rieb. Die verschwitze Haut glitt leicht übereinander.

Er lehnte seine Stirn gegen ihr Schlüsselbein und sie spürte seinen keuchenden Atem auf ihrer Brust.

Er trieb sich immer schneller und tiefer in sie. Dann keuchte er an ihrem Hals, während er tief in ihr verharrte: „Fuck, Baby."

Er blieb tief in ihr und hielt sie fest an sich gepresst. Dann spürte sie das Zucken seines Schaftes und dieses Gefühl katapultierte auch sie schlussendlich über die Kante zu ihrem Orgasmus.

BRANDON

Sein Orgasmus überwältigte ihn so sehr, dass seine Knie nachgaben. Keuchend und noch ineinander verschlungen rutschten sie zusammen an der Tür entlang zu Boden.

Schwer atmend verharrten sie einige Minuten ineinander, während sich Puls und Atmung wieder ein wenig beruhigten.

Alexas Wange lag auf seiner Schulter. Ihr Bein rutschte nach unten. Genau so könnte er einschlafen.

Immer noch an sie gekuschelt. Sein Kind unter ihrem Herzen.

Er erhob sich mit ihr auf seinen Armen und trug sie in ihr Bett. Vorsichtig setzte er sie ab und legte sich neben sie, ehe er sich an sie schmiegte.

Bran zog ihren Kopf an seine Brust und malte mit der anderen Hand sanfte Kreise auf ihren Rücken.

„Alles in Ordnung, Kleines?", fragte er und küsste sie sanft auf die Stirn.

Sie vergrub ihre Nase noch mehr an seiner Haut und atmete tief ein.

„Zu grob oder so?", fragte er unsicher.

„Alles bestens", gab sie zurück und Bran spürte ihr Lächeln an seiner Brust. Schläfrig gab sie ihm einen Kuss auf die Brust.

Bran nickte.

„Ich muss kurz ins Bad."

Er beeilte sich, wusch sich selbst und machte einen Waschlappen mit warmen Wasser nass.

Schnell eilte er zurück zu ihr, spreizte vorsichtig ihre Beine und beseitigte seine Spuren von ihren makellosen Schenkeln.

Es fühlte sich gut an, sich um sie zu kümmern, doch schon nach kurzer Zeit bemerkte er, anhand ihrer verspannten Haltung, dass diese Handlung ein wenig zu viel für sie war.

Bran zog sich ins Badezimmer zurück und gab ihr einen Moment, ehe er zu ihr ins Bett schlüpfte.

Er drückte sich wieder an sie. Dann breitete er die Decke über sie beide aus.

Der Gedanke, dass sie von ihm eingehüllt und beschützt war, ließ einen unfassbaren Frieden über ihn kommen. Genau so, mit den beiden wichtigsten Menschen seines Lebens in seinen Armen, unter seiner Obhut, schlief er schließlich ein.

17 WETTKÄMPFE

BRANDON

Die Tage, die ihrer Versöhnung folgten, waren herrlich. Es fühlte sich an, als hätte sie den Entschluss gefasst loszulassen, zuzulassen, ihn in ihrem Leben aufzunehmen.

Die Vorbereitungen für die Auswanderung waren weitestgehend abgeschlossen und alles hing nur noch von diesem einem Wochenende ab. An dem ihre letzten Prüfungen stattfinden sollten.

Es war 1:30 Uhr Freitagnacht und sie beluden den LKW mit den nötigen Utensilien für das Turnier. Die Mähnen der Pferde waren bereits eingeflochten und sie trugen Gamaschen und Decken für den Transport.

Gurte, Peitschen, Ersatzmaterial, Putzzeug, Impfpässe. Alles wurde in den LKW geladen, ebenso wie die Dinge, die Alexa und Jack für ihren Start brauchten.

Zuletzt Futter und Wasser und die vier Pferde selbst.

Verladen wollte sie unbedingt selbst. Der große Rappe Casper stieg routiniert in den Transporter und auch zwei der jüngeren folgten, ohne mit einem Ohr zu wackeln.

Trico, Alexas kleiner Liebling, weigerte sich zunächst und zog sie einige Male von der Rampe. Brandon hätte sie am liebsten von ihm fortgerissen und in Sicherheit gebracht. Er hätte das Verladen Jack überlassen, damit sie aus dem Gefahrenbereich kam.

Aber bei diesem Thema gab es bei ihr einfach nichts zu diskutieren. Es gab keine Kompromisse. Friss oder stirb. Zähneknirschend hatte Brandon gelernt zu fressen, aber nur, weil er genau wusste, dass das ganze Theater mit dem morgigen Tag ein Ende haben würde.

Dann würde er seine Traumfrau über seine Schulter werfen, ganz Neandertaler-like in seine Höhle schleppen, wo er sie die nächsten 50 Jahre vor allen anderen Lebewesen verstecken konnte.

Für sich allein behalten ... außer Jack, den musste er unterwegs noch loswerden. Bevorzugt zusammen mit Fabio auf den Mond.

Als der junge Fuchs endlich den Transporter betreten hatte, machte Bran drei Kreuzzeichen und schob seine Angebetete zum Führerhaus. Der Turnierplatz war ein wenig mehr als vier Stunden entfernt, also hatten sie eine lange, anstrengende Fahrt vor sich.

Alexa schlief schnell ein, an seine Schulter gelehnt.

"Letzter Tag", sagte Jack, der den Transporter steuerte.

"Gott sei Dank", murmelte er und sah Jack im Augenwinkel lächeln.

"Du hast dich wirklich tapfer gehalten", sagte Jack.

"Das war nicht einfach, glaub mir", gab er zurück. Jack lachte leise auf, woraufhin Alexa sich ein klein wenig rührte.

"Schsch", machte er und streichelte ihr sanft die Wange.

Sie sollte schlafen, sollte sich ausruhen, damit sie fit war für das Turnier.

Wenn sie müde war, würde sie nur Fehler machen. Das war eindeutig zu gefährlich und Bran hatte ein ungutes Gefühl. Irgendwas passte an diesem Tag nicht.

Am liebsten würde er seine Traumfrau packen und sofort zum Flughafen rennen, aber leider würde sie da nicht mitspielen.

Kurz bevor sie den Hof erreichten, auf dem das Turnier stattfand, erwachte Alexa. Sie streckte und räkelte sich. Dann sah sie sich verschlafen um.

"Ich habe heute kein gutes Gefühl, Süße", sagte Bran und sah sie eindringlich an.

Sofort verfinsterte sich ihre Miene und ihre schönen weichen Gesichtszüge verhärteten sich.

"Keine Diskussion jetzt, Bran", sagte sie scharf. "Ich muss mich konzentrieren, ich hab keine Zeit für solchen Quatsch." Bran hätte sich am liebsten dafür geohrfeigt, dass er immer wieder in das gleiche Fettnäpfchen trat.

Ohne auf ihre Wut zu achten, nahm er sie in den Arm und zog sie an seine Brust. Er fuhr mit seiner Nase in ihre Haare und atmete tief guten, sauberen Duft ein.

"Sorry", murmelte er und sie entspannte sich sofort in seinen Armen. Sie schmiegte sich enger an ihn und er spürte ihr leichtes Nicken an seiner Brust.

"Darf ich dir nicht einfach sagen, was ich denke?"

"Doch … es … es tut mir leid, Bran. Ich bin im Moment etwas angespannt. Das Turnier, das Baby, die Zukunft, die Hormone. Das alles ist einfach ein bisschen viel. Verstehst du?"

"Klar", flüsterte er und küsste ihren Scheitel. "Mir ist nur heute nicht wohl."

Jack parkte den Transporter und sie stiegen der Reihe nach aus. Wie immer versuchte er, ihr so viel wie möglich abzunehmen, damit sie nicht schwer trug und sie sich von den Pferden fern hielt.

Aber es kam ihm vor wie ein Kampf gegen Windmühlen, da sie den ganzen Tag nichts anderes zu tun schien, als irgendwelche Sachen herumzutragen, an irgendeinem Pferd zu hängen oder zu trainieren.

Warum konnte sie nicht wie andere Frauen shoppen gehen. Sich einfach ein paar hübsche Klamotten im nächstbesten Kaufhaus kaufen.

Brandon hatte eine schwarze American Express. Sie konnte sie haben und einkaufen, so viel sie wollte, aber nein, sie musste in diesen dämlichen Stall, bei diesen dämlichen Gäulen sein. Auch wenn er sich genau das von seiner Traumfrau immer gewünscht hatte, sollte sie das doch bitte nicht tun, solange sie sein Kind unter ihrem Herzen trug!

Vielleicht würde es doch besser werden, wenn sie erst einmal auf der Farm war und nur noch mit Pferden verkehrte, die er kannte. Vor allem nicht diese hitzköpfigen Jungspunde und das auch noch auf einem Turnier!

Diese Pferde hatten einfach zu viel Feuer im Blut und gingen bei der kleinsten Kleinigkeit bereits an die Decke. Seine Pferde waren einfache, ruhige Arbeitstiere, nicht solche Sportmaschinen wie diese vier Kracher auf dem Transporter.

Auf dem Gelände herrschte bereits Hochbetrieb. Haufenweise gertenschlanke Frauen, kräftige Männer, Unmengen von Pferden, die kreuz und quer über die Plätze geführt wurden. Menschen mit Listen, die wild gestikulierend Autos in Parklücken einwiesen. Junge Frauen, die den neu eingetroffenen Teilnehmern ihre Gastboxen zeigten.

Alles war ausgeschildert und doch so wirr, dass keiner wirklich wusste, wohin er musste.

Jack hatte sich bereits einen Plan aus dem Internet gezogen, auf dem sie die Stallungen und die ihnen zugewiesenen Boxen finden konnten.

Sie beschlossen, die Pferde auf zweimal zu nehmen. Das kam Bran gerade recht, so konnten er und Jack jeweils ein Pferd nehmen und seine Frau würde sich ein wenig von ihnen fernhalten.

Sie hatte dafür aber nichts Besseres zu tun, als die Ausrüstung durch die Gegend zu schleppen. Das passte Bran auch nicht, es war aber immer noch besser, als diesen verrückten Fuchs zu führen.

Der Trubel war dem Fünfjährigen zu viel. Er begann immer wieder zu steigen. Das war bei einem Pferd von 1,80 m Stockmaß alles andere als lustig. Selbst für einen so kräftigen Mann wie er es war. Bran war einfach nur froh, als er den Spinner endlich in der Box verstaut hatte und diese sicher verriegelt hatte.

""Wir lassen die Gamaschen noch dran", sagte Jack und schaute mit etwas unruhigem Gesichtsausdruck in die Box. "Bevor er sich noch die Beine bricht, weil er überhaupt keine Ruhe geben kann."

Sie gingen zurück zum Transporter und holten die anderen beiden Tiere. Alexa war bereits auf dem Weg zur Meldestelle, um die Papiere für die vier Pferde, Jack und sich selbst abzugeben. Der große Rappe erwies sich als echter Routinier. Während der Vorbereitungen zuckte er nicht mit der Wimper und stand wie fest betoniert in dem völlig überfüllten Stall.

Auch beim Ablongieren machte er nicht einmal einen Satz zur Seite. Alexa sah wie immer atemberaubend aus. Dieses Mal trug sie einen bordeauxroten Lycraanzug, der schön mit weißer Spitze abgesetzt war.

Unter dem enganliegenden Anzug konnte man bereits den ersten Ansatz ihres Babybauches sehen. Der Anblick zog Bran den Boden unter den Füßen weg. Seine Knie wurden weich und er hätte sie am liebsten sofort in die Arme gerissen, um dieses kleine Wunder näher bei sich zu spüren.

Alexa begann sich aufzuwärmen, während Jack den Rappen vorbereitete. Bran hatte den beiden versprochen, dass er nicht zusehen würde und ging unter ihren kritischen Blicken aus der Halle.

Als die Musik ertönte, die er bereits von dem YouTube Video kannte, ging er aber zurück, denn er wollte sehen, wie sie sich machte. Seine Frau auf dem großen Rappen voltigieren zu sehen, war unglaublich.

Als er ihr strahlendes Lächeln nach der letzten Übung sah, konnte er nicht mehr anders und fiel mit den anderen im Applaus ein und pfiff genauso begeistert, wie die Zuschauer.

Sie erstarrte kurz, als sie ihn erspähte, und Unsicherheit huschte über ihr Gesicht. Dann liefen die drei unter dem tosenden Beifall der Zuschauer aus dem Zirkel.

"Du warst fantastisch!", sagte er und zog sie an sich. Sie lächelte strahlend.

Jacks Gesicht war alles andere als strahlend.

"Du sollst nicht hier sein", sagte er scharf.

"Ist doch alles gut gegangen", gab Bran nicht minder scharf zurück.

"Ja, dieses Mal, halte dich einfach am Nachmittag fern!", sagte er eindringlich.

Sie versorgten das Pferd und gingen anschließend zum Mittagessen.

"Jack hat recht", sagte Alexa, als Brandon und sie alleine in Richtung der Stallungen gingen.

"Warum? Habe ich dich abgelenkt?", fragte er, zornig darüber, dass sie ihn überhaupt nicht teilhaben lassen wollte.

"Nein, aber hätte ich gewusst, dass du da warst, wäre es etwas anderes gewesen. Bitte bleib einfach weg."

"Hör mal, ich habe bis hier nichts gesagt. Ich lasse dich all diese verrückten Dinge machen …"

"Was bitte soll das wieder heißen? Du lässt mich das hier machen? Das ist mein Leben, das ist meine Arbeit", gab sie scharf zurück.

"Komm schon. Du musst auch zugeben, dass es nicht gerade ungefährlich ist. Du bist nun einmal schwanger."

"Wir werden das nicht schon wieder diskutieren!"

Sie öffnete die Box des ersten Jungpferds, zog ihm die Decke und die Gamaschen aus. Dabei war sie etwas unwirsch.

"Lass das! Ich mach das!", sagte er und zog sie am Ellenbogen aus der Box.

"Wie oft noch, das ist mein Job und ich werde ihn nicht aufgeben."

"Keiner hat gesagt, dass du ihn aufgeben musst, ich habe lediglich … ach vergiss es!", sagte er und ging in die nächste Box, bevor sie es tun konnte. Nur noch wenige Stunden, dann hatte er es geschafft. Er würde sich jetzt ganz bestimmt kein Grab schaufeln wegen dieser letzten Stunden! Die Stute zuckte zusammen, als er energisch die Box betrat. Die Jungen waren sowieso schon nervös. Wenn man selbst dann noch mit Wut im Bauch zu ihnen kam, ging das meistens nicht gut aus.

Alexa ging in die nächste Box, in der Trico bereits unruhig von einem Fuß auf den nächsten stampfte.

Sie zog die Decke ab. Im selben Moment stellte sich das Pferd in der Box neben ihr auf die Hinterbeine.

Der junge Fuchs erschrak und stieg. Bran sah nur noch die Hufe durch die Luft wirbeln. Alexa schrie auf. Dann sprang das Pferd unruhig in der Box umher.

Bran schnürte sich sofort die Kehle zu. Er stürmte in die Box, in der Alexa zusammengekrümmt am Boden lag, während der Fuchs nervös trampelte.

Bran packte sie am Arm und zog sie aus der Box, was sie nur weiter aufschreien ließ. Sie kreischte, schlug nach ihm. Er hatte keine Ahnung, was er tun sollte. Wusste nur, dass er sie wegbringen musste. Weg von dem jungen aufgebrachten Pferd, das unkontrolliert durch die Box raste.

Als er sie endlich auf die Stallgasse gezogen hatte und die Boxentür hinter ihnen geschlossen war, hörte er ihr Weinen. Sie schluchzte laut.

Sie lag zusammengekrümmt am Boden.

"Mein Gott, ist dir was passiert? Scheiße! Wir brauchen Hilfe! Kann jemand einen Krankenwagen rufen!", schrie Bran völlig außer sich durch den Stall.

Sie zitterte am ganzen Leib und sein Magen zog sich zusammen.

Seine Traumfrau so daliegen zu sehen, machte ihn fertig. Brachte ihn um den Verstand. Er wusste nicht wohin. Was er tun sollte. Er wollte sie in seine Arme reißen. Wollte sie berühren, wusste aber nicht wo, um ihr nicht noch mehr Schmerzen zuzufügen.

Schließlich nahm er ihr Gesicht in seine Hände und zwang ihren Blick zu seinem.

"Ist dir etwas passiert?", flüsterte er eindringlich und strich dabei mit seinen Daumen über ihre Wangen.

"Er hat mich erwischt. Er hat mich erwischt", flüsterte sie in einem grausigen Mantra. Ihr ganzer Leib zitterte. Ihre Augen waren panisch geweitet.

Bran hatte absolut keine Ahnung, was er tun sollte, aber weiter hier auf dem Boden zu sitzen und zuzusehen, wie sie sich quälte, kam absolut nicht in Frage!

Er schob eine Hand unter ihre Kniekehle, die andere hinter ihren Rücken und hob sie an. Sie schrie auf und schlug ihm mit der Faust auf die Brust. Er musste sie herausbringen, musste sie zum Notarzt bringen.

"Wo hat er dich erwischt?", fragte er panisch.

Wieder erklang diese Mischung aus Schluchzen und Wimmern.

"Mein Knie. Auf mein Knie", presste sie hervor und ihr Körper begann, wieder stärker zu beben.

"Gott sei Dank", raunte er.

Sofort verspannte sie sich und hob ihren Kopf an.

In ihrem Blick standen Qual und Fragen gleichermaßen.

"Als ich dich in dieser Box kauern sah, dachte ich … ich dachte … das Baby", stammelte er, während er schnellen Schrittes den Platz überquerte.

Ihr Blick wechselte von einem Schock zu absoluter Fassungslosigkeit. Sie sah an sich hinab, tastete nach ihrem Bauch, schüttelte den Kopf und sah ihn wieder an.

Dann veränderte sich ihr Blick erneut. Wut blitzte in den sonst so warmen braunen Augen auf.

"Das ist alles, was für dich zählt!", fauchte sie und schlug wieder mit ihrer Faust auf seine Brust ein. "Das ist alles, woran du denken kannst. Alles, was für dich zählt, ist das Baby!", schrie sie und schien sich gar nicht mehr zu beruhigen.

"Schsch", machte er und drückte sie fester an sich. Sie schrie auf und schluchzte wieder. Dann schob sie seine Hand beiseite, mit der er wohl gegen ihr Knie gedrückt hatte.

Endlich kam der Krankenwagen in Sicht. Die Sanitäter zogen sofort die Trage heraus und Bran konnte sie ablegen.

In knappen Worten schilderte er, was passiert war.

"Wir fahren sie ins Krankenhaus", sagte der Sanitäter. "Sind sie verwandt?"

"Sie ist meine Frau." Wahrscheinlich hätte Alexa ihn umgebracht, hätte sie gewusst, was er sagte, aber er wollte sie in diesem Moment bei Gott nicht alleine lassen.

Der Sanitäter nickte und Bran setzte sich neben die völlig lethargisch wirkende Alexa.

Das Schluchzen und Zittern hatte aufgehört. Aber das hier war absolut nicht besser. Sie macht ihm Angst, lieber sollte sie ihn anschreien. Sie so leer und gebrochen zu sehen, war das Schlimmste, was er erlebt hatte.

ALEXA

Sie hatte den großen Schimmel im Augenwinkel steigen sehen, aber einfach nicht erwartet, dass Trico sich von seinem Boxennachbarn anstecken ließ. Der junge Fuchs war losgesprungen, obwohl sie die Decke noch nicht ganz gelöst hatte.

Vor lauter Panik hatte er nach ihr getreten. Die Wucht des Aufpralls hatte sie zu Boden geworfen, als der Hinterhuf des jungen Fuchses die Außenseite ihres Knies traf.

Es war einfach nach innen weg geknickt. Als wäre ihr Bein nicht mehr als ein kleiner Ast. Als wäre es nicht mehr als ein zentimeterdickes Holzstück.

Der Schmerz hatte ihr den Atem geraubt. Sie war nicht dazu in der Lage, die Box zu verlassen. Also hatte sie sich zusammengerollt, um sich zu schützen, während der Fuchs immer noch nach der Decke strampelte.

Dann hatte Bran nach ihr gegriffen und nach draußen gezogen. Der Schmerz, den ihr Knie dabei verursachte, als es über dem Boden geschleift wurde, war nahezu unerträglich gewesen. Es hatte sich angefühlt, als würde sich ihr Knie absolut außerhalb ihrer Kontrolle befinden. Als hätte sie keine Möglichkeit, es zu bewegen, anzuwinkeln oder zu benutzen.

Bran hatte auf sie eingesprochen und das einzige, was für ihn wirklich zählte, war das Baby. Seine Freude darüber, dass mit dem Baby nichts passiert war.

Natürlich war auch sie erleichtert. Das Letzte, was sie wollte, war, dass das Baby einen Tritt erhielt.

Aber in diesem Moment hatte sie keinen anderen Gedanken als die unerträglichen Schmerzen in ihrem Knie. Und was das bedeutete. Sie wollte sich nicht ausmalen, wie schlimm die Verletzung sein konnte. Als sie im Krankenwagen ankamen, spulte ihr Kopf bereits das gesamte Repertoire an Knieverletzungen durch, das sie kannte. Wie sie ausgingen und sie versuchte, sich auszumalen, was passiert war.

Bänder, Muskeln, Meniskus, Knochen, Knorpel. Verletzte Knie, die nie wieder völlig belastbar waren. Was kaputt sein konnte, was ganz blieb. Wie ein Film liefen sämtliche Informationen vor ihrem Auge ab.

Der Schmerz ließ ein wenig nach und ließ sie Hoffnung schöpfen. Ganz langsam fand sie zurück. Es war alles gar nicht so schlimm. Es war nur der erste Schock, der Schmerz, der Aufprall eines Schlages von einem 700 Kilo Muskelpaket.

Natürlich musste das schmerzen! Dass ihr Knie weg geknickt war, war bestimmt nur Einbildung. Es war ganz bestimmt nach vorne geknickt und nicht zur Seite.

Es war dem Schlag ausgewichen. Natürlich. Als der Krankenwagen hielt, richtete sie sich auf.

"Bleib liegen", sagte Bran sofort. Er sah panisch aus,

was ihren Zorn nur noch weiter schürte.

"Ich muss nicht liegen! Mir geht's gut, ich muss zurück!" Damit schwang sie ihre Beine von der Liege. Den stechenden Schmerz im Knie ignorierte sie.

Sie biss die Zähne zusammen, um ihm den Schmerz nicht zu zeigen.

Bran hielt sie an ihrer Schulter fest. Sie riss sich los und stand auf.

"Nichts passiert, ich kann gehen", sagte sie und versuchte, vorsichtig loszulaufen. Wacklig ging sie los und biss die Zähne zusammen, um niemanden zu zeigen, wie stark der Schmerz wirklich war.

Sie versuchte, so wenig wie möglich zu humpeln, ganz ohne ging es aber nicht. Bei jedem Schritt stach ein Messer in ihr Knie. Zumindest fühlte es sich so an. Es tat höllisch weh und es fühlte sich an, als wäre es instabil und würde jede Sekunde zu einer Seite weg klappen.

Bran kam an ihre Seite und legte ihr seinen Arm um die Schultern. Er stützte sie. Am liebsten hätte sie ihn von sich geschoben. Sie wollte sich nicht eingestehen, dass sie ihn brauchte. Sie war erst wenige Schritte weit gekommen und wollte am liebsten weinen vor lauter Schmerzen.

Drei Schritte weiter keuchte sie. Sie wollte einfach nur hineinspazieren, allen zeigen, dass alles in Ordnung war und zurück zum Turnier fahren.

Bran knurrte unwillig und ehe sie sich versah, hatte er sie auf die Arme genommen.

"Lass mich runter", fauchte sie und wehrte sich gegen seinen Griff. Sie musste nicht getragen werden. Es ging ihr gut.

"Hör sofort auf damit", knurrte er in einem Ton, den sie überhaupt nicht von ihm kannte. Sie erstarrte in seinen Armen und sah in seine entschlossene Miene.

Nichts daran erinnerte sie an den Brandon, den sie kannte. Nichts an ihm war weich und nachgiebig, kompromissbereit und verständnisvoll.

Es war, als würde ein anderer Mann vor ihr stehen. Er

hielt sie eisern fest. Selbst, wenn sie sich mit aller Macht gewehrt hätte, wäre sie aus diesem Griff nicht freigekommen. Da war sie sich sicher.

"Ich kann selber gehen", versuchte sie es noch einmal. Kleinlaut. Und der Blick, den sie dafür erntete, ließ sie leicht zusammenzucken.

"Nein, das kannst du nicht und ich werde es auch nicht zulassen", sagt er scharf. Der Klang seiner energischen Schritte hallte in ihren Ohren, als er durch die großen gläsernen Schiebetüren marschierte.

"Notaufnahme" knurrte er den Mann an der Anmeldestation an.

Dieser sah etwas verwirrt zwischen ihm und den Sanitätern hin und her. Dann zeigte er ihnen das Wartezimmer. Bran ließ sie nicht los, sondern setzte sich mit ihr zusammen auf einen der Stühle.

"Du kannst mich runter lassen. Ich kann sitzen."

"Du wirst Schmerzen haben, wenn ich dich dann wieder anheben muss", gab Bran tonlos zurück.

Die Schwester kam und brachte ein Pad zum Kühlen des Knies, das bereits leicht angeschwollen war. Die Sanitäter hatten den Anzug aufgeschnitten, um das Bein zu untersuchen.

Es gab keine Verletzung. Es war lediglich ein wenig rot. Mehr nicht. Eine kleine Schürfwunde, das war alles. Nichts von dem, was Alexa eigentlich erwartet hätte, nachdem der große Wallach sie mit dem Hufeisen so scharf getroffen hatte.

Ihr Knie war einfach geprellt, sonst war nichts passiert. Wenn es noch nicht einmal blutete, konnte es gar nicht so schlimm sein.

Sie mussten eine ganze Zeit lang warten. Der Arzt kam und untersuchte sie. Er ordnete dann eine Kernspintomographie an und anschließend wurde ein CT durchgeführt.

Die Zeit zwischen den Untersuchungen rauschte wie im Flug an ihr vorbei. Ihr wurde ein Zimmer zugewiesen.

Alles dort war hektisch. Die Schwester verschwand aus dem Raum, kam zurück mit etwas zu trinken und einer Kleinigkeit zu essen. Verschwand wieder, als Jack kam. Er erzählte ihr, dass alles geregelt war. Dass die Pferde versorgt waren.

Jack wartete zusammen mit Bran auf die Ergebnisse der Untersuchungen. Sie diskutieren darüber, was passiert sein könnte, während Alex stur geradeaus sah.

Der Facharzt der Notfallchirurgie kam zurück in ihr Zimmer.

"So, damit hätten wir alles", sagte er und schaltete den großen Monitor neben ihrem Bett an.

"Sieht nicht sehr gut aus", meinte er und zeigte dann auf diverse Bilder.

"Außenband gequetscht, Innenband gerissen, Kreuzband gerissen, Meniskus gerissen und eine Tibiakopf-Impressionsfraktur", zählte er auf und zeigte dabei verschiedene Positionen auf dem Bild.

Alex erkannte nichts. Wäre das Bild nicht sowieso nur in Schwarz- und Grautönen, würde sie durch ihren Tränenschleier auch nichts erkennen.

Kaputte Bänder. Bei diesem Wort hatte sie bereits abgeschalteten. Gerissene Bänder im Knie waren gleichbedeutend mit dem Karriere-Aus. Das Knie konnte nie wieder stabil genug werden. Von dem Bruch in ihrem Unterschenkelkopf einmal ganz abgesehen.

Der Arzt sprach weiter auf sie ein. Erklärte ihr, was als nächstes passieren würde. Wie sie operiert werden würde. Doch sie hörte nicht mehr zu. Sie drehte den Kopf auf die andere Seite und stierte aus dem Fenster.

Verdammte Scheiße! Verdammt beschissene Drecks-Scheiße! Warum zum Teufel muss mir das passieren?

Tränen der Wut und Enttäuschung liefen über ihre Wangen.

Kurze Zeit später erschien Bran in ihrem Sichtfeld. Er setzte sich auf die Bettkante und wischte mit seinen Daumen die Tränen von ihren Wangen.

Er beugte sich nach vorne, küsste sie und flüsterte ihr Liebkosungen zu. Versuchte, sie zu trösten. Aber der Schmerz saß zu tief. Zu wissen, dass es das Ende war, das Ende all ihrer Träume, ihrer Freiheit, schnürte ihr die Kehle zu.

Sie wollte sich auf die Seite rollen. Dank diesem beschissenen Knie konnte sie sich nicht einmal zusammenrollen und ihren Schmerz hinaus weinen. Die Ärzte sollten es ihr ganz abschneiden. Nutzlos wie es jetzt war, konnten sie es auch komplett entfernen.

Jack verließ das Zimmer. Gequält schloss sie die Augen. Wollte sich nicht überlegen, wie es weiter ging. Was als nächstes passieren würde. Wollte nicht darüber nachdenken, was ihre Zukunft brachte, wo sie doch das einzige, was sie je gewollt hatte, nicht mehr bekommen würde.

Ihr Körper begann, unkontrolliert zu zittern. Der Schock und die Qual in ihrem Inneren suchten ein Ventil. Ihr Atem ging schneller, heftige Panik und Verlust tobten in ihr. Bran sprach auf sie ein, aber sie verstand kein Wort von dem, was er sagte.

Eine Ärztin kam und gab ihr eine Spritze. Kurze Zeit später schlief sie.

BRANDON

Sein Mädchen so gebrochen vor sich liegen zu sehen, war nahezu unerträglich. Er wollte sie einfach nur halten, fest an sich pressen, ihr sagen, dass alles gut werden würde. Natürlich würde es das!

Flatternd öffneten sich ihre Lider.

"Bran", flüsterte sie.

"Ich bin da, Liebes", flüsterte er zurück und streichelte mit dem Daumen über ihre schöne, weiche Wange.

Selbst so verletzlich und gebrechlich war sie einfach nur unglaublich schön.

"Sag, dass das nicht … dass es nicht wahr ist", flüsterte

sie dann und ihre Augen füllten sich erneut mit Tränen. Weiche, braune Augen, die so viel Schmerz aufzeigten, dass es nahezu unerträglich für ihn war.

Auch seine Augen begannen zu brennen, während er weiter ihre Wange streichelte.

"Ich würde es am liebsten sagen, aber wie soll ich dich belügen, mein Herz", flüsterte er, beugte sich nach vorne und küsste ihre Stirn.

"Nein", presste sie hervor und er hörte den Schmerz in ihrer Stimme. Hörte das unglaubliche Leiden, das seine Worte in ihr auslösten.

"Wir bekommen das hin, hörst du", sagte er. "Es gibt immer einen Weg. Du wirst ein neues Ziel finden. Einen neuen Wunsch. Du kommst mit mir auf die Farm und wir werden eine Familie haben. Wir werden glücklich werden zusammen. Du wirst bei mir bleiben können, ohne Turniere, ohne zu reisen. Du wirst eine neue Bestimmung finden. Als meine Frau und die Mutter meiner Kinder", sagte er eindringlich und versuchte, ihr so eine neue Vision zu geben. Einen neuen Weg. Ein neues Ziel, auf das sie hinarbeiten konnte.

Weg von diesem verrückten Sport, hin zu etwas Echtem, etwas Greifbarem.

Ihr Gesichtsausdruck veränderte sich. Wurde hart. Ihre Augen bekamen einen eisigen Zug. Sie nahm ihren Kopf zurück und entzog sich seiner Hand.

"Das ist es, nicht wahr?", zischte sie zwischen zusammengepressten Zähnen hervor.

"Das ist wirklich das Letzte, Bran. Du sitzt hier neben mir, heuchelst dein Mitgefühl vor und dabei freust du dich. Freust dich darüber, dass ich nicht mehr starten kann, dass ich meinen Traum nicht mehr leben kann. Freust dich darüber, dass mir gar nichts anderes übrig bleibt, als auf deiner beschissenen Farm zu sitzen und dein Hausmütterchen zu spielen. Du freust dich darüber, dass ich bei dir bleiben muss und es für mich keine Alternative mehr gibt. Weil ich kein anderes Ziel habe. Weil du mir mein Ziel genommen hast!", fauchte sie.

Er wusste nicht, was in ihr vorging. Er versuchte, nach ihrer Hand zu greifen, doch sie schlug seine Hände weg. "Hau ab. Geh einfach weg von mir, Bran, du heuchlerisches Arschloch", fluchte sie und schlug weiter nach seinen Händen.

"Beruhige dich doch, Alexa, bitte" sagte er eindringlich. Bran verstand absolut nicht, woher ihr Sinneswandel kam. Was hier passierte. Was in ihr vorging.

Jack kam herein, um zu sehen, was los war. Er zog die Augenbrauen zusammen, während er die Situation zu begreifen versuchte. Er konnte es wohl ebenfalls nicht verstehen.

"Schmeiß ihn raus!", brüllte sie. "Schmeiß ihn hier raus!"

Sie schlug immer weiter nach seinen Händen. Wieder sah Bran hilflos zu ihr hinunter.

Der unglaubliche Hass auf ihren Zügen traf ihn tief. Sein Magen zog sich zusammen und Bran taumelte einige Schritte zurück.

Sie meinte das ernst. Sie machte ihn dafür verantwortlich.

Seine Kehle schnürte sich zu und ihm wurde übel. Er verstand die Worte nicht mehr, die die beiden wechselten.

Er merkte noch nicht einmal, dass Jack ihn nach draußen drängte. Bran kämpfte gegen sich selbst. Gegen das Biest in sich, das erneut nach draußen drängte.

"Ich hab nichts getan. Was soll das? Ich habe doch gar nichts gesagt!"

Heute nicht, Bran. Du musst bei ihr bleiben. Also beruhige dich! Beruhige dich!

Jack schubste ihn nach draußen, nagelt ihn neben der Eingangstür an die Wand.

"Herrgott, Bran! Reiß dich zusammen!" Jack packte sein Kinn und zwang ihm seinen Blick auf.

"Ich glaube dir. Komm runter. Ich glaube dir ja. Sie muss sich erstmal beruhigen!", sagte er eindringlich.

Ganz langsam kamen Jacks Worte bei ihm an.

Jack glaubte ihm. Das war wichtig. Maya hatte es gesagt. Alexa würde tun, was Jack sagte.

"Ich … ich weiß nicht, was ich sagen soll!"

Bran war außer sich. Er ließ sich mit dem Rücken an der Wand entlang nach unten sinken. Stützte die Ellenbogen auf seine Knie und legte den Kopf in seine Hände.

"Sie hasst mich, Jack. Sie hasst mich wegen etwas, was ich nicht getan habe. Ich habe ihr immer gesagt, sie soll wegbleiben von den Pferden. Sie muss ihnen fernbleiben, es ist zu gefährlich. Und jetzt soll ich schuld sein, dass dieser verfluchte Fuchs ihr Knie ruiniert hat?"

"Bleib hier, Bran. Ich rede mit ihr", sagte Jack.

Eigentlich war es eine gute Nachricht, dass Jack mit ihr reden würde. Doch schon stieg wieder neuer Zorn in ihm auf. Der Gedanke, dass ein anderer Mann mit seiner Frau allein sein würde, trieb ihn in den Wahnsinn.

Er wollte es nicht und konnte es doch nicht verhindern. Zudem war Jack in diesem Moment seine einzige Chance. Sie würde nicht auf ihn hören, so viel war klar.

Zu sehr war sie gefangen in ihrer eigenen Verzweiflung. Eine Schwester ging in Alexas Zimmer. Brachte wohl noch etwas zur Beruhigung.

Kurze Zeit später wurde es still im Raum.

Der Chefarzt kam zurück und erzählte ihm von dem Operationstermin in zwei Tagen, was alles gemacht werden würde, wie die Pläne und die Risiken waren.

Bran nickte mechanisch und nahm die Papiere entgegen, die Alexa unterzeichnen musste.

Einige Stunden später kam der Anästhesiearzt, um sie über die Risiken einer Vollnarkose aufzuklären. Dass sie eine Vollnarkose brauchte, war so sicher wie das Amen in der Kirche. Sie würden das komplette Knie rekonstruieren und das war anders einfach nicht möglich.

Zwei Tage später wurde sie zur Operation abgeholt. Sie war weggetreten von dem Valium, das sie bekommen hatte.

Brandon blieb nichts anderes übrig, als völlig erschöpft im Warteraum zu sitzen und auf sie zu warten.

Jack brachte ihm Kaffee, von dem er nichts schmeckte. Auch die Worte, die Jack zu ihm sagte, drangen nicht wirklich zu ihm durch.

Konnte das wirklich sein? Konnte es immer so weitergehen? Zwei Schritte vor, einen zurück?

Sie waren sich doch gerade einig gewesen. Gerade hatten sie ein gemeinsames Ziel erarbeitet und dann kam die Realität. Sie zog ihnen erneut den Teppich unter den Füßen weg. Nur um dann, wenn sie blutend am Boden lagen, noch einmal nachzutreten.

Der Schmerz über die Ablehnung hatte sich tief in sein Herz gefressen. Sein Herz gebrochen. Wie konnte sie so von ihm denken? Wie konnte sie davon ausgehen, dass er ihr das Ende ihrer Träume wünschen konnte?

Wo er doch nichts mehr wollte, als sie glücklich zu sehen. Wo er sich nach nichts mehr sehnte als dieses herrliche, unbeschwerte Lachen, das er vom ersten Tag an geliebt hatte, wieder öfter in ihrem Gesicht zu sehen.

Zu wissen, dass sie glücklich war, dass sie gern bei ihm war, war alles, was er wollte. Er brauchte sie wie die Luft zum Atmen und er schien für sie nicht mehr zu sein als ein Korsett, das ihr die Luft zum Atmen nahm. Das genaue Gegenteil.

Er wollte ihr keinen Käfig bauen. Er wollte ihr das Land geben, auf dem sie sich entfalten konnte. Warum nur verstand sie das nicht? Warum schien alles, was er zu bieten hatte, für sie der absolute Horror zu sein?

Er verstand es einfach nicht.

Etwas bewegte sich neben ihm, aber er sah nicht auf. Nicht einmal, als eine große Hand auf seiner Schulter landete.

"Kann ich dir helfen?"

Als er die Stimme von Alex erkannte, hob er den Blick doch.

"Was tust du hier", fragte er.

"Ryan hat mich angerufen, da er weiß, dass es von mir bis zum Krankenhaus nicht allzu weit ist."

"Schön, dich zu sehen", sagte er, denn nichts wünschte er sich im Moment mehr als jemanden, dessen Verstand richtig funktionierte.

Ob Alex seiner Meinung war, wusste er nicht, aber zumindest hatte er einen Freund, der ihm eine Schulter anbot.

"Danke!"

"Nichts zu danken!"

Die beiden Männer umarmten sich und klopften einander auf die Schultern.

"Alles wird gut. Das hier ist ein ziemlich gutes Krankenhaus. Ich hab mich bereits erkundigt, sie wird vom Chefarzt persönlich operiert", sagte Alex.

"Sie ist schwanger."

"Ja, Ryan hat es mir erzählt. Gratuliere."

Brandon lachte hart auf.

"Nur blöd, dass sie sich nicht allzu sehr auf das Kind freut. Wäre es so, hätten wir all diese Probleme nicht."

"Ich kann nichts dazu sagen, ich kenne sie nicht sehr gut. Aber wirklich, Bran, ich weiß: Wenn das hier einer hin bekommen sollte, dann du. Nicht viele Leute sind so stur wie du", lachte Alex und gab ihm einen spielerischen Klaps auf die Schulter.

Brandon ließ sich sichtlich erschöpft zurücksinken. Die letzten Wochen hatten ihm sämtliche Energie geraubt. Die vergangenen Tage hatten beinahe ein Vakuum in seinem Herzen und seinem Kopf hinterlassen.

Bran streckte die Beine von sich und lehnte den Kopf an die Wand.

"Sie wird dich vermissen, Bran", sagte Alex.

"Wenn sie vom OP zurückkommt", fuhr er fort und lehnte sich mit verschränkten Armen zurück.

"Danke, Mann." Damit schloss Bran die Augen, fiel in einen grauenhaften Schlaf, in dem er träumte, dass er von seiner Traumfrau bis aufs Blut gehasst wurde, weil er ihr Leben zerstört hatte.

ALEXA

Ihre Ohren dröhnten. Ihr Kopf fühlte sich an, als wäre er in Watte gepackt.

Langsam öffnete sie ihre Lider einen kleinen Spalt. Alles war viel zu hell, gleißend weiß. Alles war verschwommen, als würde sie ihre Augen unter Wasser öffnen.

Der Raum war schemenhaft. Personen, die genauso weiß waren wie die Wände und die Einrichtung, bewegten sich.

Ein unangenehmes Piepsen drang an ihr Ohr. Gleichmäßig. Rhythmisch.

Der Druck an ihrem Finger war mehr als nur unangenehm. Sie musste ihn loswerden. Er war eingeklemmt. Irgendwie.

Fahrig tastete sie nach ihrem Zeigefinger und zog was auch immer davon herunter.

Das Piepsen veränderte sich. Eine gewisse Hektik brach im Raum aus, die für sie einfach unverständlich war.

Jemand steckte das Ding wieder an ihren Finger und der unangenehme Druck kam zurück.

Über ihr erschienen Augen und der Mund der Person bewegte sich, ohne dass ein Ton über ihre Lippen kam. Alexa drehte den Kopf weiter. Lauter verständnislose Gesichter.

Zuletzt Brans.

Schnell schloss sie ihre Augen und drehte den Kopf weg. Sie wollte ihn nicht sehen. Er war der Inbegriff dessen, was sie verloren hatte. Er hatte gewonnen. Er würde alles bekommen. Sie hatte verloren. Ende.

Es gab keinen Ausweg. Keine zweite Chance. Kein

Continue oder neues Leben.

Sie hatte gespielt und verloren. Jetzt musste sie die Karten nehmen, die das Leben ihr gegeben hatte.

Der Gedanke daran, dass Bran sich freuen musste, dass sie jetzt sein Hausmütterchen sein würde, schnürte ihr die Kehle zu.

Fieberhaft suchte sie nach einer Lösung, wo es keine gab. Ihr Gedankengang war zu langsam. Ihr Kopf bewegte sich nicht schnell genug, war noch in Watte gepackt. In dieses herrliche dumpfe Nichtsfühlen nach der Narkose.

Sie spürte eine Hand an ihrer, wollte aber nicht fühlen. Wollte nicht spüren. Wollte zurück in das Nichtsfühlen, in das Vergessen.

Sie wollte zurück und mit sich allein sein. Also zog sie die Hand beiseite, um sich auf ihrer Seite zusammenzurollen.

Sie wurde aufgehalten, von einer Schiene, die ihr Bein gerade hielt. Sie ließ ihr keine Möglichkeit, sich zur Seite zu drehen. Sie musste auf dem Rücken liegen. Auch ihre Hände waren mehr oder weniger gefesselt an die Infusionen, die Messgeräte, die dazu dienten, ihren Kreislauf zu überwachen.

Sie stöhnte gequält auf und schloss die Augen. Betete, um einfach mal ein bisschen Frieden und Vergessen im Schlaf zu finden.

Als sie die Augen das nächste Mal öffnete, war ihre Sicht klarer. Sie war wieder zurück in ihrem Zimmer, in dem sie zu Anfang gewesen war.

Auf der kleinen Couch, die in der Ecke stand, saßen Jack und Bran. Beide hatten die Arme vor der Brust überkreuzt und schienen zu schlafen.

Wie eine Einheit, als wären sie der gleichen Meinung. Das konnte nicht sein. Jack war auf ihrer Seite. Jack würde sie verstehen. Das Gerät an ihrem Finger war weg, zurück blieben nur die Infusionsnadel im Handrücken und der weiße Klotz unter ihrem Bein.

Die große Schiene, die verhinderte, dass sie ihr Knie abwinkelte. Das Bein, das sie nicht einmal spürte, da es von der Hüfte ab betäubt wurde.

Lieber hätten sie ihre Gedanken betäuben sollen. Die Schmerzen im Herzen. Der Schmerz im Bein konnte niemals so groß sein, wie zu wissen, dass sie an diesem einen Tag einfach alles verloren hatte.

Die bittere Erkenntnis, dass innerhalb von wenigen Minuten ein ganzes Leben, eine ganze Zukunft verschwinden konnte.

"Du bist wach", riss seine Stimme sie aus ihren Gedanken.

Sie schüttelte den Kopf und sah erst jetzt den Mann, der neben ihrem Bett saß. Sie erkannte ihn sofort.

Er war Mitglied bei den Jungs von Fire&Ice ... *Alex*!

"Hey", murmelte sie und versuchte, ihre Lippen zu befeuchten. Das Sprechen fiel ihr schwer.

"Hi", sagte er und wollte seine Hand auf ihre legen. Doch Alexa zog sich zurück. Sie brauchte kein geheucheltes Mitgefühl.

Nicht von Brans Freund, der auf seiner Seite stand. Sie wusste überhaupt nicht, was er hier zu suchen hatte.

"Brauchst du was?", fragte er sanft.

"Wasser", sagte sie und schloss die Augen.

Alex ging aus dem Zimmer und kam wenig später wieder.

"Du darfst noch nichts trinken, dafür habe ich so ein komisches Stäbchen mitbekommen. Sollst du an deine Lippen halten, hat die Schwester gesagt", sagte er und hatte dabei zweifelnd die Augenbrauen nach oben gezogen.

Sie schüttelt den Kopf. Auf dieses Feuchtstäbchen hatte sie keine Lust. Also schloss sie die Augen und versuchte, noch einmal zu schlafen.

Alex setzte sich auf einen Besucherstuhl. Sie wusste nicht, was er wollte. Sie kannte ihn nicht außer von den zwei Wochen, die sie zusammen in Talin verbracht hatten, und sie konnte sich nicht erinnern, je ein Wort mit ihm gesprochen zu haben.

Die Stimmen weckten sie. Sie wollte nicht aufwachen, wollte nicht feststellen, dass das alles tatsächlich nicht nur ein schlechter Traum war.

Doch kam sie nicht drum herum.

Flatternd öffnete sie ihre Augen und sah die drei Männer auf dem Sofa sitzen. Sie unterhielten sich leise.

"Sie ist wach", sagte Jack und Bran sprang sofort vom Sofa auf, lief zu ihr und setzte sich auf die Bettkante. Er versuchte, nach ihrer Hand zu greifen, doch sie schob sie schnell unter die Decke.

"Hey Baby", sagte er sanft und streichelte ihre Wange. Alexa drehte ihren Kopf weg und schloss ihre Augen. Sie wollte ihn nicht sehen. Wollte niemanden sehen. Wollte ihre Ruhe haben und erst einmal mit sich selbst ins Reine kommen.

Er murmelte etwas und streichelte ihre Schulter. Seine Berührung brachte keinen Trost. Erneut sammelten sich Tränen in ihren Augen. Sie brannten und ihre Kehle war wie zugeschnürt.

Zu gern hätte sie sich jetzt gehen lassen. Geschluchzt und geweint, aber die Blöße wollte sie sich hier nicht geben. Sie war stark. Sie war kein kleines Mädchen und musste von niemanden bemitleidet werden.

Also schloss sie nur die Augen, versuchte, die Welt um sich herum auszublenden und es allein mit sich auszumachen, wie sie es immer gemacht hatte, bevor sie Jack getroffen hatte.

Jack, der nun auch nicht mehr auf ihrer Seite zu stehen schien.

BRANDON

Kein Magenschwinger hätte ihm mehr Schmerzen verschaffen können, als Alexas Ablehnung. Sie hatte sich bereits von ihm abgewandt, als sie das erste Mal aus der Narkose erwachte. Da hätte Bran schon am liebsten das gesamte Krankenhaus auseinandergenommen.

Alex hatte ihm versichert, dass sie noch gar nichts mitbekam. Dass sie gar nicht voll da war und überhaupt nicht merkte, wer bei ihr war.

Aber dieses Mal hatte sie genau gewusst, dass er es war und hatte sich seiner Berührung trotzdem entzogen.

Es war, als würde sie ihm die Schuld für alles geben. Als hätte er persönlich ihr Leben zerstört.

Schwer atmend erhob er sich vom Bett und taumelte einige Schritte rückwärts.

Konnte sie ihn wirklich so ablehnen? Auch wenn sie in seinen Träumen immer auf der Farm zusammenlebten, so war es noch lange nicht in Stein gemeißelt. Auch wenn er es sich schon als Kind so vorgestellt hatte.

Mit ihr Wochenende für Wochenende von Turnierplatz zu Turnierplatz zu fahren wie ein verdammter Wanderzirkus, war nicht seine Wunschvorstellung vom Leben, aber er hätte alles für sie getan. So sehr liebte er sie.

Wut kocht in ihm auf. Wut auf sie, Wut auf Jack, Wut auf sich selbst, weil er nicht auf seinen Instinkt gehört hatte. Sie nicht von diesen Viechern ferngehalten hatte. Er hätte einfach seinen Willen durchsetzen sollen. Egal, was sie davon hielt oder was Jack ihm geraten hatte. Er hatte es von Anfang an gewusst und hatte ihr zuliebe Tag für Tag gegen das Drängen in sich gekämpft.

Wenn sie ihn verließ oder noch schlimmer, wenn sie nie wieder lachen würde, würde er sich das nie verzeihen können.

Bran keuchte vor Schmerz. Sein Herz zog sich bei diesen Gedanken zusammen und er taumelte noch einige Schritte rückwärts. In Richtung Zimmertür. Er musste hier raus, bevor er alles kurz und klein schlug.

Sein Blut brannte in seinen Adern. Die Wut musste raus.

"Bran?", fragte Alex und klang eindeutig vorsichtig.

"Ich kann nicht", keuchte Bran und wankte aus dem Zimmer.

Der Zorn vernebelte seine Gedanken. Seine Umwelt nahm er nur noch schemenhaft wahr. Der Schmerz fraß sich tief in sein Herz, während er die Stufen im Treppenhaus hinunter ging. Als er durch den Seitenausgang das Gebäude verließ, kam er am kleinen Parkhaus vorbei und begann zu laufen.

Er joggte den weißen Kiesweg entlang. Er musste die Energie loswerden, ehe er sich den nächstbesten Gegenstand schnappte und sinnlos gegen eine Wand schmetterte, jemanden verletzte oder schlimmeres.

Sein Puls hämmerte in seinem Kopf. Sein immer schneller schlagendes Herz pumpte das Feuer des Schmerzes, die Wut und das Adrenalin durch seine Adern.

Er lief immer schneller und weiter. Rannte und rannte den Rundweg und kam dann wieder am Ausgangspunkt an.

Er lief noch eine Runde. Keuchte. Seine Lungen brannten. Noch eine Runde. Noch eine.

Alex packte ihn am Arm und Bran riss sich los.

"Du musst runter kommen, Bran", sagte er eindringlich und versuchte, ihn festzuhalten.

Bran schlug seine Arme beiseite, schubste ihn grob an der Brust weg von sich. Er wollte ihn nicht bei sich haben.

"Das wird schon wieder, Bran", sagte er ruhig.

"Hast du den Verstand verloren? Hast du nicht gesehen, wie sehr sie mich hasst? Hast du nicht gesehen, dass sie mir die Schuld an all dem gibt? Sie hasst mich! Ich bin der, der ihr Leben zerstört hat. Ich habe es gesehen. In ihren Augen stand es deutlich geschrieben!", schrie er außer sich vor Wut. Er schlug Alex Hände weg, die erneut nach ihm greifen wollten.

"Beruhige dich, Mann. So kannst du ihr auch nicht helfen!"

"Ich kann ihr überhaupt nicht helfen, so lange sie mich hasst! Es gibt keinen Weg, keine Lösung!"

"Es gibt immer einen Weg", sagte Alex und verzog gleich drauf aber schmerzhaft das Gesicht.

"Jetzt kommt die Erkenntnis, nicht wahr? Es gibt nicht immer einen Weg. Und es wird keinen Weg für mich geben, solang sie mich hasst. Sie macht mich hierfür verantwortlich!", schrie Bran aufgebracht und schlug erneut nach Alex. Seine Wut musste raus! Seine Muskeln waren zum Zerreißen gespannt. Alex blockte den Schlag ab und versetzte ihm selbst einen Schwinger.

Der Schmerzt tat gut. Er wollte mehr davon. Er schlug erneut zu und Alex Kopf flog nach hinten. Alex riss die Augen auf. Er holte aus und Bran versuchte nicht einmal auszuweichen oder den Schlag abzublocken. Er wollte den Schmerz spüren. Einen anderen Schmerz als den seines einsamen Herzens. Er brauchte Ablenkung. Er schlug erneut zu.

Dieser Schmerz war das Ventil, das er gebraucht hatte. Eine Zeit lang machten sie so weiter. Sie keuchten, als sie voreinander im Kies knieten.

"Was soll das bringen?", fragte Alex, packte ihn an den Schultern und schüttelte ihn.

"Sie hasst mich", sagte Bran und Tränen standen in seinen Augen.

"Sie hasst mich und sie wird mich immer hassen. Die einzige Frau, die ich liebe, hasst mich", flüsterte er. Bran ließ die Schultern nach vorne fallen und stützte seine blutigen Hände auf dem Boden ab. Alex zog ihn an sich, drückte ihn und sagte dann: "Selbst wenn es für euch keinen Weg geben sollte. Der Schmerz wird nicht aufhören, aber du wirst lernen, damit zu leben."

Alex presste ihn fest an sich und er drückte ihn mit aller Kraft zurück.

Alex hatte recht. Er hatte es schon früh gelernt. In

seiner Kindheit hatte es nicht immer einen Ausweg gegeben, aber es gab immer einen Weg zu lernen, damit zu leben. Den Schmerz zu verarbeiten, zu verstreuen und zumindest so zu tun, als würde man funktionieren.

Als sie sich voneinander lösten und sich in die Augen sahen, waren Alex' Augen genauso gerötet von den ungeweinten Tränen und tief sitzendem Schmerz.

Sie erhoben sich und gingen zusammen zu den Toiletten, um die gröbsten Spuren ihres Kampfes zu beseitigen.

Dann gingen sie zurück zu Alexa. Jack saß vor ihrem Zimmer auf einem Stuhl. Den Kopf in den Händen vergraben.

"Was ist los?", fragte Bran sofort alarmiert.

"Nichts. Sie ist sauer auf mich und hat mich rausgeworfen", sagte er.

Bran verschlug es die Sprache. Jack hatte eigentlich durchgehend Narrenfreiheit bei ihr.

"Was hast du getan?", fragte er schockiert.

Jack leckte sich über die Lippen, fuhr sich mit den Fingern durch das kurze dunkle Haar.

"Ich habe ihre Eltern angerufen", sagte er nach einigen Sekunden. Sein nervöser Blick sagte Bran, wie schwierig dieses Thema war.

"Natürlich. Ihr Kind liegt im Krankenhaus", gab er zurück und verfluchte sich selbst, dass er nicht auf diese Idee gekommen war.

"Für dich vielleicht, natürlich. Alexa hat mir dafür gerade den Kopf abgerissen."

"Ich gehe Kaffee holen, sonst noch jemand?", hörte er Jack noch sagen, während Bran schon die Tür zu Alexas Zimmer öffnete.

Sie saß aufrecht im Bett, das Kopfteil war hochgestellt. Ihr Blick war geradeaus gerichtet und leer. Sie starrte die weiße Wand an.

"Alexa", sprach er sie vorsichtig an.

Sie rührte sich nicht, starrte nur weiter geradeaus.

Vorsichtig setzte er sich neben sie auf die Bettkante.

Er versuchte erst gar nicht, nach ihrer Hand zu greifen. Allein der Gedanke, sie könnte sich ihm entziehen, brach ihm das Herz.

"Kleines, sieh mal, Jack war ziemlich fertig", sagte er vorsichtig, da er eigentlich nicht noch eine Front brauchte, an der er gegen sie kämpfen musste.

Ruckartig wandte sie ihm den Blick zu.

"War das etwa deine beschissene Idee?", fauchte sie.

"Nein!", gab er bestimmt zurück und sah ihr dabei fest in die Augen.

"Aber ich denke trotzdem, dass er es gut meinte."

Ihr kalter Blick sprach Bände. Sie lehnte sich im Kissen zurück, nur um wieder auf die weiße Wand zu starren.

"Alexa, bitte, wir werden einen Weg finden. Versprochen!"

Sie lachte hart auf.

"Das ist doch genau das, was du wolltest", sagte sie. Er sah die Tränen in ihren Augen, die sie hektisch wegzubringen versuchte, bevor sie über ihre Wangen laufen konnten.

Er sah ihren Schmerz und erkannte, dass sie stark sein wollte. Aber das war jetzt der falsche Zeitpunkt. Manchmal musste man auch einer starken Frau eine Entscheidung einfach abnehmen.

Bran packte sie und zog sie an sich, presste ihren Kopf an seine Brust. Sie wehrte sich, fauchte, schlug nach ihm. Er murmelte auf sie ein. Sanfte, beruhigende Worte.

Schon nach kurzer Zeit erstarb ihre Gegenwehr. Ihr Körper begann zu zucken unter ihren Schluchzern. Sie zitterte und Bran spürte, wie sein T-Shirt von ihren Tränen durchweicht wurde.

Herzzerreißend schluchzte sie an seiner Brust. Immer und immer wieder zuckte ihr Körper. Sie ließ all den Schmerz, all die Wut und die Enttäuschung heraus.

Bran erkannte, wie sehr der Gedanke an eine Zukunft, wie er sie sich erträumte, sie belastete.

Zu erkennen, dass etwas, das für ihn der Himmel auf Erden war, für sie die Definition einer Hölle darstellte, ließ das letzte bisschen Hoffnungen in ihm sterben.

Er war immer davon ausgegangen, dass, wenn sie erst einmal sehen würde, was er ihr bieten konnte, sie das kleine Wunder in ihren Armen hielt und sie in ihrem Zuhause waren, sie es sich anders überlegen könnte. Aber in diesem Moment schien das einfach nur ausweglos.

Ihr Schluchzen wurde leiser. Und das Zittern ihres Körpers immer schwächer.

Irgendwann war sie in seinen Armen eingeschlafen. Körperlich und emotional erschöpft, wie er sich auch fühlte.

Jack betrat das Zimmer bedeutete ihm, auf den Flur zu kommen. Er ließ sie nur ungern allein zurück, jetzt, wo sie sich doch gerade an ihn lehnte und nicht gegen ihn kämpfte.

Doch er hatte keine andere Wahl. Jack würde ihn nicht heraus rufen, wenn es nichts Wichtiges wäre. So gern und so oft er ihn auch auf den Mond schießen wollte, Jack würde nichts tun, was schlecht für sie war.

Also legte er sie vorsichtig zurück aufs Bett, löste ihre schmalen Finger, die sich in seinem T-Shirt verkeilt hatten. Er zog ihr die Decke bis unters Kinn. Sie murmelte unzufrieden und zog unwillig ihre Augenbrauen zusammen.

Sanft küsste er sie auf die Stirn, streichelte ihr die Wange, bis ihre angespannten Gesichtszüge sich entspannten. Bis sie losließ und den Schlaf willkommen hieß.

Dann stand er vorsichtig auf und ging zu Jack, der auf dem Flur auf ihn wartete.

Er sah sehr unruhig und gepeinigt aus. Ein wenig gequält, als hätte ihm jemand das Herz gebrochen, und Bran konnte sich nur allzu gut vorstellen, wer dieser jemand war.

"Ihre Eltern werden in ungefähr einer Stunde hier

sein", sagte Jack und sah unruhig den Flur hinauf.

"Falls du dich also vorher umziehen möchtest oder so", fügte er dann hinzu und rieb sich mit der Hand über seinen Nacken.

Verwirrt zog Bran die Augenbrauen zusammen.

"Was ist los, Jack?"

"Mann ... nun ja, sie sind ... wie soll ich sagen, anders?", quetschte er schließlich hervor und schien sich sichtlich unbehaglich zu fühlen.

"Ein bisschen versnobt. Es ist vielleicht nicht der richtige Ausdruck", sprach er gequält lächelnd weiter.

"Wie weit ist es zu dir, Alex?" fragte Bran.

"Keine 20 Minuten. Wir wären rechtzeitig zurück."

"Kann ich bei dir duschen und vielleicht ein paar Klamotten von dir haben?", fragte Bran, als er an sich hinabsah und die dreckverschmierte Kleidung entdeckte, die er nun schon zwei Tage trug.

"Klar, kein Thema."

Die Fahrt in Alex Porsche verging wie im Flug. Bran konnte den schnellen Wagen nicht genießen. Seine Gedanken drehten sich ausschließlich um sein Mädchen.

Der kleine Sportwagen hielt vor einem riesigen Haus, ja, beinahe einer Villa, aber auch hierfür hatte Bran keinen Blick. Eiligen Schrittes durchquerten sie die Eingangstür und gingen die Treppe hinauf in den ersten Stock. Alex ging in eines der Gästezimmer und direkt weiter ins Bad.

"Hier dürftest du alles finden, was du brauchst. Sachen zum Rasieren, was für deine Wunden und einen Anzug bringe ich dir gleich. Wir müssten die gleiche Größe haben, oder?", sagte Alex geschäftig, während er Handtücher und Duschgel richtete.

Bran hörte, wie Alex aus dem Raum verschwand, und zog sich die Klamotten aus. Das warme Wasser stabilisierte seine Gefühlslage ein wenig. Sperrte seinen Dämon ein. Ließ ihn wieder rationaler denken.

Es gibt immer einen Weg, hatte seine Granny immer

gesagt.

Du kannst alles schaffen, wenn du willst. Such nicht nach Problemen. Such immer die Lösung. Du wirst sie immer finden, das waren ihre Worte.

Bran glaubte daran. Glaubte an sie. Auch hierfür gab es einen Ausweg.

Er stieg aus der Dusche, trocknete sich ab und schlang sich das Handtuch um die Hüften.

"Schwarzer Anzug okay?", fragte Alex.

Bran nickte, schlüpfte ohne Unterwäsche in den Anzug und knöpfte sich das Hemd zu. Er schob es in die Hose, ehe er auch diese schloss.

"Krawatte?", fragte Alex, doch Bran verneinte kopfschüttelnd.

Er zog sich Socken und Schuhe an und streifte sich dann das Jackett über.

Seine Haare waren ein klein wenig zu lang, Also hatte er sie einfach mit etwas Haargel nach hinten gelegt, sodass es aussah, als hätte er es so geplant.

"Okay so?", fragte Bran und streckte die Arme leicht von sich.

Er war sich unsicher. Diese Sache mit den Schwiegereltern hatte er noch nicht allzu gut im Griff. Wie auch, wo er bislang noch kein Mädchen kennengelernt hatte, dessen Familie er hätte sehen wollen.

Alex nickte ernst.

"Ich glaube, ich bleibe besser hier", sagte Alex und warf Bran im gleichen Moment den Schlüssel zu seinem Porsche zu.

"Sicher? Ich kann mir auch ein Taxi rufen."

"Klar, kein Thema", sagte Alex und winkte ab.

In großen Schritten lief Bran zurück zu dem schwarzen Porsche. Er schwang sich auf den Fahrersitz und musste weder diesen noch die Spiegel verstellen, weil Alex ein genauso großer und kräftiger Mann war wie er selbst.

Er ließ den Motor an und konnte das Dröhnen des Motors nicht genießen, als dieser zum Leben erwachte.

Er trat das Gas durch und etwa 20 Minuten später war er wieder im Krankenhaus.

Problemlos fand er einen Parkplatz nah am Eingang und ging dann mit großen, energischen Schritten zurück zum Zimmer seiner Frau.

Am liebsten wäre er gerannt, aber er versuchte, sich zu beherrschen. Niemandem zu zeigen, wie dicht das Biest in ihm an der Oberfläche brodelte. Er musste es im Zaum halten.

Jack saß wieder auf dem Stuhl vor der Zimmertür und sah noch kleiner aus als in dem Moment, in dem Bran das Krankenhaus verlassen hatte.

Er sah auf, als Bran sich ihm näherte.

"Sie sind da", sagte Jack und nickte mit dem Kopf in Richtung Tür.

Alexas Eltern. Nun war es also soweit. Er würde seine Schwiegereltern unter diesen furchtbaren Umständen kennenlernen.

Er klopfte einmal kurz und öffnete die Tür, ohne auf eine Antwort zu warten.

Eine Frau und ein Mann, beide sehr streng wirkend, standen neben dem Bett und redeten auf sie ein.

In dem Moment, in dem Bran das Zimmer betrat, wandten beide ihre strengen Blicke ihm zu. Er wurde gemustert, analysiert. Er kannte diesen Blick aus der Geschäftswelt. Da war es ganz normal. Man wurde abgeschätzt, um zu beurteilen, wie stark der Gegenüber war.

Bran setzte sein Pokerface auf und schloss die Tür hinter sich. Er ging mit langen, entschlossenen Schritten auf die beiden zu und streckte erst ihr die Hand entgegen.

"Mr. und Mrs. Hansen, mein Name ist Brandon Hill. Ich freue mich, Sie kennenzulernen."

Mit festem Griff schüttelte er erst ihre Hand und dann die des älteren Mannes an ihrer Seite.

Beide sahen nach Oberschicht aus. Streng, geradlinig, hart. Ein bisschen so, wie man sich die Etikette vorstellte.

Die Frau zog eine Augenbraue nach oben.

"Und wer sind Sie, Brandon Hill?", fragte sie und ihr Ton machte klar, wie wenig sie seine Anwesenheit schätzte. Er ging über den Ton hinweg, setzte sein charmantes Lächeln auf und sagte ruhig: "Ihr zukünftiger Schwiegersohn und Vater ihres Enkels."

Im Augenwinkel sah er, wie Alex zusammenzuckte. Das war wohl eine Information, die die beiden nicht hätten bekommen sollen.

Danach blieb ihr Blick leer und sie sah weiter geradeaus auf die weiße Wand. Noch kälter, noch leerer, noch abwesender, als sie es getan hatte, bevor er gegangen war.

Er stellte sich neben sie, nahm ihre Hand, führte sie an seinen Mund und küsste ihre Knöchel.

"Wie geht's dir, Liebes", fragte er sanft.

Ihre Augen zuckten kurz zu ihm, bevor sie wieder geradeaus gingen. Ohne Antwort.

"Brauchst du etwas?", fragte er erneut und bekam wieder keine Antwort.

Als er seine Hand auf ihre Wange legte und sie sanft mit dem Daumen streichelte, schloss sie lediglich die Augen.

Ihre Mutter schien ihre Sprache wieder gefunden zu haben.

"Schwanger", sagte sie und klang dabei ein klein wenig erfreut, was Bran Hoffnung schöpfen ließ.

Lächelnd wandte er sich ihr wieder zu.

"Genau, im dritten Monat. Alexa wird zu mir ziehen", sagte Bran und richtete seine Aufmerksamkeit auf seine zukünftigen Schwiegereltern.

Nicht gerade das, was er sich als Grandma und Grandpa für sein Kind vorgestellt hatte, aber wenn er schon eine Traumfrau hatte, wie konnte er da auch noch Traumschwiegereltern erwarten?

Man kann nun mal nicht alles haben im Leben.

"Das sind ja mal Neuigkeiten", sagte Alexas Mutter und faltete ihre Hände.

"Bist du endlich zur Vernunft gekommen", sprach sie weiter. Bran bemerkte, wie Alexa erneut zusammenzuckte.

"Es wurde aber auch Zeit", sagte ihr Vater.

"Dass du endlich mit diesem Firlefanz aufhörst und dich vernünftigen Dingen zuwendest. Arbeit ist nichts für dich und so eine überhaupt nicht. Du solltest zuhause sein, wie wir eine vernünftige Familie haben. Die Tradition fortführen", sprach die Frau weiter.

"Na, dann hat ja jetzt jeder, was er will", fauchte Alexa mit kaum verhohlener Wut in der Stimme.

Brans Blick glitt zurück zu ihr. Ihre Kiefer mahlten, ihre Augen, die eben noch leer und tot gewesen waren, sprühten vor Wut und Zorn, während ihre Eltern neben ihr standen und sich darüber freuten, dass der Traum ihrer Tochter geplatzt war.

Bran war vollkommen fassungslos. Wie konnten die beiden nur so wenig Taktgefühl besitzen? Natürlich hatte er sich kurz den Gedanken erlaubt, dass es so um so vieles einfacher werden würde, wenn sie nicht Wochenende für Wochenende von Turnierplatz zu Turnierplatz reisen würden.

Aber dennoch hatte er sich bestimmt nicht darüber gefreut. Sie verlor etwas, das ihr so wichtig war. Das konnte doch niemanden freuen!

Er bekam nur Fetzen mit aus dem Gespräch der beiden. Von den Floskeln, die sie auf Bran und Alexa niederprasseln ließen.

Aber selbst diese Wortfetzen waren zu viel. Heizten die Wut in ihm an. Ließen den Zorn wieder aufleben.

Stück für Stück wurde ihm klar, woher Alexas Abneigung gegen Familien kam. Das, was die beiden darstellten, war nicht Brans Definition von Familie. Es war nicht seine Vorstellung von Werten und Zusammenhalt.

Es war nur ein krankes Aneinanderreihen von Klischees, die einfach nicht stimmten.

Das, was die beiden Personen darstellten, hatte absolut nichts von dem, was er sich wünschte. Er wünschte sich

Liebe und Geborgenheit, nicht Zwänge und Regeln. Er wollte für sie da sein und ihr nichts aufzwingen.

Jedes Wort, das die beiden von sich gaben und das von ihrer völlig verdrehten Welt erzählte, ließ es für Bran klarer werden.

Jedes Wort ließ Alexas Blick kälter werden, als würde sie sich Stück für Stück mit dem Schicksal abfinden, das für sie unausweichlich schien. Als würde sie aufgeben. Aufgeben zu kämpfen und anfangen zu ertragen. Das war nicht, was er sehen wollte. Er wollte die lebensfrohe Alexa, die lachte und vor Energie sprühte. Die nicht klein zu kriegen war.

Er nahm ihr Gesicht in beide Hände, drehte ihren Kopf zu sich. Zwang sie, seinen Blick zu erwidern.

"Nein!", formte er mit seinen Lippen. Ihre Augen füllten sich mit Tränen. Er küsste sie auf die Stirn, danach die Nasenspitze.

Er sah sie noch einmal an und flüsterte diesmal: "Nein!"

Die erste Träne aus ihrem Augenwinkel tropfte auf seine Hand und brach ihm das Herz. Er beugte sich vor, küsste erst das eine Auge, dann das andere. Dann ihre Wange. Er küsste die Tränen fort. Sanft fuhr er mit seinen Lippen über ihre.

Er wollte ihr zeigen, um was es ihm ging. Die Wahrheit, nicht diese verdrehte Form von ihren Eltern.

Ihre Mutter schnalzte missbilligend mit der Zunge. Bran verstand sehr wohl, dass es um die Zärtlichkeit ging, die er ihr entgegenbrachte. Aber es war ihm egal.

Er hatte bereits gesehen, dass er diese beiden niemals in seinem Umfeld haben wollte. Und schon gleich gar nicht in der Nähe seiner Frau und seiner Kinder.

Er küsste Alexa noch einmal, streichelte sanft die Wange, ehe er vom Bett aufstand und auf die beiden zuging.

"Kann ich sie ein Moment draußen sprechen?", sagte er im geschäftsmäßigen Ton.

Mrs. Hansens Augenbrauen zuckten missbilligend nach oben. Ihre Eltern verabschiedeten sich mit knappen, kalten Worten von ihrer gebrochenen Tochter und gingen gemäßigten Schrittes aus dem Raum, als würden sie ein Meeting verlassen und nicht das Krankenbett ihres eigenen Kindes.

Vor der Tür hielten sie an, falteten synchron ihre Hände vor ihren schlanken Körpern.

"Ja bitte?", sagte ihr Vater.

Keiner von beiden schenkte Jack auch nur für eine Sekunde seine Aufmerksamkeit.

Er hatte absolut kein Interesse daran, sich mit Alexas Eltern auseinanderzusetzen. Alexa hatte sie aus ihrem Leben gestrichen und Bran braucht ihre Eltern ebenfalls nicht.

Aber sie hatten ein Recht darauf zu erfahren, wie es weitergehen würde oder zumindest, wie er sich die Zukunft vorstellte. Was momentanen in Alexas Kopf vorging, konnte auch er nicht nachvollziehen.

In der einen Minute fauchte sie ihn an und machte ihn für alles verantwortlich, in der nächsten Sekunde schmiegte sie sich an ihn, als wäre er ihr einziger Halt.

So sehr er es auch wollte, ihm blieb nichts anderes übrig, als ein Problem nach dem anderen zu lösen.

"Mr. und Mrs. Hansen, wie bereits erwähnt, trägt Alexa mein Kind unter dem Herzen. Ich werde sie heiraten, wenn sie so weit ist. In dem Moment, in dem sie zustimmt, werde ich mit der Planung beginnen und Sie davon in Kenntnis setzen."

"Wir können dafür sorgen, dass sie zustimmt …"

"Werden Sie nicht!", unterbrach Bran sie scharf. Nur mühsam konnte er seine Wut über diese furchtbaren Eltern im Zaum halten.

"Was soll das heißen? Sie ist meine Tochter. Sie wusste noch nie, was gut für sie ist und …"

"Sie werden sie in Ruhe lassen. Es geht ihr im Moment nicht gut. Falls es Ihnen noch nicht aufgefallen sein sollte.

Ich werde Sie informieren, wenn wir einen Termin haben. Sie werden die Einladung bekommen. Zur Auswanderung ist bereits alles Nötige veranlasst. Ich wohne in Amerika. Boston, beziehungsweise eine Kleinstadt in der Nähe. Die Papiere für die Auswanderung sind bereits fertig. Sie sollte eigentlich bereits nach diesem Wochenende mit mir kommen, ich werde das aber erst noch mit dem Arzt besprechen. Wir werden Sie auf dem Laufenden halten und natürlich auch über die Geburt des Kindes in Kenntnis setzen", sagte er mit klarer, fester Stimme, die keinen Widerspruch zuließ.

Die beiden sahen so aus, als wären sie von einem Zug erfasst worden. Ihre kalten Gesichter waren bleich und ihre Münder öffneten und schlossen sich wie die von Fischen außerhalb des Wassers.

"Wir haben Familientraditionen, in die unser Enkel eingeführt werden muss. Man muss eine Babyparty planen", begann Alexas Mutter und zählte mit zitternden Fingern die diversen Veranstaltungen ab, die absolviert werden sollten, sobald das Kind auf der Welt war.

Bran schüttelte den Kopf und sagte lediglich, dass die Familie schon verstehen würde, wenn das Kind auf einem anderen Kontinent lebte. Dann verabschiedete er sich angemessen und versprach, sich zu melden, sobald er Neuigkeiten hatte.

Sein resoluter Ton duldete dabei keinen Widerspruch. Die beiden nickten lediglich und wandten sich ab. Kein Wort zum Gruß, kein Abschied für ihre Tochter, kein Abschied für Jack. Für die beiden war das hier eine Verhandlung, mehr nicht. Wobei er sogar mit vielen Geschäftspartnern ein herzlicheres Verhältnis hatte als Alexa zu ihren Eltern.

Als die beiden um die Ecke des Flurs bogen, sackten seine Schultern nach vorne.

"Jetzt hast du es verstanden", sagte Jack und sein Blick war mitleidig.

"Ja, habe ich", gab er dann zurück. Bei solchen Eltern

war es alles andere als unverständlich, wenn man selbst absolut nicht das Bedürfnis hatte, eine Familie zu gründen oder Kontakt mit seiner eigenen Familie zu behalten.

Alexa schlief, als sie zurück in das Zimmer kamen. Bran nahm sich einen Stuhl, setzte sich neben sie, nahm ihre kleine kalte Hand in seine und streichelte die Innenseite ihres Handgelenks.

Sie sah so unglaublich erschöpft aus. Leider war es Bran nur allzu bewusst, dass es nicht nur die OP war, die ihr nachhing, sondern vor allem der emotionale Ballast, der es ihr so unglaublich schwer machte. Der sie so weit nach unten zog.

In den darauf folgenden Tagen fuhren Jack und er abwechselnd zu Alex zum Duschen.

Jack musste auch immer wieder weg, um die Pferde zu ihren neuen Besitzern zu bringen und um die letzten Vorbereitungen zu treffen.

Er kam immer so schnell wie möglich wieder zurück. Alexa sprach nicht mit ihm und dass es nicht nur an ihm, sondern auch an ihr nagte, merkte Bran nur allzu schnell.

Mit dem Einschalten ihrer Familie hatte Jack einen Schritt getan, der für sie nicht tragbar schien.

"Er hat es nur gut gemeint", sagte Bran am dritten Nachmittag, während er sanft ihre Wangen streichelte.

Sie ließ es zu, mehr aber nicht. Sie erwiderte keine Gesten, keine Blicke, keine Worte. Es war, als hätte sie aufgegeben.

Als hätte sie ein Schicksal akzeptiert, das einem Tod glich.

"Er wusste es, er wusste, dass ich es nicht wollte. Ich wollte sie nicht mehr sehen. Nie wieder", sagte sie kalt, tot, ohne jegliche Emotionen in ihrer Stimme.

Mittlerweile war Bran soweit, dass er sich sogar die Wut zurück wünschte.

"Du musst damit aufhören! Er hatte recht. Sie haben das Recht zu erfahren, wenn ihr Kind im Krankenhaus liegt."

Sie zog ihre Augenbrauen zusammen.

"Das hier ist nicht das Ende der Welt! Ja, du kannst kein Leistungssportler mehr sein, es gibt aber noch so viel mehr auf der Welt, für das es sich zu leben lohnt! Ewig der Vergangenheit nachzutrauern ist keine Lösung!"

"Ja, eine Familie", sagte sie. Die unverhohlene Verachtung in ihrer Stimme verpasste seinem Herzen ein Stich.

"Nicht nur das, Alexa. Du kannst mehr sein. Du hast Freunde, du hast Hobbys, du kannst voltigieren, du kannst mit den Pferden arbeiten. Du kannst es nur einfach nicht als Hochleistungssport betreiben, das ist alles. Du musst nicht dein gesamtes Leben deswegen wegschmeißen."

"Ist es nicht genau das, was du wolltest, Brandon?", fragte sie. Der ätzende Unterton ließ seinen Magen zusammen krampfen.

"Nein, das war es nie!", sagte er nachdrücklich und ließ ihren Blick nicht los. "Alles, was ich jemals wollte, ist, mit dir zusammen glücklich zu sein."

Eindringlich schaute er in die toten Augen.

"Und wie soll ich mit dir glücklich sein, wenn du mit dir selbst nicht glücklich bist?"

Ihre Augen zuckten ein klein wenig. Ein bisschen Hoffnung kam in ihm auf.

"Ich vermisse dich und ich habe es dir schon einmal gesagt, ich werde alles tun, dir alles geben, was du brauchst. Alles! Ich war bereit, mit dir um die Welt zu reisen. Von Turnier zu Turnier, nur damit du glücklich bist! Aber wenn du dir selbst und einem neuen Leben keine Chance gibst, wird alles, was ich dir vorschlage, immer nur schlecht sein. Und hör verdammt nochmal auf, dich und Jack zu quälen!", sagte er eindringlich und drückte sie ein klein bisschen fester, um sich ihre Aufmerksamkeit zu sichern.

"Er ist am Boden zerstört. Du bist am Boden zerstört. Wegen nichts und wieder nichts! Er wollte es richtig machen und er hatte recht. Jack kann nichts dafür, dass deine Eltern beschissen sind. Ich kann nichts dafür, dass deine Eltern beschissen sind und am allerwenigsten kann unser Baby etwas dafür!", sagte er nachdrücklich. Er legte seine Hand mit gespreizten Fingern auf ihren Bauch.

"Mach uns dreien das Leben nicht zur Hölle, nur weil dein Leben in deiner Kindheit die Hölle war", sagte er, dann wurde sein Griff weicher und er streichelte ihr die Wange.

Dann erhob er sich und verließ das Zimmer.

Keine Sekunde länger konnte er das Leiden mit ansehen. Er musste raus, die frische Luft atmen. Gegen sich selbst kämpfen, bevor er sie schüttelte, bis sie zur Vernunft kam.

Er fühlte sich so hilflos, so machtlos, während sie ihm Stück für Stück entglitt.

Es zerfraß ihn von innen heraus. Gab es denn wirklich keinen Weg, ihre gebrochene Seele zu heilen?

18 NEUANFANG

ALEXA

Eine Woche nach dem Unfall durfte sie das Krankenhaus verlassen.

Brandon und Jack hatten soweit alles vorbereitet. Jack packte ihre Tasche und half ihr beim Anziehen, als wäre sie Invalide oder als könnte sie sich nicht selbst behelfen.

Tief in ihr brodelte eine Wut, die gerne an die Oberfläche wollte. Sie konnte sich selbst anziehen, sie wollte Jack von ihren Sachen wegscheuchen, da sie durchaus in der Lage war, ihre Tasche selbst zu packen.

Aber ihre Wut lag wie eine dicke Decke über ihr, eine schwere Hoffnungslosigkeit, die ihr befahl, einfach alles über sich ergehen zu lassen.

Er zog sie an und setzte sie in ihren Rollstuhl, als wäre sie selbst nicht fähig, sich dorthin zu setzen. Eigentlich sollte sie überhaupt nicht sitzen. Ihre Arme funktionierten. Sie konnte mit einer Krücke gehen, aber ihr fehlte die Kraft, um sich zu wehren.

So legte sie nur den Kopf zur Seite und wartete darauf, dass man sie zum Auto brachte.

Sie hörte, dass die beiden sich unterhielten, wobei der

Sinn ihrer Worte niemals bei ihr ankam. Es war lediglich ein sanftes Hintergrundrauschen. Sie hörte das Geräusch, aber mehr auch nicht.

Ein Van stand vor dem Krankenhaus und wartete auf sie.

Bran hob sie aus dem Rollstuhl, setzte sie auf die mittlere Bank.

Sie wandte ihren Blick ab und lehnte ihre Stirn an das kühle Glas der Fensterscheibe. Wenig später war das Gepäck verstaut und auch Jack und Bran stiegen in den Wagen.

Sie wusste nicht, wohin die Reise ging und es war ihr auch egal. Sie schloss ihre Augen und ließ sich von dem gleichmäßigen Motorengeräusch einlullen.

BRANDON

Die Fahrt zum Flughafen verbrachten sie schweigend. Die Spannung im Wagen war nahezu greifbar. Jack hatte sich auf den Beifahrersitz gesetzt. Alexa saß neben ihm auf der Rückbank. Ihr Bein lag auf seinem Schoß, während ihr Rücken an der Wagentür lehnte.

Sie sah ihn nicht an. Ihr leerer Blick ging durch die Heckscheibe nach draußen.

Wieder krampfte sich sein Herz zusammen. Er wollte der Grund sein, warum sie lächelte, und nicht der Grund für diesen toten Blick.

Er verstand sie ein ganzes Stück besser, seit er ihre Eltern kennengelernt hatte. Leichter machte das sein Vorhaben jedoch nicht.

Zuerst musste sie ihm glauben, dass er sich ganz bestimmt nicht über ihren Unfall freute. Im Gegenteil. Er hatte doch ein ums andere Mal dafür gekämpft, dass sie sich von den Pferden fern hielt.

Er traute sich nicht, etwas zu sagen. Jedes seiner Worte klang bereits in seinem Kopf hohl und unbedeutend. Bloße Floskeln, die niemandem etwas brachten.

Am liebsten würde er sie einfach in seine Arme reißen, aber er hatte Angst, ihr Schmerzen zu bereiten.

Wenn er ganz ehrlich mit sich selbst war, hatte er auch Angst davor, dass sie seine Nähe ablehnen würde.

Also tat er nichts weiter, als mit seinem Daumen über ihr Schienbein zu streichen und ihr wunderschönes Gesicht zu betrachten. Ein Gesicht, das so kalt und leer war, dass es beinahe fremd wirkte.

Der Wagen hielt und Bran stellte erschrocken fest, dass die Stunde, die sie bis zum Flughafen benötigten, bereits vorbei war. Nachdem er ausgestiegen war, half er ihr vorsichtig aus dem Wagen.

Kein Wort, kein Blick, kein Lächeln. Nichts. Jack kam mit einem Wagen, auf dem sie das Gepäck transportieren konnten.

So sehr er sich anfangs auch darüber geärgert hatte, dass Jack mit auswandern würde, so froh war er nun darüber. Jack hatte alles, was für die beiden noch zu erledigen war, geregelt. Die Wohnung hatte er aufgelöst und die Pferde verkauft. Er hatte auch viel Kontakt mit Mat gehabt und alle noch offenen Formalitäten geregelt.

Am wichtigsten war für Bran aber, dass er ohne Jack kein Durchkommen zu Alexa sah. Bran hoffte einfach, dass Jack wieder einmal der Schlüssel zu ihr sein würde.

"Danke, Alex!"

"Kein Problem. Wir telefonieren, wenn du zuhause bist", sagte er und sie klopften sich auf die Schulter, ehe Alex zurück in den Wagen stieg und fuhr.

Um für Alexa so viel Komfort wie möglich zu garantieren, hatte Bran die Erste Klasse gebucht. Sie konnten direkt zu ihren Plätzen und mussten nach dem Check-In nicht warten.

Er platzierte Alexa genauso, wie er es bereits im Taxi getan hatte. Jack saß auf der anderen Gangseite.

Die Stimmung war immer noch gedrückt und er war einfach nur froh, als das Flugzeug endlich abhob.

Bald schlief sie ein und er konnte sich ein klein wenig entspannen.

"Das wird schon, Bran. Sie braucht einfach ein bisschen Zeit. Sie hat gerade den Mittelpunkt ihres Lebens verloren, was erwartest du?", sagte Jack und schlug die Zeitschrift auf seinem Schoß zu.

"Ich erwarte gar nichts. Ich hoffe nur, dass sie irgendwann aufhört, mir die Schuld an all dem zu geben", gab er gequält zurück.

Allein der Gedanke an ihre Worte versetzte ihm einen Stich ins Herz.

"Das tut sie nicht", sagte Jack leise.

"Doch, genau so hat sie es zu mir gesagt."

"Nein, Bran. Ich habe mit ihr gesprochen. Sie weiß, dass du das nicht wolltest und auch nicht froh darüber bist. Sie ist im Moment einfach nur verloren."

Jacks Worte gaben ihm Hoffnung und brachen ihm erneut das Herz. Beides zur gleichen Zeit.

Sie sprach mit Jack, wo sie für ihn immer nur leere Blicke übrig hatte. Beinahe wäre ihm die Wut, die sie anfangs gehabt hatte, noch lieber gewesen.

Er wandte seinen Blick wieder ihr zu. Sie war entspannter im Schlaf. Weicher. Doch sie sah so unendlich erschöpft aus.

Ohne, dass er es wollte, streckte er seine Hand nach ihr aus und legte sie auf ihre blasse Wange. Sie schmiegte sich an seine Hand. Er hoffte so sehr, dass Jack recht hatte und sich schlussendlich alles zum Guten wenden würde.

ALEXA

"Aufwachen, Kleines."

Brans schöne, melodische Stimme zog sie aus ihrem Schlaf. Sie liebte dieses leichte Brummen, während er sprach. Es war, als wäre es das einzige, das seine wilde Seite verriet, die er immer so sehr zu verstecken versuchte.

Unwillkürlich lächelte sie. Ja, sie liebte diese Seite an

ihm.

"Wenn ich könnte, würde ich über Stunden dieses herrliche Lächeln auf deinen Zügen genießen. Aber du musst jetzt aufwachen, Baby", flüsterte er und klang dabei wehmütig.

Warum? Blinzelnd öffnete sie ihre Augen und versuchte sich daran zu erinnern, wo sie war.

Flugzeug. Bran. Krankenhaus. Unfall. Scheiße!

Stöhnend schloss sie die Augen. All das kam ihr wie ein schlechter Traum vor, doch das Pochen in ihrem Bein sprach eine andere Sprache.

"Scheiße", murmelte sie.

"Es tut mir leid, Kleines. Sobald du im Auto sitzt, kannst du wieder schlafen."

Alexa nickte. Auch wenn ihr klar war, dass sie nicht bis zum Ende ihres Lebens schlafen konnte, so war die Aussicht auf ein klein wenig Aufschub doch verlockend.

Sie wollte sich nicht mit ihrer verbockten Zukunft auseinandersetzen. Wollte sich nicht mit Bran, dem Baby und ihrer Familie konfrontieren.

Als sie die Augen öffnete, sah sie Brans gequälte Miene. Es tat ihr leid, aber sie hatte einfach keine Kraft, so zu tun, als wäre sein Traum auch ihrer.

Vorsichtig ließ sie sich von ihm aufhelfen. Die Krücken waren Gift für ihre durch den Voltigiersport sowieso schon äußerst angeschlagenen Handgelenke. Jeder Schritt schmerzte. Um Hilfe zu bitten, kam nicht in Frage.

Erschöpft ließ sie sich auf den Rücksitz des großen SUV fallen.

Er schloss die Tür hinter ihr und besprach noch etwas mit dem Mann, der vor dem Flughafen auf sie gewartet hatte.

Sie kannte ihn nicht. Brans Beschreibungen nach musste es sich aber um Jacob handeln.

Die drei Männer verluden das Gepäck und stiegen dann ebenfalls ins Auto. Bran legte ihr Bein wieder vorsichtig auf seinem Schoß ab und sein Daumen nahm sein Streicheln auf ihrem Schienbein sofort wieder auf.

Gleichmäßig, träge und unglaublich entspannend. Die aufgeladene Stimmung zwischen ihnen schlug ihr gewaltig auf den Magen und doch fühlte sie sich nicht dazu in der Lage, ein klärendes Gespräch zu suchen. Oder überhaupt mit jemandem zu sprechen.

Sobald sie auch nur darüber nachdachte oder die richtigen Worte suchte, schnürte sich ihr die Kehle zu und ihre Augen begannen zu brennen. Aber sie wollte nicht mehr weinen. Wollte nicht mehr getröstet werden. Wollte keine Ratschläge und Aufmunterungen.

Alles, was sie wollte, war die Zeit zurückzudrehen. Um mit weniger Zorn und aufmerksamer die Box des jungen Wallachs zu betreten.

Denn schlussendlich war es allein ihre Schuld. Sie wusste es besser und hatte sich einfach nicht an die Regeln gehalten.

Selber schuld. Jack hatte recht. Es brachte nichts, sich selbst zu bemitleiden. Aber sie war einfach noch nicht so weit. Brauchte noch ein paar Tage, um sich dem Unvermeidlichen zu stellen. Schnell schloss sie ihre Augen, bevor eine der unerwünschten Tränen sich aus ihrem Augenwinkel stehlen konnte.

Die drei Männer unterhielten sich leise. Das Gemurmel ihrer Stimmen und das gleichmäßige Schnurren des Motors wickelten sie ein und zogen sie sanft in einen traumlosen Schlaf.

BRANDON

Noch einmal wollte er sie nicht wecken.

Noch einmal wollte er nicht mit ansehen müssen, wie dieses herrliche Lächeln, das er seit Tagen so vermisste, in sich zusammenfiel.

Noch einmal konnte er nicht mit ansehen, wie sie ihn für all das verantwortlich machte.

Also ließ er sie schlafen. Vorsichtig hob er sie aus dem

Auto. Jacob machte ihm die Türen zu dem großen, weißen Haupthaus seiner Farm auf.

Das war nicht die Art und Weise, in der er seine Frau über die Schwelle tragen wollte. In seinen Träumen hatte er es sich vollkommen anders ausgemalt. Keine Spur von einer glücklichen Braut. Nein. Nur eine schlafende, unglückliche Alexa.

Aber so war das Leben. Die Träume waren immer schöner als die Realität.

Mit dem Kostbarsten, das er jemals in seinem Leben gefunden hatte, auf den Armen lief er zum Fuß der breiten Treppe.

Stufe um Stufe stieg er empor, vorbei an den unzähligen Bildern, die seine Granny von ihm aufgehängt hatte. Vorbei an seiner Kindheit und all den Träumen, die er sich für seine eigene kleine Familie gemacht hatte.

Würden sie jemals in Erfüllung gehen?

Jacob stellte das Gepäck vor das große Echtholzbett in Brans Schlafzimmer und verabschiedete sich, nachdem er versichert hatte, dass er Jack alles Nötige zeigen würde.

Sein Blick fiel auf das Bett, auf dem er sie ablegen musste, aber er war noch nicht gewillt, sie wieder loszulassen. Sie fühlte sich so unglaublich gut in seinen Armen an.

Ihr Duft hüllte ihn ein und ihre Wärme berührte sein Innerstes.

Er konnte es nicht. Brauchte sie. Brauchte noch Zeit mit ihr. Auch wenn dieses Glück gestohlen und gelogen war, so schloss er doch seine Augen und presste sie noch enger an sich.

Solange sie schlief, würde er sich das hier gönnen. Früh genug würde sie ihn wieder von sich stoßen.

Er setzte sich aufs Bett, lehnte sich an das massive Kopfteil und vergrub seine Nase in ihren weichen, schwarzen Locken.

Atemzug um Atemzug genoss er ihren Geruch, ihre warme Haut und ihr Gewicht auf seinem Schoß.

Krampfhaft versuchte er, gegen die Müdigkeit anzukämpfen. Immer wieder fielen ihm die Augen zu und er riss sie wieder auf. Er wollte nicht schlafen. Das konnte er noch tun, wenn sie ihn von sich stoßen würde.

Aber jedes Mal, wenn sich seine Augen schlossen, fiel es ihm schwerer, sie wieder zu öffnen. Verzweifelt hielt er sich wach, doch der Jetlag und der emotionale Kraftakt in den letzten Tagen forderten ihren Tribut.

Aller Kampf war vergebens und Bran schlief mit dem besten Gefühl seit Tagen ein.

Seine Traumfrau in seinen Armen.

ALEXA

Ein lang vermisstes Gefühl. Lang vermisste Wärme. Lang vermisster Geruch.

Brandon.

Sofort begannen ihre Augen sich mit Tränen zu füllen und Alexa schluckte krampfhaft, um den Schluchzer, der ihr entwischen wollte, zu unterdrücken.

Anders als erwartet war es aber nicht der Unfall, der ihr erneut die Tränen in die Augen trieb. Es war die Erkenntnis, wie sehr sie den Mann, der sie im Arm hielt, vermisst hatte. Wie sehr Brans Nähe ihr gefehlt hatte.

Oft hatte sie sich nach einer Umarmung gesehnt. Nach seinen starken Armen, die sie hielten. Ihr Schutz und Halt boten. Gerade nach der furchtbaren Auseinandersetzung mit ihren Eltern.

Fragen konnte sie ihn nicht. Konnte sich nicht eingestehen, wie sehr sie ihn brauchte. Und genau das tat sie.

Es war leicht, es zu vergessen, wenn er da war. Ihr gab, was sie brauchte, ohne dass sie es auch nur anzudeuten brauchte. Oft war es, als könne er ihre Gedanken lesen. Ein Blick genügte und Bran wusste sofort, was sie benötigte.

Nachdem sie sich mit Jack wieder versöhnt hatte, hatte

er ihr schnell klar gemacht, dass ihre Wut auf Bran vollkommen irrational war und dass sie ihm unrecht tat. Zu diesem Zeitpunkt war ihre Situation aber bereits so verfahren gewesen, dass sie nicht einfach auf ihn zugehen konnte. Zu sehr war sie noch immer mit sich selbst beschäftigt und dem Wandel, den ihr Leben gerade durchmachte.

So gern würde sie die Zeit zurückdrehen. Bran hatte recht gehabt. Auch Alexa hatte ein schlechtes Gefühl gehabt.

Esoterischer Scheiß!, hatte sie ihre eigenen Gedanken abgetan.

Am Tag vor dem Turnier hatte sie den Anzug probiert und die kleine Wölbung ihres Bauches im Spiegel betrachtet.

Trotz all der Untersuchungen und Tests war das der erste wirkliche Beweis, dass es tatsächlich stimmte. Dass sich ihr Leben in den kommenden Monaten von Grund auf ändern würde.

Brans Daumen, der ganz vorsichtig ihre Hüfte streichelte, riss sie aus ihren Gedanken. Langsam schob sie ihren Kopf in den Nacken und sah in seine wunderschönen blauen Augen.

Er musterte sie. Wirkte besorgt und beunruhigt. Seine Augenbrauen waren zusammengezogen. Er sah unglaublich müde aus. Ausgelaugt. Erschöpft.

"Hey", sagte er und der sanfte Klang seiner rauen Stimme trieb ihr erneut die Tränen in die Augen.

Sie hatte einen Mann wie ihn nicht verdient. Er gab ihr alles. Las ihr jeden Wunsch von den Augen ab. Er war perfekt und der Traum aller Frauen und Mütter.

Auch Alexas Traummann … aber nicht ihre Traumzukunft.

Bran verzog gequält das Gesicht und presste sie fest an sich. Eine Geste, die ihr nur zusätzlich die Kehle zuschnürte.

Wie konnte eine Situation, die eigentlich perfekt war,

nur so aussichtslos sein? Als der erste Schluchzer sich unausweichlich seinen Weg bahnte, vergrub Alexa ihr Gesicht erneut an seiner breiten Brust.

Sein Griff wurde noch fester und sie spürte seine Lippen auf ihrem Kopf.

"Es tut mir so leid. Es tut mir so unendlich leid. Mein Gott, das war nie, was ich wollte. Ich wollte immer nur mit dir zusammen glücklich sein. Ich würde mein Leben geben, nur um dich wieder glücklich zu sehen!", flehte er und der Schmerz in seiner Stimme zerriss ihr das Herz.

Sie wollte nicht, dass er so sehr litt. Wollte nicht, dass er sich die Schuld an allem gab.

"Du … du hast mir versprochen, dass wir einen Weg finden", flüsterte sie, unterbrochen vom Zittern ihrer Stimme.

Sein Griff wurde beinahe schmerzhaft.

"Alles. Ich tue alles, wenn du mich nur lässt!", sagte er eindringlich und sie spürte etwas Feuchtes auf ihrer Kopfhaut.

Erneut drehte sie ihren Kopf, um zu ihm aufzusehen. Tränen standen in seinen Augen und verstärkten das intensive Blau nur noch mehr.

"Halt mich fest!", bat sie und spürte, wie ihre Lippe erneut zu zittern begann, allein bei dem Gedanken, seine Umarmung zu verlieren.

"Solange ich darf", schwor er und presste seine Lippen auf ihre Stirn.

Weich, warm, voller Liebe … Brandon.

BRANDON

Schizophren (Schi|zo|phren): Der Zustand, den er bald einnehmen würde.

Brandon 1: Sofort aufstehen und seine Traumfrau durch sein Haus und über seine Farm tragen. Ihr all das zeigen, was von nun an ihnen beiden gehören würde. Ihr zeigen, wofür er so viele Jahre gekämpft hatte und was er seinen Kindern hinterlassen wollte.

Brandon 2: Seine Traumfrau in diesem Zimmer, in diesem Bett, in seinen Armen einsperren und nie wieder gehen lassen. Allein der Gedanke daran, dass sie es sich jeden Moment anders überlegen konnte und ihn wieder von sich stoßen würde, versetzte ihm einen unangenehmen Stich in der Brust.

Brandon 3: Seine Traumfrau versorgen, da ihr Magen bereits zum zweiten Mal knurrte. Sie musste essen, um gesund, fit und stark zu sein.

Brandon 1 gab sofort nach und auch Brandon 2 zog sich nach kurzer innerlicher Diskussion missmutig knurrend zurück.

Nachdem seine drei Ichs zu einer Meinung gekommen waren, stieg Bran aus dem Kingsizebett.

"Was hast du vor?", murmelte Alexa an seiner Brust.

"Dich in die Küche bringen. Du hast Hunger", sagte er lächelnd und legte seine Wange erneut auf ihr weiches Haar.

"Nein."

"Doch, ich hab's gehört."

"Vielleicht ein bisschen." Bran spürte ihr Lächeln an seiner Brust, als er sie nach draußen trug.

"Ist das das Haus auf deiner Ranch?", fragte Alexa, als er sie durch den Flur trug.

"Ja, ich zeige dir alles, wenn du gegessen hast", gab er zurück und genoss ihre schlanken Arme um seinem Hals.

In der Küche angekommen, platzierte er sie auf der Eckbank, sodass sie ihr Bein hochlegen konnte.

Er setzte die Nudeln für das Gericht auf und brachte ihr dann ihre Medikamente.

"Ich brauche sie nicht", sagte Alexa und schob den Beutel von sich.

"Quäl dich nicht", bat Bran, da allein der Gedanke, dass ihr Bein ihr Schmerzen bereitete, ihn in den Wahnsinn trieb.

"Es ist okay, Bran. Und diese ganzen Tabletten können

für das Baby auch nicht gut sein."

K.O.-Kriterium …

"Okay, aber die Thrombosespritze musst du nehmen."

"Chemie …", setzte sie an.

"Nein! Keine Diskussion. Daran kannst du sterben!", sagte er scharf und riss die Verpackung einer der Spritzen auf.

"Es brennt so …", jammerte sie und sah wirklich mitgenommen aus.

"Soll ich?", fragt er, auch wenn allein der Gedanke, ihr etwas anzutun, was ihr Schmerzen bereitete, ihm den Magen umdrehte.

Sie schüttelte den Kopf, desinfizierte eine Stelle an ihrem Oberschenkel und versenkte den Injektor. Brans Magen zog sich zusammen. Grauenvoll! Wie zum Teufel sollte er das die nächsten sechs Wochen ertragen?

Schnell stand er auf und kümmerte sich um das Essen.

Die Tatsache, dass sie wieder mit ihm sprach, seine Nähe suchte und genoss, ließ ihn auf Wolke sieben schweben. Bran erzählte ihr einiges über die Farm. Betriebswirtschaftliches und Geschichtliches.

Jack gesellte sich zu ihnen, als das Essen fertig war, und lockerte die Stimmung noch weiter auf.

Er erzählte Alexa begeistert alles, was er bisher schon gesehen hatte, und Bran war wieder einmal froh darüber, dass Jack ihm Rückendeckung gab.

Nach dem Essen wollte Alexa dann ebenfalls eine Führung. Tragen lassen wollte sie sich aber nicht. Widerwillig brachte Bran ihr die Krücken. Er hätte sie lieber wieder in den Armen gehalten, aber Alexa bestand wie so oft auf ihre Selbstständigkeit.

Zu dritt gingen sie über den gepflasterten Vorplatz zu den Stallungen. Über die Hälfte der Boxen stand im Moment leer, da Brandon keine Zeit gehabt hatte, neue Jungpferde zu kaufen.

Begeistert unterhielten sich die beiden, während sie zu den Reitplätzen und Koppeln gingen. Alexas Gesicht wurde immer angespannter, auch wenn sie versuchte, alles hinter einem Lächeln zu verbergen. Irgendetwas stimmte nicht.

Als sie dann auch noch ohne Widerrede zustimmte, zurück zum Haus zu gehen, machte Bran sich ernsthaft Sorgen.

Auch Jacks Lächeln wirkte zunehmend aufgesetzt. Im Haus angekommen, verschwand er sofort in das Gästezimmer, in dem zuletzt Maya geschlafen hatte.

Es war gerade einmal ein halbes Jahr her und doch kam es Bran vor wie eine Ewigkeit.

Sie verschwand im Bad und als sie endlich zurück in sein Schlafzimmer kam, sah sie noch erschöpfter aus als zuvor.

"Alles in Ordnung?", fragte Bran besorgt.

"Mhm. Ich würde mich gern ein wenig ausruhen", sagte sie leise und ließ sich neben ihm aufs Bett fallen.

"Hättest du was dagegen, wenn ich dir Gesellschaft leiste?", fragte er vorsichtig. Wer wusste schon, ob sie ihre Meinung wieder geändert hatte? Irgendetwas war während der letzten Stunde schief gelaufen, aber er konnte einfach nicht den Finger darauf legen.

"Im Gegenteil", flüsterte sie und das weiche Lächeln, das ihre Lippen umspielte, beförderte ihn auf direktem Weg ins Paradies.

Schnell streifte er sich und ihr die Schuhe ab und auch die Jeans mussten weichen.

Vorwurfsvoll starrte er auf seine Frau.

"Was?", fragte sie mit zusammengezogenen Augenbrauen.

Leicht fuhr er mit seinen Fingern über die Abdrücke, die die enge Jeans an ihrem herrlichen Babybauch hinterlassen hatte. Sie schob seine Hand beiseite und drehte sich von ihm weg.

Bran legte sich hinter sie und bedeckte ihren Bauch mit seiner Hand.

"Was ist los, Kleines?", flüsterte er und küsste ihren

Nacken. Ihre weichen Locken kitzelten ihn, doch er genoss den Geruch zu sehr, um auch nur einen Millimeter zurückzuweichen.

"Er wird schon wieder dünner", murmelte sie und Bran erstarrte sofort.

"Er ist perfekt, wie er ist. Du bist perfekt, wie du bist und dieser perfekte Bauch ist nur Sinnbild für das perfekte kleine Leben, das in dir heranwächst!"

"Du … du hast so geguckt", brummte sie unwillig.

"Weil diese Hose viel zu eng ist! Du sollst nichts tragen, was dir unangenehm ist. Ich will keine Abdrücke auf dir sehen!", sagte er streng.

Ein klein wenig entspannte sie sich. Wie von selbst begann seine Hand, ihren kleinen Bauch zu streicheln. Wie konnte sie auch nur daran zweifeln, dass er diese kleine perfekte Rundung an ihrem schlanken Körper nicht mögen würde?

Er liebte einfach alles an ihr und diese kleine Wölbung war lediglich ein Beweis dafür, dass einer seiner größten Träume in Erfüllung gehen würde.

Andächtig fuhr er mit seinen gespreizten Fingern über den Bauch. Ihre Atmung wurde immer tiefer, gleichmäßiger und schließlich verfiel auch Bran in den lange benötigten Schlaf.

19 GEMEINSAM

ALEXA

Tag für Tag näherten sie sich wieder mehr an. Auch wenn sie in einer völlig anderen Gegend, einem anderen Land, ja, sogar einem anderen Kontinent lebten, spielte sich nach und nach die alte Routine ein.

Jack hatte sich mit seiner unkomplizierten Art schnell in die Truppe um Jacob integriert. Er hatte sich Schichten zuweisen lassen, auch wenn Bran gesagt hatte, dass das nicht nötig sei. Jack war einfach nicht der Typ, der die Beine hochlegte, während andere anpackten.

Alexa auch nicht, aber mit den Krücken blieb ihr nicht viel anderes übrig. Immer wieder ging sie nach draußen, musste aber Mal für Mal feststellen, dass es einfach nicht funktionierte. Bereits nach wenigen Momenten begannen ihre Arme und Handgelenke zu streiken.

Doch sie musste hier raus. Die Decke fiel ihr allmählich auf den Kopf! Bran arbeitete von der Farm aus. Jack war draußen bei den Pferden, wo auch sie hinwollte. Das Fernsehprogramm wiederholte sich so häufig, dass es nur noch eine Frage der Zeit war, bis sie als Synchronsprecherin bei diversen Sendungen anheuern konnte. Auf die Bücher, die Bran ihr geschenkt hatte, konnte sie sich nicht konzentrieren, weil immer wieder ein Wiehern ihre Aufmerksamkeit auf sich zog.

Also rollte sie sich abermals aus dem Bett, getrieben von dieser inneren Unruhe, die sie ständig piesackte.

Bereits nach drei Schritten stachen ihre Handgelenke. *Durchhalten*! Im Flur angekommen, musste sie innehalten. Sie öffnete die Finger unter Schmerzen und schloss sie erneut um die Griffe.

Treppe. Alexa atmete tief durch und wappnete sich für den Schmerz, der unweigerlich kommen würde. Stufe für Stufe brannten ihre Arme mehr, stachen ihre Handgelenke heftiger. Tränen rannen ihr über die Wangen, als sie es nach der Hälfte schließlich aufgab.

Die Tränen flossen schneller, als sie sich auf die Stufen setzte. Wie ein kleines Kind musste sie die Treppe auf ihren Hintern hinab rutschen.

Verzweifelt und gedemütigt rutschte sie Stufe für Stufe nach unten. Schmerz und Hilflosigkeit schlugen in Zorn um.

Sie konnte nicht mehr, wollte nicht mehr. Mit einem lauten Schrei warf sie die Krücken von sich. Sie wollte dieses beschissene, verkrüppelte Leben nicht!

BRANDON

Ein lauter Schrei ließ ihn zusammen fahren. Ruckartig sprang er von seinem Stuhl auf.

"Ich muss Schluss machen, Tom!", rief er ins Telefon, während er schon in den Flur rannte.

"Was ist los, was ist passiert?", rief er und rannte zur Treppe, von der aus eine Krücke in den Flur ragte. Verschiedenste Horrorszenarien spielten sich in seinem Kopf ab. Eine schrecklicher als die andere. Sein Magen krampfte sich zusammen, während er in langen Schritten zur Treppe eilte.

Sie saß vornübergebeugt auf den Stufen und hatte ihr

Gesicht in den Händen vergraben. Aus dem Lauf ließ er sich vor ihr auf die Knie fallen. Er legte seine Hände an ihre Wangen und zwang ihren Blick nach oben.

Die Verzweiflung in ihrem Blick traf ihn hart. Kräftiger als jeder Hieb es je hätte tun können.

"Was ist passiert?", fragte er sanft und versuchte, die Tränen von ihren viel zu dünnen Wangen zu wischen.

"Ich kann nichts tun. Es kotzt mich alles so an, Bran. Ich bin so hilflos. So abhängig. So … arrrggghhh!"

"Es ist nicht für immer, Baby", murmelte er und suchte nach einem Weg, ihr das Leben einfacher zu machen.

"Mir ist so unglaublich langweilig. Ich kann dieses Zimmer nicht mehr sehen!"

"Ich verstehe. Hör mal, Ryan hat heute angerufen und mich gebeten, nach Boston zu kommen. Eigentlich wollte ich nicht, aber vielleicht ist es ja gar nicht so schlecht. Ich zeige dir meine Wohnung und du kannst Maya und Sky wiedersehen. Vielleicht auch Nina."

Ein kleines Lächeln erschien auf ihren weichen Zügen.

"Du willst?"

"Ja."

"Gut. Tom wird sich freuen, wenn er für deine Behandlung nicht extra hier raus fahren muss."

Auf ihre fragend erhobene Augenbraue fuhr er fort. "Er ist Physiotherapeut und wird dir helfen, schnell wieder auf die Beine zu kommen."

Dass das die richtige Antwort sein würde, hatte Brandon schon zuvor gewusst, aber das Strahlen, das ihr Gesicht erhellte, versüßte ihm eindeutig den Tag.

"Was wolltest du überhaupt?", fragte er.

"Raus."

"Immer noch?"

"Nein."

"Muss ich dir heute alles aus der Nase ziehen?", fragte er sanft lächelnd und schob ihr eine ihrer schwarzen Locken hinters Ohr.

Unvermittelt beugte sie sich nach vorn und küsste ihn

sanft auf den Mund. In den vergangen Tagen hatten sie sich viel im Arm gehalten und gestreichelt, aber geküsst hatte sie ihn nie.

Auch Brandon hatte das nicht getan. Er wollte sie nicht bedrängen, wollte, dass sie von sich aus kam. Ihre Lippen auf seiner Haut zu spüren, war unbeschreiblich schön.

Seufzend schloss er die Augen und genoss ihre Liebkosung.

"Ich würde gerne baden", unterbrach Alexa seine Gedankengänge.

"Das Knie darf noch nicht nass werden."

"Ich lass es raus hängen."

"Ich komme mit."

"Bran …"

"Hey! Ich will auch baden!", sagte er und stand auf. Sie lächelte und ließ sich von ihm auf das Bein ziehen, dann reichte er ihr die Krücken.

"Na gut, aber vergiss nicht, dass mein Bein nicht nass werden darf!"

"Warum sollte ich das vergessen?", fragte er mit zusammengezogenen Augenbrauen. Dann hob er sie einfach auf seine Arme, weil der Weg die Treppen hinauf ihm wie in Zeitlupe vorkam.

Sie quiekte und ließ die Krücken abermals fallen. "Was machst du da?", lachte sie.

"Ich komme nie in meine Wanne bei diesem Tempo!"

Sie lachte noch immer, als er sie auf dem großen Waschtisch absetzte. Er ließ das warme Wasser in die große Eckbadewanne laufen. Erst zog er sich selbst aus und dann die Frau seiner Träume.

Als sie nackt, bis auf die große, blaue Schiene an ihrem Knie, vor ihm saß, musste er hart schlucken.

Sie war atemberaubend. Alles an ihr. Langsam streckte er seine Arme aus und legte seine Hände auf die sanfte Rundung ihres Bauches.

"Manchmal macht mir die … tja … Ehrfurcht in deinem Blick Angst", gestand Alexa flüsternd.

Schockiert riss er den Blick von ihrem Bauch los und suchte nach ihrem.

"Warum?"

"Weil ich in solchen Momenten nicht sicher bin, ob du mich willst oder die Vorstellung von mir als die Mutter deiner Kinder."

"Nein ... ja ... nein, hör zu. Du bist es, die ich von Anfang an wollte. Seit über einem Jahr gehst du mir nicht mehr aus dem Kopf. Ich will dich und ich will dieses Baby, aber vor allem will ich eine Zukunft mit dir. Wie auch immer sie aussehen mag."

"Und wenn ich morgen gehen will?"

"Ich folge dir, bis ans Ende der Welt, wenn es denn sein muss!"

Ihr Lächeln wurde weich, dann beugte sie sich nach vorn und strich sanft mit ihren Lippen über seine. Noch einmal. Ein wenig mehr Druck entstand und Bran konnte sich nicht mehr beherrschen.

So sehr vermisste er ihre Nähe. Ihren Geschmack.

Er schob seine Hand in ihren Nacken, fixierte sie für seinen Kuss. Seine Zunge fuhr über ihre Lippen und ihr Mund öffnete sich sofort.

Ihr Geschmack ließ ihn aufstöhnen und er drängte sich zwischen ihre Knie. Er hatte sie so sehr vermisst. Begehrte sie so sehr. Wollte sie. Braucht sie.

Als seine Hüfte über den rauen Stoff der Bandage glitt, fand er in die Realität zurück.

Schwer atmend löste er sich von ihr.

Ihr Blick war verhangen und Bran wandte sich fluchend ab, um der Versuchung zu widerstehen.

Er prüfte die Wassertemperatur und wandte sich ihr wieder zu, um sie ins Wasser zu heben.

Sie musterte ihn skeptisch.

"Was ist los, Bran?"

"Nichts."

"Warum hast du dann aufgehört?"

Er hob sie an und stieg mit ihr vorsichtig in die Wanne.

"Es geht dir nicht gut. Ich möchte die Situation nicht ausnutzen", sagte er, während er sich langsam ins Wasser gleiten ließ.

Sein Mädchen platzierte er zwischen seinen Beinen, was seiner Erregung nicht unbedingt gut tat. Ihr operiertes Bein hing über den Wannenrand nach draußen.

"Tust du nicht", gab sie leise zurück und lehnte dabei ihren Kopf gegen seine Schulter.

Sie musste seinen harten Schwanz in ihrem Rücken spüren, dennoch machte sie keine Anstalten, von ihm abzurücken. Gequält schloss er die Augen. Zu sehen, wie das Wasser ihre kleinen Rundungen umspielte, machte es nicht einfacher für ihn.

Dann griff sie nach seinen Händen und streichelte damit sanft ihren Körper.

"Alexa … ich …"

"Bitte, Bran", flüsterte sie und raubte ihm damit seinen Willen. Seine Hände glitten über ihren Bauch, ihre Oberschenkel und Arme. Er legte ihre Haare zur Seite und küsste ihren Nacken bis zu ihrer Schulter, während seine Hände ihre Seiten entlang bis zu ihren Hüften fuhren.

Er packte sie, zog sie ein Stückchen höher und an sich. Seufzend fiel ihr Kopf noch weiter zurück und entblößte ihren langen Hals.

Unruhig wand sie sich in seinem Griff, wollte mehr. Wie so oft genoss Bran die Kontrolle, die er über sie hatte. Tag für Tag musste er kämpfen. Um jeden Zentimeter, den sie ihm entgegenkommen sollte, gab es eine Blutschlacht. Nur in solchen Momenten ließ sie es einfach zu. Übergab das Ruder und vertraute darauf, dass er das Richtige tat.

Zärtlich knabberte er an ihrem Hals und grinste, als sie versuchte, seine Hand zu ihrer Mitte zu führen.

"Schon wieder so ungeduldig?", raunte er, brach aber stöhnend ab, als sie ihren Po gegen seinen Schwanz drückte.

Er ließ seine Hände nach oben wandern, streichelte

sanft ihre geschwollenen Brüste, ehe er sie leicht drückte.

Sie stöhnte laut auf, während ihr Becken nach vorn zuckte. Abermals drückte er zu, ehe er die Spitzen leicht zwischen Zeigefinger und Daumen rollte. Ihr Stöhnen wurde noch lauter und ihre Bewegungen heftiger.

Um zu vermeiden, dass sie sich verletzte, legte er einen Arm um ihre Taille und zog sie fest an sich. Ihr windender Körper an seinem zum Bersten gefüllten Schwanz brachte ihn beinahe um den Verstand.

Wieder presste er die Spitze ihrer Brustwarze und Alexa schrie laut auf. Das Wimmern, das darauf folgte, beunruhigte ihn ein wenig.

"Babe?"

"Ich brauche dich", stöhnte sie, drehte ihren Kopf zur Seite und biss in seinen Hals.

Knurrend zog er sie noch ein Stück nach oben und schob sie dann langsam auf sich. Laut stöhnte er auf. Sie fühlte sich so unbeschreiblich gut an. Eng, heiß, weich, nass. Stück für Stück drückte er sich tiefer in sie, während ihr keuchender Atem an seinem Hals ihm den Verstand raubte.

"So verdammt gut", raunte er abgehackt. Dann kippte er sein Becken, um sich vollständig in ihr zu vergraben. Sie wimmerte und er wollte ihr ein wenig Zeit geben, sich an ihn zu gewöhnen. Also widmete er sich erneut ihrem herrlichen Körper, obwohl er sich im Moment nichts sehnlicher wünschte, als wie von Sinnen in sie zu stoßen.

Eine seiner Hände nahm die Folter ihrer Brüste wieder auf, während die zweite sich auf den Weg zu ihrer Mitte machte.

Er streichelte über ihre Spalte und als er das Zentrum ihrer Lust erreichte, begannen ihre inneren Muskeln bereits um ihn herum zu zucken.

Laut stöhnte sie seinen Namen und versuchte, sich an ihm zu reiben.

Plötzlich riss sie ihren Oberkörper nach vorn und presste sich vollständig auf ihn. Brans Hände glitten zu ihren Hüften und sein Kopf fiel laut stöhnend in den Nacken.

"Bran", keuchte sie. Als er aufblickte, sah er, dass sie ihn über ihre Schulter fixierte. Ihr Blick war getrübt und ihre Atemzüge kamen stoßweiße über ihre leicht geöffneten Lippen.

"Fick mich endlich!", forderte sie und für Brandon gab es kein Halten mehr. Er hob sie einige Zentimeter an und fixierte sie an ihren Hüften.

Schnell und gnadenlos stieß er in sie. Immer tiefer, immer mehr wollte er. Ihr Keuchen und Stöhnen kratzte hart an dem bisschen Selbstbeherrschung, an das er sich noch klammerte.

Die Kontraktionen in ihrem Inneren wurden immer stärker. Dann warf sie ihren Kopf in den Nacken. Ihr herrlicher Körper bog sich zu einem Hohlkreuz und ließ ihn so noch tiefer in sie eindringen.

"Fuck!", fluchte er und trieb sich noch härter in sie. Das Wasser spritzte aus der Wanne, so heftig waren seine letzten Stöße, ehe er sich seinem Orgasmus ergab.

Er presste sich tief in sie und genoss die Schübe, in denen er sich in ihr ergoss. Träge stieß er noch einige Male in sie, während er die Frau seiner Träume zurück an seine Brust zog.

Er legte eine Hand auf ihre Brust und genoss es, das Rasen ihres Herzens zu spüren, während sein eigenes versuchte, zurück in einen gesunden Rhythmus zu finden.

Sie wimmerte, als er sich erneut tief in sie schob, weil er einfach nicht genug von ihr bekommen konnte.

"Ich kann nicht mehr", murmelte sie.

Bran grinste und küsste sie sanft auf die Stelle unterhalb ihres Ohres.

Nach und nach beruhigte sich ihrer beider Atem, während Bran sanft über ihren empfindlichen Körper strich.

Sie wurde von Tag zu Tag noch schöner. Weiblicher. Weicher. Nicht, dass er ihr das jemals sagen würde, sonst würde sie noch versuchen, mit diesem Bein zu trainieren.

Das Training. Ihr Sport. Er musste sich dringend etwas einfallen lassen, was ihr einen Ausgleich bot. Bran sah, wie sehr sie litt und wollte ihr so gerne helfen, etwas zu finden, an dem sie zumindest annähernd so viel Spaß haben konnte.

"Baby?"

"Hm?", gab sie schläfrig zurück.

"Ich will dich nicht quälen, aber kannst du mir sagen, was es ist, was du so sehr vermisst? Ich sehe, wie du leidest und möchte einen Weg finden, es dir leichter zu machen. Aber dazu muss ich es verstehen."

ALEXA

Gern wäre sie aus der Haut gefahren, weil er diesen perfekten Moment zerstörte. Aber er hatte recht und vor allem gab es schlichtweg keinen richtigen Zeitpunkt für dieses schmerzhafte Gespräch.

Sie nahm einen tiefen Atemzug, versuchte so die Enge, die sich auf seine Frage hin in ihrer Brust gebildet hatte, zu überwinden.

"Immer wenn ich auf einem der Pferde sitze, steht die Welt kurz still. Es gibt keine Zeit und keinen Ort. Es ist, als würde ich mich völlig von allem lösen und alle Last fällt einfach von mir. Ich bin frei, verstehst du?"

Bran sagte nichts, aber sie spürte sein Nicken an ihrer Wange.

"Es ist, als würde sich ein Weg auftun und mich Stück für Stück in die richtige Richtung tragen. Ich kann mich fallen lassen. Loslassen. Mich tragen lassen. Den Wind spüren. Es war immer alles, was ich wollte. Es reinigt mich von innen. Nimmt alles, was mich bedrückt und down hält, von mir."

"Aber das kannst du doch alles immer noch haben. Als Hobby. Ganz ohne Druck", murmelte er und streichelte sie sanft. Bran war so unglaublich einfühlsam, dass es ihr die Tränen in die Augen trieb.

"Die Turniere sind für mich ein Sinnbild, ein Statement. Mein Sprachrohr, mit dem ich allen, die versuchen, mich einzusperren, sagen kann, dass ich einen Scheiß darauf gebe, was ich tun sollte. Das war mein Fixpunkt. Solange ich daran festhalten konnte, war ich sicher, dass ich immer noch frei war."

"Was ist frei daran, zu bestimmten Terminen festgelegte Abfolgen ausführen zu müssen?", fragte er und zog sie noch fester an seine Brust, als hätte er Angst, sie könnte sich ihm entziehen. Dabei hatte er ihr Herz doch schon längst erobert. Ein Leben ohne Bran kam für sie nicht mehr in Frage.

"Es ist das Sinnbild. Dieser Sport steht für alles, was meine Eltern nicht wollten."

"Und für dich?"

"Ich kann einfach die Welt um mich herum vergessen. Ich betrete den Stall, rieche, höre, spüre und sehe die Pferde. Alle Sorgen sind für einen Moment einfach ausgeknipst. Ich hebe für kurze Zeit ab und lass alles raus, außen vor. Es ist einfach eine Leidenschaft, verstehst du?"

"Ja. Du kannst all das aber hier haben. Die Distanz zu deinen Eltern kann dir bringen, was das Turnier für dich war", sagte Bran sanft, während er sie aus der Wanne hob.

Er setzte sie auf dem Waschtisch ab und begann sofort, sie abzutrocknen.

"Ich werde es versuchen. Ich will es versuchen. Aber im Moment sitzt die Schlinge zu fest um meine Kehle, der Gedanke erdrückt mich. Ich muss meinen Schmerz besiegen und sehen, dass da ein ganzer Berg von Möglichkeiten für meine Zukunft ist", sagte sie und genoss seine Fürsorge.

Er hüllte sie in einen großen, weichen Bademantel, ehe er sich selbst abtrocknete und das Wasser aus der Wanne ließ.

Mit jeder seiner Gesten ließ er Stein für Stein von ihrem Herz fallen und sie fühlte sich immer ein kleines bisschen besser. Konnte Hoffnung schöpfen. Hoffnung auf einen besseren Tag und einer gemeinsamen Zukunft.

Bran hob sie hoch und trug sie in ihr Bett, nachdem er die Überschwemmung beseitigt hatte. Er legte sich mit ihr zusammen hin und zog die Decke über sie beide.

"Im Moment wünsche ich mir einfach nichts sehnlicher, als wieder auf einem Pferd zu sitzen. Die Kraft und die Bewegung zu spüren. Den Rhythmus des gleichmäßigen Galopps. Es ist wie eine Hypnose."

"Fünf Wochen, dann bist du die Krücken los und wir können zusammen ausreiten."

"Hört sich gut an", sagte sie lächelnd, auch wenn ihr Herz ein klein wenig blutete. Sie wollte ihn nicht beunruhigen.

"Hast du dir mal überlegt, selbst zu trainieren? Du könntest hier unterrichten, dir deine eigene Ausbildungsstätte aufbauen."

"Hmm … vielleicht. Ich werde mit Jack darüber sprechen."

Bran spannte sich unter ihrer Hand an. *Ob er wohl jemals damit aufhören wird, Jack als Konkurrenz zu sehen?*

Sie sprachen noch eine Weile über die Möglichkeiten, die die Zukunft bringen konnte. Was möglich war, was sie sich wünschten.

Irgendwann schlief sie schließlich wieder erschöpft ein.

20 BOSTON

ALEXA

Die Fahrt nach Boston dauerte fast zwei Stunden. Sie fuhren direkt in Brandons Wohnung. Er hatte lediglich zwei Zimmer, darum würde Jack in Cats Hotel übernachten.

Alexa war sehr wohl aufgefallen, dass es Bran nicht gefallen hatte, dass Jack sie begleitete. Aber ohne ihn zu fahren, kam überhaupt nicht in Frage.

Alexa war dankbar, dass das Haus über einen Fahrstuhl verfügte. Die beiden Männer trugen das Gepäck nach oben, während sie versuchte, sich die Schmerzen in ihrem Handgelenk nicht anmerken zu lassen.

Die Wohnung war schlicht eingerichtet. Kühl. Ganz anders als Brandons Farm.

"Setz dich doch", sagte er und wies auf das graue Sofa.

"Der Termin mit Tom beginnt erst in einer Stunde."

"Was macht ihr in der Zeit?"

"Jack wollte die Firma sehen und ich muss noch das ein oder andere erledigen", gab er zurück, während er die Taschen in das Schlafzimmer trug.

"Wo treffen wir Tom?"

"Er kommt hier ins Gebäude. Wir haben einen extra Raum für solche Behandlungen … nun ja, eigentlich behandelt er meistens eher Verspannungen."

Sie legte den Kopf zurück an die Lehne des Sofas und schloss die Augen. Auch wenn die Fahrt in dem geräumigen SUV nur zwei Stunden gedauert hatte, war sie doch schon wieder erschöpft.

"Jack möchte noch eine Führung, bevor ich ins Büro muss. Soll ich dich gleich in den Therapieraum bringen? Du kannst auch da noch ein wenig schlafen, wenn du willst."

Therapie ... grauenvolles Wort, das sie nur daran erinnerte, dass sie jetzt nicht mehr gesund war.

Mühsam zwang sie ihre Augen auf und sah, dass Bran sie scharf musterte.

Lächle, komm schon, lächeln!

Mit etwas Mühe schaffte sie es. Bran kam auf sie zu, stützte eine Hand neben ihrem Kopf auf die Rückenlehne und legte die zweite an ihre Wange. Sein Blick war ernst, als er sich zu ihr beugte.

"Hör auf zu lächeln, wenn es nicht ehrlich ist", flüsterte er und streichelte mit seinem Daumen ihren Wangenknochen.

"Ich ... ich ...", stammelte Alexa. Ihr fehlten die Worte und schon wieder musste sie blinzeln, um die Tränen zurückzuhalten.

"Ich weiß, aber für mich musst du nicht lächeln. Nicht so. Auch wenn ich mir wünsche, dass es dir besser geht, will ich keine Fassade sehen, sondern das, was wirklich in dir vorgeht."

Stumm nickte sie.

"Okay. Komm, wir schauen auf dem Weg nach unten noch bei Sky vorbei. Sie freut sich schon so, dich zu sehen."

Diesmal war ihr Lächeln echt. Sie hatte ihre Freundin vermisst und freute sich darauf, sie wiederzusehen.

Brans Züge entspannten sich und er half ihr vom Sofa auf. Der Weg war nicht allzu weit, wofür Alexa mehr als nur dankbar war.

Durch eine große Glastür betraten sie einen Vorraum, von dem aus mehrere Bürotüren abgingen. Im Zentrum des Raumes stand ein großer Schreibtisch, hinter dem eine kleine, rundliche, blonde Frau saß.

Das Lächeln, das ihr hübsches Gesicht zierte, war echt und ansteckend.

"Guten Morgen! Mr. Hill, was treibt sie zu uns?", fragte sie, während sie um den Tisch herum kam. Sie eilte auf Brandon zu und schüttelte seine Hand. Sie war maximal einen Meter fünfzig groß und blickte immer noch lächelnd zu Bran hinauf.

Alexa durchfuhr ein Stich der Eifersucht, als sie sah, dass Bran genauso warm zurück lächelte. Lief etwas zwischen den beiden?

"Hallo Tina. Wir kommen, um Sky zu besuchen. Die beiden hier sind Freunde von ihr. Das ist ..."

Jack unterbrach Brans Vorstellung. "Ich bin Jack. Das ist Alexa. Schön, Sie kennenzulernen, Tina."

Weiter folgte Alexa dem Gespräch nicht mehr. Zu sehr überlegte sie, was zwischen den beiden laufen könnte.

Er hatte sie nicht als seine Freundin vorgestellt, sondern als Freunde von Sky. Und dieses Lächeln ... wobei, wenn sie es genau nahm, lächelte er immer auf genau diese Art.

Ein Arm auf ihrer Schulter und Lippen auf ihrem Scheitel rissen sie aus ihren Überlegungen.

"Willst du dich doch lieber gleich hinlegen?"

Ein wenig verwirrt sah sie zu Bran auf. Es war ihr ein Rätsel, wie er es immer wieder schaffte, genau das Richtige im richtigen Moment zu tun. Auch Tinas weiches Lächeln bestätigte, dass es hier nichts zu befürchten gab. Die beiden waren nur die gleiche, von Grund auf freundliche Art Mensch.

Tina verschwand hinter einer der Türen, durch die kurz

darauf eine quiekende Sky stürmte. Sie hielt kurz vor Alexa an und zappelte ein wenig, als wüsste sie nicht, wohin mit ihren Händen.

"Mein Oberkörper ist heil, also drück mich endlich!", sagte Alexa lachend und wurde gleich darauf so heftig an Skys Brust gerissen, dass sie eine ihrer Krücken verlor.

"Gott, das ist alles so cool. Bald hab ich euch alle wieder um mich. Ich freue mich so, dass ihr hier seid. Und Glückwunsch zum Baby. Dass du nochmal häuslich wirst, hätte ich auch nicht gedacht", brabbelte Sky in einem Tempo, dem Alexa kaum folgen konnte.

"Mal schauen, wie lange ich es aushalte", lachte Alexa, bereute es aber sogleich, da Sky sie prüfend musterte.

"Wir reden heute Abend in Ruhe auf dem Monatstreffen", sagte Sky gedämpfter.

"Es ist noch nicht sicher, dass wir kommen", schaltete Bran sich in das Gespräch ein. "Lass uns mal sehen, wie es dir dann geht."

"Gut!", sagte Alexa und rollte mit den Augen, sodass nur Sky es sehen konnte. Jack lachte laut los und deutet mit seinem Finger zwischen den beiden hin und her.

"Platz eins im Synchron-Augenrollen geht an Team BrAl!"

Tina und Sky fielen in sein Lachen mit ein, während Alexa und Bran sich nur mit hochgezogenen Augenbrauen musterten. Schließlich mussten sie aber auch lächeln und Bran küsste sie sanft auf die Stirn.

"Wir versuchen es einfach, okay?"

"Mhm", murmelte sie und ließ ihren Kopf an seine Brust fallen. Sie verabschiedeten sich und Bran brachte sie in den Therapieraum.

Es war ein großer, heller Raum. Blau gesprenkelter Linoleumboden und zartgelb gestrichene Wände. Überall standen Geräte und an einer der großen Fensterfronten stand eine blaue Behandlungsliege, auf die Alexa sich setzte.

"Tom soll mich anrufen, wenn ihr fertig seid. Leg dich

noch hin, du kannst noch eine halbe Stunde schlafen", sagte Bran und küsste sie auf die Stirn, ehe er den Raum verließ.

Minuten später, zumindest kam es ihr so kurz vor, betrat Tom den Raum.

Er war beinahe so groß wie Brandon, aber nicht halb so breit. Er war durchtrainiert und rundum muskulös, das wusste sie von den Auftritten, die sie bereits von ihnen gesehen hatte. Aber er war vom Typ her einfach sehniger und schlanker. Ähnlich wie Jack.

"Hey!", rief er breit lächelnd und kam auf sie zu.

"Hey Tom!"

"Na, du Unglückskind. Hab schon von deinem turbulenten Leben gehört."

Sie plauderten ein wenig über Belangloses, während er sie behandelte. Es war gut so, dass er sie ein wenig ablenkte, denn seine Finger und Hände schmerzten auf ihrem verletzten Knie.

"Fertig. Dann sehen wir uns also heute Abend!", sagte er abschließend.

"Ja, du sollst Bran anrufen, wenn wir fertig sind", gab Alexa zurück, während sie sich auf den Weg zur Tür machten.

"Ich bring dich zu ihm, dann braucht er nicht extra runter zu kommen", sagte er, doch sein Lächeln schien mit einem Mal ein klein wenig angespannt.

"Warte mal, setz dich hier hin", sagte er dann und zog einen Bürostuhl hinter dem kleinen Empfang hervor.

Mit gerunzelter Stirn folgte sie seinen Anweisungen, während er noch einmal im Therapieraum verschwand und kurz darauf zurückkam.

"Gib mir deine Hand. Das ist Kinesiotape. Für deine Handgelenke. Du solltest sie so viel wie möglich schonen und..."

"Ich weiß das, Tom. Aber es geht im Moment schlecht", unterbrach sie ihn und wies mit dem Kinn auf die Krücken, während Tom das pinkfarbene Tape an ihren

Handgelenken anbrachte.

"Doch, es geht. Aber ich gehe einfach mal davon aus, dass du zu stur bist."

Damit schnappte er sich die Krücken und drehte den Stuhl so, dass sie von ihm weg sah.

"Lass den Quatsch. Ich werde mich bestimmt nicht so durch die Firma fahren lassen."

"Da du dich sowieso nicht wehren kannst, bleibt dir nicht viel anderes übrig", lachte er und fuhr einen Tick schneller.

Alexa hätte sich am liebsten versteckt. Was zum Teufel sollten die Leute von ihr denken?

Über ihren Kopf hinweg klopfte Tom mit den Krücken gegen eine Tür, auf der *Brandon Hill* stand.

"Expresslieferung!", rief er, als Bran die Tür öffnete. Er musterte sie besorgt.

"Alles in Ordnung", sagte sie.

"So gut wie. Das Knie heilt gut. Die Beweglichkeit des Beines ist besser als erwartet", gab Tom in seinem immer gut gelaunten Ton zurück.

"Hör auf, Bran."

"Was?", fragte er sichtlich verwirrt und wandte ihr seinen Blick zu.

"Grrrr ...", machte sie und ahmte sein Knurren nach. Bran rieb sich sichtlich verlegen über den Nacken.

"Das nächste Mal bleibe ich wohl lieber da", brummte er dann und entlockte Tom und Jack damit ein Lachen.

"Sonderlich effektiv war seine Arbeit hier sowieso nicht!", lachte Jack.

"Gib mir meine Krücken, Tom", forderte Alexa, weil sie endlich hier raus wollte.

"Womit wir beim Thema wären. Sie will nicht hören, also sag ich's dir Bärenmama. Sie soll nicht so viel auf den Krücken gehen. Die Handgelenke sind völlig überreizt und ..."

"TOM!", zischte sie und zuckte dann unter Brans wütendem Blick zusammen.

"Ich achte darauf", brummte er, ohne sie aus den Augen zu lassen. Tom schob sie neben die kleine Sitzgruppe in Brandons Büro und verabschiedete sich bis zum Abend.

"Ich brauche noch zehn Minuten, dann können wir los", sagte Bran und ging zu seinem Schreibtisch. Er wirkte wirklich wütend und das beunruhigte sie dann doch.

Diese Gefühlsregung bekam man bei ihm wirklich selten zu sehen. Als Jack sich neben ihr aufs Sofa fallen ließ, wandte sie ihren Blick von Bran ab. Mit fragend hochgezogenen Augenbrauen deutete Alexa auf Bran, der mit viel zu kräftigen Bewegungen Aktenstapel umschichtete.

Jack verschränkte die Arme vor der Brust und nickte ebenfalls fragend zu ihren Handgelenken. Seufzend lehnte sie sich zurück. War ja klar, dass er das nicht auf sich beruhen lassen würde.

"Könntet ihr das bitte sein lassen!", donnerte Brans Stimme durch den Raum, ehe er so schwungvoll aufstand, dass sein Stuhl gegen die große Fensterfront hinter ihm knallte. Jack zuckte genauso wie sie zusammen.

Oh, oh, oh, da ist jemand mächtig angepisst.

"Wir gehen", knurrte er dann und kam mit großen Schritten auf sie zu. Er riss sie so schwungvoll von ihrem Stuhl, dass ihre Arme wie von selbst an seinem Hals Halt suchten. Einen Moment später lief er bereits durch die Tür.

"Ich kann ...", begann sie, verstummte aber sofort, als er ihr einen wütenden Blick zuwarf.

"Jack, geh raus!", knurrte er vor dem Fahrstuhl.

"Vielleicht ..."

"Nein!"

Jacks Blick wechselte ein klein wenig unsicher zwischen ihr und Bran. Dann zuckte er mit den Achseln und sagte: "Ich geh Sky besuchen."

Am liebsten hätte sie ihn gebeten zu bleiben. In dieser Stimmung beunruhigte Bran sie ein bisschen.

BRANDON

Er musste sich zwingen, seine Arme nicht zu fest um sie zu schließen. Als die Aufzugtüren sich hinter ihnen schlossen, atmete er tief durch. Die Frau in seinen Armen war zur Abwechslung mal verstummt.

In schnellem Tempo lief er zurück in seine Wohnung und ohne Umwege ins Schlafzimmer, wo er sie auf dem Bett ablegte. Mit energischen Schritten begann er dann, im Raum auf und ab zu laufen.

Seine Gedanken rasten. Seine Gefühle schwankten zwischen Wut und Besorgnis. Sein Blut kochte und er benötigte dringend ein Ventil für den Druck, der sich in ihm aufbaute.

Allein lassen wollte er sie nicht. Ihr konnte weiß der Teufel was alles passieren. Einen anderen Mann mit ihr allein zu lassen, kam im Moment absolut nicht in Frage. Das hatte ihn schon, als er ruhig war, in den Wahnsinn getrieben.

Er war so wütend, dass er sogar Jack in Stücke reißen könnte. Er rieb sich mit beiden Händen über sein Gesicht. Er musste etwas sagen, aber er wusste weder was, noch ob er seinen Ton einigermaßen im Griff haben würde. Diese Frau kostete seinen letzten Nerv. So sehr er sie liebte, sie brachte ihn um.

"Bran?", fragte sie leise und die Vorsicht in ihrer Stimme ließ ihn innehalten. Sie hatte sich auf die Bettkante gesetzt und sah ihn besorgt an.

"Du machst mich verrückt! Ich möchte dir alles geben. Mein Herz, mein Leben, meine Welt. Ich möchte alles für dich tun, alles für dich sein und du sagst mir noch nicht einmal, wenn du Schmerzen hast? Du schließt mich aus allem aus, als wäre ich nur der Postbote! Ich will dich nicht einengen. Will dir Raum lassen, weil ich verstehe, wie wichtig dir deine Unabhängigkeit ist. Aber wie zur Hölle soll ich das tun, wenn ich nicht darauf vertrauen kann, dass du zu mir kommst, wenn du Hilfe brauchst!" Seine Stimme hatte sich zu einem Schreien erhoben.

Sein Puls hämmerte in seinem Kopf. Seine Arme zitterten bereits vor Anspannung und es fühlte sich an, als würde er jeden Moment platzen. In 12 Jahren hatte er nicht so oft kurz davor gestanden, die Kontrolle über sich zu verlieren, wie in der kurzen Zeit, seit er sie kannte.

"Bran!" Ihre weiche melodische Stimme zog ihn sofort in den Bann.

"Komm her", sagte sie und streckte ihm ihre Arme entgegen. Er kniete sich zwischen ihre gespreizten Beine und legte seinen Kopf an ihre Brust. Seine Arme um ihre Mitte geschlungen, presste er sie fest an sich.

"Du machst mich verrückt. Einen Schritt vor, zwei zurück."

"Bran, hör mir zu, bitte", sagte sie, nahm sein Gesicht in ihre Hände und zwang seinen Kopf in den Nacken.

"Ich will dich überhaupt nicht in den Wahnsinn treiben."

Er schnaubte. "Dafür schaffst du es ziemlich gut und ich habe mich normalerweise vollkommen im Griff."

"Ich weiß, darum schockt es mich ehrlich gesagt sehr, dich so zu sehen."

"Warum? Warum verdammt nochmal kannst du mich nicht teilhaben lassen?"

"Ich will dich nicht ausschließen!"

"Tust du aber!"

"Nein. Ich will einfach nicht jammern, okay? Ja, es tut weh, aber es ist erträglich, verstehst du?"

"Und warum hast du es dann Tom gesagt?"

"Hab ich nicht, aber es ist doch sein Job, so etwas zu wissen", gab sie sanft zurück und streichelte seine Wangen. Die Berührung tat ihm so unglaublich gut. Beruhigte ihn. Ließ die Wut verrauchen. Das Pochen in seinem Kopf ließ nach.

"Und Jack?"

"Weiß einfach, dass meine Handgelenke schon lange

nicht mehr das Wahre sind", lächelte sie.

"Ich ... ich habe das Gefühl, ständig kämpfen zu müssen. Immer auf der Hut sein zu müssen. Hinter jeder Ecke lauert ein Fettnäpfchen oder ein Streitpunkt. Überall sind Männer, die dich mir wegnehmen wollen, überall Gefahren, vor denen ich dich beschützen möchte. Ich fühle mich gehetzt, getrieben, weil du nicht mir gehören willst. Weil ich mir deiner nie sicher sein kann."

Auf einmal traten Tränen in ihre schönen braunen Augen. "Aber ich gehöre dir doch schon."

"Nicht wirklich."

"Ich bin hier!"

"Weil du musst."

Ihr Lächeln wurde noch sanfter.

"Nein, Bran. Ich tue überhaupt nichts, weil ich es muss. Ich tue immer nur, was ich will. Das solltest du langsam wissen. Willst du wissen, warum ich hier bin?"

"Ja."

"Weil ich dich liebe, Bran. Es gibt 1000 Dinge, die mir Angst machen. Die ich nicht will. Das einzige, das ich von Anfang an wollte, warst du. Du bist perfekt für mich. Nur dieses Leben hier nicht. Oder vielleicht doch, wer weiß das schon. Ich werde es einfach ausprobieren."

"Und wenn nicht? Wenn irgendetwas schief geht?"

"Dann findest du eine Lösung. Oder steht dein Versprechen nicht mehr?"

"Natürlich!"

"Also, worüber machst du dir dann Sorgen?"

"Dich!"

"Hör auf damit. Ich liebe dich, Bran."

"Ich liebe dich auch. Und genau deshalb mache ich mir Sorgen."

"Was kann ich tun, um es dir leichter zu machen?"

"Rede mit mir!", forderte er und sah ihr dabei eindringlich in die Augen. Sie musste einfach verstehen, wie wichtig ihm das war. Sie nickte ernst und beugte sich dann zu ihm, um mit ihren weichen, warmen Lippen über seine zu streichen. Sanft. Zärtlich.

Bran reckte sich ihr entgegen, um mehr von ihren Lippen zu erhaschen.

Ihre Küsse wurden fester und brannten wie ein Lauffeuer durch Brans Adern. Sie öffnete ihren Mund und ihre Zungen fanden sich augenblicklich.

Ihre Arme schlangen sich um seinen Hals, drückten ihn an sich, sodass ihre Oberkörper sich berührten. Ihre Wärme, ihr Duft, ihr Geschmack, ihre Küsse. Er war süchtig nach ihr. Wollte immer mehr, wie ein Junkie, der sich ständig nach seinem nächsten Trip sehnt.

Sie drehte ihren Kopf zur Seite und legte ihn dann in den Nacken, sodass ihr schlanker Hals frei lag. Er küsste sich an ihm entlang, bis er auf den Kragen ihres Pullovers stieß. Aber er brauchte mehr von ihrer Haut. Wollte mehr von ihr schmecken. Mehr von ihr spüren.

Er löste sich von ihr und zog ihr den Pullover über den Kopf. Dann erstarrte er mit Blick auf ihre entblößten Brüste.

"Sag mir, dass du den Pullover zur Physio nicht ausziehen musstest", knurrte er hin und her gerissen zwischen dem Verlangen, die sich ihm entgegen reckenden Knospen in seinen Mund zu ziehen und los zu laufen, um Tom seine gierigen Augen aus dem Kopf zu reißen.

"Er hat mein Bein behandelt, Bran, wofür sollte ich meinen Pullover ausziehen?"

"Toms Glück", brummte er und zog die erste Spitze ohne Vorwarnung in seinen Mund. Er saugte fest daran und Alexa schrie auf, um dann in einem Stöhnen zu enden.

Eine ihrer Hände krallte sich in die Haare an seinem Hinterkopf und presste ihn noch stärker an die bereits leicht geschwollenen Brüste.

Seine Zunge fuhr ein ums andere Mal über ihre Spitze, ehe er von ihr abließ, um sich der zweiten Seite zu widmen.

Sie wand sich in seinem Griff und ließ sich schließlich nach hinten sinken, bis ihr Oberkörper auf dem weichen

Bett zum Liegen kam.

So wie sie da lag, leicht im Hohlkreuz, sah man ihren Babybauch schon recht deutlich. Vorsichtig legte Bran seine Hände darauf und streichelte leicht über die gespannte Haut. Seine Lippen und seine Zunge zogen eine Spur quer über den Hügel, in dem sein Baby gebettet lag.

Als seine Hände tiefer zum Bund ihrer Hose glitten, stellte er zufrieden fest, dass dieser weich war und sich ihren neuen Kurven anschmiegte, anstatt in ihr Fleisch zu schneiden. Er schob die Stoffhosen nach unten und streifte sie über ihre Beine. Auch die Panty folgte sofort.

Er hob ihr gesundes Bein an und küsste sich an der Innenseite entlang zu ihrer Mitte. Zentimeter für Zentimeter kostete er aus, bis er dort ankam.

Er hielt sie an ihren Hüften, während er mit seiner Nase an ihrer Spalte entlang fuhr. Sie war bereits nass und Bran genoss das Wissen, dass er es war, der sie so sehr in Erregung versetzte.

Langsam ließ er zwei seiner Finger an ihrer Spalte auf und ab gleiten.

"Bran ...", stöhnte Alexa gequält. Schnell schob er die bereits nassen Finger in sie. Ihr Becken bockte auf und ihre Muskeln begannen, um seine Finger herum zu zucken.

Er schob sich ein Stück höher, um erneut eine ihrer Brustwarzen zu verwöhnen, während er begann, seine Finger in ihr zu bewegen. Sie wurde immer unruhiger in seinem Griff. Stöhnte und wand sich.

Er presste seinen Handballen gegen ihre Klit und rieb mit festem gleichmäßigen Druck darüber.

Ihr Unterleib presste sich hart gegen seine Hand, ihr gesamter Körper spannte sich.

Als die größten Wellen ihres Orgasmus abgeebbt waren, löste er sich von ihr. Schnell entledigte er sich seiner Kleidung und kam zurück zu ihr.

Am liebsten hätte er sich einfach über die Bettkante gebeugt, damit er sie schnell, hart und tief nehmen konnte. Das geschiente Knie versagte ihm das leider.

Mit verhangenem Blick schob sie sich weiter in die Bettmitte. Sie spreizte ihre langen, schlanken Beine und winkelte ihr gesundes Bein an, sodass er freie Sicht auf ihre nasse, geschwollene Mitte hatte.

Sein praller Schaft, den er unbewusst zu reiben begonnen hatte, zuckte einige Mal in seiner Hand. Er kniete sich zwischen ihre gespreizten Schenkel und platzierte seine Spitze an ihrer Öffnung.

Langsam schob er sich in sie, während er sie weiter auf seine Oberschenkel zog. Sie war nass, weich und nachgiebig von ihrem Orgasmus, sodass er sich mit sanftem Druck auf einmal in sie schieben konnte.

Ganz in ihr versenkt, verharrte er. Stöhnend legte er seinen Kopf in den Nacken und genoss die pulsierende Hitze um seinen Schaft.

Sein Griff an ihren Hüften wurde fester, während er seine Hüften an ihr kreisen ließ. Dann zog er sich kurz zurück, um kräftig in sie zu stoßen. Sie stöhnte und wölbte ihren Rücken nach oben, bis sie auf seinem Schoß zum Sitzen kam.

Sie sah atemberaubend aus. Sinnlich, leidenschaftlich und voller Hingabe. Sie ließ ihr Becken auf ihm kreisen und brachte Bran damit endgültig um den Verstand.

Er legte einen Arm unter ihren kleinen Po, mit der anderen Hand fuhr er über ihren Rücken zu ihrer Schulter und presste sie mit aller Kraft auf sich.

Sie keuchte durch ihre geöffneten Lippen.

Mit letzter Willenskraft knurrte er: "Sag, wenn es dir zu viel wird."

Auf eine Antwort konnte er nicht mehr warten. Er hob sie ein kleines Stückchen an und hämmerte seinen zum Bersten gefüllten Schwanz in schnellem, hartem Rhythmus tief in sie.

Sein Griff hielt sie so gnadenlos, dass sie seinen Stößen keinen Millimeter ausweichen konnte. Sie musste alles nehmen, was er ihr gab.

Ihre Stirn war auf seine Schulter gefallen und ihr

abgehacktes Keuchen und Wimmern schürte sein Verlangen ins Unermessliche.

Ihre Körper überzogen sich mit einer feinen Schweißschicht und Bran bemerkte, wie er sich seinem Orgasmus immer weiter näherte.

Aber er wollte noch nicht zum Ende kommen. Wollte sie noch länger genau so vögeln, wollte sie noch länger so willig und nachgiebig in seinen Armen spüren.

Sein Schwanz siegte über seinen Kopf und trieb sich noch erbarmungsloser in sie. Immer tiefer, härter, mehr ...

Dann fing sie wieder an, um ihn herum zu zucken und ihr Stöhnen wurde lauter.

"Fuck, Baby", knurrte er, steigerte noch einmal sein Tempo und versenkte seine Zähne in der weichen Haut zwischen Hals und Schulter.

Sie schrie. Zuckte unkontrolliert in seinen Armen und riss ihn mit sich über die Schwelle des Orgasmus.

Er hielt sie genau so, gab ihr keinen Millimeter mehr Raum, während sein Puls und seine Atmung sich langsam wieder beruhigten.

"Bran?", murmelte sie und er spürte, wie ihre Lippen sich an seiner Haut bewegten.

"Ja, Liebling?", murmelte er und leckte über die geschundene Haut, in der er seine Zähne versenkt hatte.

"Ich liebe dich."

Tiefer Frieden überkam ihn und seit langem konnte er sich wieder vollkommen entspannen.

Vorsichtig legte er sie auf der Matratze ab, legte sich neben sie und zog sie in seine Arme.

"Wir haben noch ein klein wenig, bevor wir los müssen", murmelte er und bekam nur ein schläfriges "Mhm" zurück.

Dann fiel er selbst in das Land der Träume.

ALEXA

Auch wenn Bran ihr versichert hatte, dass sie in ihrer legeren Stoffhose durchaus zum Monatstreffen gehen konnte, fühlte sie sich ein wenig unbehaglich, als sie das schicke Hotel betraten.

Das riesige Hotel CB Resorts kannte sie bereits von ihrem Aufenthalt im letzten Herbst sowie von Ninas Hochzeit.

Das Hotel gehörte Ryans kleiner Schwester und Alexa freute sich bereits darauf, Cathrin Black wiederzusehen.

Unter den kritischen Blicken der beiden Männer an ihrer Seite durchquerte sie die riesige Eingangshalle auf dem Weg zum Speisesaal.

Schon vor dem Verlassen des Firmengebäudes von Ryans Firma JB-Industrials, in dem Brandons Wohnung lag, gab es eine heftige Auseinandersetzung deswegen.

Sich in das Hotel tragen lassen, kam aber überhaupt nicht in Frage!

In der Mitte des großen, hellen Saales war eine riesige Tafel aufgebaut worden. Reges Treiben herrschte und alle sprachen wild durcheinander. Mehrere kleine Grüppchen hatten sich gebildet und die gute Laune sprühte geradezu durch den Raum.

Maya entdeckte sie als Erste und riss sie so fest in ihre Arme, dass Alexa das Gleichgewicht auf ihren Krücken verloren hätte, wenn Bran ihr nicht geholfen hätte, indem er ihren Arm packte.

"Ahh! Alexa! Ich freue mich so für dich! Oder für mich, oder uns. Egal! Gott das ist so toll, unsere Kleinen werden zusammen aufwachsen können!", quiekte sie und schien von der Vorstellung mehr als verzückt.

Die Vorstellung war tatsächlich schön, wenn Alexa genauer darüber nachdachte. Also stimmte sie lächelnd zu.

Shane legte Maya von hinten einen Arm um die Mitte und zog sie zurück, bis sie mit dem Rücken an seine Brust gelehnt da stand.

Mayas Bauch war schon eine ganze Ecke größer als ihr eigener und sie wirke im allgemeinen ein wenig rundlicher als zuvor.

Es sah gut aus und stand ihr, trotzdem nahm Alexa sich vor, auf ihr eigenes Gewicht zu achten, jetzt, wo sie nicht mehr trainieren konnte.

Auch Sky begrüßte sie stürmisch, während die Männer allesamt etwas vorsichtig wirkten.

"Sie werden sich schon noch an uns gewöhnen", sagte Maya daraufhin kichernd und tätschelte Shanes Hand, die sanft über ihren runden Bauch streichelte.

"Wenn Shane das gepackt hat, wird es für den Rest doch ein Kinderspiel."

Als sie in Richtung Tisch gingen, entdeckte Alexa auch Nina und Ty. Ty saß bereits am Ende des Tisches und hatte Nina rittlings auf seinem Schoß platziert.

Den Dank, den Alexa noch für die Bilder aus Talin aussprechen wollte, verschob sie auf später, denn das Lächeln, das die beiden gerade teilten, war zu innig, um es zu stören.

"Wo sind Carry und Dario?", fragte sie Maya über den Tisch hinweg.

Ein diabolisches Grinsen trat auf Mayas Gesicht. "Ärger im Paradies. Genaueres kann ich dir leider erst sagen, wenn wir den Geburtstag von Shane's Mum nachgefeiert haben. Sie ist gerade auf Weltreise mit ihrem *Freund*." Maya malte mit ihren Fingern Gänsefüßchen in die Luft.

"Daher wurde die Party erst mal verschoben, aber ich sag dir dann Bescheid."

"Psst!", machte einer der Jungs, weil Ryan bereits zu sprechen begonnen hatte.

Cat verdrehte ihre Augen und fragte dann: "Und wie gefällt es dir?"

"Mir ist sehr langweilig. Ich weiß nicht, wie ich das noch vier Wochen aushalten soll. Mir fällt die Decke auf den Kopf!"

Bevor sie jedoch tiefer in das Gespräch einsteigen konnten, forderte Ryan ihre Aufmerksamkeit.

Fire&Ice hatte eine Einladung zu dem Musikfestival bekommen, an dem sie im vorherigen Jahr schon aufgetreten waren. Das Für und Wider wurde hart diskutiert. Und schließlich entschied man sich, in kleinerer Besetzung zu trainieren, um die Anwesenheit von Shane, Brandon und Mat flexibel halten zu können.

Jack würde außerdem als Ersatzmann fungieren. Alexa hatte keine Bedenken, dass er sich problemlos in das Programm der Jungs integrieren konnte.

Ja, das Feuerspucken selbst musste er noch erlernen, aber aus akrobatischer Sicht war Jack den meisten anderen überlegen.

Das Essen wurde gebracht und die Runde beruhigte sich ein wenig.

"Lass uns morgen Nachmittag ausgehen!", sagte Sky und ignorierte Ryans leidende Miene.

"Nachmittag?", fragte Jason hörbar belustigt.

"Klappe!", sagten Ryan, Shane, Ty und Brandon einstimmig und alle in gleich scharfen Ton.

"Lasst uns doch gleich zum Frühstück in Netti's Diner gehen!", warf Maya dazwischen.

Cat und Sky waren einverstanden. Da Alexa das Diner nicht kannte, stimmte auch sie zu.

21 GAR NICHT SO ÜBEL

ALEXA

Am nächsten Morgen hatten sie sich darauf geeinigt, dass Brandon sie tragen durfte, bis der Aufzug im Erdgeschoss von JB-Industrials hielt.

Dass sie zusammen mit einer Horde Geschäftsmänner im Aufzug stehen könnten, hatte Alexa nicht mit einberechnet. Gerne hätte sie Brandon dafür erwürgt, dass er sie nicht einfach ohne Spektakel abgesetzt hatte. Und auch das zufriedene Grinsen hätte sie ihm gern aus dem Gesicht gewischt.

Eine Szene im Aufzug zu machen, kam aber auch nicht in Frage. Also musste sie sich damit begnügen, ihren Kopf an Brans Brust zu vergraben und so zu tun, als wäre diese Show ihr nicht endlos peinlich.

Wie verabredet ließ er sie auf ihre Füße, als sie das Erdgeschoss erreichten. Direkt vor dem Gebäude stand eine schwarze Audi Limousine und ein blonder, junger Mann, der ihr lächelnd die Tür aufhielt.

"Ich mach das, Brain!", blaffte Brandon in einem Ton, den Alexa noch nicht oft von ihm gehört hatte.

Auch Brain zuckte zusammen und verschwand nach

kurzem Nicken auf die Fahrerseite.

"Halt dich fern von ihm. Ich glaube, er ist verrückt", murmelte Bran ihr ins Ohr.

Verrückt? Als ob einer der Männer einen Verrückten in ihre Nähe gelassen hätte.

Mit einer hochgezogenen Augenbraue wandte sie sich zu Brandon um. Er mied ihren Blick. Als sie aber keine Anstalten machte, einzusteigen, seufzte er und sagte: "Na gut, sieh ihn dir an! Der sieht aus wie ich in jung!"

"Ist mir auch schon aufgefallen", sagte Alexa und konnte sich nach Brans vernichtendem Blick ein Schmunzeln nicht verkneifen.

"Aber ich will einen Mann, keinen jungen Hüpfer", fügte sie lächelnd hinzu und verfolgte belustigt, wie Brandon sich ein wenig entspannte.

"Vielleicht sollte ich trotzdem lieber mitkommen, nur falls du Hilfe brauchst."

"Vergiss es, Bran. Keiner von uns braucht Hilfe. Geh zu Ryan und wein' dich aus, macht Shane auch immer", rief Cat aus dem Inneren des Wagens.

Bran verzog gequält das Gesicht. "Lass dich von ihr nicht anstecken. Sie ist eine furchtbar verzogene, männerhassende Göre."

"Das hab ich gehört, Landei! Komm schon, Alexa, ich erzähl dir, wie doof das Landei sich am Anfang in der großen Stadt benommen hat!"

Sie setzte sich auf den Beifahrersitz, da dort die größte Beinfreiheit war.

Unter Brandons kritischem Blick startete Brain den Wagen.

"Einer von denen wird mir nochmal den Kopf abreißen wegen euch", brummte Brain.

Alexa versuchte sich umzudrehen, um zu sehen, wer da alles auf dem Rücksitz lachte.

Schwerer als gedacht mit ihrem Knie. Nach etwas Gerangel mit sich selbst, schaffte sie es schließlich doch. Cat, Sky und Tina saßen da und lachten ausgiebig.

"Wo ist Maya?"

"Fährt mit Nina und Tia. Wollten noch versuchen, Carry zu überreden, dann kommen sie nach." Mit gerunzelter Stirn nickte Alexa. In Talin hatte sie nicht unbedingt das Gefühl gehabt, dass Carry wirklich zur Truppe gehörte, auch wenn sie selbst sich mit der bissigen Frau gut verstanden hatte.

Sie hielten vor einem kleinen Gebäude, auf dem in alter Leuchtreklame *Netti's Diner* stand. Unwillkürlich musste Alexa lächeln. Sie fühlte sich, als würde sie einen Film aus den 50er Jahren ansehen.

Als sie ausstiegen, hielt neben ihnen ein großer Mercedes Transporter. Ebenfalls in schwarz. Beinahe gleichzeitig wurden alle Türen aufgestoßen. Von der Rückbank kletterten Nina, Ty's Schwester Tia und Maya, die allesamt so aussahen, als müssten sie platzen, wenn sie nicht jeden Moment loslachen konnten.

Ein sichtlich wütender Dario knallte die Fahrertür zu und lief um den Wagen herum. Er drängte Carry, die ebenfalls ausgestiegen war, zurück, sodass sie außerhalb ihres Sichtfelds hinter dem Transporter standen.

Alle verstummten und versuchten, das Gespräch mit anzuhören. Chancenlos. So sehr sie auch ihre Ohren spitzten, mehr als ein scharfes Murmeln war nicht zu hören.

Plötzlich verstummte auch dieses. Carry kam finster dreinblickend und mit vor der Brust verschränkten Armen hinter dem Transporter hervor. Dario folgte ihr. Als sie sich ihm zuwandte, lächelte sie ... irgendwie unheimlich.

"Lass es, Carry!", knurrte Dario und wandte sich dann an Brain. "Ich geh hier in der Nähe in den Park. Willst du mit?", fragte er und öffnete den Kofferraum, aus dem drei riesige, schwarze Hunde sprangen.

"Ja, dann kannst du mir auch verraten, wie du die schwarze Witwe Carry überlebst", gab er zurück.

Die Frauen machten sich im Pulk auf den Weg ins Diner. Innen war es genauso 50er Jahre wie außen, nur irgendwie mehr ... rosa.

Eine ziemlich schräge Form von 50er meets Barbie. Es waren nur drei Tische belegt, sodass sie freie Auswahl hatten.

Tia ging zu einem der besetzten Tische und küsste zwei der jungen Männer auf die Wangen. Bei genauerem Hinsehen erkannte Alexa, dass einer der beiden Julien, Mats jüngerer Bruder, war. Die andern beiden kannte sie nicht.

Alexa bekam einen Randplatz in der großen Sitznische.

"Hey Candy, was machst du heute hier? Es ist nicht Samstag!", fragte Sky ein hübsches, blondes Mädchen in einer grauenvollen pinken Uniform.

"Semesterferien", gab sie lächelnd zurück und nahm dann ihre Getränkewünsche auf.

"Und dich hat der Feind jetzt also auch eingenommen?", fragte Carry Alexa.

"Hmm ... besetzt ist wohl das bessere Wort. Er hat mir quasi ein Trojanisches Pferd untergejubelt", gab sie zurück und entlockte Carry damit sogar ein Lachen.

"Sag sowas nicht! Ein Baby ist das größte Wunder auf Erden!", rief Maya dazwischen.

"Ein Wunder, das dir deine Figur ruiniert! Ich habe gehört, dass einem bei jedem Kind fünf Kilo übrig bleiben!", mischte Tia sich ins Gespräch ein.

"Scheiße, fünf Kilo??"

"Jup, kann ich bestätigen. Ich weiß nur nicht, wo bei mir die drei Kinder zu meinen 15 Kilo Übergewicht sind", warf Tina trocken in die Diskussion.

Die Runde lachte und Alexa verstand, was Sky an Tina mochte. Die Bedienung brachte ihnen die Getränke und nahm ihre Bestellungen auf.

"Eigentlich sollten wir uns lieber von euch fernhalten. Es scheint, als sei dieses Männerding ansteckend", sagte Cat lachend und schubste dabei Tia mit ihrer Schulter an.

"Sag sowas nicht, Cat! Da draußen sind so viele Männer, du wirst den Perfekten auch noch finden!", sagte

Maya, die unverbesserliche Romantikerin.

"Jaaa, und wo sind all die tollen Männer? Put, put, put …", machte sie und hielt ihre Hand lockend auf den Gang hinaus.

"Oder hier vielleicht?", sagte sie und schaute unter den Tisch.

"Fazit: Es gibt sie nicht. Ende der Diskussion!"

Die Runde lachte, nur Skys ein wenig mitleidiger Blick ließ Alexa innehalten.

Tia erzählte von ihrer neuesten Eroberung, einem absoluten Fehlgriff, und auch Skys Stimmung schien sich wieder zum Guten zu wandeln.

Alexa genoss den Vormittag mit den Frauen. Die Abwechslung tat ihr definitiv gut.

"Hey, wir könnten doch am Samstag einen Mädelsabend bei euch machen, Alexa! Die Farm ist perfekt für uns!", rief Maya zum Ende hin begeistert.

Pyjamaparty??

"Ähm ... okay ... ich frage Bran nachher."

Sie mochte die Frauen allesamt, aber drei Tage in einer Woche? So viel Gesellschaft war sie eindeutig nicht gewöhnt.

Die beiden Männer warteten bereits vor den Fahrzeugen, als die Runde das Diner verließ. Sie verabschiedeten sich und verteilten sich auf die Autos.

Alexa war mehr als nur froh, endlich wieder in der Wohnung anzukommen. So schön und abwechslungsreich der Vormittag auch gewesen war, sie freute sich darauf, endlich wieder ihre Ruhe zu haben.

Die Schwangerschaft und die Verletzung setzten ihr zu. Ihr Kopf hatte noch kaum das Kissen von Brans Bett berührt, da schlief sie bereits ein.

BRANDON

Ein wenig erschöpft kam er am frühen Abend zurück in seine Wohnung.

Sobald bekannt wurde, dass er in Boston war, hagelte es Einladungen zu Besprechungen. Im Fünf-Minuten-Takt stand jemand vor seiner Tür, der noch schnell etwas abgezeichnet haben musste.

Natürlich war er die letzten Wochen nicht untätig gewesen. Einen Großteil seines Jobs konnte er von unterwegs erledigen. Das hatte er schon immer so gehandhabt, damit er nicht nur am Wochenende auf seiner Farm sein konnte. Zwei Tage die Woche war er aber immer ins Büro gekommen.

Diese Fehlzeiten hatten ihn jetzt eingeholt. Auch der morgige Vormittag war vollgepflastert mit Terminen.

Den Nachmittag hatte er sich von seinem Assistenten freiboxen lassen, damit er übers Wochenende zurück auf die Farm fahren konnte.

Er freute sich auf die gemeinsamen Stunden mit Alexa. Genau wie in diesem Moment.

Er streifte sich Schuhe und Jackett ab und machte sich dann auf die Suche nach ihr. Als er die Tür zum Schlafzimmer öffnete, fand er sie. Schlafend, auf der Seite zusammengerollt, so gut es mit dem größer werdenden Bauch und dem verletzten Bein eben ging.

Sie sah langsam ein klein wenig besser aus. Ruhiger. Nicht mehr ganz so gehetzt. Vielleicht sogar ein klein wenig zufrieden.

Bran lehnte sich mit seiner Schulter an den Türrahmen, die Hände in den Taschen seiner Anzughose vergraben betrachtete er seine Traumfrau.

Die dunklen Schatten, die vor einer Woche noch unter ihren Augen lagen, hatten nachgelassen.

Nur das pinke Tape um ihre Handgelenke stach wie ein Mahnmal hervor.

Ohne sie aus den Augen zu lassen, stieß er sich vom

Türrahmen ab. Er würde wohl immer auf sie Acht geben müssen, weil sie es selbst nicht tat. Das hatte sie mehr als einmal bewiesen.

Ein Lächeln schlich sich auf seine Züge, während er die Manschettenknöpfe löste und das weiße Hemd aufknöpfte.

Ein klein wenig gefiel ihm der Gedanke. Er würde für sie sorgen. Für sie und den Rest seiner kleinen Familie.

Er streifte sein Hemd ab und entledigte sich seiner Hose und der Socken, ehe er zu ihr ins Bett schlüpfte.

Vorsichtig, um sie nicht zu wecken, schmiegte er sich an sie. Vergrub seine Nase in ihren Haaren und atmete ihren herrlichen Duft ein.

Die Vorstellung, die nächsten 60 Jahre genau so einzuschlafen, schenkte ihm eine tiefe Ruhe, die ihn innerhalb von Minuten ins Land der Träume zog.

Er erwachte davon, dass etwas Hartes unangenehm gegen seine Morgenlatte drückte. Blinzelnd öffnete er die Augen. Es dämmerte gerade erst, somit hatte sein Wecker noch nicht geklingelt.

Er hob seinen Kopf, um zu sehen, was ihn so unsanft aus dem Schlaf holte.

Alexa lag halb auf ihm. Ihr Kopf auf seiner Brust und ihre langen, schwarzen Locken über seinen Oberkörper verteilt.

Sie hatte einen Arm und ein Bein über ihn gelegt. Blöderweise war es ihr verletztes Bein, sodass das Gelenk der Schiene auf seinen harten Schwanz drückte.

Um ihr nicht weh zu tun, schob er ihr Bein nach unten. Gleichzeitig versuchte er, einfach nur eine andere Position für sein Becken zu finden, um dem Druck zu entgehen. Wecken wollte er sie ungern.

Die Reibung, die bei seinen Versuchen entstand, machte seine Erregung nicht besser, sodass er das ein oder andere kleine Stöhnen nur schwer unterdrücken konnte.

"Bran?"

"Schsch, schlaf Liebes", murmelte er.

"Dir ist aber schon klar, dass es ziemlich pervers ist, sich am Bein einer Schlafenden zu reiben?"

Stöhnend schlug er sich eine Hand vor die Augen.

"Wie lang bist du schon wach?"

"Als du angefangen hast, an meinem Oberschenkel herumzudrücken", kicherte sie.

"Du hättest mir auch einfach helfen können, anstatt dauerhaften Schaden an meinem besten Stück zu verursachen!"

Abrupt riss sie ihren Kopf hoch und starrte ihn an.

"Deine Schiene drückt", sagte er lächelnd und strich ihr die wirren Haare aus dem Gesicht.

"Guten Morgen, Babe", sagte er dann leise und auf ihrem Gesicht erschien ein warmes Lächeln. Sie schob sich ein Stück nach oben und küsste ihn sanft.

"Guten Morgen", murmelte sie, ohne die Lippen wirklich von seinen zu lösen. Dann vergrub sie ihren Kopf an seinem Hals und kuschelte sich fest an ihn. Nichts hatte sich jemals besser angefühlt ... fast ...

"Baby?"

"Hm?"

"Dein Knie."

"Oh!", machte sie und nahm endlich ihr Knie von seinem besten Stück. Leider Gottes richtete sie sich dann auf.

"Bleib noch ein bisschen bei mir!", brummte er, doch sie entzog sich ihm kichernd.

"Ich muss kontrollieren, ob ich auch nichts zerstört habe."

Dann beugte sie sich über ihn und zog seine Shorts nach unten.

"Du musst nicht ..."

"Ich weiß", unterbrach sie ihn und griff nach seinem Schaft.

Ihre Finger umschlangen ihn mit Druck. Bran stöhnte leise auf und seine Hüfte bewegte sich nach oben, ehe er es verhindern konnte.

"So ungeduldig?", fragte sie und Bran erkannte genau den Ton, den er so gern benutzte.

Sie beugte sich nach vorn und strich einmal quälend langsam über die empfindliche Spitze.

Mit Lippen und Zunge bearbeite sie seinen Schaft. Bran krallte sich in das Laken, um sich selbst daran zu hindern, die Führung zu übernehmen.

Ihre Finger, ihre Lippen, ihre Zunge. Sie trieb ihn in den Wahnsinn und Bran wünschte sich nichts sehnlicher, als tief in ihren heißen Mund zu stoßen.

Endlich stülpte sie ihre Lippen über seine Spitze. Sie saugte an ihm und ihre Zunge spielte abwechselnd mit dem empfindlichen Bändchen und der kleinen Öffnung, aus der bereits die ersten Vorboten seines bevorstehenden Orgasmus traten.

Nahezu machtlos gegen sich selbst, schoss seine Hüfte nach oben und er versenkte sich einige Zentimeter in ihrem Mund, ehe er sich stoppen konnte. Er spürte ihr Lächeln.

"Du quälst mich absichtlich, du Biest", knurrte er und verlor den letzen Rest Beherrschung, als sie erneut kräftig an ihm zu saugen begann. Er griff in ihre Haare und drückte sie nach unten, während seine Hüfte nach oben schoss.

Er stöhnte laut auf, zog sich aber schnell wieder zurück, als er bemerkte, wie tief er in ihren Mund vorgedrungen war.

Sein Griff in ihren schwarzen Locken verstärkte sich, als sie ihn erneut komplett in sich aufnahm. Eine Mischung aus Stöhnen und Knurren entwich ihm, während er sie dabei beobachtete, wie sie ihn wieder und wieder in sich schob.

Der Anblick des feuchten Glanzes auf seinem Schwanz und ihren Lippen brachte ihn endgültig um den Verstand.

Er verstärkte seinen Griff und legte die andere Hand in ihren Nacken. Dann begann er, in kurzen schnellen

Schüben in sie zu stoßen.

"Fuck, Baby", keuchte er und schloss seine Augen. Die Empfindungen überrollten ihn. Gnadenlos wie ein Güterzug raste der Orgasmus auf ihn zu.

"Ich ... Fuck!" Er wollte sich ihr entziehen, doch in diesen Moment begann sie, sanft seinen bereits zusammen gezogenen Hoden zu massieren.

Der Orgasmus traf ihn mit voller Wucht. Stöhnend bog er sich ihr entgegen, während sie weiter an ihm saugte.

Keuchend brach er schließlich zusammen. Das Blut rauschte in seinen Ohren, während sein Körper sich kribblig und taub zugleich anfühlte.

Er strich zärtlich über ihr Haar, als sie sich von ihm löste und zurück an seinen Hals schmiegte.

"Danke", flüsterte er erschöpft und küsste ihre Schläfe.

Gefühlt nur Sekunden später, klingelte sein Wecker. Inzwischen mussten aber mindestens zwei Stunden vergangen sein, da es bereits vollständig hell war.

"Ich muss zur Arbeit, Süße. Ich komm gegen Mittag, dann fahren wir zurück", flüsterte er und küsste sie auf die Stirn.

Lächelnd genoss er ihr widerwilliges Grummeln, als er sich von ihr löste.

Endspurt zum Wochenende, allein mit seinem Mädchen ... und Jack.

ALEXA

Zähneknirschend hatte Brandon der Pyjamaparty zugestimmt.

Er und Jack hatten sich zusammen mit Jacob in einen Pub in der Nähe zurückgezogen, damit der Weiberhaufen, wie sie es nannten, freie Bahn hatte.

Der Abend war sehr schön gewesen und doch war Alexa mehr als froh, als das Haus am nächsten Mittag wieder leer war.

Da sie von Montag bis Mittwoch wieder in Boston sein würden, hatte Sky sie Dienstag zum Mittagessen bei ihrem Lieblingsgriechen eingeladen.

Irgendwie wurde Alexa das Gefühl nicht los, dass die Frauen sie bespaßen wollten.

Den Montagabend würde sie seit langen einmal wieder mit Jack verbringen, da Bran zu Chris ins Krankenhaus fahren wollte. Er hatte gerade wieder eine kleine OP hinter sich, die er dieses Mal in Boston machen ließ, und Bran machte sich Sorgen um ihn. Chris würde sich mehr und mehr zurückziehen und immer verbitterter werden, sagte er.

Kurz vor Boston sagte sie: "Du kannst ja gleich mit zu mir kommen, Jack. Ich hab später nur noch einen Physiotermin, dann können wir was unternehmen."

"Klar, ich geh dann in der Zeit zu Sky."

Brandons Gegrummel ignorierten sie beide. Sie hatte die Hoffnung aufgegeben, dass das jemals besser werden würde. Im Gegenteil. Seine Eifersucht schien eher noch zuzunehmen, je länger sie zusammen waren.

Gegen ihren Willen trug er sie in die Wohnung. Ihre bösen Blicke ignorierte er einfach.

"Tom holt dich ab und ich komme nochmal kurz vorbei, bevor ich zu Chris fahre."

"Alles klar. Jack will ein paar Angebote von Jungpferden durchgehen, die er herausgesucht hat. Also lass dir Zeit", gab sie lächelnd zurück.

Die Physiotherapie war anstrengend und schmerzhaft, aber Tom war sehr zufrieden mit den Fortschritten, die sie machte. Jack kam erst spät zurück und wich ihren Fragen, wo er sich rum getrieben habe, einfach aus.

Schließlich hatten sie auch Wichtigeres zu tun und stürzten sich voller Tatendrang auf die Angebote, die Jack im Internet entdeckt hatte.

BRANDON

"Hey Mann, wie geht es dir?", fragte er, als er Chris Krankenzimmer betrat. Er lag auf dem Rücken, den Kopf abgewandt, sodass sein Blick nach draußen ging.

"Hey, was willst du hier?"

Früher hätte Bran das für einen Spaß gehalten. Heute war er sich da leider nicht mehr so sicher.

"Dich besuchen, nach dir sehen und dir die Neuigkeiten erzählen."

"Du musst nicht kommen, um mich zu bemitleiden. Ich lebe. Alles gut."

Von alles gut, war Chris weit entfernt. Er wandte Bran noch nicht mal beim Sprechen das Gesicht zu.

Er ließ sich dadurch nicht beirren. Er zog den Stuhl auf die andere Seite des Bettes, damit er in Chris' Gesicht sehen konnte.

Es fiel ihm immer noch schwer, nicht zusammenzuzucken, wenn er die Narben sah.

Doch sie wurden von OP zu OP besser. Glatter und weniger auffällig. Aber das gesamte Gewebe war immer noch extrem gerötet und irgendwie ... glänzend.

Seine linke Gesichtshälfte wies bereits keine Spuren des geschmolzenen Gewebes mehr auf. Auf seinem Hals waren große Kompressen angebracht, daher ging Bran davon aus, dass sie diesen Teil frisch operiert hatten.

Bran räusperte sich.

"Ich werde Vater", sagte er dann.

"Ich weiß. Glückwunsch. Logan hat es mir erzählt." Chris lächelte und es sah sogar echt aus.

"Du kennst sie, erinnerst du dich?"

"Mein Gehirn ist nicht verbrannt, Bran."

Unbehaglich rieb sich Brandon über den Nacken.

"Hör mal, wenn das Baby keine Angst vor meiner Fresse hat ... und du, naja ... hast ja keine Family oder so ... ich meine, sag, wenn du 'nen Paten brauchst", brummte Chris und wich seinem Blick aus. Bran riss seinen Kopf hoch und musterte ihn.

"Was ist los? Du bist doch nicht der Familientyp."

"Tja, näher werde ich einer Familie auch nicht mehr kommen", knurrte Chris und mied weiterhin seinen Blick.

"So ein Quatsch! So schlimm ist es doch gar nicht. Da draußen sind tausende Frauen, die darüber hinweg sehen werden!"

"Ja, sie werden es übersehen, weil ihr Blick auf mein Bankkonto geheftet ist."

"Rede dir doch nicht solchen Scheiß ein!", rief Bran aufgebracht.

"Ich will nicht mit dir diskutieren. Ich hab dir ein Angebot gemacht. Ende. Mach's aber nicht aus Mitleid."

Den letzten Satz schob er knurrend hinterher.

"Ich habe kein Mitleid mit dir. Im Moment halte ich dich einfach für verrückt."

"Wie dem auch sei. Ich bin müde, Bran. Danke für deinen Besuch."

Dann schloss er einfach die Augen. Vor den Kopf gestoßen und ein wenig verwirrt, verabschiedete Bran sich wenig später, ohne eine Antwort zu bekommen.

Seinem Freund ging es eindeutig noch schlechter, als er bislang geglaubt hatte. Ohne eine richtige Therapie war da nichts mehr zu machen.

Fuck!

Schlaftrunken blinzelte Alexa ihm entgegen, als er das Schlafzimmer betrat.

"Hi Baby", flüsterte er und küsste sie sanft auf die Stirn.

"Hey, was ist los?", fragte sie und schob sich in eine sitzende Position.

"Das Gespräch mit Chris war ... seltsam. Er ... er hat gefragt, ob er Pate sein kann."

Alexa zuckte mit ihren Schultern.

"Wenn du willst. Jack und Chris."

"Jack..."

"Bran!"

"Schon gut. Schon gut. Wie lief euer Abend?"

"Gut. Er kam zwar spät, aber wir haben einiges gefunden. Er fährt morgen nicht mit zurück. Er fährt erst einmal ein Stück südlich von hier ein paar Junge ansehen und kommt dann Donnerstag zurück. Lächle nicht so!"

"Wie denn?", fragte er mit möglichst unschuldigem Ton und wandte sich dann zur Dusche.

"Du weißt ganz genau, was ich meine, Brandon Hill!" Dann klickte die Tür zum Badezimmer.

Gerettet!

ALEXA

Die Zeit, die sie gemeinsam mit Brandon verbrachte, verging wie im Flug. Alexa genoss sie. Jede einzelne Sekunde.

Nie in ihrem ganzen Leben hatte jemand ihr das Gefühl gegeben, einfach rundherum perfekt zu sein. Er trug sie auf Händen. Wörtlich und sprichwörtlich. Er las ihr jeden Wunsch von den Augen ab und steckte seine eigenen dafür sehr oft zurück.

Es gab aber auch Momente, in denen seine sonst so weichen Gesichtszüge knallhart wurden. Dann gab es nichts mehr zu diskutieren und er setzte seine Meinung eisern durch.

Die durch und durch wilde Seite an ihm, die er immer so gut zu verbergen wusste, blitzte dann auf und schimmerte dicht unter der Oberfläche.

Meistens in Situationen, in denen es um ihre Gesundheit oder Sicherheit ging. Aber das Funkeln kam auch, wenn ein Mann sich ihr näherte. Dabei machte er kaum Unterschiede, ob dieser fremd war, einer seiner Freunde oder Jack.

Letzteres führte immer wieder zu Streitpunkten zwischen ihnen.

Der einzige Grund, warum dieses Thema nicht öfter

eskalierte, war, dass Jack so selten auf der Ranch war. Dauernd war er unterwegs, um ein paar junge Pferde für ihre Arbeit zu finden. Es schien schwieriger zu sein, als in Deutschland, da er in den letzten vier Wochen nur zwei Pferde mit auf die Farm gebracht hatte.

Tom war sehr zufrieden mit den Fortschritten, die ihr Knie machte, und sie hatten in dieser Woche begonnen, das Knie zu belasten.

"Wir beginnen mit 5 kg Belastung", hatte Tom gesagt ... Spaßvogel! Als hätte sie eine Waage unter ihrem Fuß.

Alles in allem hatte sich Tom zu einem guten Freund entwickelt. Und auch Brans Knurren änderte nichts daran, dass sie weiterhin allein zur Therapie ging. Er würde alle Informationen nur wie ein Schwamm in sich aufsaugen und sie ständig darauf hinweisen, wenn sie etwas falsch, zu viel oder zu wenig machte.

Diese Erfahrung hatte sie schon bei den Untersuchungen zu ihrer Schwangerschaft gemacht und sie würde diesen Fehler kein zweites Mal begehen.

Sie kam gerade aus der Badewanne und stand lediglich in Unterwäsche und Beinschiene vor dem Spiegel. Ihr Bauch war bereits beträchtlich gewachsen. Sonst hatte sie kaum zugelegt, da sie nach Aussetzen des Sports ihre Ernährung grundlegend umgestellt hatte.

Alexa verzog gequält das Gesicht. Der mittlerweile wirklich große Bauch sah im Vergleich zu ihren schlanken Gliedmaßen eindeutig grotesk aus.

"Warum schaust du so gequält, Liebes?", fragte Bran sanft, als er hinter sie trat. Er schob seine Hände über ihre Seiten auf den runden Bauch. Seine Finger verschränkten sich ineinander und er zog sie an seine Brust. Seufzend legte sie ihren Kopf zurück an seine Schulter.

Sie sahen gut aus zusammen. Mit diesem großen Mann in ihrem Rücken, wirkte ihr Bauch auch nicht mehr ganz so schlimm.

"Dieser Bauch ist riesig und ich habe gerade mal ein

bisschen über die Hälfte hinter mir!"

"Dieser Bauch ist wunderschön. Unser kleines Mädchen ist da drin. Das allein macht ihn zu dem zweitbesten, was mir jemals passiert ist."

"Zweit?"

Sanft küsste er ihren Hals, ehe er ihr wieder den Blick zuwandte.

"Du bist das Beste, was mir jemals passiert ist."

Alexa schloss ihre Augen. Die Intensität des Blickes aus seinen blauen Augen war zu viel für sie.

Die grenzenlose Liebe trieb ihr die Tränen in die Augen. Dann fühlte sie seine Lippen an ihrem Ohr.

"Du bist atemberaubend. Alles an dir ist vollkommen. Ich liebe deine Augen. Ihr warmes Braun und das Funkeln in ihnen, wenn du lachst. Ich liebe dein Lachen. Melodisch, natürlich und von ganzem Herzen. Meine Welt bleibt stehen, nur um dir in diesem Moment zu lauschen", flüsterte er und küsste die weiche Haut unter ihrem Ohr. Sanft wiegte er sie.

Seine Umarmung und seine Worte hüllten sie ein. "Wenn ich könnte, würde ich den ganzen Tag nichts anderes tun, als deine wunderschönen Lippen zu küssen. Ich werde nie genug von dem Gefühl und deinem Geschmack bekommen. Ich möchte keinen Zentimeter von dir anders haben. Du bist perfekt, genau so, wie du bist, verstanden?"

Langsam öffnete sie ihre vor Rührung nassen Augen.

"Ich liebe dich, Bran", sagte sie mit erstickter Stimme.

"Dieses Wort reicht nicht, um zu beschreiben, was ich für dich empfinde. Der einzige Fehler im Bild ist meine ständige Angst, dich zu verlieren."

"Du wirst mich nicht mehr los, dafür hast du mich zu süchtig nach dir gemacht", gab sie sanft zurück und streichelte seine Hände auf ihrem Bauch."

"Beweis es mir", hauchte er und seine Stimme zitterte ein wenig.

"Wie?", fragte sie unsicher. Er presste seine Lippen auf

ihre Schulter und atmete tief ein. Dann hob er den Blick und suchte ihren.

"Heirate mich."

Die Tränen, die schon die ganze Zeit in ihren Augen lauerten, quollen über.

"Es ist zu viel, ich weiß, es tut mir leid, Süße", sagte Bran und drückte sie fest an sich.

Beim Schmerz in seinem Blick zog sich ihr Herz zusammen.

"Nein, ist es nicht. Ich liebe dich, Bran, und ich möchte den Rest meines Lebens mit dir verbringen. Das ist alles, was zählt. Für alles andere findest du eine Lösung. Du bist jetzt mein Leben. Mein Mittelpunkt. Also, ja Bran, ich möchte dich heiraten."

Ungläubig riss Bran die Augen auf. Er riss sie von den Beinen, überwand das kurze Stück zum Bett und warf sie darauf. Dann kniete er sich über sie und stützte seine Hände rechts und links von ihrem Kopf ab.

Er musterte sie eindringlich. Scannte jeden Zentimeter ihres Gesichts. Suchte nach etwas. Fand es nicht, denn sein Ausdruck wurde immer verzweifelter.

"Sag es noch mal", presste er heiser hervor.

"Ja, ich will dich heiraten."

Er presste die Augen zu. 1000 Emotionen huschten über sein Gesicht.

"Es ist mein Ernst, Bran", sagte sie sanft, weil er so gequält wirkte.

"Nichts habe ich mir sehnlicher gewünscht. Du machst mich zum glücklichsten Mann der Welt", flüsterte er und küsste sie dann unendlich zärtlich.

"Können wir ... warten, bis das Baby da ist?"

"Auf dich würde ich immer warten. Alles, was du willst, Baby!"

Lächelnd zog sie ihn in ihre Arme und sie genossen eine ganze Zeit lang einfach nur die Gegenwart des anderen. Streichelten sich und küssten sich zärtlich.

Das Glück und die Liebe in Brans Blick überwältigten

Alexa. Das erste Mal in ihrem Leben war sie davon überzeugt, dass eine eigene Familie Glück und nicht Unglück bedeuten konnte.

Dann klopfte es an der Tür.

"Al? Kommt ihr? Das Essen ist fertig", rief Jack.

Essen ... Stimmt, ja.

"Kommen gleich!", rief sie zurück und als sie Bran ihren Blick wieder zuwandte, blitzte der Schalk in seinen Augen.

"Ja, du darfst es ihm unter die Nase reiben", sagte Alexa lachend und verdrehte dabei die Augen.

Jack nahm die Info wie erwartet sehr gut auf. Er freute sich für sie, auch wenn dieses kleine Fünkchen Wehmut in seinem Blick lag.

Sie würde dieses Thema einmal mit Bran besprechen müssen, nur damit es keine Missverständnisse gab. In diesem Moment bekam er es sowieso nicht mit, so glücklich wie er über ihre Verlobung war.

Alexa lächelte in sich hinein, während sie anstießen. Jack legte ihr einen Arm um die Schultern, zog sie an sich und presste ihr unter Brans unwilligem Blick einen Kuss auf den Scheitel.

"Ich freue mich so für dich, Süße", murmelte er. "Du hast es verdient!"

"Danke", gab sie lächelnd zurück und genoss die vertraute Umarmung für einen Moment, bis sie Brans Hand auf ihrem Oberschenkel spürte, der man sein Unbehagen deutlich anmerkte.

Sie lächelte Jack entschuldigend an, der nur wissend nickte. Dann schmiegte sie sich an Bran, der sich sofort entspannte.

"Der Damenclub möchte morgen wieder hier einfallen. Maya hat mich vorhin angerufen", sagte Bran und lief zurück in die Küche, um den Nachtisch zu holen.

"Sie wollen mich andauernd besuchen kommen, weil sie denken, ich sei hier draußen so einsam!", beschwerte sie sich.

"Ja, ja, lad sie ein!", sagte Jack begeistert.

Was soll das denn jetzt?

"Was ist los, Jack?", fragte sie misstrauisch, weil diese Reaktion so gar nicht zu ihm passte.

"Nichts, warum?", fragte er scheinheilig ... zu scheinheilig.

"Jack!", mahnte sie.

"Nein, ehrlich, gar nichts!"

"Rück mit der Sprache raus, oder ich sage ihnen, sie sollen nie wieder kommen!", drohte sie.

"Al!", jammerte Jack und setzte seinen besten Welpenblick auf.

"Los jetzt!" Er verzog missbilligend das Gesicht, seufzte dann aber und murmelte: "Gut ... ich steh auf Tina."

"Tina? Tina-Tina?"

"Ja", brummte er.

"Mobbelchen-Tina?", setzte Alexa hinterher.

"AL!", schrie Jack in einer Mischung aus Entsetzen und Wut.

"Schon gut, aber warum? Ich meine, du bist doch sonst auch immer nur mit gertenschlanken Frauen zusammen gewesen. Da werde ich mich wohl noch ein wenig wundern dürfen!"

"Schon mal aufgefallen, dass es in unserem Arbeitsumfeld nichts anderes gibt!", gab er zornig zurück.

Wow, auch das kannte sie nicht von ihm ... sie hatte wohl wirklich einen wunden Punkt erwischt. Also ruderte sie vorsichtshalber zurück. Sie nahm sich eine der weißen Servietten vom Tisch und wedelte durch die Luft.

"Friede! Bitte!" Wie so oft funktionierte es einwandfrei. Jack lächelte, woraufhin Alexa ihre Hand auf seine legte.

"Okay, was immer dich glücklich macht, Häschen! Aber du bleibst schön bei uns und bespaßt diesen babygeilen Haufen!"

"Nichts lieber als das!", gab er grinsend zurück.

Bran war zurückgekommen und sein Blick blieb missbilligend auf ihren Händen hängen, ehe er Alexa in seine Arme zog.

"Ich könnte die Jungs einladen und wir machen eine Art Verlobungsparty daraus", sagte Bran dann grinsend.

"Ich weiß, dass du das nicht willst, um mich vor den Hühnern zu beschützen, aber gut, mir ist jedes Mittel recht!", gab Alexa zurück und sie machten sich an die Planung.

BRANDON

Er war sein Leben lang nicht stolzer gewesen als in dem Moment, in dem seine Freunde ihm der Reihe nach gratuliert hatten.

Nur Chris' Fehlen trübte das Bild. Er war bei ihm gewesen und hatte ihm von der Party erzählt, doch er hatte sich nicht begeistern lassen.

Auch die Neuigkeit, dass Alexa ihn als Paten akzeptierte, hatte ihn nicht umgestimmt. Dass es ihm viel bedeutete, hatte man ihm angesehen.

"Gott sei Dank bist du dann auch endlich vergeben. Wieder einer weniger, der meiner Frau hinterher gafft", sagte Shane und klopfte ihm freundschaftlich auf die Schulter.

"Ganz langsam entwickelst du dich zu einem Mann, der Maya verdient hat", sagte Bran ernst.

"Jeder von uns hat sein eigenes Päckchen zu tragen, Bran. Und jeder hat seinen eigenen Weg gefunden, damit umzugehen. Maya ist meine bessere Hälfte und es hat einfach diesen einen Menschen gebraucht, der mir einen Grund gab, ein besserer Mensch zu werden."

Bran nickte und zog Shane in eine Umarmung. Die Differenzen zwischen ihnen hatten beiden im Magen gelegen.

"Nina Moreno! Das ist nicht dein Ernst!", rief seine Bald-Frau in diesem Augenblick. Als Bran sie erspähte, riss sie gerade Ninas Hoody nach oben und entblößte einen ziemlich großen Babybauch.

Nina wurde kalkweiß. Sie öffnete und schloss ihren Mund wie ein Fisch an Land, ohne dass ein Wort hervor kam.

Maya trat neben Alexa und zeigte mit dem Finger auf sie.

"Sowas kannst du doch nicht vor uns verheimlichen!"

Ty kam bei dem Grüppchen an, schlug Alexas Hand, die immer noch den Saum des Hoodys umklammerte, für Brans Geschmack viel zur hart zur Seite und schob Nina kurzerhand aus dem Raum.

Bran wollte ihm hinterher und seine Meinung sagen, als Shane ihn an der Schulter festhielt.

"Schlechter Zeitpunkt, sich mit dem Killer anzulegen", sagte er lächelnd.

"Lass uns lieber zu unseren Frauen gehen, die stehen kurz vor einem Herzinfarkt."

22 HOCH UND TIEF

BRANDON

Dieser Februar war einer der kältesten, an die er sich in seinem Leben erinnern konnte. Temperaturen von bis zu minus 30 Grad.

Der späte Termin bei Alexas Frauenärztin hatte ihm nicht sonderlich gefallen, vor allem, weil seine Traumfrau darauf bestand, nach Hause zu fahren.

Je größer ihr Bauch wurde, desto mehr drängte sie zurück auf die Farm. Nestbautrieb hatte Maya es genannt, deren Bauch im 9. Monat so groß war, dass sie jeden Moment zu platzen drohte.

Wie so ein Riesenbauch an der zierlichen Nina aussehen würde, interessierte Bran brennend, aber seit der Enttarnung auf seiner Verlobungsparty hatte niemand die kleine Frau mehr zu Gesicht bekommen.

Außer Dario und Carry, aber sich mit den beiden zu unterhalten, war so fruchtbar wie das Land in der Sahara.

Aus einem ihm nicht erklärbaren Grund wollte Carry Alexas Hochzeitskleid entwerfen. Die beiden hatten eine höchst eigenartige Freundschaft entwickelt, die zu 90% aus bissigen Sprüchen bestand.

Ihm sollte es recht sein. Jede Verbindung zu Boston, die sie knüpfte, war ein Grund mehr für sie, hier zu bleiben.

Wenn sie gehen wollte, würde er ihr folgen, aber zu bleiben war seine favorisierte Lösung. Gott sei Dank hatte auch Alexa sich damit angefreundet.

"Ich mag diese neuen Xenonlichter nicht. Sie blenden mich", sagte Alexa und hielt sich die Hand vor Augen. Bran lachte.

"Ist dir warm genug?"

"Ja, die Sitzheizung ist eine Wohltat für meine Rücken und - ahhhhhh!"

Bevor Bran einen klaren Gedanken fassen konnte, wurde der Wagen von irgendetwas getroffen. Der Schlag war hart und schleuderte die Front seines SUVs herum. Die Airbags an den Seiten und vorn gingen auf. Die Bilder verschwammen und er sah nur noch weiß.

Blut rauschte in seinen Ohren. Sein Herz pumpte auf Maximalgeschwindigkeit. Sein Brustkorb hob und senkte sich schnell.

Fuck! Was zur Hölle war das?

Ein Stöhnen riss ihn zurück in die Realität.

"Alexa? Alles okay? Geht's dir gut?", rief er panisch, riss sich den Gurt herunter und beugte sich über die Mittelkonsole zu ihr. Sie lächelte schwach.

"Alles in Ordnung, Bran. Mir war nur einen Moment schwindlig vom Aufprall."

"Sicher? Alles okay? Und das Baby?" Panisch tastete er über ihren Bauch, bis Alexa seine Hände abfing.

"Alles in Ordnung, Bran. Die Kleine ist doch gut verpackt da drin", lächelte sie. "Du solltest nach dem Fahrer des anderen Fahrzeugs sehen."

"Fahrzeug?"

"Das Auto, das uns gerammt hat."

Erst ganz langsam begann Brans Kopf seine Arbeit wieder aufzunehmen.

Natürlich. Als er zur Seite blickte, sah er den blauen

Chevy, der den Kotflügel seines Wagens gerammt hatte.

"Rufst du Polizei und Krankenwagen, ich sehe nach ihm."

Alexa nickte und bückte sich nach ihrer Tasche, während Bran bereits den Wagen verließ.

"Auch wenn es kalt ist, Liebes, du musst aussteigen, es ist zu gefährlich, im Wagen sitzen zu bleiben. Auf der Rückbank liegt meine Jacke."

Der Mann im Chevy schien bei Bewusstsein, aber benommen zu sein.

"Sir? Sir? Können Sie mich hören?", rief Bran und klopfte gegen die Scheibe.

Der Mann reagierte nicht, also öffnete Bran die Wagentür.

Beißender Geruch nach Alkohol und Urin schlug ihm entgegen.

"Das ist nicht dein verdammter Ernst, Arschloch!", schrie Bran und riss den Mann aus dem Wagen.

Unbändige Wut erfasste ihn, als er den schlaffen Körper gegen die Wagenseite knallte.

"Bist du von allen guten Geistern verlassen? Du kannst doch nicht betrunken fahren!", schrie er und seine Faust knallte in das fahle Gesicht, ehe er sich zurückhalten konnte. Blanker Zorn brodelte in ihm und sein Blut kochte, als er dem Wichser ein ums andere Mal ins Gesicht schlug.

Es blieb kein Platz für einen anderen Gedanken, als dass dieser Haufen Scheiße in seinen Händen beinahe das Leben seiner kleinen Familie ausgelöscht hatte.

"Wie kann man nur so krank sein!", schrie er weiter und schlug auf den Mann ein. Dieses Mal konnte er die Bestie nicht beherrschen. Chancenlos musste er seine Wut und Verzweiflung aus sich herausbrechen lassen.

Er sah nur noch das blutige Gesicht des Monsters, das ihm seine Liebe rauben wollte, und alle Sicherungen brannten durch. Völlig außer Kontrolle prasselten seine Schläge auf den Mann ein.

"Bran?", drang Alexas panische Stimme durch den Nebel zu ihm.

"Bran!", schrie sie jetzt. Er wandte seinen Blick zu ihr. Sie stand auf der anderen Straßenseite. Eine Hand auf die Kühlerhaube gestützt und leicht vornüber gebeugt.

Ihr Gesicht war schmerzverzerrt und kalkweiß, während sie sich den Bauch hielt.

Wie in Zeitlupe sank sie auf die Knie und schrie dabei laut auf.

Bran ließ von dem Fahrer des Chevys ab und rannte zu ihr. Er ließ sich vor ihr auf die Knie fallen. Mit zitternden Händen griff er nach ihrem Gesicht und hob es an.

"Alexa ... Liebling, was ... was ist", stotterte er, während er versuchte, aus ihrem tränennassen Gesicht zu lesen.

"Das Baby", flüsterte sie und ihre Unterlippe zitterte.

Bran drehte sich der Magen um. Das durfte nicht sein. Er durfte sie nicht verlieren. Keinen von beiden.

"Nein", stöhnte er. Der Schmerz drohte ihn zu überwältigen. Seine Sicht verschwamm und nur der Blick in Alexas leere Augen blieb, während er wie im Wahn über ihre Wangen strich.

Er hatte nicht so lange gekämpft, um jetzt alles zu verlieren.

"Mir ist so kalt, Bran", flüsterte sie und erst da bemerkte er, dass sie am ganzen Leib zitterte. Er lehnte sich an den Kühlergrill und zog sie auf seinen Schoß, weg von dem kalten Boden.

Seine Hand war nass. Ihre Hose war nass. Bran traute sich nicht nachzusehen, ob es Blut war oder nicht. Er vergrub seine Nase in ihren Haaren und flüsterte: "Du hast den Notarzt gerufen, Babe, stimmt's?"

Ihr Nicken war so schwach, dass er es kaum von ihrem Zittern unterscheiden konnte. Er musste sie warm bekommen, zurück ins Auto. Vielleicht konnte er noch selbst ins Krankenhaus fahren.

Er hob sie auf. Sie schrie auf und krümmte sich in seinen Armen.

"Gott, es tut mir so leid. Ich bring dich ins Krankenhaus. Alles wird gut, hörst du?" Schweiß stand auf ihrer Stirn, als sie ihren Kopf gegen seine Brust fallen ließ. Die Angst schnürte ihm die Kehle zu.

Mit wackligen Knien lief er um den Wagen herum. Dann hörte er die Sirenen des Krankenwagens. Seine Wahrnehmung verschwamm zusehends, während seine Gedanken immer schneller liefen, um einen Ausweg aus diesem Horror zu finden.

Einer der Sanitäter sprach auf ihn ein und erst beim dritten Anlauf verstand er, dass er Alexa auf die Liege legen musste.

Sie zitterte und stöhnte. Er wurde zurückgedrängt. Wieder sprach jemand mit ihm, doch seine Aufmerksamkeit lag voll und ganz auf den Menschen, die seinen Lebensmittelpunkt behandelten.

Jemand rüttelte an seiner Schulter, doch Bran riss sich los, als die Liege in den Krankenwagen geschoben wurde.

Er setzte sich neben ihre Füße, griff nach ihrem Knöchel und streichelte die zarte Haut, die zwischen Socken und Hose hervor blitzte.

Ihre Beine waren, eiskalt, doch statt sie ordentlich zuzudecken, wurde ihre Hose aufgeschnitten.

Ihre Haut hatte die falsche Farbe. Zu grau. Zu blau. Wo sie sonst immer goldbraun war.

Der Wagen hielt und er wurde zur Seite gedrängt. Wie in Trance lief er ihr nach. Wollte bei ihr bleiben. Ihr helfen, sie beschützen.

"Sie müssen draußen warten", sagte ein Mann, während Alexa durch zwei weiße Flügeltüren geschoben wurde.

"Nein!", rief er und kämpfte gegen die starken Hände des Mannes. Sie rangen ein wenig und Bran war kurz davor, ihn einfach K.O. zuschlagen, als sich zwei starke Arme von hinten um ihn schlangen.

"Beruhige dich! Hey, komm runter Mann! Lass den Mann seine Arbeit tun und ihr helfen!" *Chris.*

"Ja genau, atmen, Großer. Gut so. Und jetzt komm.

Setz dich." Chris zog ihn zurück und drückte ihn auf einen der Wartestühle vor dem OP.

"Was ... wo?"

"Ich war unten auf dem Weg zur Cafeteria, als ich dich reinstolpern sah. Hast du jemandem Bescheid gegeben?"

Bran schüttelte den Kopf und stützte ihn dann in seine Hände.

"Verdammte Scheiße! Gott, ich dreh durch! Das darf nicht wahr sein!", stöhnte er und wiegte seinen Oberkörper, um die Übelkeit zurückzudrängen.

"Mein Gott. Scheiße. Was soll ich nur tun?"

"Trink das", sagte Chris und drückte ihm einen Becher mit milchiger Flüssigkeit in die Hand.

"Mach, das ist zur Beruhigung, dann kannst du wieder klarer denken."

Bran war alles recht, nur so konnte es nicht weitergehen. Das Medikament war bitter und bereits nach wenigen Minuten fühlte er sich wie in Watte gepackt.

"Ich habe Jack angerufen. Der Arzt sagt, sie machen einen Notkaiserschnitt. Sie wird jetzt mindestens eine Stunde im OP sein. Hörst du? Du kannst bei mir im Zimmer duschen und ich gebe dir was zum Anziehen."

Brans Gedanken hatten bei dem Wort Kaiserschnitt eine Vollbremsung vollzogen.

"Es ist zu früh!", murmelte er durch die Watte.

"Nein, geh jetzt, solang sie sowieso noch operiert wird. Du bist über und über voll mit Blut."

"Das Baby. Mein Mädchen. Es ist zu früh, Chris! Es sind erst sieben Monate!"

"Sieben ist super, Bran. Das reicht. Wirklich. Alles wird gut, hörst du? Und jetzt komm schon. Eine heiße Dusche. Danach geht es dir besser. Und wir wissen dann bestimmt auch schon Neues von Alexa."

Chris hatte recht, also ließ er sich von ihm zu seinem Zimmer bringen.

Er duschte, so schnell es ihm möglich war, und schlüpfte in den ein wenig kleinen Jogginganzug von

Chris.

Der Wartebereich hatte sich gefüllt. Die meisten seiner Freunde waren da. Seine Gedanken waren immer noch wattig und verschwommen.

"Wo ist Jack?", fragte er, weil er der Einzige zu sein schien, der seinen Schmerz auch nur ansatzweise nachvollziehen konnte.

"Er ... er wird nicht kommen, Bran", sagte Maya und wand sich sichtlich vor Unbehagen.

"Er wird was?", rief Bran fassungslos.

"Er kann nicht", mischte sich Sky in das Gespräch ein, ohne Bran dabei anzusehen.

Er kann nicht ... ich kann auch nicht! Ich bin dem hier bei Weitem nicht gewachsen!

Er nahm seine unruhige Wanderung wieder auf.

"Bran, du musst mir erzählen, was passiert ist", sagte Mat.

"Lasst ihn doch einfach mal in Ruhe, bis sein Mädchen aus dem OP kommt", knurrte Chris.

Brans Blick scannte den Raum. Er hatte seinen Freund nicht gesehen. In einer Sitzgruppe am Ende des Raumes saß er. Tief in die Polster gedrückt und die Kapuze seines schwarzen Hoodys weit ins Gesicht gezogen. Logan saß neben ihm und hatte die Arme vor der Brust verschränkt.

"Ich brauche eine kurze Zusammenfassung. Die Polizei wartet und die anderen Beteiligten sind nicht ansprechbar", gab Mat ungeduldig zurück.

Chris und Mat waren beide sehr gute Freunde von Brandon, nur gegensätzlicher könnten die beiden kaum sein.

Mat war ganz der Jurist. Straight und zielgerichtet.

Chris war schon immer der, der andere Wege suchte und sich seine eigenen Regeln schuf.

Bran mochte jeden auf seine Art und so gern er Chris zugestimmt hätte, so sicher war er sich, dass es für dieses Problem keinen Aufschub gab.

In knappen Sätzen fasste er die vergangenen Stunden

zusammen. Irgendwann konnte er die Blicke der anderen nicht mehr ertragen. Der Schock in ihren Gesichtern war dem seinem zu ähnlich. Mat drückte ihm mitfühlend die Schulter und machte sich auf den Weg zu dem Officer.

"Mr. Hill?", fragte eine sichtlich verwirrte, streng wirkende Krankenschwester in den Raum hinein.

"Ja?"

"Kommen Sie bitte mit, der Arzt möchte mit Ihnen sprechen und Sie können Ihr kleines Mädchen sehen, wenn Sie möchten."

"Ist alles in Ordnung? Wie geht es meiner Frau?"

"Ich kann Ihnen nichts dazu sagen", sagte sie und ihr Blick wurde mitleidig. Brandons Magen zog sich zusammen.

Es konnte doch nicht sein, dass ... Nein! Es ging ihr gut. Es war nur ein Kaiserschnitt. Ein Routineeingriff. Es durfte nicht sein, konnte nicht. Nein.

"Nein", flüsterte er und seine Knie wurden weich.

"Du weißt nichts. Hör dir den Arzt an", hörte er plötzlich Chris' Stimme nah an seinem Ohr.

"Es … sie …", stammelte er und schloss seine Augen. Der Druck auf seiner Brust wurde von Atemzug zu Atemzug größer.

"Wissen Sie etwas über die Mutter und dürfen nichts sagen oder wissen Sie gar nichts?", blaffte Chris hart.

"Ich weiß es nicht. Ich bin von der Frühchenstation und soll Mr. Hill nur mit zum Chefarzt bringen."

Brans Herz setzte einen Schlag aus. Alles um ihn herum passierte wie in einem Film. Als wäre es nicht er, dem das passierte.

Chris schob ihn in Richtung einer kleinen Ansammlung von Klinikpersonal auf dem Flur.

"Dr. Cleveland? Mr. Hill ist hier", sagte die Schwester und deutete dabei auf Bran.

"Ah, Mr. Hill, gut. Wie Sie bereits wissen, mussten wir einen Notkaiserschnitt durchführen."

"Wie geht es ihr?", fragte Bran, nachdem er endlich

seine Stimme wiedergefunden hatte.

"Ihrer Verlobten geht es den Umständen entsprechend gut. Sie befindet sich im Moment in der Aufwachphase. Durch das Trauma des Unfalls gab es eine vorzeitige Plazentalösung, das heißt, dass sich der Mutterkuchen vor der Geburt des Kindes von der Uterushaftfläche gelöst hat. Die Blutung, die sie am Unfallort bereits gesehen haben, ist eine Gerinnungsstörung durch den Schock. Wir konnten sie mit diversen Blutkonserven stabilisieren und das Kind erfolgreich entbinden."

"Kann ich zu ihr?", fragte Bran sofort. Er wünschte sich nichts sehnlicher, als sie zu sehen, zu berühren und sich zu vergewissern, dass es ihr gut ging.

"Im Moment noch nicht. Sie befindet sich noch im Aufwachraum. In einer halben Stunde wird sie zurück auf ihrem Zimmer sein, dann können Sie zu ihr."

Er wollte nicht warten. Musste sie jetzt sehen. Sein Herz pumpte sein Blut mit unglaublicher Geschwindigkeit durch seine Adern und würde sich auch erst wieder beruhigen, wenn er sich persönlich versichert hatte, dass sie alles gut überstehen würde.

"Dr. Greyson, unser Kinderarzt, ist im Moment auf der Frühchenstation. Er kann Ihnen weitere Informationen zu Ihrem Mädchen geben. Herzlichen Glückwunsch. Die Kleine sieht prächtig aus!"

"Lass uns zu ihm gehen. Wenn wir zurückkommen, ist Alexa auf ihrem Zimmer", sagte Chris und klopfte ihm auf die Schulter.

Er hatte recht. Er hatte jetzt zwei Frauen, um die er sich kümmern musste.

Sie folgten der Schwester weiter den Flur entlang. Vor einer großen Flügeltür aus Glas blieben sie stehen.

"Zutritt nur nach Absprache", stand auf einem großen weißen Schild.

Die Schwester lotste sie durch die Tür hindurch und an einer Art Empfangstresen vorbei. Dann betraten sie einen Raum, in dem Unmengen von Geräten standen. Es blinkte, piepste und ratterte.

Auf den zweiten Blick bemerkte Bran die kleinen Körper in den großen Glaskästen. Manche der Babys waren so winzig, dass sie eher nach Puppen als nach Säuglingen aussahen. Kleine dunkelrote Körper, an denen viel zu große Maschinen hingen.

Eines dieser winzigen Wesen sollte seine Tochter sein? Umgeben von viel zu vielen Schläuchen und Geräten, die ihr das Überleben ermöglichen sollen?

"Atme, Kumpel. Warte, was man dir sagt", hörte er Chris sagen.

Mehr als ein Nicken konnte er nicht zurückgeben.

Vier Kästen weiter blieb die Krankenschwester stehen. Bran traute sich kaum, in den Brutkasten zu sehen aus Angst davor, was ihn erwartete.

"Wow", flüsterte Chris und veranlasste Bran dadurch, seine Augen zu öffnen.

Beim Anblick des winzigen Lebens wären ihm beinahe die Beine weg geknickt.

"Das ist Ihre kleine Tochter. 1857 Gramm schwer und 15,8 inches groß. Sie atmet bereits selbstständig, das ist sehr wichtig und …"

Der Rest des Vortrags ging in einem Rauschen unter. Bran war gefesselt von dem kleinen Wesen. Die Schwester zeigte ihm, wie er sie am besten anfassen konnte und erklärte dabei, wie wichtig der Hautkontakt und vertraute Stimmen für das Baby waren.

Der Arzt kam und berichtete von der Geburt und der Untersuchung der Kleinen. Dass es ihr sehr gut ginge und sie schon weit entwickelt sei.

Bran nickte mechanisch, während er das Wunder betrachtete, das Alexa ihm geschenkt hatte.

Alexa …

"Ich muss zu ihr", murmelte er hin und her gerissen. Er wollte die Kleine nicht allein lassen, aber die Sorge um Alexa brachte ihn um.

"Geh, ich bleibe", sagte Chris und starrte weiter

staunend in den Brutkasten.

Bran drückte ihn an sich. "Danke", murmelte er und machte sich dann auf den Weg zu ihr.

Die Station, in der Alexas Zimmer lag, war eine Etage tiefer. Das Warten auf den Aufzug kam ihm ewig vor. Er betätigte die Schaltfläche für Alexas Stock. Der Edelstahl, mit dem der Fahrstuhl ausgekleidet war, wirkte so unglaublich kalt und schürte seine Panik nur weiter. Er war froh, als er endlich hielt.

Die Hektik auf den Fluren des Krankenhauses war zu viel für ihn. Schwestern schoben Betten und Wagen mit Essen umher. Wo er sich aufhielt, stand er im Weg und niemand konnte ihm sagen, in welchem Zimmer sie untergebracht war.

Er lief zur Anmeldung. Hinter der Glasscheibe saßen vier junge Frauen in hellgelben Schwesterndress. Sie sprachen miteinander. Schnell. Sodass Brans noch nicht ganz klarer Kopf dem Gespräch nicht folgen konnte.

Ungeduldig wartete er darauf, dass eine der Frauen ihm ihre Aufmerksamkeit schenkte … vergebens! Also klopfte er an die Scheibe. Die giftigen Blicke, die ihn trafen, ließen ihn kalt.

"Alexa Hansen, bitte", sagte er und tat sich schwer, seine Wut auf die Schnepfen zu kontrollieren.

"Zimmer B 1.23, den Gang entlang und dann rechts", sagte sie sichtlich genervt.

Er nickte knapp und machte sich auf die Suche nach dem Zimmer. Mit jedem Schritt, mit dem er ihm näher kam, zog sich sein Magen mehr zusammen. Er hatte Angst vor dem, was er gleich sehen würde. Er hatte Angst davor zu sehen, wie sie litt.

Vor ihrer Tür musste er mehrfach tief durchatmen, ehe er sich dazu überwinden konnte, den Arm zur Klinke zu heben.

Langsam und vorsichtig drückte er sie durch, um niemanden zu wecken, der sich im Raum befand. Geräuschlos schloss er die Tür hinter sich.

Sie war allein im Zimmer. Ihr Körper lag unter einer pastellfarben gemusterten Decke. Ihr langes schwarzes Haar ergoss sich über das flache Kissen und ihr Kopf lag ihm abgewandt zum Fenster.

Leise, um sie nicht zu stören, ging er um das Bett herum. Sie sah unglaublich erschöpft aus. Die Augenringe waren mit einem Schlag zurück.

Die Infusionen und Messgeräte, an die sie angeschlossen war, machten das Bild nur noch furchtbarer.

Brans Blick glitt über die Monitore und Anzeigen. Er verstand nicht, was dort stand, und das wilde Blinken und Piepen trieb ihn in den Wahnsinn.

"Hey", krächzte sie und lenkte seine Aufmerksamkeit auf sie.

Sofort überwand er den letzten Meter und ließ sich neben ihrem Bett auf die Knie fallen.

"Hey Baby", flüsterte er und griff mit zitternden Händen nach ihrer Hand.

"Was … ist los?", fragte sie schwach und ihre Lider zitterten.

Brans Augen brannten. "Ich hab mir solche Sorgen um dich gemacht."

"Das Baby?"

"Es geht ihr gut. Sie ist gesund."

Ein kleines Lächeln schlich sich auf ihre Züge und sie schloss ihre Augen wieder.

Bran presste seine Stirn an ihre Hand und die ersten Tränen traten aus seinen Augen, ohne dass er sie aufhalten konnte.

"Alles okay, Bran", flüsterte sie und drehte ihre Hand an seine Wange.

"Nichts ist okay, bis ich dich wieder zu Hause habe. Allein der Gedanke, ich hätte dich verlieren können, bringt mich um. Es nimmt mir die Luft zum Atmen."

"Ich bin hier. Bei dir."

"Genau da musst du bleiben. Die Sonne wird nicht mehr aufgehen, solltest du mich jemals verlassen."

"Ich gehe nirgendwo hin. Nur ein klein wenig schlafen, okay?"

"Alles, was du willst, Babe."

"Bran?"

"Ja, Liebes?"

"Wirst du da sein, wenn ich aufwache?"

"Nirgends sonst möchte ich sein", sagte er und küsste ihre Handfläche.

23 ZU DRITT

BRANDON

Jemand streichelte ihm durchs Haar, das war es, was ihn weckte. Blinzelnd öffnete er die Augen.

Alexa war wach und lächelte auf ihn hinab. Er war an ihrem Bett eingeschlafen und sein Rücken sagte ihm deutlich, was er davon hielt.

"Hey mein Schatz, wie geht es dir?", fragte er müde, während er versuchte, sich aufzurichten.

"Ganz okay. Die Wunde schmerzt, aber das war ja nicht anders zu erwarten."

"Du kannst nicht aufstehen, um unsere Kleine zu sehen?"

Ihr Gesichtsausdruck wurde traurig. "Nein, vielleicht heute Abend, aber Maya hat mir schon 1000 Bilder gezeigt."

"Sie war hier?"

"Ja, aber du hast tief und fest geschlafen", antwortete sie und ihr Lächeln war weich.

"Mat war auch da. Er konnte die Sache mit der Schlägerei aus dem Unfall heraushalten, weil der Fahrer zu betrunken war, um sich an irgendetwas zu erinnern. Einer der Gäste der Kneipe, in der er war, hatte bereits ausgesagt, dass er sich in der Kneipe schon geprügelt hatte."

Allein bei dem Gedanken an den Betrunkenen kochte die Wut erneut in ihm hoch. Alexas Hand griff nach seinem Kinn und zwang seinen Blick zu sich.

"Was war da los mit dir, Bran?"

"Nichts", wehrte er ab.

"Das war nicht nichts, Bran. Du hast mir Angst gemacht und ich will verdammt nochmal wissen, was los war!" Ihre Miene machte deutlich, dass er um diese Erklärung nicht herumkommen würde. Nur allzu gern wollte er die Vergangenheit ruhen lassen, aber sie hatte ein Recht darauf zu erfahren, was in ihm vorging.

Er atmete tief durch und drückte ihre Hand fester, als könnte er so verhindern, dass sie ihn verabscheute.

"Ich habe dir erzählt, dass ich meine Eltern früh verloren habe", begann er und wartete ihr Nicken ab.

"Sie sind bei einem Autounfall ums Leben gekommen. Der Fahrer des Trucks, der sie gerammt hatte, war betrunken, ebenso wie...", er brach ab, weil allein der Gedanke daran, dass er erneut seine Familie hätte verlieren können, ihm den Magen zuschnürte.

"Ebenso wie der Fahrer des Chevys", ergänzte sie seinen Satz leise.

Bran nickte.

"Als ich zu ihm gegangen bin und seine Alkoholfahne gerochen habe, sind mir die Sicherungen durchgebrannt", sagte er und presste seine Lippen auf ihre Knöchel. Das Geständnis, das jetzt folgen sollte, machte ihm große Angst.

"Meine Grandma war damals alles, was mir noch Halt gegeben hatte. Als sie starb, hatte ich keinen Fixpunkt mehr. Es fühlte sich an, als würde das Leben mich betrügen. Als hätte das Schicksal es auf mich abgesehen. Ich war so unglaublich wütend und fand mein Ventil in Schlägereien. Vielen davon. Ich verlor zunehmend die

Kontrolle. War wie in einem Wahn und konnte danach manchmal nicht mehr sagen, was genau passiert war."

"Wie bist du da raus gekommen?"

"Ich wurde verhaftet. 300 Sozialstunden und eine Aggressionsbewältigungstherapie, als ich noch nicht ganz 18 war. Dort lernte ich auch Ty und Jason kennen und kam so zu Fire&Ice. Ryan hat mir früh einen Job angeboten und Jacob hat mir gezeigt, wofür ich ihn brauche. Dass es da noch mehr gibt, für das es sich zu kämpfen lohnt."

"Und zwar?", fragte sie und ihr Daumen strich sanft über seine Knöchel.

"Eine eigene Familie. Ich habe sie gefunden. Mit dir und unserem Mädchen."

Tränen standen in ihren Augen. "Ich liebe dich", flüsterte sie.

"Ich liebe dich mehr als mein Leben", gab er zurück, beugte sich zu ihr und küsste ihre schönen, weichen Lippen.

Als er sich wieder von ihr löste, lächelte sie. "Wir sind jetzt zu dritt", sagte sie, als müsse sie die Worte ausprobieren.

"Ja, du, ich und unser kleines Mädchen."

"Wir brauchen noch einen Namen", sagte Alexa und riss ihre Augen auf.

Bran rutschte unbehaglich auf seinem Stuhl hin und her.

"Was hältst du von Lia?"

"Lia", sagte sie, als müsse sie den Namen ausprobieren.

"Schöner Name. Wie kommst du darauf?"

"Ich hatte doch schon mehr als sieben Monate Zeit, ihn mir zu überlegen", gab er zurück und rieb sich dabei über den Nacken.

Alexa lachte. Dieses eine Lachen, dem er vom ersten Moment an verfallen war.

"Das ist ein wunderschöner Name, Bran. Lia Hill. Perfekt!"

"Alexa und Lia Hill. Mhm, hört sich gut an. Nicht mehr lange und es kann losgehen", sagte er lächelnd.

Der Gedanke, dass Alexa bald seine Frau sein würde, machte ihn unendlich glücklich.

Nach all den Jahren war er endlich an seinem Ziel angekommen. Endlich hatte er die perfekte Frau gefunden, die ihm ein perfektes kleines Mädchen geschenkt hatte.

"Ist jetzt jemand bei ihr?", fragte sie.

"Ja, Chris … Jack … er … ist nicht gekommen", sagte Bran und hatte Angst, dass die Antwort sie verletzen konnte.

Ihr Lächeln war traurig, aber sehr weich.

"Ich hatte nichts anderes erwartet", sagte sie dann und streichelte über seine Wange.

"Lass uns jetzt nicht darüber nachdenken. Jack wird kommen, wenn er soweit ist. Er ist wie ich, Bran. Er hat seinen eigenen Takt. Er passt nicht in Formen. Genau deshalb haben wir es so lange zusammen ausgehalten."

Er verstand nicht, was das alles sollte, aber es war in diesem Moment auch nicht wichtig. Wichtig war nur, dass er seine zwei Mädchen gefunden hatte und sie in spätestens 14 Tagen zu dritt auf seiner Farm leben würden.

Er beugte sich zu ihr und küsste sie auf die Stirn.

"Das ist der erste Tag unseres neuen Lebens."

"Mit dir an meiner Seite wird es perfekt werden", flüsterte sie und küsste ihn sanft auf die Lippen.

--ENDE--

Für meine geliebte Schwester.

Mein Vorbild, mein Antrieb.

Ich liebe dich!

Rechtliches, oder was keiner lesen will und trotzdem drin stehen muss ...

Es handelt sich bei dem Buch um ein fiktives Werk. Ähnlichkeiten mit lebenden oder verstorbenen Personen, Orten oder Ereignissen sind rein zufällig. Markennamen die genannt werden, sind Eigentum ihrer rechtmäßigen Eigentümer. Impressum: Herausgeberin Allie Kinsley, allie.kinsley@web.de. Ladungsfähige Adresse für Deutschland: Allie Kinsley, c/o Marant Business, Studio Delta, Haus B, Angerstr. 40-42, 04177 Leipzig.

16891492R00187

Printed in Poland
by Amazon Fulfillment
Poland Sp. z o.o., Wrocław